MW01608499

Du même auteur, aux éditions Bragelonne :

Georgina Kincaid :
1. *Succubus Blues*
2. *Succubus Nights*
3. *Succubus Dreams*
4. *Succubus Heat*
5. *Succubus Shadows*


Chez Milady :

Cygne noir :
1. *Fille de l'Orage*
2. *Reine des ronces*


Chez Castelmore :

Vampire Academy :
1. *Sœurs de sang*

www.bragelonne.fr

RICHELLE MEAD

# SUCCUBUS SHADOWS

Traduit de l'anglais (États-Unis) par Benoît Domis

*L'Ombre* de Bragelonne

Collection *L'Ombre* de Bragelonne dirigée par Stéphane Marsan et Alain Névant

Titre original : *Succubus Shadows*
Copyright © 2010 by Richelle Mead

© Bragelonne 2010, pour la présente traduction

Illustration de couverture :
Anne-Claire Payet

ISBN : 978-2-35294-441-6

Bragelonne
35, rue de la Bienfaisance – 75008 Paris

E-mail : info@bragelonne.fr
Site Internet : www.bragelonne.fr

*Pour mon frère Scott, qui a toujours laissé sa petite sœur regarder* Flash Gordon *et* Star Wars *avec lui.*

# Chapitre premier

J'étais saoule.

La faute à mon ami Doug, probablement. Il avait parié que je ne descendrais pas trois gimlets plus vite que lui et avait promis de me remplacer au boulot le week-end prochain si je gagnais ; sinon, je m'étais engagée à faire l'inventaire à sa place.

Apparemment, je n'allais pas travailler ce week-end.

— Mais comment tu as fait pour le battre ? voulut savoir mon ami Hugh. Il est deux fois plus grand que toi.

À travers la foule qui avait envahi mon appartement, je scrutai la porte de la salle de bains derrière laquelle Doug avait disparu.

— Il a eu une gastro cette semaine. Je suppose que les duels à la vodka sont contre-indiqués.

Hugh leva un sourcil.

— Qui serait assez stupide pour accepter un pari de ce genre juste après une gastro ?

Je haussai les épaules.

— Tu connais Doug.

Espérant que Doug s'en remettrait, j'observai les festivités avec l'air satisfait d'une reine contemplant son royaume. J'avais emménagé en juillet et j'aurais dû pendre la crémaillère

7

depuis longtemps. Puis Halloween était arrivée, et combiner les deux événements m'avait paru une solution plutôt agréable. Par conséquent, mes invités étaient déguisés, et il y avait de tout, du costume historique recherché au simple chapeau de sorcière pour les plus fainéants.

Moi, j'étais une bergère – enfin, une bergère ascendant stripteaseuse et/ou petite dévergondée. Ma jupe bleue ornée de fanfreluches s'arrêtait à mi-cuisses, et le décolleté de mon chemisier à manches ballons était si plongeant que je devais être prudente en me penchant. Pour couronner le tout – littéralement – j'avais arrangé ma crinière de boucles blond pâle en deux nattes attachées par de petits rubans bleus. C'était parfait, absolument impossible à distinguer de vrais cheveux, parce que… ben, ils *étaient* vrais.

Comme tous les succubes, j'avais le pouvoir de me métamorphoser à volonté, ce qui me donnait un réel avantage sur la concurrence à Halloween. J'avais toujours les meilleurs costumes – dans les limites du raisonnable, bien sûr. Une transformation trop poussée aurait éveillé les soupçons des humains de mon entourage. Mais pour une coiffure ? J'allais me gêner, tiens.

Quelqu'un me toucha le coude. Je me retournai et mon autosatisfaction baissa d'un cran quand je vis de qui il s'agissait : Roman, mon colocataire sociopathe.

—Je crois qu'un des invités vomit dans ta salle de bains, me dit-il.

Roman était un nephilim, mi-ange mi-humain, avec des cheveux noirs et soyeux, et des yeux vert marin. S'il n'avait pas été sujet à des accès de folie meurtrière et que je n'avais pas figuré en bonne place sur sa liste des immortels à éliminer, il aurait plutôt fait un bon parti.

—Je sais. C'est Doug. Il m'a lancé un défi – à la vodka – et il a perdu.

Roman fit la grimace. Il portait des cornes de diable et une cape rouge, dont l'ironie ne m'échappait pas.

—J'espère qu'il sait bien viser. Je n'ai pas envie de nettoyer ça.

—Quoi, tu ne fais pas le ménage non plus? demanda Hugh. (Il avait récemment appris que Roman ne me payait pas de loyer parce qu'il était «entre deux emplois».) Tu pourrais au moins faire ta part du travail ici, tu ne crois pas?

Roman lui jeta un regard de mise en garde.

—Ne te mêle pas de ça, Spiro Agnew[1].

—Je suis Calvin Coolidge[2]! s'exclama Hugh, terriblement froissé. C'est la réplique exacte de la tenue qu'il portait le jour de son investiture.

Je soupirai.

—Hugh, personne ne s'en souvient.

C'était l'un des inconvénients de l'immortalité. Nos souvenirs devenaient obsolètes avec le passage du temps. Hugh, un démon qui achetait des âmes pour le compte de l'enfer, était bien plus jeune que Roman et moi, mais il avait beaucoup plus d'années au compteur que n'importe lequel des humains présents chez moi ce soir-là.

Abandonnant Roman et Hugh à leur dispute, je me dirigeai vers le salon afin de me mêler à mes invités. Quelques-uns de mes collègues de la librairie étaient rassemblés en petit comité autour du saladier de punch, et je m'arrêtai pour bavarder. Je fus immédiatement bombardée de compliments.

—Ta coiffure est sensationnelle!

—Tu as fait une couleur?

—On ne dirait même pas une perruque!

Je leur garantis qu'il s'agissait d'une perruque de très bonne qualité et les couvris d'éloges à mon tour, tous à

---

1. Trente-neuvième vice-président des États-Unis d'Amérique, de 1969 à 1973, durant le premier mandat présidentiel de Richard Nixon et une partie du second mandat. (*NdT*)

2. Trentième président des États-Unis d'Amérique. Il succède à W.G. Harding, mort en cours de mandat, en 1923 puis est élu pour un second mandat jusqu'en 1929. (*NdT*)

l'exception d'une personne, qui me contraignit à secouer la tête d'un air plein de regret.

—Tu es plus créatif que nous tous réunis et tu n'as rien trouvé de mieux? demandai-je.

Seth Mortensen, auteur à succès, se tourna vers moi et me sourit avec cet air légèrement étourdi qui n'appartenait qu'à lui. Même quand la vodka me faisait tourner la tête, mon cœur ne manquait jamais de s'emballer face à ce sourire. Seth et moi étions sortis ensemble pendant quelque temps; avec lui, j'avais connu un amour d'une profondeur que je n'aurais jamais crue possible. Une partie de mon job de succube consistait à séduire des hommes et à voler l'énergie de leur âme pour l'éternité – une véritable relation amoureuse m'avait donc semblé hors de question. Et au final, j'avais vu juste. Seth et moi avions rompu – deux fois – et même si j'avais fini par l'accepter, je savais que je l'aimerais toujours. Et pour moi, *toujours* n'était pas un vain mot.

—Pas question de gaspiller ma créativité à trouver un déguisement, dit-il. (Il me regarda affectueusement, de ses yeux marron ambré. J'ignorais s'il m'aimait encore, mais il m'avait assuré qu'il tenait à rester mon ami. Je m'efforçais de lui renvoyer la même image.) J'en ai besoin pour mon prochain livre.

—Quelle excuse bancale.

Il portait un tee-shirt à l'effigie de Freddy Krueger, parfait pour l'occasion, sauf que je le soupçonnais de le posséder depuis bien avant Halloween.

Seth secoua la tête.

—De toute façon, tout le monde se fiche de ce que portent les mecs à Halloween. Il n'y en a que pour les filles. Regarde autour de toi.

Je vis qu'il avait raison. Tous les costumes recherchés et sexy étaient le fait de mes invitées. À quelques rares exceptions près, les hommes ne soutenaient pas la comparaison.

—Peter a fait un effort, lui fis-je remarquer.

Seth suivit mon regard en direction d'un autre de mes amis immortels. Peter était un vampire – un vampire très méticuleux et maniaque jusqu'à l'obsession. Il était vêtu d'un costume pré-Révolution française, avec un manteau de brocart et une perruque poudrée par-dessus ses fins cheveux bruns.

— Peter ne compte pas, objecta Seth.

Me rappelant la façon dont Peter avait soigneusement peint au pochoir des cygnes sur les plinthes de sa salle de bains, je ne pus que me rendre à l'évidence.

— Tu marques un point.

— Et Hugh ? Il est censé être qui ? Jimmy Carter ?

— Calvin Coolidge.

— À quoi tu vois ça ?

L'arrivée de la fiancée de Seth – et une de mes meilleures amies –, Maddie Sato, m'épargna d'avoir à répondre. Elle était déguisée en fée, avec des ailes et une robe diaphane bien moins provocante que la mienne. Des fleurs artificielles couronnaient un chignon de cheveux noirs. Je m'étais plus ou moins faite à l'idée qu'elle et Seth forment un couple, même si je craignais que la plaie ne cicatrise jamais complètement. Maddie ne savait pas que Seth et moi avions un passé et ne soupçonnait donc pas l'embarras que m'avait causé leur relation.

Alors que je m'attendais à la voir glisser son bras autour de Seth, elle me surprit en m'attrapant et en m'entraînant à l'écart. Je trébuchai un peu. D'ordinaire, des talons de plus de dix centimètres de haut ne me posaient aucun problème, mais la vodka compliquait un peu les choses.

— Georgina, s'exclama-t-elle, une fois assez loin de Seth. J'ai besoin de ton aide.

Et elle tira de son sac deux pages arrachées dans des magazines.

— Pour quoi f… oh.

Mon estomac se retourna désagréablement. J'espérai que je n'allais pas me joindre à Doug dans la salle de bains. Les pages montraient des photos de robes de mariée.

—J'ai presque fait mon choix, expliqua-t-elle. Qu'est-ce que tu en penses ?

À contrecœur, j'avais fini par admettre que l'homme que j'aimais allait épouser l'une de mes meilleures amies, mais de là à les aider à organiser le mariage… Je déglutis.

—Oh, je ne sais pas trop, Maddie. Je ne suis pas très douée pour ça.

Elle écarquilla les yeux.

—Tu plaisantes ? Question fringues, tu m'as tout appris.

Apparemment, elle n'avait pas tout retenu. Les robes, bien qu'allant à merveille aux mannequins anorexiques qui les portaient, auraient paru terribles sur Maddie.

—J'hésite, dis-je de façon peu convaincante, détournant les yeux.

Rien qu'à regarder les robes, j'imaginais Maddie et Seth devant l'autel.

—*Allez quoi*, supplia-t-elle. Je suis sûre que tu as une opinion.

C'était vrai. Et une très mauvaise. Et franchement, si j'avais été une bonne servante de l'enfer, je lui aurais dit qu'elles étaient toutes les deux magnifiques. Ou je lui aurais conseillé de choisir la pire de toutes. Je n'avais pas à m'en mêler et peut-être que si elle débarquait fagotée comme l'as de pique le jour de son mariage, Seth comprendrait ce qu'il avait perdu en rompant avec moi.

Et pourtant… je ne pouvais pas. Même après tout ce qui s'était passé, je n'étais pas capable de faire de la peine à Maddie. Elle avait toujours été une amie fidèle, ne se doutant jamais de ce qui s'était produit entre Seth et moi avant *et* pendant leur relation. Et même si une partie de moi, mesquine et égoïste, en mourait d'envie, j'étais incapable de la laisser se ridiculiser.

—Aucune des deux ne convient, dis-je enfin. Dans celle avec la jupe longue, tu auras l'air petite, et les fleurs sur le bustier de l'autre vont te grossir.

Elle fut prise au dépourvu.

—Vraiment ? Je n'aurais jamais… (Elle examina les photos ; son visage se rembrunit.) Mince. Moi qui pensais avoir trouvé la bonne…

Je suppose que mes paroles suivantes étaient à mettre sur le compte de l'alcool.

—Si tu veux, je peux faire les boutiques avec toi cette semaine. Tu essaieras des robes et je te donnerai mon avis.

Maddie s'illumina. Elle n'était pas belle au sens que les magazines donnaient habituellement à ce mot, mais quand elle souriait, elle se métamorphosait.

—Tu es sérieuse ? Oh, merci ! Et tu pourras en profiter pour choisir ta robe.

—Ma quoi ?

—Eh bien… (Son sourire se fit espiègle.) Ta robe de demoiselle d'honneur, bien sûr !

Et dire que j'avais pensé à peine quelques instants plus tôt qu'il n'y avait rien de plus douloureux que de l'aider à préparer son mariage. J'allais devoir me repencher sur la question, parce qu'être sa demoiselle d'honneur me semblait battre ça à plate couture. Ceux qui prétendaient que nous étions seuls responsables de notre enfer sur terre devaient avoir quelque chose de ce genre à l'esprit.

—Oh, tu sais, je ne crois pas que…

—Mais j'y tiens ! Ça compte beaucoup pour moi.

—Ça n'est pas trop mon truc, en fait.

—Mais si, voyons. (Le regard de Maddie se posa soudain sur quelque chose derrière moi.) Oh, Doug est de retour. Je vais voir s'il va bien. On en reparlera plus tard. Tu finiras par céder.

Maddie courut rejoindre son frère, me laissant sans voix. Je décidai alors, au risque de ma santé, que j'avais besoin d'un verre. La fête avait pris un tour franchement inattendu.

Pourtant, quand je fis volte-face, je ne me dirigeai pas vers le bar, mais vers le patio. Le grand balcon donnant sur le Puget Sound et, au-delà, la ligne des toits de Seattle, constituait un des atouts de cet appartement. Mais pour l'heure, je n'étais pas captivée par la vue. C'était… autre chose. Que je ne parvenais pas à expliquer. Mais c'était chaud et merveilleux et ça parlait à tous mes sens. J'imaginai que je voyais une lumière colorée sur mon balcon, un peu comme les vagues d'une aurore. J'entendais aussi une musique défiant toute description humaine et qui n'avait rien à voir avec le CD de Pink Floyd passant sur ma chaîne hi-fi.

Les bruits de la fête formèrent un fond sonore à mesure que j'avançais lentement vers le balcon. La porte était ouverte afin de laisser sortir l'air chaud de l'appartement et mes deux chats, Aubrey et Godiva, étaient couchés sur le seuil, scrutant la nuit. Je sortis, attirée par ce que je ne pouvais ni expliquer ni décrire. L'air chaud de l'automne m'engloutit alors que je répondais à l'appel de cette sensation inconnue, à la fois bien présente et hors de portée ; elle cherchait à m'entraîner vers quelque chose qui se trouvait juste au bord du balcon. Je faillis céder à la tentation, grimper sur le rebord malgré mes talons et regarder de l'autre côté. Je *devais* atteindre cette beauté.

— Hé, Georgina.

La voix de Peter me tira brusquement de ma transe. Je regardai autour de moi, étonnée. Il n'y avait ni musique, ni couleurs, aucune étreinte accueillante. Seulement la nuit, la vue et les meubles de jardin sur mon balcon. Je me retournai et nos regards se croisèrent.

— On a un problème, dit-il.

— On en a plein, répliquai-je, songeant à la robe de mariée de Maddie et au fait que j'avais failli me jeter de mon propre balcon. (Je frissonnai. J'avais clairement assez bu pour ce soir. Il fallait savoir arrêter quand les hallucinations commençaient.) Qu'est-ce qui ne va pas ?

Peter me conduisit à l'intérieur et me montra.

— Cody est amoureux.

Je regardai en direction de notre ami Cody, un autre vampire et l'apprenti de Peter. Cody était un jeune immortel, optimiste et touchant. Il était déguisé en extraterrestre, avec des antennes vertes pointant hors de ses cheveux blonds. La perfection de sa combinaison spatiale argentée m'amena à penser que Peter avait dû l'aider. Pour le moment, Cody – bouche bée – avait les yeux fixés sur quelqu'un de l'autre côté de la pièce. Son expression me rappelait ce que je venais de ressentir quelques instants plus tôt.

Elle s'appelait Gabrielle, et elle avait rejoint le personnel de la librairie depuis peu. Elle était toute petite, presque un lutin, et portait des bas résille et une robe noire en lambeaux. Ses cheveux hérissés étaient de la même couleur, ainsi que son rouge à lèvres – facile à harmoniser. Cody la dévisageait comme s'il n'avait jamais vu de créature aussi belle.

—Euh…

Hugh sortait sans arrêt avec des humaines, mais je n'avais jamais vraiment envisagé que les vampires – en particulier Peter – puissent avoir des penchants romantiques.

—Je crois qu'elle lui plaît parce qu'elle est venue à ta soirée en vampire, dit Peter.

Je secouai la tête.

—En fait, elle est toujours comme ça.

Nous allâmes retrouver Cody, et il ne remarqua pas immédiatement notre présence. Il sembla excité de me voir.

—Comment s'appelle-t-elle ? souffla-t-il.

Je tentai de dissimuler mon sourire. Cody avait le béguin, et il était vraiment trop mignon – j'avais eu ma dose d'émotions fortes pour ce soir, cette distraction était donc la bienvenue.

—Gabrielle. Elle travaille avec moi.

—Elle est célibataire ?

Je me retournai vers elle, alors qu'elle riait à une plaisanterie de Maddie.

—Je ne sais pas. Tu veux que je me renseigne ?

Cody rougit – pas une mince affaire, quand on a la pâleur d'un vampire.

— Non ! Enfin… sauf si tu me promets d'être discrète. Mais je ne veux pas t'embêter avec ça.

— Tu ne m'embêtes pas, dis-je, alors que Doug passait à proximité. Hé. (Je l'attrapai par la manche.) Rends-moi un service et je te laisse récupérer ton week-end.

Doug, dont la peau nippo-américaine était d'ordinaire brun clair doré, aurait pu passer pour un extraterrestre avec la nuance de vert qu'elle avait en ce moment.

— Je préférerais récupérer mon estomac, Kincaid.

— Va enquêter sur le statut sentimental de Gabrielle. Cody est intéressé.

— Georgina ! s'exclama Cody, mortifié.

Malade ou pas, Doug était incapable de résister à un peu d'intrigue.

— C'est comme si c'était fait.

Il traversa la pièce et attira l'attention de Gabrielle, se penchant vers elle pour qu'elle puisse l'entendre. À un moment, il regarda dans notre direction et Gabrielle en fit autant. Cody faillit mourir de honte.

— Oh, mon Dieu.

Doug revint cinq minutes plus tard et secoua la tête.

— Désolé, mon vieux. Elle est célibataire, mais apparemment tu n'es pas son type. Elle est branchée vampire et culture gothique. Tu es trop classique pour elle.

Je buvais un verre d'eau à petites gorgées et je faillis m'étrangler.

Peter attendit que Doug soit parti et dit :

— Quelle ironie…

— Comment c'est possible ? s'écria Cody. Je *suis* un vampire. Je devrais correspondre exactement à ce qu'elle aime.

— Oui, mais tu n'en as pas l'apparence, dis-je.

Si Gabrielle avait été fan de *Star Trek*, il aurait pu avoir sa chance ce soir.

—Je n'ai pas besoin de *ressembler* à un vampire, j'en *suis* un ! En quoi j'aurais dû me déguiser ? En comte Chocula[1] ?

La fête continua à battre son plein pendant quelques heures, avant que les gens commencent à s'en aller. Roman et moi, en hôtes parfaits, saluâmes chacun d'eux avec un sourire. Quand tout le monde fut parti, j'étais fatiguée et plus que contente que tout soit terminé. J'avais renoncé à boire après l'incident du balcon, mais à présent un mal de tête venait aimablement me rappeler que j'avais dépassé les bornes. Roman paraissait aussi épuisé que moi alors qu'il contemplait l'appartement en désordre.

—C'est marrant, tu ne trouves pas ? Tu pends la crémaillère pour faire admirer ton nouvel appartement et tes invités ne trouvent rien de mieux à faire que de le saccager.

—Ce sera vite nettoyé, dis-je, examinant toutes les bouteilles et les assiettes en carton avec des restes de nourriture. (Aubrey léchait le glaçage d'un *cupcake* à moitié mangé, et je me hâtai de le lui enlever.) Mais pas maintenant. Donne-moi un coup de main avec les denrées périssables et on fera le reste demain.

—« On » ? Qui ça, « on » ? demanda Roman.

Je nettoyai un peu de salsa mexicaine.

—Peter a raison, tu sais, tu devrais participer un peu plus aux travaux ménagers.

—Je suis de bonne compagnie. En plus, tu ne peux pas te débarrasser de moi.

—Mais Jerome le peut, le menaçai-je, faisant allusion à son démon de père, qui se trouvait également être mon patron.

—Vas-y, ne te gêne pas pour cafter.

Roman étouffa un bâillement, afin de me montrer combien il craignait la colère de son paternel. Le plus agaçant, c'était qu'il n'avait pas tout à fait tort. Je n'étais pas de taille

---

1. Mascotte d'une marque de céréales, le « Count Chocula » – un vampire inspiré du comte Dracula – suce des céréales au lieu du sang. (*NdT*)

et je doutais que Jerome me soit d'un grand secours. Mais, même ainsi, je n'en crus pas mes yeux quand Roman alla tranquillement se coucher et me laissa avec le ménage sur les bras. Je n'aurais jamais pensé qu'il irait aussi loin.

— Connard! hurlai-je après lui, n'obtenant que le claquement d'une porte en guise de réponse.

Il n'était pas un si mauvais colocataire, mais notre passé trouble lui donnait souvent envie de me contrarier. Et ça marchait.

Furieuse, je finis de ranger, me limitant au strict nécessaire, et je m'écroulai sur mon lit une demi-heure plus tard. Aubrey et Godiva me suivirent, s'allongeant l'une à côté de l'autre au bout du lit – on aurait dit une œuvre d'art contemporain. Aubrey était blanche avec de petites taches noires sur la tête; le poil de Godiva était une débauche de taches orange, brunes et noires. Nous nous assoupîmes toutes les trois immédiatement.

Plus tard dans la nuit, je fus réveillée par une sorte de mélopée – faute d'une meilleure description. C'était ce que j'avais déjà ressenti plus tôt dans la soirée : une attraction irrésistible, obsédante, enveloppante. Chaude, vive et belle. Elle était partout et je mourais d'envie de communier avec elle, de marcher vers la lumière qui brillait avec des couleurs aussi incroyables. Je m'y sentais bien, si bien – j'aurais pu m'y fondre, si seulement j'avais pu l'atteindre. J'eus l'impression d'une entrée, d'une porte qu'il me suffirait de pousser pour…

Quelqu'un me saisit brutalement les épaules et me secoua.

— Réveille-toi!

Comme la première fois, la surcharge sensorielle reflua et je me retrouvai seule, dans un monde silencieux et vide. Le chant des sirènes s'était éteint. Roman se tenait devant moi, le visage déformé par l'inquiétude, il me secouait. Je regardai autour de moi. Nous étions dans la cuisine. Je n'avais aucun souvenir d'y être venue.

— Comment… Qu'est-ce qui s'est passé? balbutiai-je.

Toute trace de sa raillerie habituelle avait disparu du visage de Roman, ce qui me troubla un peu. S'il avait l'intention de me tuer, pourquoi se faire du souci pour moi ?

— À toi de me le dire, répondit-il, relâchant sa prise.

Je me frottai les yeux, faisant appel à ma mémoire.

— Je… Je ne sais pas. J'ai dû marcher en dormant…

Cela ne sembla pas suffire à le rassurer.

— Non… Quelque chose était là…

Je secouai la tête.

— Non, c'était un rêve. Ou une hallucination. J'ai eu la même tout à l'heure… J'ai trop bu, voilà tout.

— Tu n'as pas écouté ce que je viens de te dire ? (Sous la colère apparente, je sentais qu'il avait peur pour moi.) J'ai perçu quelque chose, une sorte de… force. Ça m'a réveillé. Tu ne te rappelles vraiment rien ?

Le regard perdu dans le vide, je m'efforçai d'évoquer la lumière et la mélodie obsédante. Impossible.

— C'était… c'était intense. Je voulais… Je voulais aller vers cette… cette force, comme tu l'appelles… en faire partie…

Il y avait une nuance mélancolique dans ma voix.

L'expression de Roman s'assombrit. Les succubes étaient des immortels inférieurs, qui avaient connu une vie humaine. Les immortels supérieurs – anges et démons – avaient été créés au commencement de l'univers. Par la naissance, les nephilim se situaient entre les deux ; leurs pouvoirs et leurs sens étaient donc plus puissants que les nôtres. Roman était capable de détecter des choses qui m'échappaient.

— Ne t'avise pas d'essayer, dit-il. Si tu sens de nouveau cette force, détourne-toi. Ne te laisse pas entraîner. Tu ne dois céder en aucun cas.

Je le regardai en fronçant les sourcils.

— Pourquoi ? Qu'est-ce que c'est ?

— Je n'en sais rien, dit-il, lugubre. Et c'est bien ce qui m'inquiète.

# Chapitre 2

Je me tournai et me retournai dans mon lit le reste de la nuit. La visite d'une force surnaturelle inconnue avait cet effet-là sur moi. Déjà que je ne m'étais jamais complètement remise de la fois où une entité primordiale du chaos avait profité de mon sommeil pour me pomper toute mon énergie… Nyx, elle s'appelait, et aux dernières nouvelles, elle était emprisonnée. Mais ce qu'elle m'avait fait – et ce qu'elle m'avait montré – avait laissé une impression durable. Que Roman ne puisse pas identifier la cause de ce qui s'était passé ce soir était donc un peu perturbant.

Au réveil, j'avais les yeux troubles et un mal de tête colossal, probablement dû autant au manque de sommeil qu'à la gueule de bois. Comme tous les immortels, les succubes bénéficiaient d'un pouvoir de guérison rapide ; j'avais donc dû sérieusement exagérer pour que les effets de ma pendaison de crémaillère se fassent toujours sentir. Je savais que le mal de tête passerait bientôt, mais j'avalai un peu d'ibuprofène pour accélérer le processus.

L'appartement était calme quand je me traînai dans la cuisine. En dépit de mes efforts pour nettoyer le plus gros la nuit dernière, je ne parvins pas à chasser cette impression d'abandon et de lassitude qui succédait à la plupart des fêtes.

Godiva, roulée en boule sur le dossier du canapé, leva la tête à mon arrivée, mais Aubrey continua à dormir tranquillement sur son fauteuil. Je mis en route la cafetière, avant de sortir sur le balcon pour admirer la belle journée et la ligne des toits de Seattle de l'autre côté de l'étendue d'eau gris-bleu.

Soudain, une sensation familière me parcourut, comme un mélange de soufre et d'aiguilles chauffées au rouge. Je soupirai.

— C'est un peu tôt, non ? observai-je.

Je n'avais pas besoin de me retourner pour savoir que Jerome, archidémon de Seattle et de sa grande banlieue et patron infernal, se tenait derrière moi.

— Il est midi, Georgie, répliqua-t-il sèchement. Le reste du monde est levé et s'active déjà.

— C'est samedi. Les lois du temps et de l'espace sont différentes aujourd'hui. Midi, c'est tôt.

Je me retournai enfin, essentiellement parce que la cafetière venait de signaler qu'elle avait terminé. Adossé au mur de ma cuisine, Jerome était vêtu d'un costume griffé noir, tiré à quatre épingles. Comme à son habitude, il était le sosie d'une version années 1990 de John Cusack. Il pouvait prendre l'apparence de son choix sur cette terre, mais pour des raisons qu'il n'avait jamais expliquées, sa préférence allait à M. Cusack. Je n'y faisais même plus attention. À tel point que, lorsque *Un monde pour nous* ou *Tueurs à gages* passait à la télévision, je me surprenais à me demander, « Mais qu'est-ce que Jerome fait dans ce film ? »

Je me versai une tasse de café et levai la cafetière pour lui en proposer. Jerome secoua la tête.

— Je suppose que ton colocataire fait aussi la grasse matinée ? Vous faites vraiment la paire.

— C'est probable. (Je vidai une dosette de crème à la vanille dans mon café.) Avant, quand il s'absentait, je pensais qu'il essayait de trouver du travail. Maintenant, je ne me fais plus d'illusions.

Honnêtement, j'étais contente que Jerome soit venu voir Roman et pas moi. Quand il me cherchait, il n'en sortait généralement rien de bon. Ç'avait toujours tendance à se terminer par une catastrophe d'ampleur cosmique pour la communauté des immortels.

Je traversai le salon en traînant les pieds, remarquant que les chats avaient disparu à l'arrivée de Jerome. Mon café à la main, je me dirigeai vers la chambre de Roman, frappant une fois avant d'ouvrir la porte. Après tout, j'étais la propriétaire, j'avais ce droit. Par ailleurs, j'avais découvert que Roman était passé maître dans l'art de ne pas répondre aux coups frappés à sa porte pendant une très longue durée.

Quand je le vis, vautré sur son lit et vêtu en tout et pour tout d'un caleçon bleu marine, je marquai un temps d'arrêt. Il était vraiment beau garçon, malgré l'attitude irritante qu'il avait adoptée depuis qu'il avait emménagé. Le voir ainsi, à moitié nu, provoquait toujours chez moi un curieux flash-back de l'unique fois où nous avions couché ensemble. Puis, je me forçais à me rappeler qu'il était sans doute en train d'imaginer la meilleure façon de m'éliminer. Ça aidait à calmer mes ardeurs.

À l'aide de son bras, Roman se protégea les yeux du soleil entrant à flots par la fenêtre. Il changea de position, bougeant légèrement le bras, et me regarda d'un seul œil.

— Il est tôt, dit-il.

— Ce n'est pas l'avis de ton auguste géniteur.

Quelques secondes s'écoulèrent, puis il fit la grimace, sentant à son tour la signature immortelle de Jerome. Avec un soupir, Roman s'assit dans son lit, prenant le temps de se frotter les yeux. Il avait l'air épuisé – il l'était probablement autant que moi. Mais si une force en ce bas monde était capable de le tirer du lit, même s'il s'était couché tard, c'était bien mon patron – malgré les vantardises de Roman. Il se leva en chancelant et se dirigea vers la porte.

— Tu ne t'habilles pas ? m'exclamai-je.

En guise de réponse, Roman se contenta de me faire un signe de la main depuis le couloir. Je lui emboîtai le pas et surpris Jerome en train de se verser un reste de vodka de la veille dans une grande tasse – vous me direz, il est toujours 17 heures quelque part dans le monde. Il haussa un sourcil quand il vit Roman aussi légèrement vêtu.

— Je constate que tu t'es mis sur ton trente et un.

Roman alla directement vers la cafetière.

— Rien n'est trop beau pour mon cher papa. En plus, ça plaît à Georgina.

Un silence pesant s'installa tandis que Jerome scrutait Roman de ses yeux noirs. Je ne savais rien de la mère de Roman, mais Jerome était le démon qui l'avait engendré des milliers d'années plus tôt. À l'époque, il était un ange, mais comme il avait fait des avances à une mortelle, on l'avait chassé du paradis et envoyé travailler pour le camp d'en face. Sans indemnités de licenciement.

À l'occasion, Roman se permettait des commentaires narquois sur leur relation familiale, mais Jerome ne mordait jamais à l'hameçon. Selon les lois du ciel et de l'enfer, Jerome aurait dû exterminer Roman depuis des lustres. Les anges et les démons considéraient les nephilim comme des créatures contre-nature et n'avaient de cesse de les chasser, jusqu'à l'extinction. C'était un peu dur, même si les nephilim avaient des tendances sociopathes. Mais comme Roman avait récemment contribué à sauver Jerome, le père et le fils avaient conclu un marché qui autorisait Roman à vivre en paix à Seattle – pour le moment. Si l'un des collègues de Jerome avait vent de l'existence de cet arrangement illicite, l'enfer risquait – littéralement – de se déchaîner. Un bon succube aurait dénoncé son patron non respectueux des lois.

— Alors, qu'est-ce qui t'amène? demanda Roman, prenant une chaise. Tu es venu passer du bon temps avec ton fils?

Le visage de Jerome resta impassible.

—J'ai du travail pour toi.

—Il va enfin pouvoir payer sa part de loyer ? demandai-je avec espoir.

—Ce n'est pas mon problème. Mais s'il veut conserver le style de vie auquel il s'est habitué, il n'a pas le choix, répondit-il.

Roman eut un sourire amusé, qui était bien son genre, mais il ne trompait personne. Il était conscient de la menace que représentait Jerome et il savait aussi qu'une partie de leur marché prévoyait que Roman rende des «services» à son père. Néanmoins, il s'efforça de donner l'impression qu'il lui accordait une faveur. Il haussa les épaules d'un air insouciant.

—Pas de problème. Je n'ai rien d'autre à faire aujourd'hui. De quoi s'agit-il ?

—Nous avons de la visite. Un nouvel immortel est arrivé en ville, dit Jerome. (Si l'attitude de Roman l'agaçait, le démon n'en laissait rien paraître.) Un succube.

Mon étude psychologique de la relation père/fils passa brusquement au second plan.

—Quoi ? m'écriai-je, me redressant tellement vite que je manquai de renverser mon café. Je pensais qu'avec Tawny, on était au complet.

J'avais travaillé en solo à Seattle pendant des années, jusqu'à ce que Jerome fasse récemment l'acquisition d'un autre succube. Elle s'appelait Tawny ; elle avait beau être agaçante et totalement incompétente, elle avait tout de même quelque chose d'attachant. Heureusement – pour ma tranquillité – Jerome l'avait installée à Bellingham, à une heure et demie de route d'ici.

—Même si ça ne te regarde en rien, Georgie, elle n'est pas là pour travailler. Elle est venue… en touriste. Pour les vacances.

Il eut un rictus cruel.

Roman et moi échangeâmes un regard. Les immortels pouvaient prendre des vacances, ça s'était déjà vu, mais il était clair que Jerome cachait quelque chose.

—Et la véritable raison de sa présence ? demanda Roman.

—Je suis persuadé que mes supérieurs souhaitent m'avoir à l'œil suite à ma récente… mésaventure, précisa-t-il, employant volontairement un terme vague pour couper court à toute discussion sur le sujet.

La mésaventure en question avait été un coup de force mené par un démon subalterne ; Roman et moi avions délivré Jerome retenu prisonnier suite à une invocation – une sérieuse atteinte à la réputation d'un démon, qui courait alors le risque de perdre le contrôle de son territoire. Que l'enfer ait envoyé quelqu'un s'assurer que tout était rentré dans l'ordre n'avait rien d'étonnant.

—Tu penses qu'elle est là pour t'espionner ? demanda Roman.

—J'en suis certain. Je veux que tu la suives partout où elle ira et que tu me dises à qui elle rend des comptes. Je le ferais bien moi-même, mais il vaut mieux que j'évite de me conduire de manière suspecte. Je dois donc rester visible.

—Génial, dit Roman, aussi sèchement que son père. Je n'ai rien de mieux à faire que de filer un succube.

—D'après mon expérience, tu es plutôt doué pour ça, intervins-je.

C'était vrai. Roman m'avait épiée à plusieurs reprises, sous couvert d'invisibilité. Les immortels inférieurs tels que moi ne pouvaient pas masquer leur signature caractéristique, mais Roman avait hérité ce talent de Jerome, ce qui faisait de lui le parfait espion.

Roman me jeta un regard désabusé, puis se retourna vers Jerome.

—Je commence quand ?

—Tout de suite. Elle s'appelle Simone et elle est descendue au *Four Seasons*. Va là-bas et vois ce qu'elle mijote. Mei viendra te relever plus tard.

—Le *Four Seasons* ? m'étonnai-je. Et l'enfer a accepté de payer pour ce palace ? Je croyais qu'on était en récession.

Jerome soupira.

—L'enfer n'est *jamais* en récession. Et je croyais que tu nous épargnais tes commentaires pleins d'humour jusque après ton premier café.

Je lui montrai ma tasse. Elle était vide.

Jerome laissa échapper un autre soupir, puis il disparut sans prévenir. Apparemment, il ne doutait pas que Roman exécute ses ordres.

Roman et moi restâmes sans bouger et en silence pendant quelques secondes ; les chats refirent leur apparition. Aubrey se frotta contre la jambe nue de Roman, et il lui gratta la tête.

—Je suppose que je ferais bien de prendre une douche et de m'habiller, finit-il par dire en se levant de sa chaise.

—Ne te donne pas cette peine. Tu seras invisible, non ?

Il me tourna le dos et s'engagea dans le couloir.

—Je pensais déposer quelques CV – pour trouver du boulot – quand Mei m'en laisserait le temps.

—Menteur, dis-je, mais je ne crois pas qu'il m'entendit.

Une fois Roman sous la douche, je repensai à la sensation étrange que j'avais éprouvée la nuit dernière. J'aurais dû en parler à Jerome. C'était tellement curieux ; je n'avais pas de mots pour la décrire. Plus j'y réfléchissais, plus je me demandais si elle n'avait pas été provoquée par l'alcool. D'accord, Roman prétendait avoir, lui aussi, ressenti quelque chose, mais il avait bu autant que moi.

D'ailleurs, à propos de boulot… L'horloge de la cuisine m'informait qu'il était temps que j'aille travailler, moi aussi. Avec cet appartement, j'avais gagné une vue imprenable, mais j'avais sacrifié la proximité par rapport à mon lieu de travail. Avant, j'habitais Queen Anne, le quartier où était situé *Emerald City Books & Café*. J'y allais à pied, ce qui était devenu impossible depuis West Seattle ; je devais donc prévoir un temps de trajet en voiture.

Contrairement à Roman, je n'avais pas besoin de me doucher et de me changer – même si ce n'était pas l'envie qui m'en manquait. Je trouvais les habitudes des humains rassurantes. Je fis brièvement appel à mon pouvoir de métamorphose pour faire un brin de toilette, passer une robe bain-de-soleil couleur pêche convenable pour le bureau et arranger mes cheveux châtains en un chignon faussement négligé. Roman ne réapparut pas avant que je doive partir, je me versai donc une autre tasse de café et lui laissai un mot lui demandant s'il ne voyait pas d'inconvénient à sortir la poubelle avant d'aller jouer les agents secrets.

Quand j'arrivai, mon mal de tête et les derniers effets de la gueule de bois avaient disparu. La librairie bourdonnait d'activité, entre les gens venus faire leurs courses en début d'après-midi, les badauds du samedi et les touristes descendus tout droit de la Space Needle et du Seattle Center au bout de la rue. Je déposai mon sac dans mon bureau et fis le tour du magasin, satisfaite de constater que tout se passait bien – jusqu'à ce que je remarque une queue de huit personnes en caisse, et une seule caissière.

—Pourquoi tu es toute seule ? demandai-je à Beth.

Beth était une employée de longue date, et une bonne ; elle me répondit sans même lever les yeux des articles du client qu'elle enregistrait.

—Gabrielle est en pause, et Doug… euh… Doug ne se sent pas très bien.

Notre concours de vodka gimlet de la veille me revint à l'esprit. Je fis la grimace, me sentant à la fois coupable et pas peu fière.

—Où est-il ?

—En littérature érotique.

Je haussai les sourcils, mais ne fis aucun commentaire alors que je tournais les talons et traversais la librairie. Notre modeste rayon de littérature érotique était curieusement coincé entre celui des ouvrages sur l'automobile et celui concernant les animaux (les amphibiens, pour être précise).

Doug était tassé entre deux étagères, assis par terre, la tête sur les genoux. Je m'agenouillai à côté de lui.

— Et si on soignait le mal par le mal ? Allez, je t'offre un verre !

Il leva la tête et écarta les cheveux noirs qui lui tombaient sur le visage. Il avait l'air misérable.

— Tu as triché. Tu fais la moitié de ma taille. Tu devrais être dans le coma.

— Je suis plus vieille et plus sage. (Si seulement il avait su quel était mon âge réel. Je le pris par le bras.) Debout. Allons au café, tu as besoin d'un grand verre d'eau.

L'espace d'un instant, il donna l'impression de vouloir résister, mais il fit un gros effort et parvint même à ne pas trop tituber alors que je l'aidais à monter au premier étage dont la surface était, pour moitié, consacrée aux livres, l'autre moitié étant occupée par le café.

Je pris une bouteille d'eau, dis à la *barista* que je paierais plus tard, et commençai à traîner Doug vers une chaise. Alors que je regardais autour de moi, je faillis m'immobiliser, faisant presque trébucher ce pauvre Doug. Seth était assis à une table, son ordinateur portable allumé devant lui. Il aimait écrire ici, ce qui me convenait parfaitement quand nous sortions ensemble, mais maintenant… c'était devenu plus gênant. Maddie lui tenait compagnie, son sac à la main et un manteau léger sur les épaules. Nous commencions à la même heure aujourd'hui. Elle venait sans doute d'arriver.

Ils nous firent signe de les rejoindre et elle jeta un regard lourd de reproches à son frère.

— Tu ne l'as pas volé.

Doug avala une longue goulée d'eau.

— Et moi qui croyais pouvoir compter sur la compassion de ma sœur…

— Je ne t'ai toujours pas pardonné la fois où tu avais rasé mon teckel.

— Ça remonte à près de vingt ans. Et ce petit bâtard n'a eu que ce qu'il méritait.

Je souris par habitude. D'ordinaire, j'essayais de ne pas manquer un épisode du feuilleton Doug/Maddie – j'étais accro. Mais aujourd'hui, je n'avais d'yeux que pour Seth. Il m'avait été plus facile de ne pas faire attention à lui la nuit dernière, en proie à l'alcool, facile de prétendre que j'avais accepté – même à contrecœur – sa relation avec Maddie. Mais à présent, dans la lumière crue de la sobriété, cette vieille douleur se réveillait dans ma poitrine. J'aurais juré pouvoir sentir l'odeur de sa peau, sa sueur mélangée au parfum boisé de son savon à la pomme. Le soleil entrait à flots par les grandes fenêtres du café et allumait des reflets cuivrés dans ses cheveux bruns en désordre ; je me souvenais parfaitement de la sensation que j'avais éprouvée en caressant les lignes de son visage, la peau douce du haut de ses joues et le début de barbe sur son menton.

Levant les yeux, je constatai avec surprise qu'il m'accordait, lui aussi, son attention, pendant que le frère et la sœur continuaient leurs chamailleries. La veille, j'étais presque parvenue à me convaincre qu'il ne me considérait plus que comme une amie, mais maintenant… maintenant, je n'en étais plus aussi sûre. Il y avait de la chaleur dans son regard, une interrogation aussi. Quelque chose qui n'aurait pas dû y être. Soudain, je ne pus m'empêcher de penser qu'il était en train de se rappeler les rares fois où nous avions fait l'amour. C'était mon cas. J'avais été coupée de mes pouvoirs quand Jerome avait disparu, et Seth et moi avions pu faire l'amour en toute sécurité – j'entends par là, sans les effets secondaires liés à ma nature de succube.

À l'exception d'un seul. À l'époque, il sortait toujours avec Maddie et, en la trompant avec moi, il avait irrémédiablement corrompu son âme par le péché. C'était encore pire que si je lui avais volé son énergie vitale. Depuis, l'âme de Seth était promise à l'enfer. Il n'en avait pas conscience, mais les regrets qu'il éprouvait à cause de sa trahison l'avaient en partie conduit à précipiter ses fiançailles avec Maddie. Il pensait avoir une dette envers elle.

Un sentiment de culpabilité me poussa à détourner les yeux, et je notai que Maddie et Doug avaient fini de se disputer. Maddie jetait un coup d'œil au comptoir du café, mais Doug avait les yeux fixés sur moi. Ils étaient injectés de sang et fatigués, avec des cernes noirs très marqués. Mais dans ce regard de lendemain de fête qui déchante, je discernai une lueur, entre perplexité et étonnement.

— Au travail ! dit gaiement Maddie en se levant. (Elle flanqua un coup de poing dans l'épaule de son frère, le faisant grimacer, et détournant ainsi son attention de moi. J'aimais mieux ça.) Tu penses pouvoir survivre tes deux dernières heures ?

— Ouais, maugréa-t-il, avalant une nouvelle goulée d'eau.

— Va faire l'inventaire dans la réserve, lui dis-je, me levant à mon tour. Je ne veux pas que nos clients croient que nos employés ne tiennent pas l'alcool. Il n'en faudrait pas plus pour qu'ils se précipitent chez la concurrence.

Les lèvres de Maddie formèrent un sourire alors que son frère se levait péniblement.

— Hé, Georgina. Ça te pose un problème si Doug et moi on échange nos horaires jeudi ? J'ai des courses à faire pour le mariage pendant les heures de bureau.

Doug lui jeta un regard.

— Et quand est-ce que tu comptais m'en parler ?

— Pas de problème, dis-je, essayant de ne pas faire la grimace en entendant le mot « mariage ». Tu peux venir travailler en fin de journée, avec moi.

— Tu veux m'accompagner ? demanda-t-elle. C'est toi qui me l'as proposé.

— J'ai fait ça ?

— Hier soir.

Je fronçai les sourcils. Dieu seul savait ce que j'avais pu promettre – et oublié depuis – sous l'emprise de la vodka et de curieuses forces magiques. Je me rappelai vaguement qu'elle m'avait montré des photos de robes de mariée.

—Malheureusement, j'ai déjà quelque chose de prévu.

—L'une des boutiques est à deux pas de chez toi, insista-t-elle.

—Maddie, intervint brusquement Seth, que ce changement de sujet semblait embarrasser autant que moi. Si elle est occupée…

—Tu n'es pas prise toute la journée, quand même ? supplia Maddie. S'il te plaît ?

Je savais que c'était une catastrophe, et que j'allais au-devant de beaucoup de chagrin et d'ennuis. Mais Maddie était mon amie, et j'étais incapable de résister à son regard implorant. Par culpabilité, sans aucun doute. Seth et moi l'avions trahie. Son expression témoignait d'une telle confiance en moi, de tant d'espoir – moi, la meilleure amie qu'elle avait à Seattle et la seule qu'elle croyait être en mesure de l'aider à organiser son mariage.

Et pour cette raison, j'acceptai, comme je l'avais fait la veille. Mais cette fois, l'alcool n'avait rien à y voir.

—D'accord.

La culpabilité était souvent mauvaise conseillère, et responsable de bon nombre de décisions complètement idiotes.

# Chapitre 3

Je travaillai jusqu'à la fermeture ce soir-là et ne rentrai chez moi qu'aux environs de 22 heures. À ma grande surprise, je trouvai Roman sur le canapé, en train de manger un bol de céréales, avec, sur les genoux, mes deux chats qui se disputaient son attention. Ces derniers temps, ils semblaient l'apprécier plus que moi. J'y voyais une trahison d'ampleur cosmique.

—Qu'est-ce que tu fais là? demandai-je, m'asseyant sur le fauteuil en face de lui. (Je remarquai qu'il ne subsistait plus la moindre trace de ma pendaison de crémaillère, mais je sentis qu'il valait mieux faire comme si de rien n'était, si je voulais éviter qu'il ne nettoie plus jamais rien dans cet appartement.) Tu ne traques pas le succube de Jerome?

Roman étouffa un bâillement et posa le bol vide sur la table basse. Immédiatement, les deux chats sautèrent de ses genoux et se précipitèrent sur le lait qui restait au fond.

—Je fais une pause. Mais je l'ai suivie toute la journée.

—Et alors?

Si on laissait de côté ma curiosité naturelle, l'idée que l'autorité de Jerome puisse être remise en cause me mettait mal à l'aise. L'archidémon avait beau m'irriter parfois, je n'avais aucune envie d'avoir un nouveau patron. Nous avions dangereusement frôlé un changement au sommet de la hiérarchie lors de l'invocation de Jerome, et les autres candidats ne m'avaient pas fait forte impression.

—Alors? C'était d'un ennui! Tu es bien plus amusante à harceler. Elle a fait des courses une bonne partie de la journée. Elle a passé son temps dans des cabines d'essayage! Ensuite, elle a dragué un type dans un bar, et tu devines la suite.

J'aimais assez l'idée de Roman souffrant en silence pendant que Simone s'envoyait en l'air.

—Le voyeur qui sommeille en toi n'a pas apprécié le spectacle? Ça m'étonne.

Il fit la grimace.

—Je préfère un bon porno. Là, ça ressemblait plus aux vidéos tordues qu'on garde derrière le comptoir – pour les malades.

—Alors rien à signaler à Jerome?

—Non.

—C'est logique, je suppose. (J'allongeai les jambes et posai les pieds sur la table. Avec Doug hors de combat, j'avais passé la journée debout, derrière une caisse, et je n'avais plus l'habitude. Sauf erreur de ma part, les yeux de Roman s'attardèrent sur mes jambes avant de revenir à mon visage.) Si elle n'a croisé aucun immortel aujourd'hui, elle n'avait rien à mettre dans son rapport.

—Jusqu'à ce soir en tout cas.

—Ce soir?

—Chez Peter et Cody, tu sais bien. Mais où as-tu la tête, en ce moment?

—Mince, j'ai oublié.

Peter adorait donner des dîners et de petites fêtes et semblait indifférent au fait que ma pendaison de crémaillère avait eu lieu la veille. S'agissant d'une créature de la nuit, ses soirées commençaient toujours tard.

—Et Simone est invitée?

—Oui. Mei est avec elle en ce moment et je prendrai le relais chez Peter.

—Alors tu seras présent en pensée, si ce n'est en personne.

—Quelque chose dans ce goût-là. (Il sourit et, pour la première fois depuis son retour à Seattle, je vis une lueur d'amusement sincère dans ses yeux turquoise, qui me rappela l'homme galant et plein d'esprit avec qui j'étais sortie. Je pris également conscience que nous ne nous disputions pas, ce qui était devenu rare… Nous avions une conversation presque… normale. Interprétant mal mon silence, il me jeta un regard méfiant.) Tu n'as tout de même pas l'intention de te défiler ? Tu as peut-être eu une rude journée, mais pas à ce point.

En fait, telle avait bien été mon intention. Après les moments d'émotion intense d'hier et maintenant mes regrets d'avoir cédé à Maddie, je n'étais pas certaine de supporter les pitreries de mes amis immortels.

—Allez, quoi, dit Roman. Simone est *tellement* chiante. Et je ne parle pas uniquement de ses activités. Elle est juste insipide. Si tu n'es pas là pour me distraire, qu'est-ce que je vais devenir ?

—Parce que le reste de mes amis n'est pas assez distrayant pour toi ?

—Ils semblent bien pâles en comparaison.

Finalement, j'acceptai de venir, même si je le soupçonnais d'avoir tellement insisté uniquement parce qu'il avait besoin d'un chauffeur. Cependant, j'étais de bonne humeur alors que je roulais en direction de Capitol Hill. C'était un peu bizarre d'avoir Roman avec moi sans qu'il soit réellement là. Pour continuer à jouer les espions, il était devenu invisible et masquait sa signature. J'avais l'impression d'avoir un fantôme dans ma voiture.

Comme d'habitude, j'étais l'une des dernières à arriver. Les Trois Amigos – Peter, Cody et Hugh – étaient là ; ils avaient laissé leurs costumes de Halloween au vestiaire et étaient de nouveau habillés normalement. Pour Peter, un pull sans manches et un pantalon parfaitement coordonnés ; un jean et un tee-shirt pour Cody ; une chemise à col ouvert et un pantalon sport pour Hugh. Je tins la porte ouverte un peu plus longtemps que nécessaire, afin de permettre à Roman de se glisser derrière moi. À partir de là, je lui faisais confiance pour se mêler aux invités. Dès qu'il nous eut laissé entrer, Peter se dépêcha de retourner en cuisine sans un mot.

Simone était déjà là, sur la causeuse, longues jambes impeccablement croisées et mains sur les genoux. Mince, avec des seins de taille respectable, elle portait une jupe noire et un chemisier en soie argentée. Ses cheveux étaient – comme on pouvait s'y attendre – longs et blonds. La plupart des succubes semblaient penser que la blondeur était un atout sans faille pour attirer un mec au lit. Pour ma part, je voyais dans cette attitude la marque d'un manque d'expérience. J'étais brune depuis pas mal de temps – quoique avec des reflets dorés – et je n'avais jamais eu de difficulté à atteindre mes objectifs.

Hugh était assis à côté d'elle, avec, sur le visage, l'expression enjôleuse réservée aux femmes qu'il espérait séduire. Simone le regarda avec le même sourire courtois qu'elle m'avait adressé à mon arrivée. Elle se leva et tendit la main. Sa signature immortelle sentait la violette et évoquait un air de violoncelle au clair de lune.

— Tu dois être Georgina. Ravie de te connaître, dit-elle, sans se départir de cette expression polie qui, je le voyais bien, n'était pas feinte.

Elle n'était pas espiègle ou particulièrement charmante. Elle ne me manifestait pas la moindre hostilité, comme c'est souvent le cas entre succubes, ni même le genre de sarcasmes tout miel tout aussi fréquents entre nous. Elle était juste aimable, sans plus. Elle était… insipide.

— Moi de même, dis-je. (Tâchant d'identifier les odeurs en provenance de la cuisine, je me tournai vers Cody :) Qu'est-ce qu'on mange ?

— Du hachis Parmentier.

J'attendis la chute, mais rien ne vint.

— Ça nous change du style habituel de Peter.

Peter était un vrai cordon-bleu, mais il trouvait généralement l'inspiration dans les coquilles Saint-Jacques ou le filet mignon.

Cody hocha la tête.

— Il a regardé un documentaire sur la France à la télévision, c'est ça qui lui a donné l'idée.

— Je n'ai rien contre, dis-je, m'asseyant sur l'accoudoir du canapé. Ça aurait pu être pire : on a échappé aux escargots.

— En Écosse, ils ont une variante du hachis Parmentier avec une couche de macédoine de légumes entre la viande et les pommes de terre, dit soudain Simone. Ils appellent ça une tourte du berger.

Un silence de plusieurs secondes s'installa. Son commentaire n'était pas totalement hors sujet, mais il sonnait bizarrement, en particulier parce qu'elle n'avait pas eu, dans la voix, cette pointe de suffisance qu'ont les gens qui gagnent toujours au Trivial Pursuit. Elle s'était contentée d'énoncer un fait – d'ailleurs pas très intéressant.

— D'accord…, dis-je d'une voix impassible. C'est bon à savoir et ça permettra d'éviter toute confusion pendant le repas. On n'est jamais à l'abri d'une mésaventure qui viendrait gâcher la fête.

Cody s'étrangla un peu avec sa bière, mais Hugh gratifia Simone d'un sourire radieux.

— C'est fascinant ? Tu cuisines ?

— Non, dit-elle.

Et ce fut tout.

Peter choisit ce moment pour surgir avec un vodka gimlet pour moi. Après ma confrontation d'hier avec Doug, je m'étais juré d'arrêter de boire quelque temps – enfin, quelques jours. Je décidai brusquement que j'allais finalement avoir besoin d'un verre.

Peter regarda autour de lui en fronçant légèrement les sourcils.

—Tout le monde est là? J'avais espéré que Jerome viendrait.

Notre patron traînait souvent avec nous, mais depuis son invocation, il avait évité les événements mondains.

—Je crois qu'il a une affaire à régler ce soir, dis-je.

Je n'en avais pas la moindre idée, mais j'espérais que mon allusion à peine voilée susciterait une réaction chez Simone. Peine perdue.

Peter se surpassa, comme d'habitude, de la table impeccablement dressée au choix du cabernet sauvignon pour accompagner le hachis Parmentier.

—Tu es de quel État? demandai-je à Simone. Tu es là en vacances, c'est bien ça?

Elle hocha la tête, levant délicatement sa fourchette. Elle avait découpé son hachis en parfaits petits cubes de deux centimètres de côté. Question maniaquerie, Peter venait peut-être de trouver son maître.

—Je suis de Charleston, dit-elle. Je resterai probablement à Seattle une semaine. Peut-être deux, si mon archidémon est d'accord. Je me plais bien ici.

—J'ai entendu dire que Charleston n'était pas mal non plus, dit Hugh.

Apparemment, il n'avait pas encore renoncé à la mettre dans son lit.

—La ville a été fondée en 1670, offrit-elle en guise de réponse.

Elle récolta le même silence curieux que précédemment.

—Tu vivais déjà là-bas à l'époque? demandai-je.

—Non.

Le repas se poursuivit sans plus de conversation, du moins jusqu'au dessert, quand Cody se tourna vers moi et dit :

—Alors, tu vas m'aider, oui ou non?

J'étais plongée dans mes pensées, essayant de comprendre comment Simone s'y prenait pour séduire les hommes avec un vocabulaire aussi limité, et la question de Cody me prit au dépourvu.

—Quoi ?

—Avec Gabrielle, enfin ! Rappelle-toi, hier soir…

Bien sûr. Gabrielle. De la librairie. Qui n'aimait que les Gothiques et les vampires.

—Je ne t'ai rien promis, n'est-ce pas ? demandai-je, pas très rassurée.

Cette soirée m'avait laissé trop de trous de mémoire.

—Non, mais si tu étais une véritable amie, tu ne te ferais pas prier. En plus, tu es une sorte de spécialiste de l'amour, non ?

—Pour mon compte.

—Et si ma mémoire est bonne, intervint Hugh, elle n'est même pas si douée que ça.

Je le foudroyai du regard.

—Tu dois faire quelque chose, insista Cody. Je dois la revoir… J'ai besoin d'un sujet de conversation pour l'aborder…

J'avais cru que son béguin pour Gabrielle était dû à l'alcool – c'était bien pratique, on pouvait rendre l'alcool responsable de presque tout – mais il avait toujours cette expression d'adolescent amoureux. Je connaissais Cody depuis quelques années et je ne l'avais jamais vu dans cet état. Je n'avais d'ailleurs jamais observé ce genre de réaction chez Peter non plus, mais mes amis et moi avions secrètement décidé il y a longtemps qu'il était simplement asexué. Si les vampires avaient été capables de se reproduire, il aurait choisi de le faire comme les amibes.

Je me creusai la cervelle.

—Je l'ai vue lire *The Seattle Sinner* l'autre jour pendant sa pause.

—Qu'est-ce que c'est ? demanda Cody.

—C'est notre journal local pour les amateurs de culture gothique, indus, SM et fétichiste, expliqua Peter.

Tous les regards se tournèrent vers lui.

— À ce qu'on m'a dit, se hâta-t-il d'ajouter.

Haussant les épaules, je revins à Cody.

— C'est un début. Il est en vente à la librairie.

— Vous n'avez pas bientôt fini avec vos histoires de tourtereaux? demanda soudain une voix. C'est d'un ennui. J'espère que le reste de la soirée va être un peu plus animé.

Je sursautai, avant de reconnaître l'aura cristalline et familière signalant la présence d'un ange. Carter se matérialisa sur l'une des chaises vides autour de la table – Peter avait mis le couvert pour six, pensant pouvoir compter sur Jerome. L'ange le plus mal fagoté de Seattle se cala sur sa chaise, les bras croisés sur la poitrine et arborant son expression sardonique coutumière. Son jean et sa chemise en flanelle semblaient être passés dans une machine à copeaux de bois, mais le bonnet en cachemire qu'il portait sur ses cheveux blonds lui arrivant aux épaules était flambant neuf. Je le lui avais offert, et je ne pus retenir un sourire. Une lueur d'amusement brilla dans les yeux de Carter quand il m'aperçut.

Dans certains cercles infernaux, la présence d'un ange parmi nous aurait pu sembler curieuse, mais dans notre groupe, c'était devenu une habitude. Carter allait et venait, distillant ses remarques sibyllines – et souvent exaspérantes. C'était le meilleur ami de Jerome, ou en tout cas ce qui s'en rapprochait le plus, et il s'était toujours particulièrement intéressé à moi et à ma vie sentimentale. Il m'avait accordé un peu de répit depuis ma récente débâcle avec Seth.

Nous étions accoutumés à côtoyer Carter, mais il n'en allait pas de même pour Simone. À son apparition, elle écarquilla ses yeux bleus et son visage se transforma complè-tement. Elle se pencha par-dessus la table et, sauf erreur de ma part, son décolleté était devenu un peu plus plongeant qu'à mon arrivée. Elle serra la main de Carter.

— On ne se connaît pas, je crois, dit-elle. Je suis Simone.

—Carter, se présenta-t-il, avec toujours ce regard amusé.

—Simone est de Charleston, précisai-je, une ville fondée en 1670.

Le sourire de Carter vacilla un peu.

—C'est ce que j'ai entendu.

—Vous devriez venir y faire un tour, dit-elle. J'adorerais vous faire visiter. C'est très joli.

J'échangeai un regard incrédule avec Peter, Cody et Hugh. Simone venait soudain de devenir plus intéressante – oh, un tout petit peu. Elle n'était pas entichée de Carter comme Cody pouvait l'être de Gabrielle. Non, elle essayait simplement d'emballer un ange. *Bonne chance, ma chérie.* C'était culotté, pour n'importe quel succube. Bien sûr, il arrivait que des anges soient déchus à cause de l'amour et du sexe – Jerome en était la preuve vivante – et j'en avais même été témoin une fois. Mais Carter ? Il était d'une abstinence inébranlable – sauf pour le tabac et l'alcool, bien sûr. La suite de la soirée avec Simone s'annonçait décidément sous de meilleurs auspices que la première partie.

—Pourquoi pas, dit Carter. Je parie que vous connaissez des tas de choses qui sortent des sentiers battus.

—Absolument, répondit-elle. Vous savez, il y a une auberge où George Washington s'est arrêté pour dîner.

Je levai les yeux au ciel. Je doutais qu'elle ait grand-chose à apprendre à Carter sur Charleston. Carter avaient vu des cités telles que Babylone et Troie s'élever et disparaître. Je le soupçonnais même d'avoir personnellement participé à la chute de Sodome et Gomorrhe.

—Alors, quel genre d'animation tu avais en tête ? demandai-je à Carter. (Aussi divertissant que soit le badinage pitoyable de Simone, je n'étais pas certaine d'être d'attaque pour une révision des fondamentaux de l'histoire américaine ce soir.) Je te préviens, je refuse de rejouer à « Si j'étais… »

—J'ai mieux.

Comme par enchantement, Carter fit apparaître une boîte de Pictionary. Et quand je dis par enchantement, je ne plaisante pas.

—Non, protesta Hugh. Il m'a fallu des années pour parfaire une signature de médecin illisible. J'ai perdu toute aptitude artistique.

—J'*adore* le Pictionary, dit Simone.

—Je crois que j'ai à faire, ajoutai-je. (Je sentis une poussée au niveau de mon épaule et me retournai, surprise, mais il n'y avait personne. Puis, je compris. Apparemment, Roman souhaitait que je continue à le divertir. Je soupirai.) Mais je peux encore rester un peu.

—Génial. Alors, c'est décidé, dit Carter. (Il se tourna vers Peter.) Tu as un chevalet?

Bien sûr que oui! Pour quoi faire? Pas la moindre idée, mais après que Peter avait acheté un aspirateur robot et un lecteur Betamax, j'avais appris à ne plus poser de questions. Nous formâmes deux équipes: moi, Cody et Hugh contre tous les autres.

Je commençai en tirant une carte portant l'inscription « Watergate[1] ».

—C'est pas vrai! C'est ridicule.

—Arrête de te plaindre, dit Carter, avec un sourire d'une suffisance insupportable. Le hasard est le même pour tout le monde.

Ils renversèrent le sablier. Je dessinai quelques vagues pas très convaincantes et Cody réagit au quart de tour en criant:

—De l'eau!

---

1. « Watergate » (en un seul mot et avec une majuscule) désigne le scandale politique qui déboucha, en 1974, sur la démission du président des États-Unis, Richard Nixon ; « water gate » (en deux mots et sans majuscule) désigne une porte d'écluse ou, plus généralement, une porte donnant accès sur un cours d'eau. (*NdT*)

C'était prometteur. Puis, j'enchaînai avec ce qui, je l'espérais, ressemblait à un mur avec une porte. Apparemment, je m'en tirai plutôt bien.

—Un mur, dit Hugh.

—Une porte, dit Cody.

J'ajoutai quelques lignes verticales à la porte et, après réflexion, dessinai un signe plus entre l'eau et le mur pour indiquer le lien entre les deux.

—Un aqueduc, dit Cody.

—*Le Pont de la rivière Kwai*, devina Hugh.

—Mais c'est *pas vrai*, gémis-je.

Comme on pouvait s'y attendre, je dépassai le temps qui m'était imparti avant que mes coéquipiers trouvent la réponse, mais pas avant qu'ils aient proposé « barrage » et *Le Grand Bleu*. Avec un grognement, je m'affalai de façon théâtrale sur le canapé. Ce fut au tour de l'autre équipe de tenter sa chance.

—Watergate, proposa immédiatement Carter.

Hugh se tourna vers moi, le visage médusé.

—Pourquoi tu n'as pas simplement dessiné une porte ?

Après moi vint le tour de Simone, et j'espérais la voir tomber sur « Crise des missiles de Cuba » ou « Modèle de Bohr ». Une fois le sablier retourné, elle traça un cercle avec des traits qui en partaient.

—Soleil, dit Peter.

—Bravo ! dit-elle.

Je jetai un regard furieux à Carter.

—Tu triches.

—Et toi, tu es mauvaise perdante, répliqua-t-il.

Nous jouâmes encore une heure, pendant laquelle mon équipe se frotta à « Oncologie », « The Devil & Daniel Webster » et « Guerre de 1812 », alors que la leur tirait « Cœur », « Fleur » et « Sourire ». Je décidai donc d'en rester là et de rentrer chez moi. À la porte, j'entendis un soupir de regret à mon oreille.

—Débrouille-toi tout seul, grommelai-je à mi-voix à l'attention de Roman.

Je partis sous une pluie de protestations, mais je sus que j'avais pris la bonne décision quand Carter proposa une partie de Jenga.

À cette heure tardive, le trajet de retour se déroula tranquillement et après m'être garée dans le parking souterrain de mon immeuble, je constatai avec plaisir que la chaleur de cette journée étonnamment clémente flottait encore dans l'air. La proximité de l'eau l'avait rafraîchi un peu, l'amenant à une température nocturne parfaite. Sur un coup de tête, je traversai la rue vers la plage, qui ressemblait plus à un parc, herbeuse avec quelques mètres de sable. À Seattle, il fallait savoir s'en contenter.

Qu'à cela ne tienne, j'aimais l'eau et le doux bruit des vagues arrivant sur le rivage. Une brise légère me décoiffa, et au loin brillaient des lumières magnifiques. J'avais déménagé en partie pour m'éloigner de Queen Anne et donc de Seth, mais aussi parce que l'océan ne manquait jamais de raviver mes souvenirs de jeunesse. Le Puget Sound était loin de ressembler aux eaux chaudes de la Méditerranée au bord de laquelle j'avais grandi, mais je lui trouvais tout de même des vertus apaisantes. Un réconfort aigre-doux, bien sûr, mais mortels et immortels semblaient avoir en commun cette tendance à être attirés par ce qui était susceptible de leur faire de la peine.

L'eau était enchanteresse, miroitant à la fois au clair de lune et à la lumière des réverbères. Je suivis du regard un ferry illuminé qui se dirigeait vers Bainbridge Island, puis baissai de nouveau les yeux sur les vagues qui clapotaient devant moi. Elles semblaient obéir à une chorégraphie bien précise, formant une configuration séduisante qui m'invitait à me joindre à elles. J'étais peut-être nulle en dessin, mais la danse était un art que je maîtrisais avant même de devenir immortelle. L'eau jouait les tentatrices, et je parvenais presque à entendre la musique sur laquelle elle dansait. Grisante, pleine de chaleur et d'amour, riche de la promesse de calmer cette douleur sourde qui semblait s'être installée dans ma poitrine depuis que j'avais perdu Seth…

L'eau m'arrivait aux mollets quand je pris conscience de ce que j'avais fait. Mes talons aiguilles s'enfonçaient dans le sable et, même s'il avait fait chaud dans la journée, la température de l'eau restait basse, son contact glacé s'infiltrant sous ma peau. Le monde réel reprit soudain ses droits – oubliées, l'invitation à la danse, et sa promesse de réconfort et de plaisir.

La peur fit battre mon cœur plus fort et je me hâtai de reculer, ce qui n'était pas si facile avec le sable qui s'enroulait autour de mes talons. Je finis par enlever mes chaussures et, après m'être baissée pour les tirer hors de l'eau, je retournai au rivage, pieds nus. Je regardai fixement le Sound quelques instants de plus, étonnée de ressentir une telle frayeur. Jusqu'où serais-je allée ? Je l'ignorais et je préférais ne pas trop y réfléchir.

Je me dépêchai de rentrer à l'appartement, sans faire attention à l'asphalte rugueux sous mes pieds. Je ne commençai à me sentir en sécurité qu'après être arrivée saine et sauve dans mon salon et avoir fermé la porte à clé derrière moi. Aubrey s'approcha, reniflant mes chevilles, puis léchant l'eau salée qui y adhérait encore.

J'avais bu un seul verre, près de deux heures plus tôt ; mon corps avait largement eu le temps de métaboliser. Cette expérience n'était pas une hallucination provoquée par l'alcool – pas plus que mon saut de l'ange avorté sur mon balcon ou mon somnambulisme de la nuit dernière. Je m'assis sur le canapé, les bras croisés. Autour de moi, tout me semblait menaçant.

—Roman ? demandai-je à voix haute. Tu es là ?

Le silence fut ma seule réponse. Il était toujours avec Simone et ne rentrerait probablement pas de la nuit.

Je constatai, à ma grande stupéfaction, que j'avais soudain terriblement envie qu'il soit là. Mon appartement me paraissait vide et inquiétant.

De l'eau avait éclaboussé ma robe ; je me changeai, optant pour le confort et la douceur d'un pyjama. Je décidai de ne pas dormir. J'attendrais le retour de Roman, au salon. J'avais besoin de lui raconter ce qui m'était arrivé. J'avais besoin de lui pour monter la garde pendant mon sommeil.

Pourtant, vers 4 heures du matin, je succombai à la fatigue. Je m'allongeai sur le canapé, en compagnie des deux chats, et perdis peu à peu le fil du télé-achat qui passait à la télévision. Quand je me réveillai, la matinée était déjà bien avancée, et le soleil réchauffait ma peau. Roman n'était pas rentré. Je n'avais pas été capable de l'attendre, mais je me trouvais toujours sur le canapé. Pour le moment, je ne pouvais pas espérer mieux.

# Chapitre 4

Toute la matinée, je guettai impatiemment le retour de Roman. Il serait bien obligé de rentrer pour dormir, non ? Bien sûr, étant à moitié immortel supérieur, il avait hérité de nombreux traits du côté angélique de la famille, et les anges et les démons n'avaient presque jamais besoin de sommeil. Roman pouvait probablement rester longtemps sans se reposer – il ne faisait souvent la grasse matinée que pour le plaisir.

Je laissai un message sur le portable de Jerome, une démarche inutile la plupart du temps. Je regrettais d'être partie un peu vite hier soir. Absorbée par cette stupide partie de Pictionary, j'avais complètement oublié de demander à Carter son avis sur le chant des sirènes. En fait, jusqu'à la répétition d'hier soir, je croyais en être débarrassée. Mais si Jerome était difficile à joindre, avec Carter c'était carrément mission impossible. Il ne possédait pas de téléphone portable et semblait mettre un point d'honneur à n'apparaître qu'aux moments les plus inattendus.

Sans autre choix, j'appelai mon ami Erik, qui tenait une boutique spécialisée dans les objets ésotériques et païens. Même s'il était humain, il me dépannait souvent quand j'avais besoin d'aide dans des situations surnaturelles qui

47

me dépassaient – parfois, il en savait plus que mes amis. Alors que je composais son numéro, je ne pus me défaire d'une forte impression de tourner en rond. Je répétais sans cesse le même schéma. Un truc bizarre se produisait, j'essayais – sans succès – de contacter mes supérieurs, et je finissais par consulter Erik.

—Pourquoi moi, bon sang ? Pourquoi est-ce que ces trucs n'arrêtent pas de me tomber dessus ? marmonnai-je, alors que le téléphone sonnait.

Cody n'était jamais harcelé par des forces paranormales. Ni aucun des autres. J'avais l'impression d'être particulièrement visée. Ou maudite. Ou alors j'avais tout simplement la poisse. Oui, ma vie était une spirale interminable, régie par une succession de menaces immortelles fâcheuses – et de relations sentimentales pitoyables.

—Allô ?

—Erik ? C'est Georgina.

—Mademoiselle Kincaid, dit-il, de cette voix distinguée qui le caractérisait. Que me vaut ce plaisir ?

—J'ai besoin de votre aide – comme d'habitude – et je me demandais si je pouvais passer vous voir avant d'aller au travail.

Il y eut un silence, puis j'entendis du regret dans sa voix :

—Malheureusement, j'ai des courses à faire aujourd'hui et je dois fermer le magasin. Je serai de retour dans la soirée. Vous finissez à quelle heure ?

—Je serai probablement libre à 22 heures.

J'étais de nouveau de nuit.

—On peut se voir à ce moment-là.

Ça m'ennuyait. Normalement, il fermait vers 17 heures.

—Non, non… c'est trop tard. Essayons plutôt demain…

—Mademoiselle Kincaid, dit-il avec douceur, je suis toujours content de vous voir. Vous ne me dérangez absolument pas.

Je me sentais coupable quand je raccrochai. Erik se faisait vieux. N'aurait-il pas dû être au lit à cette heure-là ?

Mais s'il avait décidé de me recevoir, rien ne pouvait le faire changer d'avis. C'était quelqu'un d'obstiné. Je n'avais rien d'autre à faire, à part attendre et espérer que Roman réapparaisse avant que je parte au travail. Je finis par lui laisser un mot lui indiquant qu'il fallait que je lui parle le plus vite possible. Je ne pouvais pas faire mieux.

À la librairie, personne n'était absent ou – encore mieux – n'avait la gueule de bois. J'étais à jour dans ma paperasserie, j'avais donc pas mal de temps libre, que je passai essentiellement à ruminer.

Il était presque l'heure de fermer quand je remarquai Seth à sa place habituelle au café. Maddie avait travaillé pendant la journée, ce qui m'avait épargné leurs singeries de couple si mignon. Il croisa mon regard et, sachant que c'était une erreur, j'allai m'asseoir en face de lui.

— Comment ça va ? demandai-je.

Je mis ma fixation romantique habituelle sur « pause » quand je vis qu'il semblait agité.

Il tapota son écran d'un air contrarié.

— Mal. J'ai les yeux rivés sur cet ordinateur depuis deux heures et je n'ai rien fait. (Il marqua une pause.) Non, ce n'est pas tout à fait exact. J'ai commandé un tee-shirt Wonder Twins et j'ai regardé quelques vidéos sur YouTube.

Je souris et calai mon menton dans ma main.

— Pas mal, pour une journée de travail.

— Ça fait une semaine que ça dure. Ma muse est une catin ingrate qui m'a abandonné et maintenant, je ne peux compter que sur mon imagination.

— C'est un record pour toi, observai-je. (Je l'avais déjà vu souffrir de l'angoisse de la page blanche, mais jamais plus de quelques jours.) Quand est-ce que tu dois remettre ton manuscrit ?

— Pas avant un bon moment, mais quand même… (Il soupira.) Je n'aime pas être bloqué. Quand je n'écris pas, je ne sais pas trop quoi faire de mes journées.

J'allais lui faire remarquer que la préparation de son mariage avait sans doute de quoi l'occuper, mais je me ravisai, restant sur des sujets plus légers.

—Peut-être qu'il te faut un passe-temps. Pourquoi tu ne te mettrais pas à l'escrime? Ou à l'origami?

Ce sourire légèrement déconcerté, qui n'appartenait qu'à lui, lui traversa les lèvres.

—J'ai essayé le crochet une fois.

—Je ne te crois pas.

—Si. Tu n'imagines pas à quel point c'est difficile.

—En fait, c'est assez facile, dis-je, m'efforçant de ne pas rire. C'est pour les mômes. Je suis sûre que tes nièces pourraient y arriver.

—C'est le cas. Et tu ne me remontes pas vraiment le moral.

Mais il y avait une lueur d'amusement dans ces beaux yeux marron. Je les étudiai un instant, aimant cette nuance ambrée qu'ils prenaient parfois. Un moment plus tard, je me forçai à rompre le charme.

—Il te reste toujours la danse, dis-je avec malice.

Il rit à son tour.

—Je pense que nous avons prouvé que, sur ce point, toute tentative est vouée à l'échec.

J'avais essayé de lui apprendre deux fois – le swing et la salsa. Un désastre. Les talents de Seth se trouvaient dans son esprit, pas dans son corps. Bon, à la réflexion, ce n'était pas *totalement* vrai…

—Tu n'as pas encore trouvé la bonne, dis-je.

J'avais renoncé à dissimuler mon large sourire.

—Qu'est-ce qui reste? Le quadrille? La gigue? Et ne suggère même pas la danse jazz. J'ai vu *Newsies* et j'en ai été traumatisé pendant presque cinq ans.

—Dur, dur. L'avantage, avec la danse jazz, c'est que tu pourrais sans doute pratiquer en tee-shirt. Tu dois bien avoir un tee-shirt « Dancing Queen » quelque part. (Aujourd'hui, il en portait un à l'effigie de Chuck Norris.) À moins que tu cherches la variété. Les danseurs de quadrille ont des tenues plutôt chouettes.

Il secoua la tête d'un air exaspéré.

— Je te fais confiance pour les costumes. Et pour ton information, je ne possède pas encore de tee-shirt « Dancing Queen » – même si j'en ai un d'Abba. Je pense qu'un tee-shirt « Dancing Queen » te conviendrait mieux qu'à moi. (Ses yeux quittèrent mon visage pour s'intéresser à ce que la table laissait voir de mon corps.) Tu pourrais entrer sur la piste telle que tu es.

Je commençai à me sentir rougir sous son regard et utilisai mon pouvoir de métamorphose pour y mettre bon ordre. Le temps particulièrement chaud pour la saison se prêtait aux robes bain-de-soleil, et j'en portais une aujourd'hui – un trapèze couleur crème, sans manches, avec un décolleté peut-être un peu trop plongeant pour le bureau. Il ne me lorgnait pas vraiment, mais avec le temps, j'avais appris que Seth était passé maître dans l'art de cacher ses émotions. Je me demandai ce qui lui traversait l'esprit. Simple plaisir esthétique ? Désir ? Désapprobation d'une tenue indigne d'un cadre ?

— Ce vieux truc ? dis-je avec désinvolture, embarrassée pour des raisons qui m'échappaient.

— Tu portais quelque chose de la même couleur lors de notre première rencontre. (Il sembla soudain gêné.) Je ne sais pas pourquoi ce détail m'a frappé.

— Tu te trompes. J'étais en violet.

À mon tour, je me sentis troublée de me souvenir de *ça*.

Il fronça les sourcils d'une manière que je trouvais charmante.

— Tu crois ? Oui, tu as raison : un haut violet et une jupe à fleurs.

Chaque détail. S'il avait mentionné la veste en peau de serpent que je portais ce jour-là, je me serais probablement évanouie. Pourtant, j'avais le sentiment qu'il ne l'avait pas oubliée non plus. Pas plus que mes chaussures ou ma coiffure. Un silence gêné s'installa entre nous. J'avais pu empêcher le rouge de me monter aux joues, mais pas la chaleur de m'envahir le corps. Et le désir n'expliquait pas tout. Il y avait autre chose… quelque chose de plus tendre et de plus profond.

Je m'éclaircis la voix.

— De quoi parle ton livre ? C'est une aventure de Cady et O'Neill, c'est ça ?

Il hocha la tête, apparemment content de changer de sujet.

— La routine. Mystère et intrigue, tensions sexuelles et dangers mortels. (Il hésita.) C'est le dernier.

— Je… Quoi ? (J'en restai bouche bée. J'oubliai sur-le-champ les sentiments qu'il venait de réveiller en moi.) Tu veux dire que ce sera le dernier de la série ? (Seth avait écrit de nombreux romans policiers durant sa carrière, mais Cady et O'Neill – son duo intrépide menant l'enquête dans le monde des arts et de l'archéologie – était sa série emblématique.) Pourquoi ?

Il haussa les épaules, tournant de nouveau les yeux vers l'écran de son ordinateur.

— Parce qu'il est temps.

— Mais… Mais comment tu vas gagner ta vie ?

Son sourire devint ironique alors qu'il se retournait vers moi.

— J'ai déjà écrit d'autres livres, Georgina. Par ailleurs, tu ne crois pas que mes lecteurs me feront suffisamment confiance pour me suivre dans une autre série ?

— Si, bien sûr, dis-je doucement. On te suivrait jusqu'au bout du monde.

J'avais voulu dire « ils », mais c'était trop tard.

— J'espère bien, dit-il, évitant mon regard pendant un instant. (Quand il se tourna de nouveau vers moi, je vis une lueur d'excitation dans ses yeux.) Mais j'ai bien l'intention d'écrire quelque chose de complètement différent. J'ai une idée – que je trouve formidable. Et j'ai vraiment envie de me laisser porter par elle, tu comprends ?

Je comprenais. Je l'avais souvent vu oublier des pans entiers de la vie réelle quand il était absorbé dans l'écriture d'un livre. Je me demandai si ce nouveau projet, pour lequel il semblait déborder d'enthousiasme, l'entraînerait encore plus loin sur cette pente.

— Alors tu connais déjà la fin des aventures de Cady et O'Neill ?

— Non, répondit-il avec un soupir, et moins d'ardeur. C'est bien le problème. Je ne sais pas comment tout ça va finir.

Parlait-il encore des livres ? Nos regards se croisèrent, mais la suite – quelle qu'elle soit – fut interrompue quand Beth apparut à côté de moi.

— Georgina ? Un de tes amis t'attend en bas.

Mon cœur fit un bond. Roman. Roman avait lu mon mot. J'avais besoin de ses conseils sur l'attrait qu'exerçait sur moi cette force inquiétante – rien d'autre n'aurait pu m'arracher à Seth. Je me levai brusquement, l'air désolé.

— Il faut que j'y aille.

Il hocha la tête. Il avait dans le regard une émotion que j'avais du mal à identifier – ce qui me troublait. En effet, aussi impassible que reste son visage, à une époque j'avais su le déchiffrer.

— Pas de problème, dit-il.

De la nostalgie ? Était-ce là l'émotion mystère ?

Je n'avais pas le temps d'y réfléchir plus longtemps. Roman était plus important. Je descendis les marches quatre à quatre, impatiente de le voir. Mais quand j'arrivai aux caisses, ce n'était pas Roman qui m'attendait, mais Cody.

Enfin, je crus que c'était lui.

Il me fallut un moment pour en être certaine. Il était entièrement vêtu de noir – et pas seulement le jean et le tee-shirt assortis. Tout l'accoutrement y était : le perfecto clouté, les rangers et – argh – le débardeur en résille. Il avait fait des mèches noires dans ses cheveux blonds ; il n'avait pas mégoté sur l'eye-liner noir et un rouge à lèvres de la même couleur, sur fond de teint blanc, venait compléter le tableau. Ne sachant pas quoi dire, je l'attrapai par le bras et l'entraînai dans mon bureau avant que quelqu'un puisse le voir.

— Mais qu'est-ce que tu fais là, bon sang ?

Le soleil venait de se coucher, il avait donc dû rouler au moins au double de la vitesse autorisée pour arriver ici aussi rapidement.

— Je suis venu voir Gabrielle, expliqua-t-il, jetant un regard impatient en direction de la porte de mon bureau. Où est-elle ? Je voulais être là avant la fermeture.

— Elle ne travaille pas ce soir. (Son visage s'assombrit, mais je ne pus m'empêcher d'ajouter :) Et franchement, ça vaut mieux pour toi.

— Pourquoi ? Peter avait un numéro du *Seattle Sinner*, et après l'avoir feuilleté, on a pensé que c'était le meilleur moyen d'attirer l'attention de Gabrielle. Il m'a aidé à m'habiller.

— Attends. Peter avait un numéro du… ? Peu importe. Je préfère ne pas savoir. Elle t'aurait remarqué, tu peux me croire. Mais je ne suis pas sûre que ça aurait joué en ta faveur.

Cody désigna sa tenue.

— Mais c'est son truc, non ? Tu l'as dit toi-même : elle est toujours habillée en noir.

— C'est vrai, concédai-je. Mais, comment dire… Là, tu pousses un peu le bouchon. Les gens comme elle détestent les imposteurs. Si tu en fais trop, tu risques de la rebuter encore plus.

Il soupira et s'effondra dans mon fauteuil de bureau, l'air abattu.

— Alors, qu'est-ce que je suis censé faire ? Cette revue était ma seule piste.

— Eh bien, pour commencer, ne laisse plus jamais Peter t'habiller. Quant au reste… Je ne sais pas. Je vais me renseigner et voir si je peux te dégotter d'autres informations. Mais ne t'avise plus de revenir ici fagoté comme ça !

— D'accord, dit-il.

À ce moment-là, Doug passa la tête dans l'encadrement de la porte. Comme il ne travaillait pas, je fus un peu surprise, mais pas autant que lui.

— Salut, Kincaid, j'avais une question concernant les horai… Merde alors ! Qu'est-ce que c'est que *ça* ?

— C'est Cody, dis-je.

Avec circonspection, Doug entra dans la pièce et scruta le visage de Cody.

— Incroyable. Un instant, j'ai cru voir le fantôme de Gene Simmons.

— Gene Simmons n'est pas mort, dit Cody.

— Cody essaie d'impressionner Gabrielle, expliquai-je. (Doug ouvrit la bouche, probablement pour faire un commentaire sur la vanité d'une telle démarche, mais je levai la main pour l'interrompre.) Oui, oui, je sais. Qu'est-ce que tu veux ?

Doug voulait changer d'horaires, et en l'absence de sa dulcinée, Cody décida de partir. Je le fis sortir par la porte de service, ne voulant pas déclencher la panique dans le magasin. Une fois d'accord sur le planning, Doug et moi continuâmes à plaisanter à propos de Cody et Gabrielle. Je ne vis pas le temps passer et bientôt j'entendis dans l'Interphone les annonces invitant les derniers clients à terminer leurs achats. Doug prit congé – craignant probablement que je le mette au travail s'il restait – et je me concentrai sur mes propres tâches. L'heure de mon rendez-vous avec Erik approchait, et je ressentais un mélange d'excitation et d'appréhension.

Une heure après la fermeture des portes, les employés commencèrent à rentrer chez eux. Je fis une dernière tournée d'inspection dans le magasin et découvris que Seth n'avait pas bougé du café. Rien de bien surprenant. Mes collègues n'osaient jamais le mettre à la porte quand nous fermions. Une fois, il s'était même laissé enfermer et avait déclenché l'alarme. Je me dirigeai vers lui, remarquant l'expression extasiée de son visage tandis que ses doigts dansaient sur les touches du clavier de son ordinateur.

—Hé, Mortensen! l'interpellai-je. Tu n'es pas obligé de rentrer, mais tu ne peux pas rester ici.

Il lui fallut près de trente secondes pour lever la tête et même alors, il parut étonné de me voir.

—Oh. Salut.

Je sentis un sourire jouer sur mes lèvres. Ce genre de comportement, c'était du Seth tout craché.

—On ferme. C'est l'heure de partir.

Il regarda autour de lui, remarquant la nuit derrière les fenêtres et l'absence de clients dans la librairie.

—Oh, mince. Je n'avais même pas fait attention.

—Je suppose que ta muse est revenue?

—Oui.

—Alors, tu sais comment ça va se finir maintenant?

—Non. Pas encore.

Je conduisis Seth à la porte de service et branchai l'alarme avant de sortir à mon tour. Il me souhaita bonne nuit, et si j'avais cru surprendre chez lui une sorte d'affection nostalgique un peu plus tôt, il n'en restait plus aucune trace. Dans son cœur, il n'y avait dorénavant de place que pour ses personnages. J'avais dû l'accepter quand nous étions ensemble et, en le regardant s'éloigner, je décidai que c'était très bien ainsi. L'écriture était tout pour lui.

Pour moi aussi, l'heure n'était pas à la nostalgie : je devais me rendre à la boutique d'Erik, au nord de la ville. Je me sentais toujours un peu coupable de le déranger aussi tard, mais les lumières dans sa devanture brillaient dans la nuit. À l'intérieur régnait une forte odeur d'encens et la musique était aussi présente que pendant les heures d'ouverture. Jetant un coup d'œil autour de moi, je ne le vis pas immédiatement. Puis, je l'aperçus, agenouillé devant plusieurs livres de chiromancie.

— Bonsoir, Erik.

— Mademoiselle Kincaid.

Il se leva, mais ses mouvements étaient saccadés et mal assurés. Et quand il se tourna enfin vers moi, son visage à la peau noire me parut émacié. Ma première réaction fut de vouloir me précipiter vers lui pour le soutenir, mais j'avais le sentiment qu'il n'apprécierait pas une telle attention. Je lui posai tout de même la question qui me brûlait les lèvres.

— Ça va ? Vous avez été malade ?

Il me gratifia d'un sourire doux et commença à avancer – lentement – vers le principal comptoir de la boutique.

— J'ai attrapé un rhume qui a du mal à passer, mais ça va aller.

Je n'en étais pas aussi sûre. Je connaissais Erik depuis longtemps… J'avais perdu le compte des années, en fait. Ce n'était pas rare, avec les mortels, mais ça me prenait souvent au dépourvu. Ils semblaient jeunes et en bonne santé… et l'instant d'après, ils étaient vieux et mourants. On n'en souffrait pas moins pour autant. Seth avait rompu avec moi en partie pour m'épargner ça, parce que j'avais commencé à devenir un peu trop parano s'agissant de son bien-être.

À présent, en regardant Erik, je me sentais encore plus coupable de l'avoir obligé à veiller aussi tard. Je pris aussi conscience que je ne venais jamais le voir sans avoir un service à lui demander – je n'en étais pas fière non plus. À quand remontait ma dernière visite ? Plusieurs mois – l'invocation de Jerome. J'avais eu besoin d'Erik à ce moment-là, et je n'étais pas revenue depuis.

— Du thé ? proposa-t-il, comme d'habitude.

— Non, non. Je ne veux pas vous retenir plus long-temps que nécessaire, protestai-je en m'appuyant au comptoir et je me sentis soulagée quand il s'installa sur un

57

tabouret. J'avais juste deux ou trois petites choses à vous demander. Il m'est arrivé un truc bizarre.

Je faillis éclater de rire alors que les mots sortaient de ma bouche. Je n'aurais pas pu trouver mieux en guise d'introduction – et pas seulement pour cette fois. La pensée que j'avais eue plus tôt me revint à l'esprit : ma vie était une spirale, qui n'arrêtait pas de se répéter.

Je lui fis un compte-rendu de mes étranges contacts avec la force inconnue et – en grande partie – indescriptible. Il m'écouta attentivement, fronçant ses sourcils gris et fournis.

—Je suis désolé de vous dire ça, dit-il quand j'eus terminé, mais il y a probablement plusieurs hypothèses qui pourraient correspondre.

—Ben voyons, murmurai-je.

Ce commentaire concernait ma vie en général, pas ses capacités.

—Le fait que votre… euh… votre ami n'ait pas réussi à l'identifier est curieux. (Erik était l'une des rares personnes à être au courant de la présence de Roman à Seattle. Erik n'avait que faire des chamailleries entre le ciel et l'enfer et il n'était pas du genre à cafter.) Bien sûr, il ne bénéficie pas de toute l'étendue des pouvoirs de ses parents. Vous n'en avez pas parlé avec un immortel supérieur, je suppose ?

Je secouai la tête.

—Non. Ils ne sont jamais là quand on a besoin d'eux, comme d'habitude. Je pense voir Jerome bientôt. (Il viendrait probablement faire le point avec Roman.) On verra à ce moment-là.

—Je suis navré de ne pas avoir de réponse immédiate. Apparemment, ce n'est jamais le cas.

—Pas au début, dis-je. Mais vous finissez toujours par trouver quelque chose. Encore une autre constante.

—Pardon ?

—Non, rien, dis-je avec un petit soupir. C'est juste que, parfois, j'ai le sentiment que ma vie se répète. Comme cette histoire de force mystérieuse, cette fois. Pourquoi moi ? Au cours de l'année écoulée, j'ai été entraînée plusieurs fois dans des histoires pas possibles. Le destin semble s'acharner sur moi. Pourquoi est-ce que ça n'arrête jamais ?

Erik m'observa attentivement pendant quelques instants.

— Certaines personnes attirent l'attention des puissances et des créatures surnaturelles de ce monde. Apparemment, vous faites partie de ces personnes.

— Mais pourquoi ? demandai-je, étonnée par le ton puéril de ma voix. Je suis un simple succube comme il y en a des milliers. Et pourquoi aussi récemment ? Pourquoi seulement dans l'année écoulée ?

Par quelque cruel tour du destin, mes mésaventures paranormales avaient commencé au même moment que mes déboires sentimentaux – comme si une source de souffrance ne suffisait pas.

— Je ne sais pas, admit Erik. Les choses changent. Des forces invisibles œuvrent dans la coulisse. (Il marqua une pause et toussa. Je grimaçai – il n'avait vraiment pas l'air bien.) J'ai bien peur de ne pas vous être d'un grand secours – encore une fois.

Je tendis le bras et lui serrai doucement l'épaule.

— Non, ne dites pas ça. Vous m'êtes très précieux. Je ne sais pas ce que je serais devenue sans votre aide pendant toutes ces années.

Cette dernière remarque me valut un sourire.

Ne voulant pas le retenir plus longtemps, je pris mon sac pour partir. Alors que je me dirigeais vers la porte, il dit soudain :

— Mademoiselle Kincaid ?

Je jetai un coup d'œil derrière moi.

— Oui ?

— Vous voyez toujours M. Mortensen ?

La question me prit par surprise. Erik avait été intrigué quand Seth et moi avions commencé à sortir ensemble, curieux de la relation qui pouvait exister entre un succube et un humain, mais sans en faire une idée fixe comme Carter.

— Oui. Ça m'arrive.

Je repensai à ma conversation avec Seth, un peu plus tôt, à la chaleur et au sentiment de bien-être qui s'étaient emparés de nous.

— Et vous êtes en bons termes ?

— Plus ou moins.

Si on oubliait son mariage imminent, bien sûr.

— C'est bien. Il n'en va pas toujours ainsi, dans ce genre de situation.

— Oui, je sais. Même si…

Je ravalai mes mots.

Erik inclina la tête, me regardant avec curiosité.

— Même si ?

— Nous sommes des amis maintenant, mais parfois… parfois j'ai l'impression que mon âme est cassée en deux.

— C'est compréhensible. (Ses yeux brûlaient de compassion, et je sentis les larmes monter aux miens.) Je suis désolé d'avoir abordé le sujet. J'étais simplement curieux.

Je lui assurai qu'il n'y avait pas de mal et lui souhaitai de nouveau une bonne nuit. La mention de Seth et le souvenir du moment passé avec lui un peu plus tôt m'avaient mise d'humeur mélancolique. Je rentrai à West Seattle, déprimée à l'idée de devoir faire les boutiques pour son mariage demain et inquiète concernant l'état de santé d'Erik. Aussi pesantes que soient ces pensées, elles me sortirent de l'esprit dès que j'entrai dans mon salon.

— Roman !

Il était assis sur le canapé, comme la dernière fois, mais il mangeait une tourte au poulet réchauffée au micro-ondes. La télévision était allumée, mais il ne semblait pas la regarder. Quand il leva les yeux vers moi, il n'affichait pas l'expression amusée et railleuse qui lui était coutumière. Il avait l'air sombre. Préoccupé, même.

—Enfin, tu es là! m'exclamai-je, laissant tomber mon sac et mes clés sur le sol. Tu ne devineras jamais ce qui m'est arrivé.

Roman soupira.

—Non, c'est toi qui vas avoir du mal à croire ce que j'ai à te dire.

—Attends, je…

Il leva la main pour m'interrompre.

—Moi le premier. Il faut que ça sorte. Je n'en peux plus de garder ça pour moi.

Je ravalai mon impatience.

—D'accord. Tu as gagné. Ça a quelque chose à voir avec Simone?

Il hocha la tête.

—Oui. Je l'ai suivie ce soir, jusqu'au *Bird of Paradise*, un café ouvert vingt-quatre heures sur vingt-quatre. (Il m'observa attentivement.) Tu connais?

Je sentis que je commençais à froncer les sourcils.

—Oui… C'est dans Queen Anne, à deux pas d'*Emerald City*. Qu'est-ce qu'elle faisait là? À part prendre un café?

L'expression de Roman s'assombrit encore et devint même – sauf erreur de ma part – compatissante.

—Elle draguait un type, dit-il. Seth.

# Chapitre 5

J e le regardai fixement, et la terre s'arrêta de tourner pendant un instant.

— Attends un peu… Seth avait rendez-vous avec Simone?

Roman secoua la tête.

— Je ne présenterais pas les choses comme ça. C'est plutôt elle qui lui a mis le grappin dessus. Apparemment, il travaillait depuis un certain temps quand elle est arrivée.

— Et après?

J'avais une toute petite voix.

— Après, elle est allée à sa rencontre et a joué les admiratrices timides, prétendant l'avoir reconnu grâce à la photo de son site web. La coquette, d'une modestie affectée, dans toute sa splendeur.

— Et *après*?

— Elle lui a dit combien elle regrettait de ne pas avoir un de ses livres sur elle pour se le faire dédicacer et lui a demandé s'il acceptait de signer un morceau de papier à la place. Il a dit d'accord et elle s'est assise, s'excusant plusieurs fois de le déranger. Elle lui a dit qu'elle avait deux ou trois questions à lui poser et qu'elle espérait qu'il ne verrait pas d'inconvénient à ce qu'elle lui tienne compagnie pendant quelques minutes.

Je remarquai que je serrais les poings. Je respirai à fond et me détendis.

—Seth n'engagerait pas la conversation avec une inconnue de cette façon. Pas sans se sentir horriblement gêné.

—C'est vrai, admit Roman. Il avait l'air aussi peu à l'aise que d'habitude.

Il y avait une pointe d'ironie dans la voix de Roman qui ne me plaisait pas beaucoup. Dans le passé, les deux hommes s'étaient disputé mon affection et apparemment, Roman en conservait une certaine amertume – et un sentiment de supériorité. Roman pouvait se montrer très charismatique quand il s'en donnait la peine.

—Mais elle s'est mise dans la peau du personnage, aussi timide et nerveuse que lui. Je pense que ça l'a aidé à se sentir plus à l'aise.

—Alors… elle est *restée*?

—Oui, presque une demi-heure.

—Une demi-heure? m'exclamai-je. (J'avais élevé la voix; Godiva, réveillée en pleine sieste, dressa la tête.) Elle a essayé de le séduire?

Roman prit un air pensif.

—Pas de manière traditionnelle. Enfin, elle n'était pas aussi assommante que d'habitude. Mais elle l'a mis suf-fisamment à l'aise pour qu'il se détende et semble prendre plaisir à discuter avec elle. Elle ne s'est pas montrée agressive, sexuellement parlant, et il n'a pas donné l'impression de vouloir se la faire. C'était juste… je ne sais pas… une conversation sympathique. Même si elle n'a pas pu s'empêcher de laisser échapper quelques-uns de ces faits si agaçants qu'elle affectionne. (Il marqua une pause.) Oh, et puis elle était brune.

Cette dernière information m'irrita sans doute plus qu'elle aurait dû.

—Mais il a fini par s'en débarrasser, n'est-ce pas?

—Non, Maddie est arrivée, et il est parti avec elle – après avoir dit à Simone qu'il était ravi d'avoir fait sa connaissance.

Quelle ironie. Je n'aurais jamais imaginé éprouver un tel soulagement en apprenant que Maddie avait ramené Seth chez eux. Tout comme je n'aurais jamais cru me réjouir que son attachement pour elle l'empêche de succomber aux charmes d'une autre femme.

Je fis un pas vers Roman, serrant de nouveau les poings. Je ne lui en voulais pas d'être porteur de mauvaises nouvelles, j'avais simplement du mal à contenir ma colère.

— Qu'est-ce que ça signifie ? demandai-je. À quoi elle joue, bon sang ?

Il soupira.

— Je l'ignore. Peut-être qu'elle ne joue à rien. Elle aime le café, ce n'était pas la première fois que je la voyais s'en payer un. Elle a très bien pu se retrouver là par pure coïncidence et penser que Seth était une belle prise – même si ce dernier point me dépasse.

Je laissai passer sa pique.

— Allons donc, Roman. Tu n'es pas aussi stupide. Franchement, elle débarque à Seattle et, parmi tous les hommes que compte une ville de cette taille, elle se met à draguer mon ex ? Tu sais comme moi qu'il n'y a pas beaucoup de coïncidences dans notre monde.

— C'est vrai, admit-il, posant les restes de son dîner sur la table.

Les chats se précipitèrent.

— Tu veux bien arrêter de faire ça ? Ils ne sont pas censés manger ce genre de choses.

— Calme-toi un peu, je n'y suis pour rien. (Mais il se leva et emporta l'assiette à la cuisine. Quand il revint, il croisa les bras sur sa poitrine et se tint devant moi.) Écoute, tu n'as pas tout à fait tort. C'est curieux qu'elle s'en prenne à Seth. Mais réfléchis aussi un peu à ça : tu ne crois pas qu'il y a des choses un tout petit peu plus importantes que ton ex-petit ami ? La théorie de Jerome est plus logique, tu sais. L'enfer lui a permis de garder son boulot, mais ça ne veut pas dire que l'incident est clos. Dans le genre rancunier, on ne fait pas mieux, et Simone a été envoyée pour évaluer la situation.

— Mais elle n'évalue rien du tout ! À part le talent de mes amis au Pictionary.

— Tu aurais dû les voir jouer à Jenga.

— Ce n'est pas drôle. Je dois découvrir ce qu'elle mijote. La prochaine fois que tu l'espionneras, je viens avec toi.

Il haussa un sourcil.

— Je pense que c'est une très mauvaise idée.

— Je peux devenir invisible.

— Elle sentira quand même ta présence.

— Pas si tu masques ma signature. Tu m'as dit que c'était possible. Tu m'as menti ?

Roman grimaça. Juste avant que les choses tournent au vinaigre entre nous, il m'avait demandé de m'enfuir avec lui, me promettant de me dissimuler aux sens des immortels supérieurs.

— Non, dit-il. Mais je reste persuadé que tu vas t'attirer des ennuis.

— Qu'est-ce que je risque ?

— Tu risques gros. Qu'il s'agisse de Seth ou de Jerome, il est clair que quelque chose se prépare. Si tu t'en mêles, c'est ta vie qui pourrait être en jeu. Et ça, je m'y oppose.

— Depuis quand tu t'intéresses à ce qui pourrait m'arriver ? demandai-je avec incrédulité.

— Depuis que tu me loges gratuitement.

Et sur ces mots, il devint invisible, masquant également sa signature.

— Dégonflé ! criai-je.

En guise de réponse, j'entendis la porte d'entrée s'ouvrir et se fermer. Je l'avais perdu et, avec lui, ma chance de lui parler de mes expériences troublantes de ces derniers jours.

Cette nuit-là, je me tournai et me retournai de nouveau dans mon lit, mais ça n'avait rien à voir avec ma peur de me jeter du balcon ou d'aller me noyer dans le Puget Sound.

J'étais dévorée de rage, envers Simone pour avoir osé s'attaquer à Seth, mais aussi envers Roman pour m'avoir abandonnée. Au réveil, le lendemain matin, je me consolai en me disant que je n'avais pas besoin de Roman pour affronter Simone. Je pouvais me débrouiller toute seule.

Bien sûr, il fallait compter avec quelques complications. D'abord, je ne savais pas où la trouver. Commencer par son hôtel paraissait la démarche la plus logique, même si, comme la plupart des succubes – et aussi assommante soit-elle –, elle n'y passait probablement pas beaucoup de temps. Sauf si elle avait de la compagnie, bien sûr – et je n'avais vraiment pas envie de la surprendre en pleine action. De toute façon, une autre obligation m'attendait avant que je puisse me consacrer à la chasse à la pétasse.

Maddie.

J'avais regretté ma décision de l'accompagner faire les boutiques à peine les mots sortis de ma bouche. Pourtant, hier, assise en compagnie de Seth au café, j'avais totalement refoulé ces sentiments. L'idée de ce mariage m'avait brièvement traversé l'esprit… avant de disparaître. J'avais passé le reste du temps à rire et à parler avec lui, comme si Maddie n'existait pas. Mais alors que je me dirigeais vers la librairie où nous nous étions donné rendez-vous, je dus de nouveau accepter la réalité. Seth ne m'appartenait plus.

Pas plus qu'à Simone. Mais je réglerai ça plus tard.

Maddie m'attendait au rez-de-chaussée, mais je prétextai une envie de café pour faire un tour à l'étage. Je voulais vérifier que Simone ne rôdait pas dans le coin. Quelle que soit sa forme, j'aurais su qu'elle était là. Cependant, alors que je patientais au comptoir pour mon moka blanc, je ne sentis aucun immortel. Absorbé par son travail, Seth ne me vit même pas. Apparemment, sa muse était de retour pour de bon.

Je le laissai à son roman et rejoignis Maddie. Elle avait dressé une liste de huit boutiques, avec leurs adresses. Je ne pensais pas que nous pourrions les faire toutes avant de devoir reprendre le travail. Face à mon scepticisme, Maddie était plus optimiste, mais c'était dans son caractère.

—Pourquoi s'inquiéter ? dit-elle. On les fera l'une après l'autre et on verra bien où ça nous mène. Et puis, les dernières adresses de la liste sont des pâtisseries – mieux vaut éviter de manger trop de gâteaux avant les essayages.

—Parle pour toi, dis-je, en m'installant côté passager dans sa voiture. Moi, je n'essaie rien.

Elle me fit un sourire ironique.

—Tu crois ça ? Tu es ma demoiselle d'honneur, tu n'as pas oublié ? On en a parlé lors de ta pendaison de crémaillère.

—Non, répondis-je promptement. J'ai fait et dit toutes sortes d'âneries ce soir-là, mais je n'ai jamais donné mon accord pour *ça*. Je m'en souviendrais, tu peux en être sûre.

Maddie n'avait pas changé d'expression, mais je crus discerner un peu de peine dans sa voix quand elle reprit la parole :

—Pourquoi tu en fais tout un plat ? Tu sais que je ne t'obligerais jamais à porter quelque chose d'horrible.

Pourquoi ? Je réfléchis à la réponse alors qu'elle s'engageait dans la circulation. *Parce que je suis amoureuse de ton futur mari.* Je pouvais difficilement lui dire ça, bien sûr. Je voyais bien que mon silence prolongé la mettait mal à l'aise. Elle l'interprétait comme une entorse à notre amitié.

—C'est juste que… Je n'aime pas tout ce tralala qu'il y a autour des mariages – les préparatifs, tout ce stress à cause de petits détails. Je préférerais vous regarder avancer vers l'autel depuis l'assistance.

En fait, c'était bien l'une des dernières choses dont j'avais envie.

—Ah bon ? (Maddie fronça les sourcils, mais heureusement pour moi, elle semblait plus surprise que déçue.) Tu as pourtant un don pour l'organisation. Je pensais que tu aimais ce genre de choses.

Elle n'avait pas tort. Je le prouvais quotidiennement dans mes fonctions à la librairie.

—Oui, mais… À la réception, les types qui ont un coup dans le nez draguent systématiquement les demoiselles d'honneur. Ils pensent qu'elles sont désespérées parce qu'elles ne se marient pas ce jour-là.

Ce qui n'était pas si loin de la vérité dans mon cas.

Maddie sourit de nouveau.

—Pas terrible, comme excuse.

Elle avait raison, mais elle ne remit pas la question sur le tapis le reste du trajet.

Après avoir échoué dans ses tentatives initiales de choisir une robe de mariée seyante, Maddie avait décidé de s'en remettre entièrement à moi pour la guider sur les chemins de l'élégance. Ce n'était pas une première, et je me glissai plutôt facilement dans ce rôle de conseillère. En fait, en me concentrant sur les éléments objectifs de ce processus – la bonne coupe, les couleurs, etc. – je parvins presque à oublier le contexte – elle et Seth, leur mariage.

Les vendeuses comprirent bien vite qui était la patronne et, plutôt que de perdre leur temps en conseils inutiles, se contentèrent de nous apporter les robes que je leur indiquais. Vu le nombre de boutiques, et le choix qu'elles offraient, nous pouvions nous permettre de faire les difficiles.

—Celle-là est pas mal, dis-je dans le troisième magasin.

Elle avait un corset qui lui affinait la taille, et une jupe qui n'était pas évasée. Les hanches avaient toujours l'air plus large dans les modèles évasés, mais personne ne semblait s'en rendre compte. Il fallait être grande et mince pour pouvoir porter une robe de ce genre, pas petite et bien en chair comme Maddie.

Elle s'admira dans la glace, une expression agréablement surprise sur le visage. Elle était toujours attirée par des modèles qui n'étaient, selon moi, pas un bon choix, et celle-là était la première de mes suggestions qu'elle trouvait vraiment à son goût. La vendeuse nota la référence et Maddie fit mine de retourner dans la cabine d'essayage. Ce faisant, une robe sur un mannequin attira son attention.

—Oh, Georgina, je n'ai pas oublié ce que tu m'as dit, mais tu dois absolument l'essayer, supplia Maddie.

Je suivis son regard. C'était une robe longue en charmeuse violette, moulante et sexy, avec des bretelles qui se nouaient autour du cou.

*« Tu portais quelque chose de la même couleur lors de notre première rencontre. »*

Je détournai les yeux.

—Pas assez moche pour être une robe de demoiselle d'honneur.

—Elle t'irait comme un gant. D'ailleurs, *tout* te va, ajouta-t-elle en secouant la tête. Et puis tu pourras toujours la remettre à d'autres occasions – des réceptions, ce genre de choses.

C'était vrai. Elle ne ressemblait pas aux horreurs habituellement réservées aux demoiselles d'honneur – ni taffetas, ni couleurs criardes. Avant que je puisse continuer à protester, la vendeuse était déjà allée en chercher une en rayon, devinant ma taille grâce à ce don troublant qui n'appartenait qu'aux membres de sa profession.

À contrecœur, j'essayai donc la robe pendant que Maddie passait à la suite. La taille n'était pas *parfaite*, mais j'y remédiai aux endroits où c'était nécessaire. Maddie avait raison. Elle m'allait comme un gant ; en me voyant sortir de la cabine, elle était persuadée que j'allais l'acheter et la porter à son mariage – mieux, elle était prête à me l'offrir. La vendeuse, sentant la bonne affaire, et peut-être pour se venger de mon attitude tyrannique, avait « obligeamment » cherché deux autres robes pour moi, afin de me les faire essayer pendant que j'attendais Maddie, cette dernière prétextant qu'elle s'en voulait de me laisser sans rien avoir à faire. Je retournai donc, malgré moi, dans la cabine d'essayage. Elles m'allaient bien aussi, mais pas autant que la violette.

J'étais en train de les rendre à la vendeuse quand quelque chose attira mon attention. Une robe de mariée, dos nu, en satin duchesse ivoire, jupe drapée. Je la regardai longuement. Ç'aurait été un désastre sur Maddie, mais sur moi…

—Vous voulez l'essayer ? demanda la vendeuse avec espièglerie.

Mon petit doigt me disait qu'il n'était pas rare, dans ce genre de boutiques, que les demoiselles d'honneur essaient furtivement des robes de mariée. Une manifestation du désespoir et de la tristesse de celles qui ne sont que les témoins de la fête.

Ni une ni deux, je me retrouvai dans la cabine, portant la robe ivoire. *« Tu portais quelque chose de la même couleur lors de notre première rencontre. »* Seth s'était trompé et avait rectifié de lui-même, mais pour une raison qui m'échappait, ses paroles me revenaient à présent. Et cette robe m'allait à merveille. Mieux que ça, même. Je n'étais pas particulièrement grande, mais j'étais assez mince pour que ça n'ait pas d'importance – je remplissais le haut à la perfection. Dans la glace, mon regard était différent de celui que j'avais eu avec les autres robes ; j'essayais de m'imaginer en mariée. Il y avait ce je-ne-sais-quoi avec les mariées et les mariages qui parlait instinctivement au cœur de très nombreuses femmes, et le succube que j'étais – même blasé – partageait ce sentiment. Les statistiques déprimantes ne comptaient pas : le taux de divorce, les infidélités dont j'avais souvent été la cause…

Oui, les mariées avaient quelque chose de magique, une image gravée dans l'inconscient collectif. Je m'imaginais avec un bouquet à la main et un voile sur la tête. Les vœux de bonheur des invités ; la promesse et l'espoir d'une vie merveilleuse à deux, qui donnaient un peu le tournis. J'avais été une mariée, il y a bien longtemps. Ces rêves avaient été les miens, et j'avais tout gâché.

Avec un soupir, je retirai la robe, de peur de me mettre à pleurer. Il n'y aurait pas de mariage pour moi. Aucune espérance de noces. Ni avec Seth, ni avec un autre. J'avais perdu cela à tout jamais. Je passerais l'éternité seule, à l'exception de quelques amants d'un soir…

Comme on pouvait s'y attendre, je fus quelque peu déprimée le reste de la journée.

Maddie acheta la robe violette pour moi, et j'avais trop le cafard pour protester – ce qu'elle interpréta comme une capitulation de ma part. Nous finîmes la tournée des boutiques de robes, mais par manque de temps, il nous fallut renoncer aux pâtisseries. Bilan : nous avions repéré quatre candidates pour la robe, nous avions donc bien avancé.

Mon humeur ne s'améliora pas une fois de retour au travail. Je me terrai dans mon bureau autant que possible, seule avec mes idées noires. Quand je rentrai enfin chez moi après cette journée qui m'avait paru interminable, l'appartement était vide et je constatai avec étonnement que ça me faisait beaucoup de peine. J'aurais souhaité de tout mon cœur que Roman soit là, et même pas pour parler de Simone ou d'autres énigmes immortelles. J'avais simplement besoin de sa compagnie. Je voulais avoir quelqu'un à qui parler et ne pas être seule. Aussi exaspérant soit-il, il faisait partie de ma vie, il en était même devenu un des points de repère. Et avec l'éternité morose qui m'attendait, ce n'était pas rien.

Je savais qu'il était inutile de l'attendre… mais j'essayai tout de même. Je m'allongeai sur le canapé avec une bouteille de Grey Gouse et les chats, tirant un peu de douceur de ces créatures chaudes et duveteuses qui m'aimaient. *Eternal Sunshine of the Spotless Mind* passait à la télévision, ce qui ne fit vraiment rien pour me remonter le moral. En bonne masochiste, je regardai tout de même.

Du moins, c'est ce que je crus. Parce que soudain, le cri perçant d'un Klaxon retentit dans mes oreilles. Je clignai des yeux et tournai la tête dans tous les sens. Je n'étais pas sur le canapé. Aucune trace des chats ou de la vodka. J'étais assise en équilibre précaire sur la balustrade de mon balcon. Le bruit venait d'en bas, de la rue. Une voiture en avait presque embouti une autre et celle qui l'avait échappé belle avait klaxonné son indignation.

Je ne savais pas exactement comment j'étais arrivée sur le balcon. Toutefois, je me rappelais la force qui m'avait attirée ici – en grande partie parce qu'elle était toujours là. La lumière et la musique – ce sentiment de bien-être et de justesse, qu'il était tellement difficile d'exprimer clairement, flottait dans l'air, devant moi. C'était comme un tunnel. Non, comme une étreinte, des bras ouverts qui ne demandaient qu'à m'accueillir.

*Viens, allez viens. Tout va s'arranger. Tu es en sécurité. Nous t'aimons.*

Malgré moi, l'une de mes jambes bougea sur la balustrade. Il aurait été si facile de passer de l'autre côté, d'accepter ce qu'on m'offrait. Et si je tombais? M'écraserais-je simplement sur le trottoir? Je n'en mourrais pas. Mais peut-être que je ne tomberais pas. Peut-être que j'entrerais dans la lumière, dans cette félicité qui chasserait cette douleur qui semblait ne pas vouloir me lâcher ces derniers temps…

— Non, mais ça va pas la tête?

L'automobiliste qui avait failli être embouti était sorti de sa voiture et hurlait après l'autre. Ce dernier quitta, lui aussi, son véhicule, et lui renvoya ses insultes. Un échange plutôt bruyant s'ensuivit. L'un de mes voisins du dessous ouvrit la porte de son balcon et leur cria de la fermer.

Le bruit discordant de la dispute me fit reprendre mes esprits. Une fois de plus, le chant des sirènes reflua, et pour la première fois, je ressentis presque… des regrets. Avec précaution, je descendis de la balustrade et regagnai la solidité du balcon. Une chute ne m'aurait pas tuée, mais bon sang, je l'aurais sentie passer.

Je rentrai dans l'appartement, trouvant tout exactement comme je l'avais laissé. Les chats n'avaient pas bougé, même s'ils dressèrent la tête à mon entrée. Je m'assis entre eux, caressant machinalement Aubrey. J'étais de nouveau

73

effrayée, effrayée et singulièrement attirée par ce qui venait de se produire – et c'était *ça*, le plus flippant.

En dépit de la vodka de ce soir, l'alcool n'y était pour rien, comme ma baignade dans le Sound l'avait prouvé. Il n'y avait aucun lien. Cependant… je commençais à distinguer un point commun entre les trois expériences. Mon humeur. Chaque fois, j'avais été en proie à la morosité… je m'étais apitoyée sur mon sort, cherchant un réconfort qui me fuyait. Et c'était dans ces moments-là que ce phénomène s'était produit, offrant une solution et un bien-être que j'avais crus hors de portée.

J'étais mal. Parce que si cette chose était attirée par le malheur et le chagrin, avec moi elle allait être servie.

# Chapitre 6

Au réveil, je sentis l'odeur des œufs et du bacon. Pendant un instant, j'eus une singulière impression de déjà-vu. Au début de ma relation avec Seth, il m'était arrivé de dormir chez lui après une soirée trop arrosée. Au matin, j'avais toujours trouvé un copieux petit déjeuner servi à la cuisine.

Au bout d'un moment, la réalité reprit ses droits. Il n'y avait pas de bureau ni de panneau d'affichage avec des notes pour de futurs romans, pas d'ours en peluche vêtu d'un tee-shirt de l'université de Chicago. En face de moi se dressait ma propre commode, et mes draps bleu pâle étaient enroulés autour de mes jambes.

Avec un soupir, je m'extirpai maladroitement de mon lit et me dirigeai vers la cuisine ; je voulais en avoir le cœur net. À ma stupéfaction, Roman jouait les chefs devant ma cuisinière, avec les deux chats assis à ses pieds et espérant sans doute obtenir un morceau de bacon.

— Tu fais la cuisine, toi, maintenant ? demandai-je, me versant une tasse de café.

— Je cuisine tout le temps. Tu ne fais pas attention, c'est tout.

— J'ai remarqué que tu réchauffais des plats congelés. Qu'est-ce qui t'a pris ?

Il haussa les épaules.

—Je meurs de faim. On n'a pas vraiment le temps de manger quand on est en filature.

Je regardai les œufs, le bacon et les pancakes.

—Eh bien, je crois qu'après ça tu seras calé pour aujourd'hui. Peut-être même pour les deux prochains jours. Tu en as vraiment préparé beaucoup, ajoutai-je avec envie.

—Ne fais pas ta timide, dit-il, essayant de cacher un sourire. Sers-toi.

C'était la meilleure nouvelle de la journée. Bien sûr, je n'étais debout que depuis cinq minutes. Puis les événements de la nuit dernière me revinrent brutalement à l'esprit.

—Oh, merde.

Roman, qui était en train de faire sauter un pancake, leva la tête.

—Hmm?

—Il m'est arrivé un drôle de truc hier… (Je fronçai les sourcils.) Enfin, pas si drôle…

Je lui racontai la réapparition de la force mystérieuse la nuit dernière, et j'ajoutai mon bain de pieds dans le Puget Sound pour faire bonne mesure. Roman écouta sans m'interrompre, le visage soudain grave.

Quand j'eus terminé, il balança la poêle avec les œufs sur un bol, qui se brisa sous l'impact. Inquiète, je reculai d'un pas.

—Putain! gronda-t-il.

—Hé, doucement, dis-je. (Un nephilim en rogne: j'avais bien besoin de ça.) Mon service va être tout dépareillé.

Il me foudroya du regard, mais je savais que sa colère ne m'était pas destinée.

—Trois fois, Georgina. C'est arrivé trois fois, merde! Et je n'étais pas là.

—Et alors? demandai-je, étonnée. (Ma surprise se transforma bien vite en indignation.) Tu n'es pas responsable de moi, que je sache?

—Non, mais une entité inconnue pénètre sous mon toit. (Je décidai de ne pas lui faire remarquer qu'il s'agissait de *mon* toit.) Je devrais m'en occuper, plutôt que de perdre mon temps aux basques de ce succube sans intérêt pour le compte de Jerome.

—Demandez et vous serez exaucé, dit soudain une voix familière.

L'aura de Jerome nous balaya alors qu'il se matérialisait à la table de la cuisine.

—Pas trop tôt, dit sèchement Roman, le visage toujours aussi sombre. Je poireaute depuis une éternité.

Jerome haussa un sourcil et alluma une cigarette.

—Une éternité, hein ? Ça ne fait même pas une semaine.

—Ce n'est pas l'impression que j'ai eue, dit Roman. (Il me tendit une assiette pleine et je m'assis en silence, décidant de le laisser faire son rapport avant d'aborder avec Jerome mes derniers problèmes en date.) L'enfer devrait ajouter la filature de Simone à la liste des châtiments pour les âmes damnées.

Jerome sourit et se débarrassa de ses cendres dans un vase de gerberas posé sur la table. Ça ne me plaisait pas beaucoup, mais c'était mieux que par terre.

—J'en déduis que tu n'as été le témoin d'aucune activité notable ? Mei m'a dit la même chose.

Roman s'assit à côté de moi avec son propre petit déjeuner, posant son assiette avec plus de force que nécessaire. Je grimaçai, mais elle ne cassa pas.

—Elle s'est contentée de faire du shopping et de coucher avec des types. Oh, elle a aussi essayé de draguer Mortensen.

Cette fois, les deux sourcils de Jerome se levèrent.

—Seth Mortensen ?

J'allais lui demander s'il en connaissait beaucoup d'autres, mais Roman m'interrompit.

—Oui, elle s'est pointée plusieurs fois, avec ses tentatives de séduction bancales.

Je sentis de nouveau la colère monter en moi quand…

— Une petite seconde. *Plusieurs* fois ? m'exclamai-je. Elle est revenue à la charge après l'épisode du café ?

Roman me regarda, une brève lueur d'excuses transparaissant dans son expression de colère.

— Oui, je n'ai pas eu l'occasion de t'en parler. Elle est venue à la librairie pendant que tu étais sortie avec Maddie, hier. Elle a bien choisi un moment qui coïncidait avec ton absence.

Je posai violemment ma fourchette sur mon assiette – je ne savais pas par quel miracle il me restait de la vaisselle.

— Pourquoi ne m'en as-tu pas parlé, bon sang ?

— Je te rappelle qu'on a eu à discuter de problèmes autrement graves !

Jerome s'était raidi quand Roman avait mentionné la tentative de séduction de Simone sur Seth. Une réaction curieuse, comme s'il avait été pris par surprise. C'était rare chez un démon, mais encore plus rare de le laisser paraître. Quelques instants plus tard, il s'était ressaisi, accordant son attention à la dernière remarque de Roman.

— Des problèmes « autrement graves » ?

— Quelque chose rôde autour de Georgina, déclara Roman.

— Comme d'habitude. (Jerome soupira.) Qu'est-ce que c'est, cette fois ?

L'expression de son visage resta neutre, mais à mesure que nous lui expliquions la situation, je vis une lueur dans ses yeux… de l'intérêt ? Ou au moins de la spéculation ?

Le silence s'installa après que Roman et moi eûmes achevé notre histoire. Je le regardai, nous attendions tous deux que notre suzerain éclaire notre lanterne.

— Ta mission auprès de Simone est terminée, dit enfin Jerome.

— Dieu merci, dit Roman.

— À partir de maintenant, tu suis Georgie.

— Quoi ? m'exclamai-je, à l'unisson avec Roman.

— Même topo, ajouta Jerome. Invisible, pas de signature. Sauf quand vous êtes ici, bien sûr. Presque tout le monde sait que vous habitez ensemble. Ça semblerait bizarre que tu disparaisses complètement de la circulation.

J'aurais dû être satisfaite : les deux dernières fois que le chant des sirènes s'était manifesté, j'avais voulu à tout prix que Roman soit là. Mon indignation n'en était que plus irrationnelle.

— Mais il doit continuer à suivre Simone !

— Ah bon ? demanda Jerome. Et pourquoi, je te prie ? Elle n'a eu aucun contact avec un représentant de l'enfer. À moins qu'elle soit particulièrement douée pour la dissimulation, sa présence semble n'avoir rien de suspect.

— Mais… mais… elle en a après Seth. Il faut qu'on tire ça au clair !

— Je pense que ses motivations sont très claires. Pas besoin d'être un génie, répondit sèchement Jerome.

— Alors il faut l'en empêcher.

Le démon grogna.

— Georgina, si tu savais à quel point je me fiche de ton ex. Il y a des choses plus importantes dans l'univers que ta ridicule vie sentimentale – ou ton absence de vie sentimentale. (Je tressaillis.) En particulier parce qu'il couche déjà avec une autre femme. S'il est tellement amoureux d'elle, Simone ne devrait pas poser de problème. Et ne me regarde pas comme ça, ajouta-t-il. Son âme a déjà pris un sérieux coup par ta faute, quand tu as baisé avec lui au printemps dernier. Simone n'y changera rien.

Je serrai les dents.

— Je pense tout de même…

— Je ne veux pas le savoir. (La voix de Jerome était dure, et quand il parlait sur ce ton, il valait mieux ne pas le contrarier. Il tourna son attention vers Roman.) Laisse tomber Simone. À partir de maintenant, tu suis Georgie. Compris ?

Roman hocha la tête, ne partageant pas mon indignation.

— Compris. Et concernant ce qui est arrivé à Georgina ? Tu as une idée ?

— J'en ai même plusieurs, grommela Jerome.

Et sans un mot de plus, il disparut.

— Fils de pute ! dis-je.

Roman avala une bouchée de ses œufs ; il semblait remarquablement détendu, par rapport à un peu plus tôt.

— Faut-il le prendre comme une expression de frustration générale ou une calomnie envers mon cher papa ?

— Les deux. Pourquoi as-tu l'air tellement satisfait tout à coup ? Tu étais prêt à péter les plombs tout à l'heure.

— Parce que Simone, c'est de l'histoire ancienne, et que ma nouvelle proie est bien plus intéressante.

— Et parce que tu te fiches bien de ce qui peut arriver à Seth.

— Ça aussi.

Je regardai fixement le contenu de mon assiette sans vraiment le voir. Je n'avais plus faim.

— Je dois le rencontrer. Et elle aussi, pour lui demander ce qu'elle lui veut.

— Il n'en sortira rien de bon, m'avertit Roman.

Je ne répondis pas. J'avais le moral à zéro. Je n'étais pas une ingrate et j'appréciais la protection que m'offrait Roman, mais… eh bien, pour moi, Seth passait en premier. Je voulais le défendre… mais contre quoi ? Contre un succube qui risquait de lui voler des années de sa vie ou de noircir son âme un peu plus ? À moins que mes motivations soient plus égoïstes… et que je ne supporte tout simplement pas l'idée qu'il couche avec une autre femme ? J'avais déjà du mal à accepter Maddie… et pourtant, si Simone parvenait à le séduire, peut-être que le mariage serait annulé ? Non, j'étais persuadée que Seth resterait fidèle à Maddie. Il ne la tromperait pas. *En es-tu certaine ?* demanda une vilaine voix dans ma tête. *Il l'a bien trompée avec toi…*

— Bon sang. Arrête de faire cette tête !

Je levai les yeux vers Roman.

— Hein ?

— Cet air pitoyable. Ça me tue. (Il baissa la tête, jouant avec les œufs sur son assiette. Avec un soupir, il releva le nez.) Je sais où trouver Seth aujourd'hui. Mais j'ignore si Simone sera là.

J'écarquillai les yeux.

— Où ?

Roman hésita un bref instant.

— Au musée des Beaux-Arts. Il en a parlé à Maddie hier… Il voulait voir une exposition qui n'intéresse pas Maddie et il pensait y faire un tour aujourd'hui. Je ne connais pas l'heure exacte, mais Simone a pu surprendre leur conversation. Dans ce cas, c'est l'occasion rêvée.

Je me levai, et mon apparence changea instantanément : cheveux longs et ondulés, jean et tee-shirt, maquillage irréprochable. J'étais prête.

— Allez, on y va. Il faut mettre ce musée sous surveillance.

— On se calme. Tout le monde n'est pas capable de se préparer aussi vite que toi. *Et* tout le monde n'a pas fini son petit déjeuner.

Je me rassis sur ma chaise, ne cherchant pas à cacher mon impatience. Il continua à manger, m'ignorant ostensiblement et mâchant soigneusement chaque bouchée. Une idée me traversa l'esprit.

— Est-ce que tu peux masquer ma signature ? En étant invisible, je pourrais piéger Simone.

Roman secoua la tête d'un air exaspéré.

— J'espérais que tu ne penserais pas à ça.

Je m'attendais qu'il refuse, mais à ma surprise, il masqua bel et bien ma signature immortelle quand vint enfin le moment de partir pour le musée. Après m'être rendue invisible, j'étais aussi incognito qu'il l'était à côté de moi.

C'était une belle journée pour une promenade dans le centre-ville de Seattle. Les nuages matinaux s'étaient dispersés, et plus rien ne faisait obstacle au soleil. Mais il ne fallait pas s'y tromper : malgré le ciel bleu radieux, la fraîcheur de l'automne commençait à se faire sentir. Ainsi, alors que le temps paraissait splendide par les fenêtres, le manteau s'imposait pour qui voulait mettre le nez dehors.

Le Seattle Art Museum – ou SAM, comme le surnommaient affectueusement les habitants – était énorme, et sa collection permanente proposait des œuvres de tous les pays et de toutes les périodes imaginables. Roman m'avait dit que l'exposition que Seth tenait à voir ne durait que quelques semaines. Il s'agissait de bijoux datant de la fin de l'Antiquité, et j'aurais été prête à parier que Seth faisait des recherches pour la prochaine aventure de Cady et O'Neill.

Mais quand nous arrivâmes, Seth n'était pas là. L'endroit était envahi par de nombreux touristes qui erraient sans but – un jour de semaine ! –, s'arrêtant pour admirer les pièces ou lire les commentaires. Cette période historique était chère à mon cœur, et je ne pouvais m'empêcher de me sentir un peu mal à l'aise. J'avais grandi à cette époque, j'y avais été une mortelle. La vue de ces objets – des bagues, des bracelets et des colliers – provoquait en moi une sensation étrange. Bon nombre d'entre eux provenaient de la partie méditerranéenne de l'Empire romain. Parfois, quand je songeais à mon passé, j'avais mal au cœur. D'autres fois, je m'en sentais éloignée, comme si je regardais un film sur la vie de quelqu'un d'autre.

J'avais examiné chaque pièce en détail, intriguée par la façon dont le temps semblait en avoir poli certaines jusqu'à les faire briller de mille feux, alors que d'autres avaient été corrodées. Un petit coup à l'épaule me fit lever la tête. Ne voyant personne près de moi, je compris que Roman me signalait qu'il avait repéré quelque chose. Je me retournai et aperçus Seth du côté opposé de la salle. Le visage sérieux et plein de curiosité, calepin et stylo à la main, il regardait attentivement une des vitrines. Il était venu pour ses recherches, comme je le pensais.

Je l'observai avec la même fascination. À mes yeux, il était aussi rare et aussi précieux que n'importe lequel des bijoux exposés ici. *Merde*, pensai-je. Comment pouvais-je être assez stupide pour croire que lui et moi c'était de l'histoire ancienne ? Rien qu'en me tenant dans la même pièce, je me sentais attirée par lui plus que jamais.

Je reculai contre un mur, afin de ne pas gêner les visiteurs, et me contentai de garder un œil sur Seth, me demandant si Simone oserait montrer son visage perfide. Au bout d'une demi-heure, mon impatience grandit. C'était idiot, je le savais. Seth resterait probablement ici tout l'après-midi, et elle pouvait arriver plus tard. Mais... Soudain, il me parut plus important d'avoir une conversation avec lui. Je savais que ce n'était pas très malin, que je n'aurais pas dû... mais, bon, je n'en étais pas à mon coup d'essai.

Je me glissai hors de la salle, dans un escalier momentanément désert. En une seconde, je redevins visible. J'entendis la voix de Romain me souffler à l'oreille :

— Tu es tombée sur la tête ?

— Continue à masquer ma signature, lui répondis-je d'un ton sec. Si elle se pointe, on la sentira avant qu'elle me voie.

Un couple âgé descendit les marches au moment où je finissais ma phrase et me jeta un regard curieux. Je leur souris de manière engageante et leur tins la porte. Ils se dépêchèrent d'entrer.

Seth se trouvait devant une vitrine contenant des diadèmes byzantins quand je lui touchai le bras. Il tressaillit et se retourna, la surprise se transformant immédiatement en plaisir quand il vit que c'était moi. *Merde*, pensai-je de nouveau. Ç'aurait été bien plus facile s'il avait eu l'air consterné.

— Laisse-moi deviner, dis-je. Tu prépares le casse parfait pour Cady et O'Neill.

Il sourit.

— Ce sont les gentils.

— Il leur est arrivé d'enfreindre la loi, lui fis-je remarquer.

— Je vois plutôt ça comme des entorses. Qu'est-ce que tu fais là ?

Je désignai la salle et son contenu du geste.

— Je revisite ma jeunesse – ou ce qu'il en reste, ce que les sables du temps n'ont pas enseveli.

— Je n'y avais pas pensé, dit Seth, manifestement intrigué. C'est ton époque. J'aurais dû m'adresser à toi pour ce roman.

Je dus immédiatement chasser de mon esprit une vision de nos séances de travail privées.

— Tu trouveras de meilleurs supports visuels ici. Quelque chose a attiré ton attention ?

Il me montra du doigt les diadèmes dans la vitrine à côté de lui.

— Ceux-là me plaisent. Dommage que les femmes ne portent plus ce genre de choses de nos jours.

Je suivis son regard.

— Pas assez de quincaillerie dans nos cheveux à ton goût ?

Il me gratifia d'un de ses demi-sourires.

— Non, c'est juste que… Je ne sais pas. Il y a une beauté et un savoir-faire qu'on n'utilise plus. Regarde ça. (Il désigna un des diadèmes, censé ressembler à une couronne de pièces d'or. Des chaînettes de petits cercles d'or pendaient, tombant sur les cheveux.) Observe les imperfections. Ça a été fabriqué à la main.

— Certains considéreraient ça comme des défauts.

J'adorais quand Seth se lançait dans ces songeries philosophiques.

— C'est ce qui en fait la valeur. Et de toute façon, j'aime assez l'idée de parer les femmes de couronnes et de bijoux. Tu peux me trouver sexiste, mais je pense que le beau sexe devrait être vénéré. (Il marqua une pause.) Tout en bénéficiant des mêmes droits et des mêmes chances que les hommes.

Je ris et reculai pour que d'autres puissent approcher de la vitrine.

— Je pense que tu es romantique, pas sexiste.

Troublée, je me rappelai comment Maddie avait admiré les tiares et les bandeaux en perles quand nous avions fait les boutiques hier. Les diadèmes de l'ère moderne. Seth les aurait-il trouvés à son goût ?

— Appelle ça comme tu veux, dit-il, mais je pense que notre civilisation a décliné quand le chouchou est devenu la forme prédominante d'ornementation capillaire.

Après ça, nous continuâmes la visite, passant d'une vitrine à l'autre, commentant et analysant leur contenu. J'essayai de ne pas trop me prendre la tête avec cette situation. Je ne me faisais aucune illusion : nous étions plus que des amis. Mais je ne me vautrais pas dans la culpabilité parce que j'en pinçais pour lui. Je profitais de l'instant présent. À aucun moment, je ne sentis la présence de Simone. Comme les sens de Roman étaient plus forts, je supposai qu'il en était de même pour lui. Je le soupçonnai également de considérer d'un air réprobateur mon escapade avec Seth.

Seth et moi atteignîmes enfin la dernière vitrine : des alliances byzantines. En les voyant, la sensation de confort et de chaleur qui m'avait enveloppée se transforma soudain en glace. Je sentis le même changement chez Seth. La plupart des bagues étaient basées sur le même modèle, avec un cercle plat posé sur le dessus de l'anneau, une image ayant ensuite été gravée sur la surface du cercle. Mon trouble n'avait rien à voir avec les mariages ou toute autre association d'idées avec Maddie.

À Noël dernier, Seth m'avait offert une bague de ce genre qu'il avait fait faire sur mesure. Il ne s'agissait pas pour lui d'une bague de fiançailles ou d'une alliance, mais d'un simple cadeau, parce qu'il savait que ce style évoquait mon passé. Elle était magnifique et je l'avais toujours. Je l'avais rangée dans une boîte où je conservais les trésors qui m'accompagnaient depuis des siècles – des objets trop précieux pour être jetés et trop douloureux pour être regardés.

Aucun de nous ne dit un mot, et je me demandai ce qui lui traversait l'esprit à cet instant précis. Une simple gêne, à cause des souvenirs d'une ex? Des sentiments aigres-doux comparables à ceux que j'éprouvais? Quand lui et Maddie avaient commencé à sortir ensemble, j'avais été convaincue que c'était fini, nous deux. Puis, après notre brève liaison du printemps dernier, j'avais reconsidéré la question. J'avais trop souvent surpris ses regards singuliers, et les occasions s'étaient multipliées, qui me rappelaient le temps où j'avais été sa petite amie et où il m'avait dit qu'il m'aimait. Mais le mariage était toujours d'actualité, sans aucun signe de doute de sa part. Je ne savais plus quoi penser.

Je ne sais pas combien de temps nous restâmes immobiles, en silence, mais Seth nous sortit de notre transe:

— Bon… Je suppose qu'on a fait le tour de l'exposition…

Je regardai autour de moi, comme si j'essayais de m'assurer que nous avions bien tout vu, alors que je savais pertinemment que c'était le cas.

— Oui, je crois aussi.

Il refusait de croiser mon regard et son corps tout entier respirait la nervosité.

— Merci de m'avoir aidé dans mes recherches. Je devrais retourner travailler et en faire bon usage.

— Bonne chance.

Il leva les yeux et je le gratifiai d'un petit sourire qu'il me renvoya.

— Merci.

Nous nous séparâmes et je quittai le musée, sans trop savoir où j'allais – une seule certitude: dans un endroit où il n'était pas. Pendant environ une heure, j'avais joué à faire semblant avec lui, oubliant ma déprime habituelle et m'offrant un court moment de joie. À présent, les ténèbres s'abattaient sur moi… et je me rappelai avec anxiété que la force mystérieuse s'était toujours manifestée quand j'étais d'humeur morose, m'attirant par sa promesse de réconfort.

Roman avait beau être là pour me protéger, je décidai de contre-attaquer. J'avais besoin de distraction.

— Tu ne vas pas aimer ça, murmurai-je, partant du principe que Roman était dans les parages.

Je n'avais pas seulement besoin de distraction, je devais aussi refaire le plein d'énergie. Je couchais avec assez d'hommes, régulièrement, pour maintenir un niveau constant tout à fait acceptable. Mais en étant à pleine puissance, j'espérais renforcer ma détermination mentale.

Coucher à droite et à gauche n'était pas toujours une partie de plaisir. Je n'avais pas envie d'aller chasser mes victimes dans un bar. Il me fallait quelque chose d'un peu plus facile, d'un peu moins sordide. Normalement, ces deux critères s'excluaient mutuellement, mais en rentrant chez moi, j'avais eu une idée qui me permettrait peut-être d'obtenir les deux.

Il y avait ce type d'une vingtaine d'années, Gavin, qui vivait dans un appartement au même étage que moi. Il avait l'air sympa et il en pinçait vraiment pour moi. Il n'avait jamais rien dit ou fait ouvertement, mais ça crevait les yeux. Dès que j'étais dans les parages, il alternait nervosité et plaisanteries maladroites. Et quand nous nous croisions, au garage ou dans le vestibule, il semblait toujours vouloir prolonger ces instants. Son regard s'attardait aussi plus sur ma poitrine que sur mes yeux.

Encore mieux, il avait une petite amie. Je ne savais pas s'il l'avait déjà trompée ou s'il en avait simplement envie. Ce n'était pas important pour l'instant. Ce qui l'était, en revanche, c'était qu'en me présentant à sa porte après le musée, je savais que son amie n'était pas là.

— Georgina, dit-il, pris au dépourvu. Que… Comment ça va ?

— Pas terrible, dis-je, forçant une pointe de détresse dans ma voix. Je me suis laissé enfermer hors de mon appartement et je suis obligée d'attendre que mon amie vienne me dépanner avec son double des clés. Je peux l'attendre chez toi ? Dehors, j'ai peur qu'il se remette à pleuvoir.

Jusque-là, Gavin n'avait pas remarqué que j'étais trempée ; ma robe bain-de-soleil blanche était transparente et je n'avais pas pris la peine de créer un soutien-gorge.

Ses yeux semblèrent lui sortir de la tête, puis il regarda rapidement derrière lui, avant de revenir sur le tissu trempé et moulant qui m'enveloppait les seins et leurs mamelons qui durcissaient.

— Euh… Il a plu ? Mais il fait beau.

Le vivifiant soleil d'automne se déversait par ses fenêtres.

— Je sais, dis-je sans sourciller. J'ai été la première surprise. L'averse est arrivée sans prévenir, c'était vraiment bizarre.

Apparemment, mon histoire était tellement invraisemblable que Gavin réussit à s'arracher à moi pour inspecter une fois de plus le ciel bleu radieux. Finalement, il renonça à lutter, il me fit signe d'entrer.

— Tu aurais un tee-shirt à me prêter ? demandai-je d'une voix douce. Je suis gelée.

Son regard insistant s'était déplacé de mes seins vers le string noir bien visible sous ma robe. Il aurait probablement préféré que je ne me change pas, mais les bonnes manières ne lui étaient pas étrangères à ce point.

— Bien sûr, viens.

Je le suivis dans sa chambre où il dénicha un énorme tee-shirt des Seattle Mariners et un caleçon en flanelle vert qu'il me tendit.

— Essaie-les, dit-il, sortant de la pièce à reculons pour me donner un peu d'intimité.

— Merci, lui dis-je, avec un sourire charmeur.

Il me sourit aussi, avec nervosité, avant de fermer la porte. Je croisai les bras et attendis une minute, pendant laquelle Roman, invisible, déclara :

—C'est ridicule. Tu aurais dû débarquer en costume de livreuse de pizza.

—Hé, la robe mouillée est une technique imparable. Ça marche chaque fois. (Roman soupira.) Tu n'as qu'à patienter à côté. Ça ne devrait pas prendre longtemps. (J'ouvris la porte et criai dans le couloir :) Hé, Gavin ? Tu peux venir me donner un coup de main ?

Il refit son apparition et je ne pus m'empêcher de remarquer qu'il avait mis de l'ordre dans ses cheveux bruns. Il s'était probablement précipité à la salle de bains pour une tentative de toilette express, histoire de m'impressionner.

—Qu'est-ce qui ne va pas ? demanda-t-il.

Je me retournai et poussai mes cheveux de côté, laissant voir l'endroit, derrière le cou, où les bretelles de ma robe étaient nouées.

—Il y a un nœud que je n'arrive pas à défaire. Tu veux bien essayer ?

Il hésita à peine une seconde avant de se pencher vers moi afin de me prêter main-forte. C'était un nœud résistant, j'y avais veillé, et il lui fallut pas mal de temps pour en venir à bout, un délai que je mis à profit en me frottant contre lui autant que possible. Quand il me tendit les bretelles, je ne réussis pas à les attraper, bien sûr, et elles tombèrent, ainsi qu'une bonne partie de la robe, même si, avec un tissu humide aussi moulant, ça allait à l'encontre des lois de la physique.

Je saisis la robe dans une piètre tentative de pudeur, mais pas avant qu'elle ait pratiquement tout montré. Tout près, j'entendis un nouveau soupir exaspéré de Roman.

Je me tournai face à Gavin, tenant la robe contre moi d'une façon qui découvrait ma poitrine. Il était incapable d'en détacher les yeux et je baissai le regard à mon tour, comme si j'essayais de comprendre ce qui pouvait bien attirer ainsi son attention.

—Mince. Je suis complètement trempée. Tu n'aurais pas une serviette ? Je ne voudrais pas mouiller ton tee-shirt.

— Heu… hein ? Ouais…

À une allure record, il courut à la salle de bains et revint avec une serviette. Je décidai alors qu'il n'était plus temps de s'inventer des excuses et je fis un pas vers lui, espérant qu'il serait assez malin pour accepter mon invitation.

J'avais eu tort de m'inquiéter. D'abord hésitant, il me frotta lentement les seins avec la serviette, s'attardant alors qu'ils étaient manifestement secs. Il descendit vers mon ventre – qu'il sécha sans perdre de temps – puis vers mes hanches et mes cuisses. J'avais depuis longtemps laissé tomber ma robe trempée sur le sol et, toujours prête à rendre service, je retirai mon string afin qu'il puisse accéder *vraiment* partout. Il dut se mettre à genoux pour s'occuper de l'intérieur de mes cuisses, et je l'entendis marmonner « Oh, mon Dieu » – sa petite amie ne s'épilait probablement pas le maillot.

— Tu as des mains géniales, susurrai-je.

— Mer… merci, dit-il bêtement.

Il venait de finir mes jambes et il se releva. Je lui pris la serviette et la jetai sur le lit. Lui prenant une main, je la caressai doucement et l'amenai entre mes cuisses.

— Vraiment géniales, dis-je d'une voix encore plus basse. De longs doigts…

Je guidai deux de ces doigts en moi et je jure qu'il haleta plus fort que moi. Après quelques encouragements supplémentaires, il put enfin se passer de mon assistance et commença rapidement à enfoncer ses doigts tout seul, comme un grand. Je me pressai contre lui, gémissant comme si je vivais l'expérience la plus extraordinaire de toute ma vie.

Passant autour de son bras, je défis son pantalon et le lui enlevai en un seul geste. Son pénis pointa vers moi, long, dur et prêt. Il avait probablement eu une érection à partir du moment où il m'avait ouvert la porte. Empoignant sa chemise, je le tirai vers le lit.

— Le reste, dis-je d'une voix haletante, m'allongeant sur le dos, devant lui. Fais-moi sentir le reste.

Il retira la main qui avait été en moi tout en s'allongeant. Il m'écarta les cuisses et me pénétra avec une force qui contredisait sa timidité antérieure. En fait, toute trace de nervosité avait disparu de son visage. Il n'était plus que désir, laissant échapper de petits grognements chaque fois qu'il s'enfonçait en moi.

—Plus fort, lui dis-je, le regard rempli de passion. Encore plus fort.

Il ne se fit pas prier, augmentant la vitesse et la force de ses coups de boutoir. Après une minute à ce train, il changea de position pour s'agenouiller. Me tenant les cuisses, juste sous les genoux, il m'ouvrit grand les jambes et se pencha. Sa nouvelle position lui permettait d'aller plus profond, et j'exprimai mon approbation en m'exclamant, l'exhortant de nouveau à pousser plus fort, toujours plus fort.

Progressivement, je sentis son énergie vitale couler en moi, en quantité tout à fait convenable ; elle se répandait dans tout mon être et me revigorait, je me sentais resplendissante. Avec elle vinrent ses pensées et ses sentiments, qui m'apprirent qu'il n'avait jamais trompé sa petite amie auparavant, même si ce n'était pas l'envie qui lui avait manqué. Pour l'heure, elle était à peine présente dans son esprit. Il était bien trop occupé par moi pour se sentir coupable. Il ne s'inquiéta que brièvement de ne pas avoir mis de préservatif. Il le regrettait, mais pas assez pour s'arrêter, pas quand je lui procurais autant de plaisir.

Mes cris se faisaient de plus en plus perçants et il approchait du moment où il allait jouir. Ma tête était dangereusement proche de la tête de lit, mais la brutalité de nos ébats semblait vraiment l'exciter. Il n'avait jamais eu l'occasion de se lâcher ainsi. Et il continuait, plus fort, encore plus fort, s'enfonçant jusqu'à la garde à chaque poussée. L'énergie augmentait de manière phénoménale et juste avant le grand final, je décidai d'ajouter une bonne dose de culpabilité. Je n'en étais pas fière, mais au bout du compte, la culpabilité laissait une trace sur l'âme, et l'enfer m'employait précisément pour ça.

— Et avec ta copine, c'est comment ? demandai-je d'une voix pantelante. (Il était à une demi-seconde de l'orgasme.) Elle est aussi bonne que moi ?

Il se retira au dernier moment, pas à cause de ce que j'avais dit, mais parce que c'était la solution qu'il avait trouvée à son problème de préservatif – l'une des pires méthodes pour avoir des rapports sexuels protégés, si vous voulez mon avis, mais ça le regardait. Son corps se contracta et il jouit sur mon ventre. Son sperme était chaud sur ma peau, et il le regarda avec une fascination perverse.

Pourtant, juste avant, j'avais senti mon coup porter. Plus tôt, il avait tellement brûlé de désir qu'il avait pu chasser son amie de son esprit. Ma question l'avait ramenée au premier plan, mais à ce stade il avait été trop tard pour qu'il s'arrête. J'avais senti la pointe de la culpabilité, juste au moment de l'ultime jaillissement d'énergie.

Il retomba sur les couvertures, le souffle coupé, épuisé. Il fallait s'y attendre, après tout, il avait perdu un peu de sa vie. Le contenu de ses pensées, qu'il s'agisse de culpabilité ou de satisfaction, était redevenu le sien. Je me nettoyai à l'aide de la serviette restée sur le lit – ça tombait bien. Je me levai et avançai jusqu'à la fenêtre tandis qu'il essayait toujours de reprendre son souffle. Il s'endormirait probablement d'ici à quelques minutes.

— Hé ! dis-je avec entrain. Mon amie est en bas avec les clés. (Je ramassai la robe trempée et me dirigeai vers la porte.) Merci de m'avoir laissé patienter ici.

# Chapitre 7

— Tu avais raison, dit Roman le lendemain matin, ruminant ce qui s'était passé avec Gavin. Je n'ai pas aimé ça.

J'étais dans la salle de bains, lissant mes cheveux à l'aide d'un fer. J'aurais pu gagner du temps en utilisant mes pouvoirs, mais la difficulté ne me faisait pas peur. Et puis, je pourrais toujours peaufiner et me débarrasser des frisettes résiduelles après.

— Ça n'est pourtant pas une première, lui fis-je remarquer, sans quitter le miroir des yeux, alors qu'il se tenait dans l'encadrement de la porte. Tu ne t'es jamais plaint.

— Vraiment ? demanda-t-il sèchement.

— J'avais besoin d'un peu de distraction ; c'était ça ou m'apitoyer sur mon sort, même si je n'en suis pas forcément très fière, admis-je. Mais ça m'a permis de… enfin, peu importe. Et, bon, ça ne pouvait pas être aussi déplaisant que ce que tu as vu Simone faire.

— C'est vrai. Mais à partir de maintenant, on va devoir se taper ton voisin sans arrêt. Tu verras, il viendra t'emprunter du sucre, histoire de voir s'il peut encore tirer un coup.

— Je m'en charge. J'ai un peu d'expérience avec les mecs collants – je sais m'en débarrasser.

— Tu ne m'apprends rien.

Je marquai une pause et le foudroyai du regard.

— Ne le prends pas comme ça, tu veux ? Ou je vais finir par croire que tu es jaloux.

Roman grogna.

— Moi, jaloux ? De la femme qui est responsable de la mort de ma sœur et a essayé de lâcher les forces du ciel et de l'enfer sur moi pour me détruire ?

Il n'avait pas tout à fait tort.

— C'est un peu plus compliqué que ça.

— Oh, oui, j'en suis sûr. (Il croisa les bras et baissa les yeux.) Mais peut-être que la prochaine fois que tu auras besoin de te distraire, on pourrait louer un film et se faire du pop-corn au micro-ondes au lieu d'aller baiser les voisins.

— Tu ne veux regarder que des navets, marmonnai-je.

Mais la conversation était close et Roman retourna au salon où il alluma la télévision.

Je travaillais aujourd'hui, mais seulement l'après-midi. Je m'étais levée de bonne heure parce que je voulais rendre visite à Erik. J'aurais dû me reposer entièrement sur Jerome pour élucider ce qui m'arrivait, et sur Roman pour me protéger, mais mon passé mouvementé m'avait appris à ne pas mettre tous les œufs dans le même panier. Erik s'était toujours révélé un homme plein de ressource.

Roman m'accompagna, en secret, mais je dus patienter pour enfin avoir Erik pour moi toute seule. Il avait des clients dans sa boutique, et j'étais contente pour lui, mais je me voyais mal discuter des affaires des immortels en présence de simples mortels. Enfin seuls ! Erik se tourna vers moi avec son sourire amical habituel. Il avait meilleure mine que lors de notre précédente rencontre et ses mouvements semblaient moins saccadés. Il était toujours faible, mais il avait repris des couleurs.

— Votre rhume est passé, dis-je.

Son sourire s'élargit.

— Oui, je vous avais dit que ce n'était rien. Il en faut plus pour me tuer.

C'était un échange de propos anodins, mais je ne pus retenir un léger froncement de sourcils. Quelque chose dans ses paroles, quelque chose que je ne parvenais pas à identifier clairement, donnait l'impression qu'il savait *avec certitude* ce qui allait le tuer. Ça me faisait froid dans le dos ; je n'aimais pas penser à ce genre de choses.

Je m'assis à la petite table avec lui, mais refusai le thé qu'il m'offrait.

—Je passais simplement pour voir si vous aviez du nouveau pour moi.

J'avais cédé à la nervosité. Je savais qu'il aurait pris contact avec moi s'il avait découvert quoi que ce soit.

—Non, mais comme je vous l'ai expliqué, avec les informations dont nous disposons, les possibilités ne manquent pas.

—Jerome a dit la même chose.

Erik sembla satisfait.

—Vous lui en avez parlé ? C'est bien. J'ai toujours pensé que vos semblables étaient plus susceptibles de détenir les réponses que moi.

Je ne pus m'empêcher de rire un peu.

—Ça se discute. J'ai peut-être quelque chose qui pourra vous aider à y voir plus clair. (Je lui fis un bref compte-rendu de ma dernière rencontre avec la force mystérieuse, soulignant qu'elle ne semblait me visiter que dans mes moments de déprime.) C'est comme… Comme si elle exploitait ma faiblesse et essayait de m'attirer par des promesses de réconfort.

—Alors vous devez faire preuve de prudence et ne pas céder.

Si Roman m'avait dit la même chose, je l'aurais remis à sa place en lui reprochant d'enfoncer des portes ouvertes.

—C'est facile à dire, maintenant, à la lumière crue de la logique, mais quand ça se produit… Je ne sais pas. Je perds le sens des réalités. La raison n'a plus de prise sur moi. Bon sang, la moitié du temps, je ne m'en rends compte qu'après. J'ai l'impression de… dormir. Ou de marcher en dormant.

—Et la force apparaît toujours comme une sorte de porte?

Je cogitai pendant plusieurs secondes.

—Euh… en quelque sorte. J'ai du mal à décrire ce phénomène – et je sais que je n'arrête pas de dire ça et que ça ne vous aide pas beaucoup. Je ne suis pas certaine qu'il s'agisse précisément d'une porte, mais cette force essaie définitivement de me faire entrer quelque part.

Erik s'était préparé du thé et il le sirota pendant près d'une minute, d'un air pensif, les sourcils foncés.

—Je vais y réfléchir. En attendant, je vous conseille… (Il hésita.) Comment vous dire ça… Vous êtes un délice, mademoiselle Kincaid, et votre compagnie me procure toujours le même plaisir. Mais vous êtes aussi fréquemment sujette à des humeurs plus sombres.

—C'est votre façon de me dire, en prenant des pincettes, que j'ai toujours le moral à zéro? le taquinai-je.

—Non… pas exactement. Mais si cette chose en a après ceux qui souffrent sur le plan émotionnel, vous êtes particulièrement prédisposée. Et vous devriez tout faire pour y remédier.

Je méditai ce qu'il venait de me dire. L'une de mes meilleures amies épousait mon ex, dont j'étais en train de retomber amoureuse. Un ex que j'avais malencontreusement damné et qui était devenu la proie d'un autre succube. Mon âme était promise à l'enfer depuis bien longtemps et j'étais condamnée, pour l'éternité, à coucher avec des hommes qui, souvent, ne me plaisaient même pas. Et j'oubliais : mon colocataire avait des tendances sociopathes et voulait me faire la peau.

—C'est plus facile à dire qu'à faire, répondis-je à Erik.

—J'en suis bien conscient, dit-il tristement. Mais ça pourrait bien être la seule protection efficace. Ça et votre propre volonté – à la force de laquelle je crois fermement.

Même s'il n'avait pas fait preuve de sa perspicacité coutumière, la confiance que me témoignait Erik m'alla droit au cœur. Je le remerciai pour sa disponibilité et repartis au travail, m'estimant heureuse que Roman s'abstienne de tout commentaire « spirituel » pendant le trajet.

À la librairie, Seth écrivait, seul, installé au café. Simone n'était pas dans les parages, et Maddie était en congé. Soudain mon humeur s'améliora. Après tout, je n'aurais peut-être pas tant de mal à ne pas céder à ma morosité habituelle.

— Salut, Kincaid, dit Doug.

J'étais en train de coller des étiquettes sur notre présentoir de livres en solde. Ils se composaient essentiellement de livres d'art épuisés, des titres comme *Arches de pierre en Toscane* ou *Le Grand Livre du point de croix pour la mariée*. Je n'étais pas certaine du contenu de ce dernier, mais peut-être qu'il ferait un bon cadeau de mariage pour Seth et Maddie. À ce prix-là, c'était une affaire en tout cas. Après trois réductions successives, personne n'avait encore voulu l'acheter.

— Quoi de neuf ? demandai-je.

— J'ai un truc à t'annoncer qui va te convaincre que je suis encore plus génial que tu le croyais déjà.

— Tu t'avances un peu, là.

Il marqua une pause, essayant apparemment de décider s'il venait d'être la cible d'une insulte ou d'un compliment.

— J'ai découvert que Gabrielle adore Blue Satin Bra[1].

— Et moi qui croyais que toute sa lingerie était noire.

Doug me jeta un regard méprisant.

— Non, Kincaid, je ne parlais pas de ses sous-vêtements. C'est un groupe. Ça ne te dit vraiment rien ?

— Il existe un groupe qui s'appelle Blue Satin Bra ? (Je secouai la tête.) Désolée, mais je n'ai pas le temps de m'intéresser à tous les apprentis rockers de Seattle.

— Des apprentis rockers ! C'est le groupe le plus chaud de la scène métal. Ils vont faire un malheur !

Je tâchai de dissimuler mon scepticisme. Doug jouait dans un groupe qui s'appelait Nocturnal Admission, et dès

---

1. « Soutien-gorge en satin bleu »… (*NdT*)

qu'il parlait de la scène musicale locale, on avait le sentiment que tous ces groupes étaient sur le point d'accéder à la reconnaissance qu'ils méritaient.

—Et rappelle-moi en quoi ça concerne Gabrielle ?

Je commençais visiblement à agacer Doug.

—Elle les adore, et ils donnent un concert demain soir. Malheureusement, c'est déjà complet. Elle l'a vraiment mauvaise.

Malgré son agacement, il paraissait très content de lui.

—Accouche…

La fierté illumina son visage.

—Le bassiste est un ami et j'ai réussi à me procurer des billets. Si ton copain Cody approche Gabrielle…

J'interrompis mon étiquetage.

—Tu as raison. Tu es bel et bien encore plus génial que je le pensais.

—Bien sûr, tu viens avec nous.

—Je… Quoi ?

Je me voyais mal jouer les chaperons, un rôle qui avait tendance à tuer le romantisme.

Doug haussa les épaules.

—Cody ne peut pas l'inviter comme ça. C'est trop tôt. Il va l'effrayer.

—Comment veux-tu qu'il l'invite au concert sans lui proposer un rendez-vous ?

—Je m'en charge. Un truc du genre, « Hé, Gaby, j'ai justement des billets en rab' pour le concert. Tu veux nous accompagner, moi et mes amis ? » Elle ne se méfie pas. Elle vient. Cody est là, et la magie opère…

—Ouah. Tu as vraiment tout prévu, hein ? Cela dit, je ne crois pas qu'elle aime qu'on l'appelle Gaby.

—C'est un bon plan. (Il était visiblement très satisfait de lui-même.) J'ai de l'expérience, Kincaid. La romance, ça me connaît. Un jour, peut-être, tu comprendras.

Je levai les yeux au ciel.

— Peut-être. Alors, on sera combien ?

— J'ai obtenu quatre billets. Donc : toi, moi, Cody et Gabrielle.

— Ça ressemble étrangement à une sortie à deux couples. Tu n'as pas de mauvaises intentions me concernant, j'espère ? Ce ne serait pas la première fois.

— Bon Dieu non. J'ai l'air suicidaire ? Tu es déjà avec quelqu'un. (L'espace d'un instant, Seth me traversa l'esprit, puis Doug ajouta :) Pas question que je me frite avec le gars avec qui t'es à la colle. Je sais me défendre, mais il n'a vraiment pas l'air commode.

— Tu n'as pas idée, maugréai-je. (Roman, qui traînait dans les parages sous couvert d'invisibilité, n'en perdait pas une miette, ça ne faisait aucun doute.) Mais nous sommes colocataires, rien de plus.

— Pour l'instant, dit Doug de façon inquiétante. Je vais inviter Gaby. Je te laisse annoncer la bonne nouvelle à Cody et lui expliquer que tu lui serviras de guide.

Après le départ de Doug, je secouai la tête : dans quoi m'étais-je encore laissé embarquer ? Mais en oubliant un instant ses prétentions absurdes d'expert en séduction, son idée d'un groupe d'amis réunis par le « hasard » était peut-être justement ce qu'il fallait pour rapprocher Gabrielle de Cody. J'espérais simplement qu'elle n'avait pas eu vent de son accoutrement gothique de l'autre jour. Je me demandai également à quoi m'attendre avec Blue Satin Bra. Avec les années, j'avais appris à apprécier le curieux mélange d'indus et de rock alternatif du groupe de Doug, mais j'avais l'impression que ce concert serait une tout autre expérience.

Environ une heure plus tard, j'étais dans mon bureau quand des invitées surprises passèrent la tête dans l'encadrement de la porte. Enfin, l'une d'elles ne me prit pas totalement au dépourvu. J'avais découvert qu'avec Maddie, je ne pouvais jamais être sûre de son absence, même quand elle ne travaillait pas, pas avec son frère et son petit ami présents aussi souvent dans la librairie. Je me sentais un peu plus tranquille quand nous n'étions pas de service en même temps, mais j'avais depuis longtemps accepté que Maddie puisse surgir à tout moment.

Non, la véritable surprise, c'était que Maddie était venue avec Brandy Mortensen, la plus âgée des cinq nièces de Seth. Quand Seth et moi sortions ensemble, je m'étais beaucoup attachée à cette progéniture. Mon désir d'enfant et le fait que les filles étaient absolument adorables ne les avaient rendues que plus faciles à aimer. Elles aussi s'étaient attachées à moi.

Bien sûr, à quatorze ans, Brandy n'aurait probablement pas apprécié que je la qualifie d'« adorable ». Maddie tenait une housse pour vêtements sur un cintre. Brandy affichait une expression étonnamment maussade, même pour une adolescente. Elle semblait avoir encore grandi depuis notre dernière rencontre. Je fis le même constat qu'avec Erik : le temps passait vite pour les humains.

— Salut, vous deux, dis-je, abandonnant le travail en cours. Quoi de neuf ?

— Encore des courses pour le mariage, répondit Maddie avec entrain. On est juste passées prendre Seth. J'ai acheté une robe à Brandy. Elle aussi est demoiselle d'honneur.

Maddie souleva le bord de la housse, révélant le même modèle qu'elle m'avait offert l'autre jour.

— La honte, dis-je à Brandy. On va être habillées pareil à la cérémonie.

Elle me gratifia d'un sourire timide, mais resta silencieuse.

— On est aussi allées voir quelques fleuristes, mais je n'ai pas encore d'idée précise. Si je prends quelque chose de violet, est-ce que ça ne risque pas de faire trop monochrome ? Et si je choisis une autre couleur, ça va faire bizarre, non ?

— Des questions difficiles, dis-je d'un ton solennel.

Des questions auxquelles je n'avais pas envie de répondre.

— Peut-être que tu pourrais y retourner avec moi et jeter un coup d'œil à certaines de leurs créations ?

Maddie me souriait avec cet air joyeux et plein d'espoir qui avait le don de susciter la culpabilité en moi.

—Faut voir, répondis-je distraitement. Ça dépendra de mon emploi du temps.

—Bon. Tiens-moi au courant. Je vais aller chercher Seth – peut-être qu'il aura quelques idées.

*Tu peux toujours espérer*, pensai-je. Seth était avare de ses opinions, et il avait semblé jusque-là particulièrement peu concerné par toute cette histoire de mariage. Maddie laissa Brandy avec moi, et je lui souris avec chaleur.

—Alors, cette séance de shopping? demandai-je. Vous vous êtes bien amusées toutes les deux?

Brandy croisa les bras sur sa poitrine et rejeta ses cheveux par-dessus son épaule. Elle portait un tee-shirt du *Rocky Horror Picture Show*, près du corps. Elle ressemblait vraiment de plus en plus à son oncle.

—Non, dit-elle carrément.

Surprise, je haussai un sourcil. À moins qu'elles aient beaucoup changé, les adolescentes aimaient faire les boutiques, surtout avec un adulte pour leur payer des fringues. Peut-être que je n'étais plus dans le coup.

—Pourquoi?

—Parce que, dit-elle de manière théâtrale, ce mariage est une farce.

Je jetai un coup d'œil inquiet en direction de la porte.

—Il vaudrait mieux qu'ils ne t'entendent pas.

Ça ne sembla lui faire ni chaud ni froid. Elle n'avait pas la mine renfrognée, mais presque.

—Oncle Seth n'est pas censé se marier avec elle.

—Pourquoi? Ils sont ensemble depuis… eh bien, un moment déjà. (C'était vrai. Même si la culpabilité de Seth avait précipité les fiançailles.) Il a fait sa demande. Elle a accepté. C'est aussi simple que ça.

—Elle n'est pas la bonne, dit Brandy avec acharnement. Il devrait se marier avec *toi*.

Maintenant, je souhaitais vraiment que la porte soit fermée.

—Brandy, dis-je, parlant d'une voix aussi basse que possible. Ton oncle et moi avons rompu. C'est comme ça. Les gens changent.

—Pas vous deux. Vous étiez *amoureux*.

—Il l'aime aussi.

—Pas de la même façon.

Je ne m'étais pas attendue à avoir cette discussion. Je savais que les nièces de Seth m'aimaient toujours, mais je ne me doutais pas de les avoir marquées à ce point.

—Tu n'aimes pas Maddie ?

Brandy haussa les épaules sans conviction et détourna les yeux.

—Elle est sympa. Mais elle n'est pas toi.

Pendant un moment, je restai sans voix. Je me demandai si l'hostilité que Brandy manifestait envers ce mariage était due à son affection pour moi ou à une sorte d'idéal romantique qu'entretenaient les filles de son âge à propos du grand amour et des âmes sœurs.

—Je suis navrée. Dans le monde réel, l'amour ne fonctionne généralement pas comme les histoires nous ont appris à l'espérer. Il n'y a pas toujours de fin heureuse. Les gens se séparent et recommencent. Ce n'est pas parce que tu aimes quelqu'un que tu ne peux pas aimer quelqu'un d'autre.

Je frissonnai. Je lui tenais un discours remarquablement similaire à celui que m'avait tenu Carter juste après ma (première) rupture avec Seth.

—C'est quand même pas juste, s'obstina Brandy.

Seth et Maddie vinrent la récupérer peu après, à mon grand soulagement. Je n'avais aucune envie de jouer l'avocat du diable et de défendre un mariage pour lequel je n'étais moi-même pas franchement enthousiaste. Je sentis cette peine qui semblait toujours me tourmenter quand je pensais à eux refaire surface… et me souvint des conseils d'Erik. Ne pas céder. Garder mes distances, si je voulais éviter les ennuis.

Plus facile à dire qu'à faire, comme je le lui avais dit. La distraction semblait être la réponse, mais je n'avais pas envie d'une autre partie de jambes en l'air ce soir, et je n'avais certainement pas besoin d'énergie supplémentaire.

— Distrais-moi, murmurai-je, une fois installée derrière le volant. Régale-moi de tes « traits d'esprit », ou rends-moi complètement dingue.

Rien ne trahit la présence de Roman – ni signature, ni apparition physique – mais sa voix me répondit avec la même douceur.

— Va rejoindre tes amis. Ils ne vont pas dans ce bar, ce soir ? Tu annonceras à Cody qu'il doit se préparer à une sortie à deux couples.

— Ce n'est pas une sortie à deux *couples*, grondai-je en retour.

Mais Roman n'avait pas tort. Il valait probablement mieux que je prévienne Cody, pour qu'il sache à quoi s'attendre demain. J'étais aussi un peu curieuse de savoir comment Roman était au courant pour le bar. On m'avait laissé un message vocal plus tôt dans la journée, que Roman n'aurait pas dû pouvoir entendre, à moins de se tenir très près de moi ou d'être doté d'une ouïe surhumaine. Et comme les nephilim étaient surhumains, c'était une possibilité à envisager.

Une autre idée me vint soudain à l'esprit à propos de la petite fête de ce soir, qui ne manquerait pas de me fournir une distraction et me soulagerait peut-être d'un poids par la même occasion.

— Alors, direction le bar, déclarai-je.

*The Cellar* était un petit bar en sous-sol (d'où son nom), sur Pioneer Square, dans le quartier historique de Seattle. Les immortels aimaient s'y retrouver – enfin, les immortels du camp du mal. Comme la plupart des anges ne buvaient pas, Carter faisant figure d'exception, ils ne traînaient que rarement dans les bars. Ils étaient plus susceptibles de fréquenter des salons de thé. Pour des raisons inexplicables, certains d'entre eux aimaient aussi se retrouver au restaurant au sommet de la Space Needle. Peut-être qu'ainsi ils pensaient se rapprocher du paradis.

Et comme je m'y attendais, en descendant les marches menant au bar, je sentis la signature de Carter, en plus de celles de ma clique habituelle. Encore mieux, je notai une signature supplémentaire que j'avais secrètement espéré trouver là.

—Super, dis-je, marchant à grands pas vers la table où Simone était assise en compagnie de mes amis.

Elle rayonnait de cette énergie que les succubes volent à leurs victimes. Il m'en coûtait de l'admettre, mais son éclat était plus vif que le mien. Je me rassurai en me disant qu'elle avait probablement couché avec quelqu'un aujourd'hui.

Hugh se poussa pour me faire une place et je pris une chaise à une table voisine.

—On ne pensait pas te voir ce soir.

Je fis signe à un serveur et commandai un gimlet.

—Vous savez que je ne peux pas me passer de vous.

—Tu arrives pile au bon moment, dit Carter. (Son visage était neutre, mais je vis une lueur espiègle dans ses yeux alors qu'il sirotait son bourbon.) Simone nous régalait du récit de sa visite du Seattle souterrain. Tu savais que la ville avait été réduite en cendres et reconstruite voilà un siècle ?

—Tu me prends pour une touriste ? répliquai-je.

En fait, je connaissais cette attraction touristique pour y avoir emmené une dizaine de fois des amis ou des victimes qui n'étaient pas du coin. Je jetai à Simone un regard inquisiteur.

—C'est là que tu étais aujourd'hui ?

Elle hocha la tête.

—J'avais envie de profiter de ma présence à Seattle pour m'imprégner de la ville.

Elle avait toujours cette voix de bibliothécaire, mais je devais admettre qu'elle ressemblait plus à un succube que lors de notre précédente rencontre. Sa robe était tellement décolletée que c'était un miracle qu'elle ne laisse pas voir ses mamelons. Le rouge de ses lèvres criait « Baise-moi ! » et, sauf erreur de ma part, elle avait allongé ses cheveux et leur avait donné du volume. Je n'arrivais pas à décider à quoi elle me faisait penser le plus : un ange ou une pin-up.

D'ailleurs, à propos d'anges… La chaise de Simone était collée contre celle de Carter, si près qu'elle frôlait son bras chaque fois qu'elle tendait la main pour prendre son verre. Je soupçonnais que, sous la table, elle frottait également sa jambe contre la sienne.

Il se tourna vers elle, lui jetant un regard qui, s'il n'était pas précisément romantique, reflétait un intérêt profond – et feint, j'en avais la certitude.

— Je trouve l'histoire de Seattle passionnante. Ça ne fait pas si longtemps que j'y vis, alors je suis toujours avide de nouvelles connaissances.

Simone eut un sourire radieux. De l'autre côté de la table, Hugh faillit s'étrangler. Carter était à Seattle depuis deux cents ans, une peccadille pour un immortel tel que lui, mais il avait presque certainement été témoin de l'incendie qui avait ravagé la ville. Bon Dieu, vu la façon dont il avait accidentellement réduit en cendres mon sapin de Noël, il faisait même un suspect idéal.

Mon gimlet apparut, et je bus une longue gorgée de courage liquide.

— J'ai entendu dire que tu avais croisé certaines de nos célébrités locales, dis-je gentiment.

Simone détacha son regard adorateur de Carter et me considéra en fronçant les sourcils.

— Je ne pense pas avoir rencontré de célébrités.

— Tout dépend de ta définition de ce mot, poursuivis-je, souriant toujours comme une idiote. Pour moi, les auteurs à succès appartiennent à cette catégorie, et tu en as baratiné un plusieurs fois, je crois.

Immédiatement, Cody, Hugh et Peter tournèrent leur attention vers nous. Ils étaient capables de flairer un conflit entre femmes à des kilomètres à la ronde et ils se préparaient indubitablement à assister à un crêpage de chignons en règle.

—Oh, ça, dit-elle d'un ton dédaigneux. Je pensais que tu parlais d'un acteur ou de quelqu'un de ce genre. Oui, il fait partie des types que j'ai en vue. Un parmi d'autres. Plutôt mignon. Sympa.

—Et c'est un ami à moi, dis-je.

Ma voix n'avait rien perdu de sa bonne humeur, mais je lisais dans ses yeux qu'elle avait parfaitement conscience de la montée de la tension.

—Ça reste une proie en puissance, répondit-elle avec un haussement d'épaules. Et puis, qu'est-ce que ça peut te faire ? Son âme est déjà souillée. Ce n'est pas une *aussi* bonne prise que ça. Le mal est fait.

Ce n'était pas vrai. Actuellement, Seth était peut-être damné, mais pas irrécupérable : la rédemption n'était pas hors de portée, même si ses chances étaient minces. Si, sous l'influence de Simone, il trompait de nouveau Maddie, je ne donnais pas cher de son âme. En plus, Simone écourterait sa vie – et je m'y opposais absolument.

—Alors tu es tombé sur lui par hasard ? demandai-je. (J'abandonnai tout semblant de courtoisie et elle en fit autant. Aussi insipide soit-elle, Simone n'était pas aussi stupide qu'elle le laissait paraître.) Le fait qu'il soit un de mes amis *et* que je sois sortie avec lui à une époque ne fait aucune différence pour toi ?

—À t'entendre, on dirait que tu le prends person-nellement. Mais je ne te connais même pas. Je suis là en vacances, c'est tout. Séduire des hommes fait partie de notre mode de vie – et il n'y a pas de chasse gardée. (Elle fit un signe de la tête vers les vampires, qui chassaient sur des territoires bien définis.) À moins, ajouta-t-elle avec suffisance, que tu aies passé un marché avec Jerome.

Certainement pas. En fait, mon patron avait été extrêmement clair : il se fichait complètement de ce qui pouvait arriver à Seth.

— Non, mais je pense que, n'étant que de passage, tu aurais la courtoisie de laisser mes amis en paix. (Mon sourire réapparut, glacial cette fois.) Surtout si tu veux que ton séjour se termine aussi bien qu'il a commencé.

J'y allais peut-être un peu fort, mais je voulais m'assurer qu'elle avait bien compris le message.

Simone se raidit, m'accordant à présent son attention pleine et entière.

— C'est une menace ?

Je haussai les épaules et finis mon verre.

— Juste un conseil d'amie.

Elle se leva et lança son sac par-dessus son épaule avec une telle force qu'il faillit heurter la tête de Carter. Apparemment, il n'intéressait plus Simone. Pour l'instant, en tout cas.

— Je refuse d'écouter plus longtemps des menaces à peine voilées. Surtout quand elles concernent des hommes sans importance. Si je le veux, je l'aurai.

— Tu nous manqueras, marmonnai-je, alors qu'elle s'éloignait.

— Oh, dit Hugh gaiement. Deux succubes qui se chamaillent… Je ne connais pas de spectacle plus réjouissant. *Dynastie* ne fait pas le poids. Tu aurais pu faire mordre la poussière à Tawny, mais Simone risque de te donner du fil à retordre.

— Tu parles, dis-je. Et elle a à peu près autant de chances avec Seth qu'avec Carter.

Carter haussa un sourcil, manifestant son désaccord avec cette dernière affirmation.

— Elle essaie vraiment de draguer Seth ? demanda Cody.

— Oui. En jouant les admiratrices naïves et effarouchées.

— Si ma mémoire est bonne, tu as utilisé la même technique pour le séduire, non ? fit remarquer Peter.

Je le foudroyai du regard.

—Peu importe. Ça ne marchera pas.

—Alors, pourquoi t'en faire ? s'enquit sournoisement Hugh.

—Parce qu'un peu de prévention n'a jamais fait de… Oh, et puis zut. (Je grognai.) J'ai besoin d'un autre verre.

Manifestement, Hugh et les vampires trouvaient la situation très drôle et n'étaient pas particulièrement inquiets. Je pense qu'eux aussi croyaient Seth inébranlable. Ils aimaient juste l'idée de me voir asticoter une collègue. Le plus triste, c'est que ma conduite avait probablement encouragé Simone à redoubler d'efforts.

Deux gimlets plus tard, je décidai de rentrer chez moi. J'étais suffisamment en colère pour ne pas craindre la force mystérieuse. Avant de partir, j'informai Cody du sort qui l'attendait. Comme on pouvait s'y attendre, il flippa.

—Quoi ? Je… Non. Qu'est-ce que je vais faire ? Qu'est-ce que je vais lui dire ?

—Franchement, ma chérie…, commença Hugh à voix basse.

—Tu t'en sortiras très bien, dis-je. Arrête de stresser et sois toi-même.

—Ça m'a tout l'air d'un rendez-vous en couples, observa Peter. Je me charge de trouver de la teinture noire, pour tes cheveux.

—Non, n'y pense même pas. (Dans la crinière blonde de Cody, certaines mèches n'avaient toujours pas repris leur couleur d'origine.) Habille-toi comme tu es maintenant. On se retrouve au concert.

Alors que j'allais partir, une pensée me traversa l'esprit.

—Carter, je peux te dire deux mots ?

Ses lèvres se contractèrent légèrement, peut-être un signe de surprise – difficile à dire.

—Tu sais que je ne peux rien te refuser, Fille de Lilith.

Il me suivit à l'extérieur du bar, au milieu des fêtards de Pioneer Square. Une fois hors du bâtiment non fumeur, il se hâta d'allumer une cigarette.

—Si tu es jalouse de ma relation avec Simone, dit-il, je peux t'assurer que nous ne sommes que des amis.

—Oh, tais-toi. Tu sais très bien que ça n'a rien à voir avec ça. Écoute, elle a menti, c'est clair, non? Seth n'est pas une coïncidence.

Carter tira une longue bouffée de sa cigarette avant de répondre. Les anges étaient capables de détecter un mensonge.

—Tu as raison. Mais elle m'a semblé sincère à la fin, quand elle a dit qu'elle n'avait pas l'intention de lâcher l'affaire.

Je grimaçai.

—Pourquoi? Pourquoi s'en prendre à Seth? C'est une façon d'affirmer sa dominance sur le succube local?

—Je n'en suis pas sûr. Les succubes restent un mystère pour moi, comme toutes les femmes d'ailleurs.

—Jerome a d'abord cru qu'elle était venue l'espionner. Il l'a fait suivre par Roman, mais ça n'a rien donné. Elle n'a fait de rapport à personne. Il a ordonné à Roman de laisser tomber… (Je marquai une pause, réfléchissant aux événements et les analysant sous un jour nouveau.) Mais seulement après que je lui ai dit que Simone s'en prenait à Seth. Apparemment, c'est à ce moment-là qu'il a décidé que Roman n'avait plus besoin de filer Simone. Il a même insisté pour qu'il lui fiche la paix.

—Tiens donc?

Carter tira de nouveau sur sa cigarette, mais je vis ses pensées s'agiter derrière ses yeux.

—Quoi?

—Rien, juste une idée, dit-il. (Une demi-vérité. On ne pouvait pas espérer mieux de la part d'un ange.) Est-ce que Jerome a dit quelque chose après ça?

—Oui, il a ordonné à Roman de me coller aux basques.

Ma réponse le surprit.

—Pourquoi ?

Apparemment, Jerome et Carter ne s'étaient pas vus ces derniers temps. Je mis Carter au courant de la dernière bizarrerie qui m'était tombée dessus.

—C'est vraiment étrange, admit-il.

—Tu as peut-être une idée ?

—Ça pourrait être pas mal de choses.

Il parlait avec désinvolture, mais je sentais que j'avais piqué sa curiosité. J'avais peut-être même réussi à l'inquiéter.

Je soupirai.

—Tu n'es pas le premier à me le dire, mais ça ne m'aide pas beaucoup.

—Je vais t'aider, dit-il, jetant sa cigarette et l'éteignant du pied. Je vais filer Simone.

Je ne m'attendais carrément pas à ça.

—Pour quoi faire ? Tu as l'intention de l'empêcher de mettre le grappin sur Seth ?

Cette dernière idée sembla l'amuser.

—Tu sais bien que je n'ai pas le droit de m'immiscer dans ce genre de choses. Mais les activités de Simone m'intéressent.

Un sentiment de malaise bouillonna en moi, un sentiment qui m'avait troublé depuis que j'avais fait la connaissance de Seth et que Carter avait commencé à jouer un rôle actif dans ma vie.

—Pourquoi ? Qu'est-ce que Seth a de si important pour toi ? Tu as toujours semblé fasciné par lui, et par la nature de notre relation.

—Je m'intéresse au processus créatif d'un grand artiste. C'est passionnant.

—Une autre demi-vérité. (Comme à son habitude, il répondait à la question sans vraiment y répondre. Quand je repris la parole, la note de désespoir dans ma voix me surprit moi-même :) Je suis sérieuse. Pourquoi, Carter ? En quoi Seth, et le fait que je sois ou non avec lui, te concerne-t-il ?

Il me tapota le menton.

—Tu as mieux à faire que de te soucier des lubies d'un ange curieux. Et puis, ne me dis pas que tu ne te sentiras pas rassurée avec quelqu'un pour garder un œil sur Simone et te tenir informée ?

—Si, bien sûr, admis-je. Mais…

—Alors, c'est entendu. Ne me remercie pas.

Il se détourna brusquement et disparut dans la foule des fêtards. Je n'essayai même pas de le rattraper, parce qu'il avait très bien pu disparaître pour de bon quand personne ne faisait attention à lui. Je soupirai de nouveau.

Ah, ces foutus anges…

# Chapitre 8

Maintenant que je savais que Carter surveillait Simone, je me sentais un peu mieux, mais son attitude vis-à-vis de Seth — et de ma vie amoureuse en général, d'ailleurs — me tracassait tout de même. Ça l'intéressait un peu trop. J'avais fini par m'habituer à la présence d'un ange dans mon entourage, mais il m'arrivait de me demander s'il n'endormait pas ma méfiance dans une intention bien précise. Le paradis avait ses objectifs, tout comme nous, et ses motivations étaient souvent plus difficiles à comprendre.

Le lendemain, la matinée se déroula sans anicroche à la librairie jusqu'à ce que Doug m'annonce la mauvaise nouvelle, environ dix minutes avant que je parte.

— Je ne peux pas vous accompagner ce soir, Kincaid.

Je levai les yeux de ma feuille de calcul avec incrédulité.

— Quoi ?

Il haussa les épaules, hésitant près de la porte de mon bureau. Nous avions les mêmes horaires aujourd'hui, et je le soupçonnais d'avoir attendu le dernier moment pour m'en parler, afin d'éviter mon courroux. Un peu comme ces gens à qui on apprend froidement un vendredi en fin de journée qu'ils sont virés.

—J'ai rencontré une fille… et je ne peux vraiment pas laisser passer l'occasion de sortir avec elle. Si tu la voyais… Elle est canon. Elle a un corps de…

—Épargne-moi les détails, l'interrompis-je. Pourquoi tu ne l'invites pas au concert à ma place ? Cody commençait à se faire à cette idée… il sera vraiment déçu si tu annules.

—Qui parle d'annuler ? Allez-y sans moi. Je ne peux pas emmener mon amie à ta place – Cody a besoin de toi.

Je grognai.

—Autrement dit, je tiens la chandelle.

À ce moment-là, Maddie apparut à côté de son frère dont elle venait prendre la relève au magasin.

—Aller où ?

L'idée de me retrouver seule avec Cody et Gabrielle m'était insupportable.

—Tu n'as pas envie de venir à un… euh… un concert de métal, ce soir ? proposai-je, morte de honte.

Au moins la présence d'une autre femme mettrait un terme aux insinuations d'une sortie en couples. Elle ne s'attendait visiblement pas à une telle invitation.

—Eh bien… ça me dirait bien, mais je dois fermer, et ensuite j'ai rendez-vous avec un ami. (J'avais de sérieux doutes sur sa sincérité, et sur l'existence même de l'ami en question. Le métal, ce n'était pas trop son truc, à Maddie. Soudain, elle s'anima.) Tu sais quoi ? Tu devrais y aller avec Seth.

—Je… Quoi ?

—Mortensen ? demanda Doug, aussi perplexe que moi.

—Je ne pense pas qu'il appréciera, dis-je, mal à l'aise.

En fait, je le savais pertinemment.

—Oui, renchérit Doug. Ce n'est probablement pas une bonne idée.

L'observation de Doug provoqua chez moi un froncement de sourcils que je tentai de dissimuler. Il avait tellement envie de sortir avec cette femme au corps fabuleux, que je l'aurais cru prêt à me caser avec n'importe qui.

Mais Maddie ne parut pas s'en rendre compte.

— Si, je t'assure. Ça fait des semaines qu'il ne pense qu'à son bouquin : prendre un peu l'air lui fera le plus grand bien. Et je pense qu'il est stressé par les préparatifs du mariage.

On était deux, alors.

— Oh, je ne veux pas le forcer à s'aventurer en terrain inconnu, dis-je de façon peu convaincante.

Elle rit.

— Ça lui fera du bien. Je vais lui en parler tout de suite.

Elle était partie avant que Doug ou moi puissions protester. Le silence s'installa entre nous.

— Bon, finit-il par dire. Comme elle le mène par le bout du nez, je suppose que c'est couru d'avance.

— Si tu le dis.

Il s'en alla, et je trouvai curieux que cette perspective n'emballe aucun de nous. Moi et Seth, en « couple », à un concert. Je me sentais coupable de la confiance aveugle que j'inspirais à Maddie. Le bon côté de la chose – façon de parler –, c'était que Simone n'aurait probablement pas le cran d'imposer sa présence et de poursuivre sa « séduction » de Seth.

Comme Doug l'avait prédit, Maddie parvint bien à convaincre Seth de m'accompagner. Le concert commençait tard, et nous avions convenu de nous retrouver tous les quatre devant la salle aux alentours de 22 h 30, afin que je puisse distribuer les billets. Une fois sur place, je dévisageai les trois autres, essayant de décider s'il valait mieux en rire ou en pleurer. Seth détournait les yeux, comme il savait si bien le faire, visiblement embarrassé d'avoir cédé à Maddie. Cody était plus pâle que d'habitude, même pour un vampire, et semblait sur le point de déguerpir à tout instant. En fait, je n'aurais pas été surprise si les deux hommes avaient comploté pour monter un plan d'évasion. Les yeux brillants, Gabrielle était bien la seule à se réjouir de se trouver là.

La seule, aussi, à être réellement habillée pour l'occasion, entièrement en noir, les cheveux dressés sur la tête et maquillée de façon spectaculaire. Cody et Seth portaient leurs vêtements de tous les jours, et moi, j'étais un peu entre les deux, jean et bustier noir, parée de lourds bijoux en argent, mais clairement trop élégante pour cet endroit.

—C'est vraiment trop sympa de m'avoir invitée, dit-elle. Je ne savais pas que vous étiez fans de Blue Satin Bra.

—Qui ne l'est pas ? demanda Seth, le visage innocent.

J'évitai de croiser son regard, parce que je n'étais pas certaine de pouvoir garder mon sérieux. Je tendis les billets à la ronde et nous entrâmes, entourés par une foule que j'aurais définitivement voulu avoir de mon côté si j'avais été mêlée à une bagarre de rue.

Nous nous installâmes autour d'une table haute au fond de la salle, ce qui nous obligerait à rester debout pendant le concert, mais au moins nous aurions une surface où poser nos verres.

—Offre-lui quelque chose à boire, soufflai-je à Cody.

L'avantage, quand on jouait les Cyrano avec un vampire, était que son ouïe ultrasensible me permettait de maintenir ma voix à un niveau bien en dessous de ce que Gabrielle pouvait entendre. Le bruit ambiant (avant même que le groupe monte sur scène) favorisait également le caractère furtif de l'opération.

Cody suivit bien sagement mon conseil, et quand Gabrielle commença à fouiller dans son sac pour en sortir de quoi payer, il affirma que la première tournée était pour lui. Elle le gratifia d'un sourire qui sembla renforcer son assurance alors qu'il se dirigeait vers le bar.

Seth se pencha à mon oreille. Il se tenait près de moi, de l'autre côté par rapport à Gabrielle, et elle était tellement ravie de se trouver là qu'elle nous avait totalement oubliés.

—C'est assez dingue pour marcher, murmura-t-il.

—Ne t'emballe pas, répondis-je, essayant de ne pas songer à sa proximité. La nuit est encore jeune. Toutes sortes d'accidents farfelus peuvent se produire.

Il sourit.

— Et c'est une experte qui parle, pas vrai ?

— Malheureusement, oui.

Cody revint avec les verres, ce qui lui valut de nouveau l'approbation de Gabrielle. Elle ne manifestait absolument aucune attirance pour lui, mais au moins elle avait pris conscience de son existence. Je n'avais pas changé d'avis : je pensais toujours que Cody ne devait pas trop insister sur le côté vampire/Gothique. Mais je pris conscience que nous avions du pain sur la planche s'il voulait qu'elle voie derrière sa façade « ordinaire ».

— Parle-lui, lui dis-je. (Il avait retrouvé sa place, entre moi et Gabrielle.) Une fois que le groupe commencera à jouer, ce sera sans doute impossible.

— Qu'est-ce que je dois lui dire ?

Ayant surpris notre conversation, Seth se pencha devant moi et je regrettai de ne pas porter quelque chose de plus sage. Son bras frottant contre le mien me donna des frissons dans tout le corps.

— Demande-lui si elle les a déjà vus en concert, conseilla Seth. Si elle répond non, raconte-lui la fois où tu les as vus à… Je ne sais pas. Une soirée privée. Si elle dit oui, demande-lui comment c'était.

Cody hocha la tête, l'air inquiet. Il se pencha vers elle et, même si je ne saisis que des fragments de leur conversation, Gabrielle s'anima tout en parlant. Je me tournai vers Seth.

— Depuis quand tu es devenu un spécialiste des couples en mal de communication ? demandai-je avec incrédulité.

— C'est ce qu'O'Neill aurait fait.

— Tu utilises la fiction pour favoriser la vie sentimentale de Cody ? me moquai-je.

117

— La vie imite l'art, bien plus que l'art n'imite la vie[1].

— C'est une affirmation ridicule. Et je te ferais remarquer que je ne t'ai jamais vu mettre toi-même en pratique ce conseil.

— Eh bien, ce conseil venait d'O'Neill. J'ai beaucoup de personnages chez qui je peux puiser.

— C'est curieux, je ne me souviens pas d'avoir croisé d'auteur introverti et balbutiant au détour des pages de tes romans.

— Je ne balbutie pas, se défendit-il, mais il y avait une pointe d'amusement dans sa voix. En plus, peut-être qu'il y en aura un dans *ma nouvelle série*.

— Oooh, fis-je, tournant en dérision son ton mélodramatique. « Peut-être », hein ? Et moi qui croyais que tu avais déjà posé les fondations de ton nouveau chef-d'œuvre…

— C'est vrai. Mais je peux encore l'améliorer en cours d'écriture.

— Les auteurs introvertis, y a que ça de vrai pour améliorer les choses.

— Je ne te le fais pas dire.

Alors que je riais, je me souvins que j'aurais dû aider Cody, mais il discutait avec Gabrielle tout seul comme un grand, ce que j'interprétai comme un signe positif. Je me tournai de nouveau vers Seth.

— Alors, dois-je en conclure que tu sais enfin comment se terminent les aventures de Cady et O'Neill ?

— Non. (Il s'accrochait à sa bonne humeur, malgré un léger froncement de sourcils.) Un de ces jours, il faudra que je…

Le hurlement assourdissant d'une guitare se propagea dans toute la salle et noya la fin de sa phrase. Blue Satin Bra était monté sur scène pendant que je parlais (flirtais ?) avec Seth. Je détestais les stéréotypes, mais ils correspondaient

---

1. Oscar Wilde. (*NdT*)

vraiment à l'image qu'on pouvait se faire d'un groupe de métal exclusivement masculin. Fringues noires, piercings, et cheveux dont la longueur allait d'un extrême à l'autre, rasés ou superlongs. Le seul élément qui les distinguait de la concurrence était le soutien-gorge demi-bonnet en satin bleu que les membres du groupe portaient par-dessus leurs vêtements.

Malgré la musique tonitruante qui suivit, j'entendis Gabrielle hurler, «Oh mon Dieu!» Elle semblait en extase et, quand Cody lui dit quelque chose, elle s'anima encore plus et hocha vigoureusement la tête en direction de la scène. À mon avis, il venait de confirmer qu'il trouvait ça génial, lui aussi – que ce soit vrai ou pas.

La musique nous força à nous rapprocher, Seth et moi, afin de pouvoir poursuivre notre conversation.

—Tu sais, dit-il, je suis prêt à parier que le bassiste a rembourré son soutif.

—Nan, le taquinai-je en retour. C'est un Wonderbra, c'est tout. Ils font des miracles, question décolleté.

Tout bien considéré, Blue Satin Bra n'était pas si mauvais. Le métal n'était peut-être pas ma musique favorite, mais j'étais très ouverte. La folie du show qui s'ensuivit nous donna, à Seth et à moi, de nombreuses occasions de rire. La fin du concert nous trouva tous deux d'excellente humeur; nous quittâmes lentement la salle avec Gabrielle et Cody.

—C'était *géant*, s'exclama-t-elle. Merci encore pour le billet.

—Pas de problème, dis-je.

Mes oreilles bourdonnaient et je me demandais si je n'étais pas encore en train de crier.

—Je crois que c'est le meilleur concert que j'aie jamais vu, déclara vaillamment Cody.

Gabrielle le prit par la manche, et ses yeux s'agrandirent.

—Moi aussi! Quel morceau tu as préféré?

Silence.

—Moi, j'ai adoré celui où ils n'arrêtaient pas de répéter « My Armageddon scales will burn your post office[1] », dit Seth, pince-sans-rire.

—Oui, oui. C'est *Plywood Fuck*. Un de leurs meilleurs morceaux, précisa-t-elle.

—Moi aussi, c'est celui que j'ai préféré, dit Cody.

Je doutais pourtant qu'il ait entendu la musique ce soir. Tous ses sens étaient concentrés sur Gabrielle.

Parfaitement synchro, Seth et moi échangeâmes un sourire furtif, tous deux amusés par la passion de Cody. Je n'en étais pas au même stade que lui, mais quand vint le moment pour chacun de rentrer chez soi, j'avais, moi aussi, l'impression de marcher sur un nuage.

—Intéressant, dit Roman, une fois de retour à l'appartement. (Il avait joué les espions toute la soirée.) Je pense que Cody a peut-être une chance.

—Possible. Il est vraiment très amoureux, mais elle ne semble que modérément intéressée. Enfin, elle s'est montrée amicale, c'est déjà ça.

Roman fouilla dans la cuisine et se versa un bol de Lucky Charms.

—Il n'est pas le seul à être amoureux.

Je soupirai et m'écroulai sur le canapé.

—Laisse tomber, tu veux ? On sait tous que j'ai encore des sentiments pour Seth.

Roman me jeta un regard espiègle.

—Je ne parlais pas de toi.

Je le regardai fixement pendant un moment, mon cerveau embrouillé par la vodka essayant de donner un sens à ses paroles.

—Une minute… tu veux parler de Seth ? Je n'existe plus pour lui.

---

1. Ce qui veut dire… pas grand-chose : « Le pèse-lettre de l'apocalypse réduira en cendres ton bureau de poste. » (*NdT*)

—Bon sang, Georgina, arrête de te voiler la face !

—Il se marie.

—Ça ne veut rien dire – tu as une idée du nombre de mecs qui se chopent une infection à chlamydia lors de l'enterrement de leur vie de garçon ?

—Mais il aime sincèrement Maddie. Et quoi que tu penses de ses sentiments, il sera hors de ma portée une fois qu'ils seront mariés.

—Ils sont *déjà* en couple, mais ça ne t'a jamais arrêtée si ma mémoire est bonne.

Je pris un air menaçant et enlevai mes chaussures d'un coup de pied.

—Ne commence pas. Je me sens assez coupable comme ça – et lui aussi. Si tu n'as à m'offrir que tes railleries, j'aime autant aller me coucher.

Mais, à ma grande surprise, Roman n'affichait pas cette expression moqueuse devenue sa marque de fabrique depuis son retour à Seattle. Son regard était grave, il avait presque l'air de se faire du souci pour moi.

—Je ne cherche pas à te tourner en ridicule, je me contente d'énoncer les faits. Quoi qu'il arrive, toi et Seth semblez incapables de garder vos distances. Tu devrais demander un transfert.

—Quoi, quitter Seattle ? demandai-je avec incrédulité. Mais j'adore cette ville.

—Tu apprendras à en aimer une autre. Franchement, je ne vois pas d'autre solution – pour toi comme pour lui. Dans ta situation actuelle, tu le croises tous les jours – le concert de ce soir est un excellent exemple. Il a rompu avec toi, et ensuite tu as rompu avec lui – pour « son bien », à t'entendre. Mais si vous continuez à vous voir, ça ne servira à rien. Tes blessures ne cicatriseront jamais. Jour après jour, tu auras l'impression qu'on t'arrache le cœur.

J'étais tellement stupéfaite que j'en restai sans voix pendant plusieurs secondes. Ma vie, telle une spirale interminable…

—Je… Pourquoi tu me dis ça ? Qu'est-ce que ça peut te faire ?

—Parce que ç'a déjà commencé, tu as le cœur brisé, jour après jour, et ça me tue d'en être le témoin impuissant.

De nouveau, je restai muette pendant un moment.

—Je pensais… Je pensais que tu me détestais. Je pensais que tu voulais me tuer.

Il termina ses céréales et posa le bol. Je n'avais pas la force de chasser les chats.

—Je ne te déteste pas, Georgina, dit-il d'un ton las. Bien sûr, je t'en veux pour ce qui s'est produit avec Helena, et pour m'avoir menti en me disant que tu m'aimais. Mais est-ce que j'ai envie de me venger pour autant ? Peut-être. Honnêtement, mes sentiments changent sans arrêt. Il y a des jours où je souhaite qu'il t'arrive quelque chose de terrible. D'autres où… eh, bien, je sais que tu as agi sous l'influence de je ne sais quel sens de… en croyant bien faire.

Je voulais lui dire que je l'avais aimé, d'une certaine façon. Mais ça n'aurait probablement servi à rien, maintenant.

—Eh bien, si tu avais besoin d'un coup de pouce pour me punir, mes mésaventures avec Seth dépassent probablement tes rêves les plus fous.

—Non, dit-il, secouant la tête avec lassitude. Ça ne m'amuse pas. Comme je te l'ai dit, je préférerais que tu quittes la ville pour prendre un nouveau départ. Ces derniers temps, chaque fois que je te vois, j'ai l'impression de… de te regarder mourir à petit feu.

Je me levai, prise d'une soudaine envie de dormir.

—Oui, dis-je doucement. Ça me fait le même effet. (J'hésitai.) Merci pour m'avoir écoutée. Et comprise.

—Je suis là pour toi.

Cette dernière affirmation me prit aussi par surprise. Quelque part, au cours de la folie de ces derniers mois, Roman et moi étions redevenus amis.

— Je suis désolée d'avoir à te demander ça, mais, bon, comme je ne suis pas d'humeur particulièrement enjouée ce soir, est-ce que tu...

Il se leva à son tour.

— C'est entendu. Je te surveillerai pendant ton sommeil. Si ça ne te fait pas froid dans le dos.

— Marché conclu, dis-je avec un sourire. Merci.

Et peut-être que c'était la vodka, mais je fis un pas vers lui et le serrai dans mes bras. Il se raidit un instant, visiblement pris au dépourvu, puis il se détendit et m'étreignit à son tour. Je posai la tête sur sa poitrine, trouvant un peu de réconfort dans la présence chaleureuse et vivante de quelqu'un qui n'était pas un inconnu. Il avait gardé la même odeur que dans mon souvenir, la fraîcheur et le piquant de son eau de toilette très différents de la senteur boisée de celle de Seth.

J'étais en train de me dire que je ferais bien de m'écarter quand une voix demanda :

— Je dérange ?

Je sursautai. Carter se tenait dans mon salon, les bras croisés, un sourcil levé. Apparemment aussi troublé que moi, Roman eut un mouvement de recul, mettant autant de distance qu'il le pouvait entre nous.

— Ça t'arrive de frapper avant d'entrer ? demandai-je.

— Je n'étais pas sûr que tu m'ouvrirais, dit Carter avec bonhomie. Surtout avec les nouvelles que j'ai.

Je gémis.

— Tu n'as pas perdu de temps. Ça concerne Simone ?

Il hocha la tête.

— J'en ai bien peur. Elle a revu Seth.

# Chapitre 9

— Impossible ! m'exclamai-je. Il était avec moi toute la soirée.

— Pas après le concert, fit remarquer Roman. Tu sais, je crois que ce groupe a des chances de casser la baraque.

Toute trace de la compassion qu'il m'avait témoignée plus tôt avait disparu en présence de Carter.

— Simone traînait dans ce café ouvert vingt-quatre heures sur vingt-quatre, expliqua Carter. Seth est allé là-bas pour y écrire après… Qu'est-ce que tu as dit ? Vous étiez à un concert ?

— Oui, confirmai-je. Blue Satin Bra.

L'ange fit un signe de tête approbateur à l'attention de Roman.

— Ils sont vraiment bons.

— Hé ! Est-ce qu'on pourrait ne pas perdre de vue le vrai problème ? (Je les foudroyai tous les deux du regard.) Qu'est-ce qui s'est passé entre Seth et Simone ?

Carter haussa les épaules.

— Il est entré dans le café – mais c'est lui qui l'a remarquée. Elle était plongée dans un livre – elle n'a même pas levé la tête avant qu'il approche.

— Bien joué, dis-je. Elle le force à adopter le rôle de l'agresseur.

— Je ne pense pas que ce terme puisse jamais convenir à Seth, ironisa Carter. Ça n'a fait que le mettre en position de faire le premier pas, s'il voulait être courtois.

Pendant notre brève liaison, Seth et moi avions fait l'amour avec une telle douceur et une telle tendresse que les poètes auraient pleuré devant tant de beauté. Mais à d'autres occasions, cela avait été carrément obscène, et je pense que si Carter avait su, il aurait révisé son jugement sur le rôle d'agresseur de Seth.

— Et ensuite? demandai-je.

— Comme l'autre fois. Ils ont discuté – essentiellement de sujets qui intéressaient Seth, en fait. Je pense qu'elle a dû se renseigner sur lui.

— Merde, c'est le pompon. (Je m'effondrai sur le canapé, puis me relevai immédiatement.) Je vais là-bas et…

— Ils sont partis, m'interrompit Carter. Chacun de son côté. Après, elle a emballé un type et j'ai décidé qu'il était temps pour moi de prendre congé.

— Veinard, grommela Roman. Tu n'imagines pas les trucs tordus que j'ai dû me farcir pendant que je la surveillais.

Un léger sourire erra sur les lèvres de Carter, puis il se tourna vers moi. Je soupirai et me rassis.

— Affronter Simone directement n'est pas une bonne idée de toute façon. Tu as déjà essayé et ça n'a rien donné. Ce serait une répétition inutile.

Il avait probablement raison. Être en conflit avec un succube craignait un max. Avec Hugh et les vampires, je pouvais les cogner et, malgré le pouvoir de guérison rapide des immortels, ils gardaient un œil au beurre noir pendant quelques heures – et même plus longtemps si j'étais en forme. Mais avec un succube? À quoi bon mettre une raclée à une créature capable de se métamorphoser à volonté? Quant à une joute verbale, comme je n'avais aucun moyen de pression réel, je ne ferais sans doute que l'encourager et fournir une source de distraction supplémentaire à mes amis amateurs de duels entre femmes.

—Je vais pouvoir me passer de toi, dis-je à Roman. Je me sens suffisamment en rogne pour dormir toute seule. (Carter haussa de nouveau les sourcils.) Ça veut dire qu'il n'a pas besoin de me surveiller pendant mon sommeil, expliquai-je à l'ange. Tout à l'heure, comme je broyais du noir, on craignait que ce... cette force mystérieuse... se manifeste de nouveau.

—Tu broyais du noir ? demanda Carter, feignant l'innocence, mais je n'étais pas dupe.

Même sans être allé au concert, il pouvait aisément deviner ce qui m'avait mis le moral à zéro.

—C'est une longue histoire.

Ces yeux gris-argent me transpercèrent, et je me tortillai et détournai le regard. Je détestais quand il faisait ça. J'avais l'impression qu'il était capable de lire dans mon âme, une perspective qui ne me réjouissait pas vraiment. J'essayai de changer de sujet.

—J'ai réfléchi à ce truc qui m'arrive... cette force, ce chant des sirènes ou que sais-je encore. C'est différent de ce qui s'est passé avec Nyx, mais il y a un point commun, le côté onirique. J'ai vraiment l'impression de marcher en dormant. Tu crois qu'elle est revenue ?

—Non, dit Carter. Elle est toujours prisonnière. J'ai vérifié personnellement.

—Vraiment ?

—Vraiment.

Je n'enchaînai pas avec la question qui s'imposait. Carter l'avait-il fait pour moi ? Se renseigner à propos de Nyx ne devait pas lui être très difficile. Il avait probablement demandé à un autre ange qui avait fait appel à un de ses potes..., etc. Mais je ne pouvais pas m'empêcher de m'interroger sur les motivations de Carter. Pourquoi se donner tant de mal pour moi ? Pourquoi prendre la peine de se renseigner ? Pourquoi filer Simone ?

À en juger par son expression, il lisait en moi à livre ouvert.

—Merci, dis-je. Mais je suis crevée, je vais me coucher maintenant.

—Et moi, annonça Carter, je vais aller boire un coup.

—Tu en as déjà terminé avec Simone ? s'étonna Roman. Carter fit un geste dédaigneux.

—Au moins pour cette nuit. Je la retrouverai demain matin.

—Tu n'es pas un espion très consciencieux, lui fis-je remarquer, même si je comprenais parfaitement les raisons qui le poussaient à éviter les ébats de l'autre succube.

Il me gratifia d'un sourire en guise de réponse, avant de disparaître.

—Et maintenant ? me demandai-je à voix haute.

—Maintenant, dit Roman, tu vas faire un gros dodo, pour être en pleine forme avant une nouvelle journée captivante où je t'écouterai dispenser tes recommandations à des lecteurs qui ont apprécié le *Da Vinci Code*.

—Tu sais que tu adores ça, dis-je en me dirigeant vers ma chambre.

—Tu es certaine de ne pas vouloir de compagnie ?

Je jetai un coup d'œil par-dessus mon épaule et scrutai son visage, ses traits ravissants et ses yeux bleu-vert qui me rappelaient la Méditerranée de ma jeunesse. Il avait l'air songeur, et souriait d'un air narquois. Difficile de savoir s'il plaisantait ou ce qu'il entendait exactement par là.

—Certaine.

Je n'étais pas aussi sûre de moi que j'essayais de le laisser paraître, mais la nuit se déroula sans incidents, venant confirmer que ma morosité constituait bien le facteur déclenchant du phénomène. Le lendemain, je me rendis donc à mon travail d'excellente humeur. J'allai même jusqu'à porter du jaune pour fêter ça et saluai mes collègues avec un tel enthousiasme que Doug voulut savoir quelle drogue j'avais prise – et comment s'en procurer.

Mais je déchantai en arrivant à proximité du rayon

science-fiction, quand je sentis une intrusion fâcheuse : la signature d'un immortel. D'un succube, pour être précise. Et je savais exactement à qui elle appartenait. Je fis volte-face, avançai de quelques pas et essayai de la localiser. Rayon littérature.

Je me hâtai dans cette direction et, effectivement, Simone était là – avec Seth. Elle avait revêtu l'apparence dont on m'avait parlé, la brune studieuse – mais sexy. Ils se trouvaient près de la section consacrée aux ouvrages de Seth et elle tenait un de ses romans parus en poche, *Idiosyncraso*. Je savais qu'elle m'avait repérée, mais elle ne quitta pas Seth des yeux, ni n'interrompit sa conversation.

— Vous avez vraiment écrit ce roman quand vous étiez encore à la fac ?

— Oui, dit-il. Mais ce n'est pas le premier que j'ai publié. Je l'ai mis de côté pendant des années, avant de le retravailler.

— Super, dit-elle en le feuilletant. Je suis impatiente de le lire. Ça m'occupera en attendant la sortie du prochain.

— Eh bien, ne soyez pas trop pres… oh, salut.

Seth m'avait vue. Je m'arrêtai à côté d'eux, et Simone se tourna poliment vers moi.

— Comment ça va ? demandai-je, d'une voix plus dure que j'en avais eu l'intention.

Seth, toujours sensible à mes humeurs, sembla surpris par mon ton, mais fit comme si de rien n'était.

— Bien. Georgina, je te présente Kelly. Kelly, Georgina. Georgina est la gérante de la librairie.

— Bonjour, *Kelly*.

Je lui serrai la main avec une force qu'elle égala, et nous continuâmes à afficher toutes les deux un sourire figé digne des *Femmes de Stepford*.

— J'ai fait la connaissance de Kelly dans un café, dit Seth avec douceur, inconscient d'être pris entre les feux de deux succubes. Je lui ai proposé de passer à la librairie.

— C'est formidable, dit Simone, adorable d'innocence. Je lis beaucoup. J'aime tout ce qui touche aux livres. Et c'est si enrichissant de pouvoir rencontrer un de ses auteurs préférés.

— Ce n'est rien, vraiment, dit Seth, un peu gêné de devenir le centre d'attention.

Simone rit.

— Au contraire. J'ai l'impression que vous m'apportez à chaque rencontre.

— Vous vous êtes déjà vus souvent ? demandai-je.

— Kelly vient d'emménager à Queen Anne, expliqua Seth. Alors, nos chemins n'arrêtent pas de se croiser.

— C'est un quartier vraiment sympa, dis-je. Où habitez-vous ?

Simone hésita.

— Euh… sur Queen Anne.

— La rue, l'avenue ou l'allée ?

Seth eut l'air surpris par mon ton inquisiteur. Simone devint nerveuse.

— Euh… l'avenue.

Mince. Un coup de chance pour elle. La rue n'existait pas.

— Chouette voisinage. (Lui tournant le dos, je m'adressai à Seth :) Je suis venue te voir parce que j'ai entendu quelqu'un dire que Maddie te cherchait. (Pure invention de ma part. Maddie ne prenait son service que dans une heure. Je jetai à Simone un regard désinvolte.) Maddie est sa fiancée.

— Je ne pensais pas qu'elle était déjà arrivée, dit Seth.

Pourquoi fallait-il qu'il choisisse précisément aujourd'hui pour avoir une mémoire en état de marche ?

— Peut-être que j'ai mal entendu, dis-je avec un haussement d'épaules. Mais je me suis dit que tu préférerais vérifier.

— Je vais y aller, dit-il, toujours un peu perplexe. Mais d'abord, je dois montrer un dernier livre à Kelly.

Cette dernière me jeta un regard triomphant, mais je savais qu'elle n'obtiendrait rien de plus de Seth. Il avait cette expression qu'il affichait quand il était absorbé par quelque chose – dans le cas présent, l'histoire de la littérature – au point d'oublier le monde qui l'entourait. «Kelly» n'était qu'une coïncidence plaisante. Simone était trop présomptueuse pour le comprendre.

Seth se retourna vers les étagères, et ma présence ne se justifiait plus. Alors qu'il avait la tête ailleurs, je jetai à Simone un regard d'avertissement.

— Bon, eh bien, à la prochaine.

— Oh, dit-elle avec un sourire serein, vous pouvez y compter.

Quand je rentrai chez moi, plus tard dans la journée, je fus prise d'une envie de casser quelque chose.

— Non, mais tu as vu…

— Oui, oui, j'ai vu, dit Roman, se matérialisant à côté de moi. Calme-toi.

Je laissai échapper un petit cri de frustration, quelque chose de primal, d'inarticulé.

— Tu as vu cette garce! *Et devant moi, en plus!* Elle l'a fait exprès. Elle l'a fait pour me provoquer.

Roman était l'image même de la sérénité, adossé contre le mur, un contraste saisissant avec l'état de nerfs qui m'empêchait de tenir en place.

— Mais bien sûr. C'est comme ces gangsters qui menacent leurs victimes en plein milieu d'une foule – tu n'avais aucune chance de riposter, pas avec autant de témoins.

— Félicitations pour l'analogie, marmonnai-je. Peut-être que je dois m'attendre à trouver une tête de cheval dans mon lit?

— Si tu veux, je peux en laisser une dans *son* lit, offrit-il.

Il réussit presque à me faire sourire. Presque. Sauf que je n'étais pas entièrement sûre qu'il plaisantait.

— Le plus drôle dans tout ça, c'est que Seth en est la cause. En voulant se tenir à l'écart d'un succube, il s'est jeté dans les griffes d'un autre.

— L'enfer est pavé de bonnes intentions. (Ça ne méritait même pas une réponse.) Écoute, dit-il, redevenu sérieux et s'approchant de moi. C'est moche qu'elle te fasse un coup pareil, et il paraît clair qu'il ne s'agit pas d'une coïncidence. Mais si Seth est avec Maddie pendant que Simone est là, tu sais que rien ne peut arriver. Et Carter nous tiendra au courant. Il n'y a pas de quoi se mettre dans des états pareils.

— Facile à dire pour toi. Je ne vais penser qu'à ça. Rien ne pourra me distraire.

Il s'approcha plus près et posa les mains sur mes avant-bras.

— Ah bon ? Quand es-tu allée danser pour la dernière fois ?

Je battis des paupières, surprise. La dernière fois que j'avais dansé ? Je m'en souvenais : un cours de salsa, à la librairie, plus tôt cette année, après quoi, Seth et moi nous étions arraché nos vêtements dans mon bureau.

— Ça fait un bail, dis-je évasivement, déconcertée à la fois par la question et par ses doigts sur ma peau. Pourquoi ?

— Sortons, proposa-t-il. Il y a un million d'endroits où aller. Toutes les danses que tu veux. Si ma mémoire est bonne, tu te débrouilles sur une piste.

Je plissai les yeux.

— Je suis une *excellente* danseuse, et tu le sais.

Il pencha son visage plus près.

— Alors, prouve-le.

— Je ne vois pas le rapport. Je n'ai pas envie de sortir.

Roman soupira et s'éloigna. Je constatai que j'étais un peu déçue de le voir abandonner si vite.

— Bon sang, dit-il. Je me souviens d'une époque où tu savais t'amuser. Je suis content d'avoir quitté la ville quand je l'ai fait. (Il alla s'agenouiller devant mon système audio vidéo.) D'accord. Si Mahomet ne va pas à la montagne…

— Dieu du ciel, tu es intarissable sur les proverbes religieux ce soir, pas vrai ?

—Hé, j'essaie simplement de… Nom de Dieu. Des CD ? Tu sais que le Moyen Âge est terminé depuis longtemps, quand même ? (Il pointa du doigt ma collection avec dédain.) Tout le monde est passé au MP3. Tu sais bien, ces petits appareils magiques qui permettent de stocker la musique ? À moins que tu y voies une sorte de sorcellerie ?

—La technologie change tous les ans. Suivre la mode, je ne connais pas plus sûr moyen d'être obsolète avant même d'avoir le temps de s'en rendre compte.

—Franchement, je ne sais pas par quel miracle tu ne fais pas la cuisine sur un feu au milieu du salon.

—Tu oublies que je ne cuisine pas.

—Je ne risque pas de l'oublier – je vis ici.

À ce stade, il avait mis l'un de mes CD « archaïques » dans le lecteur. Je ris.

—Ça te va bien de parler d'histoire ancienne. Tu as vu ce que tu as choisi ?

—C'est classique. (Il se redressa et m'offrit ses mains.) Ça ne se démode jamais.

—Bien sûr, dis-je, alors que la musique démarrait. Tous les gamins dansent le fox-trot de nos jours, c'est bien connu. Mince, c'est même un lent.

Mais je le laissai tout de même me prendre par les mains.

—Hé, c'est *ton* CD.

Nous retrouvâmes nos marques sans peine, faisant le tour de la pièce et évitant les meubles non sans grâce. Roman avait de nombreux défauts, mais il était presque un aussi bon danseur que moi – une qualité des plus appréciables.

—Comment se fait-il que tu danses aussi bien ? demandai-je, enjambant Aubrey.

Elle ne semblait pas le moins du monde s'inquiéter d'être piétinée et n'avait pas fait mine de bouger quand nous avions commencé à danser.

—Pourquoi me demandes-tu ça ? Et toi alors ?

—Par instinct naturel, je suppose. C'est le sens de ma question : est-ce que tu es né avec ce don ou est-ce que tu t'es perfectionné au cours des années ? Parce que, quand on est depuis pas mal de temps sur cette terre, ce qui est ton cas, j'imagine qu'avec un peu de persévérance, on peut devenir bon en tout.

Il rit.

—À dire vrai, je ne sais pas. Peut-être que c'est de famille.

—C'est ça, oui. J'ai vraiment du mal à imaginer Jerome sur une piste de danse.

—Pas lui. Ma mère. Elle était danseuse. L'esclave d'un roi, il y a bien, bien longtemps… (Le regard de Roman sembla plonger vers ce passé. Il ne semblait pas tant en colère que nostalgique.) Bien sûr, quand il a appris qu'elle était enceinte, ça l'a vraiment foutu en rogne. Une danseuse en cloque, ça fait un peu tache dans la troupe.

—Qu'est-ce qui lui est arrivé ?

Je n'avais pas été sur cette terre depuis aussi longtemps que lui, mais certaines choses ne changeaient pas avec le temps. Les esclaves qui irritaient leurs maîtres étaient battus ou vendus. Ou pire encore.

—Je ne sais pas. Jerome l'a enlevée et l'a installée dans un village où elle pouvait vivre en femme libre.

Je fronçai les sourcils. J'avais du mal à me faire à l'idée de mon patron entretenant une relation sentimentale avec une mortelle et prêt à déchoir pour elle.

—Il est resté avec elle ? À l'époque, il était déjà un démon…

—Il n'est jamais revenu. Je l'ai revu pour la première fois l'an passé. Pourtant, ma mère ne lui en a pas voulu. Elle me parlait de lui sans arrêt… elle me disait qu'il était beau. Mais je ne sais pas si elle évoquait l'ange ou le démon. S'agissant du même être, il avait sans doute gardé la même apparence.

—Je suppose qu'il ne ressemblait pas à John Cusack.

—Non. (Ma remarque fit de nouveau rire Roman.) Probablement pas. Ma mère acceptait toutes sortes de tâches ordinaires chaque fois que nous changions de village – travaux des champs, blanchisserie. Mais au moins elle était libre. Et il lui arrivait encore de danser parfois. Je l'ai vue une fois, quand j'étais très jeune… juste avant qu'elle soit tuée. C'était lors d'une fête, et je me souviens d'elle, dansant devant le feu, dans sa robe rouge. (Son hilarité s'envola.) Cette image est gravée dans mon esprit. Je comprends qu'un ange ait pu tout sacrifier pour elle.

Je ne lui posai aucune question sur les circonstances de sa mort. À cette époque, les villages faisaient fréquemment l'objet d'attaques. Ou, plus vraisemblablement, elle avait été tuée lors d'une tentative pour éliminer Roman et sa sœur. Il avait mentionné une fois qu'il leur fallait fuir sans arrêt à cause des anges et des démons qui en avaient après eux.

—Alors tu as peut-être appris à danser pour lui rendre hommage – de manière inconsciente, dis-je, optant pour un sujet plus léger.

Son demi-sourire revint sur ses lèvres.

—Ou alors, j'ai hérité de mon père son goût pour les femmes sensuelles et gracieuses.

Le morceau se termina, et nous restâmes ainsi, figés dans le temps avec nos mains toujours entrelacées. Le fox-trot était très éloigné des déhanchements lascifs qu'on pouvait observer dans les boîtes de nuit modernes, mais nos corps étaient proches, et j'avais l'impression de sentir la chaleur se dégager du sien. J'aurais été bien incapable de dire si mon imagination me jouait des tours ou pas. Mais il n'y avait pas de danse sans séduction, chaque corps imitant les mouvements de l'autre ; aussi ne fus-je pas surprise quand il se pencha vers moi pour m'embrasser.

Je *fus* un peu surprise de lui rendre son baiser. Mais pas longtemps. Quand nos lèvres se touchèrent, je pris conscience que Roman faisait partie de ma vie à présent. Nous avions été des ennemis, puis des amis et maintenant… quoi? Je n'étais pas certaine de le savoir. Je me sentais bien avec lui et il me plaisait autant que lors de notre première rencontre. Et j'avais besoin d'être touchée par quelqu'un que j'aimais. En plus, mon instinct me poussait à réagir positivement à ce genre de choses.

Sa bouche appuya plus fort contre la mienne, aussi chaude et insatiable que dans mon souvenir. Ses mains oublièrent vite les gestes formels du fox-trot au profit d'une approche plus intime et pressante, glissant sur mes hanches et parvenant à me pousser contre le mur tout en soulevant mon tee-shirt sans ménagement. De mon côté, j'avais les mains autour de son cou, le bas de mon corps frottant contre le sien, alors que je sentais tous mes nerfs prendre feu et le désir bouillonner en moi.

Il s'écarta, le temps de me retirer mon tee-shirt, puis ses mains s'intéressèrent à mes seins, enveloppés dans un soutien-gorge en dentelle blanche. Quand il l'aperçut, il fit une grimace et demanda:

—Tu veux bien mettre l'agrafe devant?

—Ne t'embête pas avec ça.

Je fis tout simplement disparaître le soutien-gorge.

Il sourit et déplaça ses lèvres dans mon cou alors qu'il mettait les mains autour des courbes de mes seins. Dans cette position, il m'était impossible de lui retirer sa chemise, mais je glissai les mains dessous, savourant le contact de ses muscles tendus et la chaleur de sa peau. Je renversai la tête en arrière, le laissant me goûter et accroître l'intensité de ses baisers.

Et à aucun moment je n'entendis de voix dans ma tête. Je ne perçus aucune de ses pensées, ne partageai aucun de ses sentiments. J'étais seule, seule avec mes propres réactions, prenant simplement plaisir aux sensations de mon corps, sans autre interruption. C'était fabuleux.

Je réussis finalement à faire une courte pause pour lui enlever sa chemise, et ensuite mes mains s'attaquèrent à

136

son pantalon, ce qui nous conduisit brièvement à une sorte d'impasse, puisqu'il essayait simultanément de prendre mes mamelons entre ses lèvres. Je l'emportai et regardai son pantalon tomber sur le sol. Après cette concession, il m'obligea à me baisser à mon tour et persévéra dans son effort de m'embrasser les seins, s'agenouillant presque devant moi pour parvenir à ses fins. Je passai les mains dans ses cheveux, lui serrant la tête pendant que sa bouche me suçait et me taquinait le bout des seins. Ce faisant, il leva les yeux vers moi et croisa mon regard. J'y lus du désir… et quelque chose de plus.

Quelque chose que je ne m'étais pas attendue à y voir. Quoi ? De l'amour ? De l'adoration ? De l'affection ? Je ne parvins pas à le cerner avec précision, mais j'avais une vague idée. Cela me fit l'effet d'une gifle. Ce n'était pas prévu au programme. Du désir, oui. Un instinct primitif de me jeter sur le sol et de me baiser, afin d'assouvir des besoins physiques. Pendant si longtemps, j'étais partie du principe qu'il m'aimait bien et qu'il avait envie de me détester. Pourtant, maintenant, je prenais conscience que les bons moments que nous avions récemment vécus ensemble ne devaient rien au hasard. Ses manières brusques n'avaient été qu'une façade, destinée à cacher ses sentiments.

Roman était toujours amoureux de moi.

J'y voyais plus clair à présent. Il ne faisait pas cela uniquement parce qu'il désirait mon corps. Il me voulait *moi*. Pour lui, ça représentait bien plus qu'une simple satisfaction physique, et soudain… soudain, je n'étais plus aussi sûre de moi. Parce que je ne savais pas moi-même quelles étaient *mes* motivations. Le désir, bien sûr, et le fait que nous étions devenus plus proches depuis son retour à Seattle. Mais pour le reste ? Je n'avais aucune certitude. Il se passait tant de choses dans ma vie en ce moment : Maddie, Simone, Seth… Toujours Seth. Seth, à qui allaient toutes mes pensées, alors que je me trouvais entre les bras d'un autre homme.

Mes émotions étaient un enchevêtrement de confusion, de peine et de désespoir. J'étais avec Roman pour de mauvaises raisons, dans une vaine tentative de combler le trou dans mon cœur, à la recherche d'un réconfort illusoire. Je n'éprouvais pas les mêmes sentiments que lui. Je ne pouvais pas faire ça avec lui, je ne le méritais pas.

Je le repoussai et me relevai brusquement, battant en retraite en direction du couloir.

—Non…, dis-je. Je ne peux pas… Je suis désolée.

Il me regarda fixement, naturellement désorienté et un peu froissé après l'ardeur dont j'avais fait preuve à peine quelques secondes plus tôt.

—Qu'est-ce que tu racontes? Qu'est-ce qui ne va pas?

Je ne savais pas comment lui expliquer, je ne savais pas comment exprimer clairement ce que je ressentais. Je me contentai de secouer la tête et de continuer à reculer.

—Je suis navrée… tellement navrée… Mais je ne suis pas prête.

Roman se leva d'un bond en un mouvement gracieux. Il fit un pas vers moi.

—Georgina…

Mais je m'éloignais déjà, vers l'abri que m'offrait ma chambre. Je claquai la porte derrière moi, pas par colère, mais poussée par un besoin désespéré de mettre de la distance entre nous. Depuis le couloir, je l'entendis crier mon nom et craignis qu'il entre, malgré mon refus de lui répondre. Ma porte n'avait pas de serrure, et même si elle en avait eu, ça ne l'aurait pas arrêté. Il répéta mon nom plusieurs fois, puis le silence tomba. Il avait probablement décidé de me laisser en paix et était retourné au salon.

Je me jetai sur mon lit, empoignant les draps et essayant de ne pas pleurer. Le désespoir atroce qui me tourmentait si souvent m'avait envahie. C'était un vieux compagnon, dont je ne me débarrasserais jamais. J'avais gâché mes relations avec tous ceux que j'aimais, amis et amants. Soit ils souffraient à cause de moi, soit ils me faisaient souffrir. J'étais une servante de l'enfer et je ne connaîtrais jamais la paix.

Alors, au sein de cette douleur atroce qui me serrait les entrailles, je sentis un effleurement, aussi léger qu'une plume. Un chuchotement. Un souffle de musique, de couleur, de lumière. Je levai la tête que j'avais enfouie dans mon oreiller et regardai autour de moi. Il n'y avait rien de tangible, pas exactement, mais je sentis la présence de ce chant des sirènes, chaud et réconfortant. Il ne s'exprimait pas par des mots, mais dans mon désespoir, je le comprenais parfaitement. Il me disait que j'avais tort, que je pouvais aspirer à la paix. Et à l'amour et au réconfort aussi, et à bien plus encore. J'avais l'impression d'être un enfant retrouvant les bras d'une mère dont il a longtemps été séparé.

Je me levai lentement de mon lit, avançant vers ce qui n'avait pas de forme. *Viens, viens.*

De l'autre côté de la porte, j'entendis Roman hurler mon nom, mais pas sur le ton implorant et confus de tout à l'heure. Il semblait affolé et inquiet. Le son de sa voix m'écorchait les oreilles alors que j'approchais de cette merveilleuse source de chaleur. Il me suffisait d'accepter son invitation et je serais enfin de retour chez moi.

— Georgina! (La porte explosa, et Roman apparut sur le seuil, resplendissant d'énergie.) Georgina, ne…

Mais c'était trop tard. J'avais accepté.

Toute cette joie, qui m'accueillait entre ses bras protecteurs.

Le monde s'évanouit.

# Chapitre 10

Quand je repris conscience, j'étais dans le noir et j'avais la sensation d'étouffer.

Je me trouvais dans une petite pièce, un cagibi en fait, tellement serrée que j'avais les bras autour des jambes et les genoux ramenés contre la poitrine. Bizarrement, mes membres me semblaient trop longs. Mon corps tout entier, en fait, qui changeait sans arrêt de forme ; je n'avais plus la même apparence qu'avec Roman. C'était différent. L'espace d'un instant, cet horrible espace parut se refermer sur moi. J'avais du mal à respirer. Avec beaucoup d'effort, je tâchai de me calmer. Il y avait assez d'air. Je *pouvais* respirer. Mais ça n'avait pas d'importance. La peur de suffoquer était instinctive chez les humains.

Où étais-je ? Je me rappelais ma chambre… et puis plus rien. La lumière et la musique, et Roman faisant irruption, mais trop tard. J'avais senti sa montée en puissance, comme s'il s'apprêtait à agir, mais je n'avais pas assisté à la conclusion. Et maintenant, je me retrouvais là.

Devant mes yeux, deux formes luminescentes identiques firent soudain leur apparition, telles des torches allumées dans l'obscurité, grandes et minces, avec des traits fins et androgynes. Le corps enveloppé dans une étoffe noire de laquelle semblait émaner une lumière qui lui était propre ; de longs cheveux noirs flottant sur les épaules, se fondant et se perdant dans le vêtement ; des yeux d'un bleu radioactif saisissant, trop bleu pour être humain, et exorbités : un long visage pâle, ni masculin ni féminin.

Autre phénomène curieux : j'avais l'impression que les formes se tenaient devant moi dans une grande pièce, à plus de trois mètres. Pourtant, j'étais toujours confinée dans mon espace restreint, retenue par des murs invisibles, à peine capable de bouger. À part ces deux-là, tout n'était qu'obscurité insondable. Je ne voyais même pas mon propre corps, ni aucune des caractéristiques de la pièce. Mon cerveau ne parvenait pas à comprendre cette hypocrisie spatiale. Tout était trop étrange.

— Qui êtes-vous ? demandai-je. Qu'est-ce que je fais là ?

Autant ne pas perdre de temps.

Le duo ne me répondit pas immédiatement. Leurs yeux étaient froids et indéchiffrables, mais je détectai un rien de suffisance sur leurs lèvres.

— Notre succube, dit l'un d'eux. (Mon cerveau avait décidé de leur attribuer un genre. Sa voix était basse et rauque, avec un cheveu sur la langue qui me rappela un serpent.) Notre succube, enfin.

— Tu as été plus difficile à capturer que nous l'imaginions, ajouta l'autre, avec une voix identique. Tu aurais dû succomber bien plus tôt.

— Qui êtes-vous ? répétai-je, sentant la colère m'envahir.

Je me tortillai dans une vaine tentative de m'évader, mais j'étais tellement à l'étroit que je n'avais même pas la place pour taper des poings sur les murs inexistants.

— Mère sera satisfaite, dit le premier.

— Très satisfaite, confirma l'autre.

Leur façon de parler à tour de rôle me fit penser à Grace (l'ancienne assistante de Jerome) et Mei. Ça donnait aux échanges entre les démones une atmosphère à la

*Shining*, pas désagréable, mais qui faisait un peu froid dans le dos. Là… C'était complètement différent. Affreux et glacial. Tous mes sens étaient mis à rude épreuve, comme si quelqu'un avait griffé un tableau noir avec des clous.

—Mère nous récompensera, dit le premier. (Je décidai de les appeler Un et Deux, pour m'aider à suivre plus facilement la conversation.) Elle nous récompensera quand elle sera libre, quand elle aura échappé aux anges.

—Qui est votre mère? demandai-je, un soupçon inquiétant commençant à prendre forme.

—Nous la vengerons en attendant qu'elle puisse le faire elle-même, dit Deux. Tu l'as trahie, tu vas souffrir.

—Nyx, murmurai-je. Nyx est votre mère. Et vous êtes… les Oneiroi.

J'interprétai leur silence comme une confirmation. J'en avais le vertige. Les Oneiroi? Comment une chose pareille avait-elle pu se produire? Les Oneiroi étaient des démons personnifiant les rêves, ils n'avaient rien à voir avec ceux que je fréquentais. À part le paradis et l'enfer, il y avait d'autres forces dans l'univers, qui fonctionnaient parallèlement au système dans lequel j'existais, même s'il leur arrivait de s'en mêler. Nyx était une de ces forces, une entité du chaos remontant à la nuit des temps, quand le monde avait été créé à partir du chaos.

Et les Oneiroi étaient ses enfants.

Je savais deux ou trois choses sur eux, mais je ne les avais jamais vus – et je n'aurais pas cru croiser leur chemin un jour. Ils visitaient les rêves, ils s'en nourrissaient. Nyx également, mais de manière sensiblement différente. Elle manipulait les gens en leur montrant leur avenir dans leurs rêves – une version déformée de ce qui les attendait, et qui ne se déroulait jamais comme le rêveur l'espérait. Ainsi, elle avait provoqué des actes de folie qui avaient propagé le chaos dans le monde, lui permettant de gagner en puissance. Elle avait aussi pompé directement mon énergie dans sa forme la plus pure, pendant qu'elle détournait mon attention grâce à des rêves sur mesure.

Les Oneiroi dépendaient, eux aussi, des rêves, tirant leur force des émotions et des réalités apportées par le rêveur. D'après ce que j'avais compris, ils avaient aussi le pouvoir de manipuler les rêves, mais rarement l'occasion de l'utiliser. Les humains leur fournissaient tous les espoirs, les fantasmes et les peurs dont ils avaient besoin, sans qu'il soit nécessaire de les y encourager.

Telle était l'étendue de mes connaissances sur les Oneiroi, mais j'en savais assez. Même avec aussi peu d'informations, je me sentais reprendre du poil de la bête.

—Alors, c'est ça? Vous m'avez enlevée à cause de Nyx? Mais ce sont les anges qui l'ont capturée, pas moi!

—Tu les as aidés, dit Un. Tu la leur as livrée.

—Et ensuite, tu as refusé de la sauver, ajouta Deux.

Avec un pincement au cœur, je me rappelai cette nuit horrible, quand Carter et sa bande avaient repris Nyx après son séjour dévastateur à Seattle. Un ange était mort. Un autre avait déchu. Et Nyx m'avait promis de me montrer un avenir où il y aurait de la place pour une famille, avec un homme que je pourrais aimer, à condition de lui donner le reste de mon énergie pour qu'elle puisse prendre la fuite.

—Elle mentait, dis-je. Elle essayait de passer un marché alors qu'elle n'avait rien à m'offrir.

—Mère montre toujours la vérité, dit Un. Les rêves peuvent mentir, mais la vérité, c'est la vérité.

Il était sans doute inutile de lui faire remarquer qu'il s'agissait d'un pléonasme.

—Eh bien, je suis sûre qu'elle appréciera votre cadeau de fête des Mères, mais vous perdez votre temps. Jerome va venir me chercher. Mon archidémon. Il ne me laissera pas tomber.

—Il ne te trouvera pas, dit Deux. (Cette fois, aucun doute possible, la suffisance était bien là.) Il ne *peut pas* te trouver. Tu n'existes plus pour lui.

— Vous avez tort, répondis-je, non sans une certaine morgue à mon tour. Il n'y a pas un endroit au monde où il ne pourra pas me trouver.

À supposer, bien sûr, qu'ils n'aient pas réussi à masquer mon aura immortelle. À ma connaissance, seuls les immortels supérieurs en étaient capables. Je n'étais pas certaine du statut des Oneiroi.

L'un d'eux sourit. Ce n'était pas beau à voir.

— Tu n'es plus dans le monde. Pas dans celui des mortels en tout cas. Ici, c'est le monde des rêves.

— Tu n'es qu'un rêve parmi de nombreux autres, dit Deux. Un rêve parmi tous les rêves de l'humanité. Ton essence est ici. Ton âme. Perdue dans un océan d'âmes innombrables.

Ma frayeur me retint de faire un commentaire sur sa soudaine adoption de la métaphore. Je ne comprenais rien à la métaphysique de l'univers et de ses différentes couches. Et même si on avait pris la peine de me l'expliquer, cela dépassait l'entendement d'un simple mortel ou d'un immortel infé-rieur. Mais j'en savais assez pour subodorer qu'il y avait un fond de vérité dans ce qu'ils me racontaient. Il y avait un monde des rêves, sans forme, avec presque autant de pouvoir que le monde physique dans lequel je vivais. Était-il envisageable d'y piéger mon essence et de me dissimuler aux sens de Jerome ? Dans le doute, je ne pouvais pas écarter complètement cette possibilité.

— Et maintenant ? dis-je, essayant l'arrogance, mais masquant mal mon inquiétude. Vous allez juste me garder dans cette cage invisible et jubiler ?

— Non, dit Un. Tu es dans le monde des rêves. Tu vas rêver.

Et le monde s'évanouit de nouveau.

C'était le jour de mon mariage.

J'avais quinze ans, mineure au XXI$^e$ siècle, mais bien assez âgée pour me marier dans la Chypre du IV$^e$ siècle.

Et bien assez grande aussi. Les Oneiroi m'avaient envoyée dans un souvenir ou le rêve d'un souvenir ou quelque chose d'approchant, qui ressemblait beaucoup aux songes dans lesquels Nyx m'avait plongée. J'étais une spectatrice, comme au cinéma… et, en même temps, j'étais moi, je ressentais tout de manière plutôt naturelle.

Une impression déroutante, d'autant plus désagréable que je n'avais jamais voulu me revoir en mortelle. Toute médaille a son revers, je ne l'ignorais pas quand j'avais décidé de vendre mon âme. Mais j'avais gagné le pouvoir de changer de forme à volonté et donc de ne plus jamais revêtir l'apparence de ce corps qui avait si gravement péché au cours de ma vie mortelle.

Pourtant, j'étais là, incapable de détourner les yeux, comme si je me retrouvais dans *Orange mécanique*. La jeune fille que j'avais été mesurait près d'un mètre quatre-vingts, une géante à une époque où les gens étaient bien plus petits qu'aujourd'hui. Quand je dansais, j'avais su faire bon usage de ce corps long et de tous mes membres, bougeant sans effort et avec grâce. Dans la vie de tous les jours, en revanche, j'avais toujours eu une conscience aiguë de ma taille, me sentant gauche et empruntée.

Maintenant que je m'observais de l'extérieur, je fus surprise de constater que je ne semblais pas aussi maladroite que je l'avais toujours cru. Mais cela ne modifia en rien le dégoût que m'inspiraient ces épais cheveux noirs tombant jusqu'à la taille et ce visage, joli mais sans plus. Voir ainsi la réalité (s'il s'agissait bien de la réalité) et la mémoire s'imbriquer avait réellement quelque chose de surprenant.

L'aube pointait, et je portais une grande amphore d'huile dans une grange derrière la maison de ma famille. J'avais le pas léger, attentive à ne pas en renverser et, une fois encore, je m'émerveillais de ma façon de bouger. Je posai le récipient à côté des autres qui se trouvaient déjà là ; j'allais repartir en direction de la maison quand Kyriakos, mon futur mari, apparut. L'expression furtive sur son visage m'apprit immédiatement qu'il s'était faufilé jusqu'ici dans l'espoir de me trouver et qu'il savait pertinemment qu'il n'aurait pas dû. Une telle audace ne lui ressemblait pas, et je le réprimandai pour son écart de conduite.

—Qu'est-ce que tu fais là? Tu me verras cet après-midi… et ensuite tous les jours pour le reste de ta vie!

—J'avais quelque chose à te donner avant le mariage. (Il me montra un collier de perles en bois, petites et à la forme parfaite, avec de minuscules croix ansées gravées sur chacune d'elles.) Elles appartenaient à ma mère. Elles sont à toi maintenant, je veux que tu les portes aujourd'hui.

Il se pencha en avant, me passant le collier autour du cou. Alors que ses doigts frôlaient ma peau, je sentis quelque chose de chaud et une sorte de picotement dans tout le corps. À quinze ans, je n'avais pas vraiment compris ces sensations, même si je ne demandais pas mieux que d'apprendre. Mon moi contemporain, plus au fait de ces choses, reconnut les premières manifestations du désir et… eh bien, il y avait eu autre chose aussi, que je ne comprenais toujours pas complètement, aujourd'hui encore. De l'électricité, entre Kyriakos et moi, le sentiment que nous étions liés par quelque chose qui nous dépassait, que rien ne pourrait jamais nous séparer.

—Voilà, dit-il, une fois les perles bien attachées et mes cheveux remis en place. Parfait.

Il ne dit rien d'autre après ça. Ce n'était pas nécessaire. Ses yeux me dirent tout ce que j'avais besoin de savoir, et je frissonnai. Avant Kyriakos, aucun homme ne s'était intéressé à moi. Après tout, j'étais la fille trop grande de Marthanes, celle qui n'avait pas sa langue dans sa poche. Mais Kyriakos m'avait toujours écoutée et m'avait regardée comme si j'étais séduisante et désirable, telles les belles prêtresses d'Aphrodite qui continuaient leurs rituels, loin du regard des prêtres chrétiens.

J'avais envie qu'il me touche, maintenant, mais je ne pris conscience de l'intensité de mon désir que lorsque je pris sa main, de manière imprévue, la plaçai autour de ma taille et l'attirai vers moi. Ses yeux s'agrandirent de surprise, mais il ne recula pas. Nous étions à peu près de la même taille, sa bouche trouva donc facilement la mienne pour un baiser fougueux. Je m'adossai au mur de pierre chaud, derrière moi, sentant chaque partie de son corps contre le mien, mais nous n'étions pas encore assez proches. Et de loin.

Nos baisers se firent plus passionnés, comme si nos lèvres, à elles seules, pouvaient combler la distance qui subsistait entre nous. Je lui pris de nouveau la main, cette fois pour le guider sous ma jupe, le long d'une de mes jambes. Il caressa la peau douce et, sans encouragement de ma part, s'aventura vers l'intérieur de ma cuisse. J'arquai le bas de mon corps vers le sien, avide de ses caresses.

— Letha? Où es-tu?

La voix de ma sœur, portée par le vent. Elle n'était pas tout près, mais elle risquait de venir me chercher. Kyriakos et moi nous écartâmes l'un de l'autre, pantelants, nos cœurs battant la chamade. Il me regardait comme si c'était la première fois qu'il me voyait. Il avait un regard de braise.

— Tu l'as déjà fait avec quelqu'un d'autre? demanda-t-il d'un air étonné.

Je secouai la tête.

— Mais alors comment... Je n'aurais jamais imaginé que...

— J'apprends vite.

Nous restâmes ainsi, hors du temps, pendant un moment. Puis il m'attira vers lui, ses lèvres écrasant les miennes une fois de plus. Sa main revint se glisser sous ma robe et la releva au-dessus de ma taille. Il maintint fermement mes hanches nues et pressa son corps contre le mien. Je le sentis dur contre moi, et mon corps réagit à quelque chose qui me semblait à la fois nouveau et complètement naturel.

Des doigts d'une main, il explora l'humidité entre mes cuisses. Son contact me brûlait. Je gémis, voulant qu'il me caresse à cet endroit, qu'il n'arrête surtout pas.

À la place, il me retourna, face au mur. D'une main, il maintint le bas de ma robe levée, tandis que de l'autre, j'eus la vague impression qu'il manipulait maladroitement ses propres vêtements. Puis, un moment plus tard, il me pénétra. Ce fut un choc, je n'avais jamais rien connu de comparable. J'avais été sincère un peu plus tôt : je n'avais jamais été avec un homme avant Kyriakos. Et même trempée de désir, cette première fois où je l'accueillis en moi me fit mal. Il semblait trop gros et moi trop étroite.

Je criai de douleur, une douleur étrange qui ne diminua en rien l'intensité du feu qui brûlait en moi. Ses poussées étaient brutales et pressantes, sans doute avivées par des sentiments qu'il avait longtemps réprimés. Au bout d'un moment, la douleur initiale sembla ne plus avoir d'importance. Le plaisir commença à monter alors qu'il bougeait en moi, et je changeai de position pour qu'il puisse me prendre plus profondément. Il s'enfonça avec encore plus de vigueur, et je poussai de nouveau un cri de surprise et de douleur merveilleuse. J'entendis un grognement étouffé, puis son corps tout entier trembla alors qu'il jouissait, ses mouvements ralentissant enfin.

Quand il eut terminé, il se retira et me retourna. C'était la première fois que je le voyais nu. Il y avait du sang et du sperme sur chacun de nous, que j'essayai de nettoyer sur mes cuisses, avant de simplement laisser retomber ma robe. Je prendrai de toute façon un bain avant le mariage.

Kyriakos avait à peine fini de se rhabiller quand quelqu'un cria de nouveau mon nom, ma mère cette fois. Nos regards se croisèrent, nous avions tous les deux du mal à croire ce que nous venions de faire. Mon visage rayonnait, d'amour, de la joie du sexe, et de tout un tas de sentiments nouveaux pour moi, que je voulais explorer plus en détail. La peur d'être découverts par ma mère nous sépara.

Reculant, il sourit et pressa mes mains contre ses lèvres.

— Cette nuit, souffla-t-il. Cette nuit, nous…

— Cette nuit, confirmai-je. On le fera encore. Je t'aime.

Il me sourit, puis se dépêcha de filer avant qu'on nous surprenne. Je le regardai partir, le cœur rempli de joie.

Le reste de la journée se déroula comme dans un rêve, en partie à cause du branle-bas de combat précédant le mariage et en partie à cause de ce qui s'était produit avec Kyriakos. J'avais une vague idée de ce qu'était une nuit de noces, mais rien de ce que j'avais imaginé n'avait été à la hauteur de la réalité. J'avais l'impression de danser sur un nuage, impatiente de devenir la femme de Kyriakos et de lui faire l'amour, encore et encore.

Le mariage avait lieu chez nous, alors il y avait assez de travail (en plus de ma propre préparation) pour que je pense à autre chose. Alors que l'heure de la cérémonie approchait, on me fit prendre un bain et enfiler ma robe de mariée : une tunique couleur ivoire dans une belle étoffe, avec un voile rouge feu. Je dus m'agenouiller un peu devant ma mère pour qu'elle puisse ajuster le voile, ce qui me valut quelques plaisanteries de ma sœur à propos de ma taille.

Ça m'était bien égal. Moi et Kyriakos serions bientôt unis pour toujours, et c'était tout ce qui comptait. Bientôt, les invités commencèrent à arriver et mon cœur se mit à battre plus vite. Comme je transpirais, à cause de la chaleur de cette journée et de mon excitation, je craignais d'abîmer ma robe.

Quelqu'un annonça que Kyriakos et sa famille approchaient et la fébrilité monta d'un cran, partagée par tous à présent. Quand Kyriakos arriva, il fit irruption dans la maison, au mépris de la tradition qui prévoyait une procession. L'espace d'une seconde, je réagis comme une gamine, croyant naïvement que Kyriakos, brûlant d'amour pour moi, n'avait pas eu la patience d'attendre la fin du cérémonial. Je fus vite éclairée.

Le visage rouge de colère, il se présenta devant mon père.

—Marthanes, gronda Kyriakos, menaçant mon père du doigt. Ce mariage n'aura pas lieu et tu m'insultes si tu crois le contraire.

Mon père fut visiblement pris au dépourvu, ce qui n'était pas peu dire. Parce que j'étais une femme, on me reprochait ma langue trop bien pendue, mais j'avais de qui tenir. Mon père en avait intimidé plus d'un, parfois des hommes deux fois plus grands que lui. Par une cruelle ironie du sort, alors que j'étais grande pour une femme, mon père était petit pour un homme. Au bout de quelques instants, mon père retrouva son air fanfaron.

—Bien sûr que si! s'exclama-t-il. Nous avons fait les fiançailles et payé la dot.

Le père de Kyriakos était là, lui aussi, et à en juger par ses beaux vêtements et son expression surprise, il tombait de haut. Il posa la main sur l'épaule de son fils.

—Kyriakos, qu'est-ce qui ne va pas?

—C'est elle, répondit Kyriakos en me pointant du doigt. (Je tressaillis sous la force de son regard, comme s'il m'avait giflée.) La fille de Marthanes est une putain, et je refuse de l'épouser!

Il y eut des hoquets de surprise et des murmures dans l'assistance. Le visage de mon père devint rouge pivoine.

—Tu m'insultes! Toutes mes filles sont chastes. Elles sont toutes vierges!

—Vraiment? (Kyriakos se tourna de nouveau vers moi.) Même *toi*?

Tous les yeux se tournèrent vers moi, et je blêmis. J'avais la bouche sèche. J'étais incapable de parler.

Mon père leva les bras au ciel, visiblement exaspéré par ces absurdités.

—Dis-leur, Letha. Dis-leur, qu'on en finisse et qu'on récupère notre dot.

Une lueur dangereuse brilla dans les yeux de Kyriakos qui me regardait attentivement.

—Oui, dis-leur, pour qu'on en finisse. *Es-tu vierge ?*

—Non, mais…

Et ce fut le chaos. Les hommes crièrent. Ma mère gémit. Certains invités étaient sous le choc, les autres se réjouissaient d'un nouveau scandale. Je tentai désespérément de me faire entendre au-dessus du vacarme.

—Je l'ai seulement fait avec Kyriakos ! criai-je. Aujourd'hui, et c'était la première fois.

Kyriakos, en pleine discussion avec son père pour le convaincre de *ne pas* rendre la dot, se retourna vers moi.

—Elle dit vrai. On l'a fait aujourd'hui. Elle a écarté ses cuisses aussi facilement qu'une putain et m'a supplié de la prendre. Impossible de savoir à combien d'hommes elle s'est donnée avant le mariage – ou à combien elle risque d'offrir son corps une fois mariée.

—Non ! m'exclamai-je. Ce n'est pas vrai !

Mais personne ne m'entendit. Tout le monde se disputait. La famille de Kyriakos enrageait d'avoir été insultée de la sorte. Ma famille faisait le dos rond et mon père essayait de limiter les dégâts, même s'il savait pertinemment que mon aveu nous avait été fatal. Avoir des rapports sexuels avant le mariage n'était pas si rare dans les couches inférieures de la population, mais les familles de marchands comme la nôtre avaient pour habitude de calquer bon nombre de leurs coutumes sur celles de la noblesse – ou au moins de faire semblant. La vertu d'une jeune fille était sacrée et influençait, en bien ou en mal, l'image de son père et de sa famille dans son ensemble. Ils étaient tous déshonorés, et cela aurait de graves répercussions pour moi. Et Kyriakos le savait très bien.

Il s'était approché de moi, pour que je puisse l'entendre, malgré la cacophonie.

—Maintenant ils savent, dit-il à voix basse. Ils savent tous ce que tu es.

—Ce n'est pas vrai, protestai-je entre mes larmes. Tu sais que ce n'est pas vrai.

—Personne ne voudra de toi, poursuivit-il. Tu ne trouveras jamais un bon mari. Tu passeras le restant de tes jours sur le dos, écartant les cuisses pour le premier venu. Et à la fin, tu seras seule. *Personne ne voudra de toi.*

Je fermai les yeux afin de retenir mes larmes, et quand je les rouvris, j'étais plongée dans l'obscurité.

Enfin, pas le noir total.

Devant moi, les Oneiroi luisaient plus fort qu'avant, éclairés de l'intérieur par cette lumière étrange et inquiétante.

—Un rêve intéressant, dit Deux, avec ce qui devait lui faire office de sourire. Un véritable festin pour nous.

—Ce n'est pas vrai, dis-je. (Des larmes coulaient sur mes joues, les mêmes que pendant mon sommeil.) Rien n'était vrai. C'était un mensonge. Les choses ne se sont pas passées comme ça.

Le rêve m'embrouillait tellement l'esprit que j'en vins à me poser des questions. Mais mes propres souvenirs finirent vite par l'emporter. Je me rappelai cette journée. Je me rappelai avoir embrassé Kyriakos près de la grange, mais après nous étions repartis, chacun de notre côté, renforcés dans la conviction que nous serions bientôt mari et femme, et que notre nuit de noces n'en serait que plus douce. Et ç'avait été le cas. Nous n'avions pas précipité les choses contre un mur, mais pris le temps de connaître et d'explorer le corps de l'autre. Il avait été sur moi, me regardant droit dans les yeux – pas derrière moi. Il m'avait dit que j'étais sa vie. Il m'avait dit que j'étais tout pour lui.

—C'était un mensonge, redis-je d'une voix plus ferme, foudroyant les Oneiroi du regard. Ça ne s'est pas passé comme ça. Ça ne s'est pas passé comme ça.

Je savais que j'avais raison, et pourtant je ressentais le besoin de le répéter, afin de m'assurer de la véracité de ce que j'affirmais.

Un eut un haussement d'épaules indifférent.

—Peu importe. Je te l'ai dit: mère montre la vérité. Mais les rêves? Les rêves sont les rêves. Vérité ou mensonge, nous nous

en nourrissons. Quant à toi ? (Il sourit – un sourire identique
à celui de son jumeau.) Tu n'as pas fini de rêver… rêver…
rêver…

# Chapitre 11

J'étais à Seattle. Seattle, de nos jours, Dieu merci. J'avais eu ma dose du IV<sup>e</sup> siècle, même si je redoutais ce que les Oneiroi me réservaient à présent.

Roman venait de se garer sur Cherry Street et il se dirigeait vers Pioneer Square ; la place était noire de monde en cette belle soirée d'automne. J'étais une simple observatrice dans ce rêve et je suivais Roman, comme un fantôme ou peut-être la caméra d'un film documentaire. Je voulais lui parler, communiquer d'une manière ou d'une autre, mais je n'avais ni bouche pour m'exprimer, ni forme définie, seulement ma conscience regardant cette vision.

Il marchait d'un bon pas, se frayant un chemin à travers la foule sans se soucier des regards pleins de reproches ou des rares réflexions, concentré sur sa destination, que je reconnus immédiatement : *The Cellar*. Le bar où les immortels de Seattle aimaient se retrouver était bondé ce soir. Pourtant, inexplicablement, Jerome parvenait toujours à obtenir la même table de coin au fond, même quand l'activité de l'établissement battait son plein. Il y était assis, en ce moment, avec Carter, mais il n'affichait pas la mine insouciante qui était souvent la sienne quand il buvait. Le démon semblait agité ; lui et Carter se disputaient.

Roman masquait sa signature, ni l'ange ni le démon ne remarquèrent son approche. Jerome le foudroya du regard, pensant sans doute qu'un humain osait les déranger. Son expression changea immédiatement quand il le reconnut ; il ouvrit la bouche, mais Roman parla le premier.

—Où est-elle ? demanda-t-il. (Il prit une chaise et s'assit en face de Jerome.) Où est Georgina ?

La musique et les conversations couvraient ses cris, mais quelques clients des tables voisines lui jetèrent un regard surpris. Roman s'en fichait. Il n'avait d'attention que pour Jerome. La colère crépitait autour du nephilim, telle une aura.

Quand Roman était entré, Jerome avait semblé inquiet, mais maintenant, en présence d'un subalterne, le démon reprit l'expression froide et hautaine qui était habituellement la sienne.

—C'est drôle, dit Jerome, j'allais te poser la même question.

Roman ne cacha pas sa colère.

—Comment veux-tu que je le sache ? Elle a disparu sous mes yeux ! C'est toi qui es censé avoir une sorte de connexion divine avec elle.

Jerome ne changea pas d'expression, mais ses paroles nous firent, à Roman et à moi, l'effet d'un coup de poing dans le ventre.

—J'ai perdu le contact avec elle. Pour moi aussi, elle a disparu.

Je n'avais peut-être pas de forme physique, mais je sentis néanmoins une peur glacée me parcourir. Un archidémon était constamment en liaison avec ses subordonnés. Il savait toujours où ils se trouvaient et s'ils souffraient. Quand Jerome avait été invoqué, ce lien s'était brisé, nous coupant de nos « talents » infernaux. Maintenant, la situation était inversée. J'avais été « invoquée » à mon tour, et arrachée à Jerome. Les paroles de l'Oneiroi me revinrent à l'esprit : *« Il ne te trouvera pas. Il ne peut pas te trouver. Tu n'existes plus pour lui. »*

—C'est impossible, gronda Roman. Sauf si… (Il parut troublé.) Quelqu'un masquerait sa signature ?

Le plan qu'il avait imaginé pour lui, mis en œuvre par un autre ? Quelle ironie…

Jerome secoua la tête et fit signe au serveur de leur apporter une autre tournée.

—Dans ce cas, je ne serais pas capable de la trouver, mais le lien serait toujours là. J'aurais conscience de son existence.

« *Tu n'existes plus pour lui.* »

—Alors elle est… elle est morte ?

La fureur initiale de Roman avait légèrement refroidi.

À dire vrai, sa question n'était pas totalement injustifiée. Je me sentais un peu morte.

—Non. Autrement, son âme serait arrivée en enfer. (Jerome but une gorgée du verre qu'on venait de lui servir et regarda Roman en plissant les yeux.) Mais je ne t'ai pas engagé pour poser des questions. *Toi*, qu'est-ce que tu sais ? Tu dis qu'elle a disparu. Littéralement ?

Le visage de Roman était franchement lugubre à présent. Il jeta un coup d'œil à Jerome, puis à Carter, resté silencieux jusque-là ; l'ange avait l'air abattu.

—Oui. Littéralement. Ces derniers temps, elle a eu… Je ne sais pas comment l'expliquer. Elle-même n'en était pas capable.

—J'étais là, lui rappela Jerome. Elle m'en a parlé. La musique. Les couleurs, dit-il d'une voix sarcastique qui indiquait clairement combien ce genre de choses l'agaçait.

—C'était comme une force étrange qui l'attirait, l'ensorcelait. Une force qui voulait que Georgina vienne à elle. (Roman ne faisait que répéter des informations déjà connues, probablement pour que Jerome prenne la situation plus au sérieux.) Elle l'a appelée son chant des sirènes et elle n'arrêtait pas de marcher en dormant, pour répondre à son appel. Et puis… et puis cette nuit, elle a franchi le pas.

— Tu as vu cette force ? demanda Carter.

Il m'était déjà arrivé de lui voir la mine aussi grave, mais la confusion que je lisais sur son visage était une première.

— Je ne l'ai pas vraiment vue, je l'ai sentie quand Georgina s'est volatilisée sans laisser de traces. Ce n'était pas la première fois que je la sentais.

— Quelle impression elle t'a laissée ? demanda Jerome.

Roman haussa les épaules.

— Rien de précis. Juste… une force. Une énergie. Pas exactement une entité. Et rien que je sois capable d'identifier – pas un immortel supérieur, ni rien de ce genre.

— Toutes ces informations ne nous avancent à rien, déclara Jerome.

La colère de Roman se réveilla.

— C'est tout ce que j'ai ! Ce ne serait pas arrivé, si tu l'avais un peu plus écoutée. C'est ta faute. Tu ne l'as pas prise au sérieux, et maintenant elle a disparu !

Hurler après Jerome n'était jamais une bonne idée.

— Fais bien attention, ou je risque de te retirer ton invitation, menaça Jerome, transperçant son fils du regard. Et je l'ai écoutée. La preuve, je t'ai chargé de la protéger. Apparemment, ce n'est pas moi qui suis responsable de cette situation.

Roman rougit.

— J'étais dans la pièce à côté quand ça s'est produit. J'ai accouru aussi vite que j'ai pu, mais c'était trop tard. Georgina avait déjà cédé, et honnêtement… je ne suis pas sûr que j'aurais été de taille contre cette force.

Cet aveu devait coûter à Roman. Un nephilim pouvait hériter tout ou partie des pouvoirs de son parent immortel. Roman était presque aussi puissant que Jerome, mais pas tout à fait. En outre, les pouvoirs détenus par les immortels supérieurs et inférieurs différaient par leur nature. Étant une sorte d'hybride, Roman pouvait se retrouver impuissant face à un adversaire qui aurait été à la portée de Jerome.

Jerome n'insista pas.

—Pour résumer, on n'a rien.

—Si, nous savons que cette chose n'est pas des nôtres, dit doucement Carter, prenant enfin la parole.

—C'est vrai, répondit Jerome d'une voix cassante. Plus qu'un milliard de possibilités. À moins que…

Il regarda une des chaises vides autour de la table. L'instant d'après, Simone apparut, assise à cet endroit. Carter ne sembla pas surpris, mais je n'en aurais pas dit autant de Roman et de moi. À en juger par son cri de frayeur et son expression confuse, Simone partageait notre étonnement. Se faire téléporter par un immortel supérieur n'était pas une expérience agréable.

Elle était blonde aujourd'hui, et portait un chemisier uni et un jean. Signe de son trouble, elle ne pensa même pas à agrandir son décolleté en apercevant Carter.

—Que… Qu'est-ce qui se passe? balbutia-t-elle.

—Qu'est-ce que tu as fait à Georgina? demanda Jerome.

Elle écarquilla les yeux. Il avait beau revêtir l'apparence de John Cusack, dans ces moments-là, il était facile de se rendre compte qu'il était réellement un démon de l'enfer.

—Rien! cria Simone. (Elle se recroquevilla sur sa chaise.) Je ne vois pas de quoi tu veux parler!

Jerome se leva et s'approcha d'elle tellement vite qu'il aurait aussi bien pu se téléporter. Il tira brusquement Simone de sa chaise et la poussa sans ménagement contre un mur proche, la tenant par la gorge. J'avais été dans la même position avec lui, et je ressentis de la pitié pour l'autre succube. Personne dans le bar ne sembla les remarquer, Jerome avait donc dû envoûter les autres clients ou rendre Simone invisible.

—Ne me mens pas! s'exclama-t-il. Qu'est-ce que tu as fait? Pour qui tu travailles?

Je commençais à voir où il voulait en venir. Ce que Roman avait senti n'était peut-être ni ange ni démon, mais il n'était pas impossible que l'un des nôtres se soit allié à une entité inconnue. Ça s'était déjà vu. Roman avait compris, lui aussi, et il vint prêter main-forte à son père.

— Si tu lui as fait ne serait-ce qu'une égratignure, je jure de te mettre en pièces !

Simone oublia sa peur et jeta un regard perplexe à Roman. Avec sa signature masquée, il n'était qu'un simple mortel à ses yeux et n'était donc pas concerné – et encore moins capable de mettre ses menaces à exécution. Si elle avait su…

Elle se retourna vers Jerome, et eut un mouvement de recul quand elle vit de nouveau son visage.

— Rien, dit-elle, d'une voix difficilement compréhensible, avec Jerome qui l'étranglait. Je ne lui ai rien fait, je le jure !

— Tu as essayé de séduire Seth, dit Roman.

— Et c'est tout ! Je n'ai rien fait à Georgina. *Rien*. (L'expression de Simone se fit implorante, alors qu'elle s'adressait à Jerome :) Tu connais forcément la raison de ma présence ici. Je ne suis pas venue pour lui faire du mal.

Le visage de Jerome était toujours rempli d'une fureur terrible, mais il y eut une lueur de considération dans ses yeux. Il ne dit rien, et ce fut la voix de Carter qui rompit le silence tendu.

— Elle dit la vérité, dit-il.

Jerome ne relâcha pas sa prise sur Simone, mais son regard était toujours aussi calculateur.

— Est-ce que tu sais quelque chose sur sa disparition ? N'importe quoi ?

— Non ! Non !

Jerome se tourna vers Carter qui hocha brièvement la tête. Avec un soupir de déception, Jerome la lâcha et recula.

Roman sembla sceptique, mais lui aussi devait savoir que la parole de l'ange était parole d'évangile (façon de parler). Jerome retourna s'asseoir et vida son verre d'un seul coup. Roman se joignit à lui un moment plus tard, mais Simone resta debout, regardant la tablée d'une manière hésitante, tandis qu'elle se frottait sa gorge meurtrie.

—Je ne sais pas ce qui se passe, mais s'il y a quoi que ce soit…

—Je n'ai plus besoin de toi, dit Jerome avec rudesse.

Il la congédia d'un geste de la main et Simone disparut aussi rapidement qu'elle était arrivée.

—C'était méchant, observa Carter, remuant négligemment son bourbon.

—Je l'ai renvoyée à son hôtel, répliqua Jerome. Pas sur une île déserte.

La colère de Roman s'était un peu calmée, et il affichait une expression apaisée et songeuse, à l'instar de celle de son père.

—Elle a dit que tu devais forcément connaître la raison de sa présence ici. Si c'est le cas, est-ce que tu peux m'expliquer pourquoi tu m'as demandé de la suivre?

—Je ne peux pas signaler sa disparition, dit Jerome. (Il parlait à Carter comme si Roman n'était pas là.) Pas encore… pas avant d'y être obligé. Mes supérieurs ne doivent pas savoir.

—Quant à moi, je ne peux rien faire du tout, dit Carter d'un air songeur. En principe, c'est ton problème.

Il but une longue gorgée, comme si cela suffisait à tout régler.

—Mais tu vas quand même nous aider à la retrouver? demanda Roman avec vigueur.

—Bien sûr, dit Carter. (L'un de ses fameux sourires cyniques joua sur ses lèvres, remplaçant son expression morose. Je le soupçonnais de l'utiliser afin de cacher ses sentiments réels.) Cet endroit serait d'un ennui sans elle!

L'espace d'un instant, j'appréciai mon statut d'observateur invisible. Carter ne savait pas que j'étais là et, pour la première fois, j'étais en mesure de l'étudier pour de bon et en toute impunité. Il avait déjà retrouvé sa légèreté coutumière, mais il avait exprimé son inquiétude me concernant. Et je me refusais à croire que c'était simplement parce qu'il me trouvait distrayante. À quoi jouait-il ? Ces yeux gris ne laissaient rien paraître.

—Oui, conclut sèchement Jerome. On se demande ce que serait la vie sans ses mésaventures sentimentales…

Carter fit mine de protester, mais Roman l'interrompit :

—Oh. J'allais oublier. Elle est allée voir Erik.

Il leur fit un bref compte-rendu des observations d'Erik, insistant sur le fait que la force en question ne se manifestait que lorsque je me sentais déprimée. Roman décrivit également chacun des incidents avec autant de détails que possible.

Jerome et Carter échangèrent un regard.

—Elle est si souvent déprimée que ça ne nous aide pas beaucoup, fit remarquer Jerome. Mais on ne perd rien à rendre une petite visite au vieux schnoque.

—Jerome, l'avertit Carter.

Leurs yeux se croisèrent de nouveau et il y eut entre eux une sorte de communication silencieuse. Quand Jerome finit par détourner le regard, il se contenta de lever son verre.

—Ne t'inquiète pas. Je promets de ne pas l'effrayer. Pas trop.

Je me demandai s'il comptait se rendre chez Erik immédiatement, mais je n'eus pas l'occasion de le vérifier. Le monde s'évanouit, et je me retrouvai dans ma prison. En plus d'être dans une position terriblement inconfortable, je me sentais aussi épuisée. À en juger par le sourire et l'éclat des Oneiroi, je devinai ce qui s'était passé. En se repaissant de mon rêve, ils en avaient profité pour me voler de mon énergie.

—Rêve…, murmurai-je, soudain embrouillée. (Je m'étais préparée à une conclusion horrible, mais rien ne s'était produit.) Ce n'était pas un rêve. C'était la réalité. Vous m'avez montré des événements réels, ce que font mes amis.

—Certains rêves sont vrais, et d'autres mentent, dit Deux. (Je mourais d'envie de le gifler.) Celui-là était vrai.

Une histoire me revint, un lointain souvenir d'enfance. Les prêtres chrétiens avaient pris pied à Chypre longtemps avant ma naissance, mais les légendes et les rites d'antan avaient survécu. À l'époque, ce que nous appelons aujourd'hui des mythes était considéré comme des faits. L'une de ces légendes prétendait que les rêves envoyés aux humains transitaient par deux portes : une en ivoire et une en corne ; ceux qui provenaient de la porte en ivoire étaient faux ; ceux qui provenaient de la porte en corne étaient vrais. J'ignorais s'il s'agissait d'une simple métaphore, mais apparemment cela n'était pas si loin de la réalité.

— Mais pourquoi ? demandai-je. Pourquoi me montrer des rêves véridiques ? Un autre de vos stupides cauchemars ferait une torture bien plus efficace.

Ce cauchemar n'avait pas été stupide, il avait été atroce, mais je ne voulais pas qu'ils le sachent. En revanche, leur donner des conseils sur la meilleure façon de me tourmenter était complètement idiot.

— Parce que tu ne peux pas savoir, dit Un. Bientôt, tu ne seras plus capable de distinguer la vérité du mensonge. Tu pars du principe que tout ce qui est source de souffrance est un mensonge. Mais tu n'en sais rien. Bientôt, tu perdras tous tes repères.

— Je ferai la différence, répondis-je d'un ton catégorique.

— Tu crois que ce que tu viens de voir était vrai ? demanda Deux.

— Oui. Absolument.

— Bien, dit Un. Alors tu viens d'apprendre une autre vérité : personne ne sait comment te retrouver. Tu resteras ici pour toujours.

# Chapitre 12

Bientôt, j'en vins à souhaiter que les Oneiroi ne m'envoient que des rêves mensongers. Ils me faisaient de la peine, aucun doute là-dessus, mais après coup, le fait de savoir qu'ils n'avaient pas vraiment eu lieu me procurait un (très) maigre réconfort. Pourtant, mes rêves suivants furent bien réels et me forcèrent à revivre mon passé.

Un souvenir me ramena dans la Florence du XVᵉ siècle. D'abord, je ressentis une petite éclosion de joie. La Renaissance italienne avait été une époque merveilleuse, et j'avais été impressionnée par l'ingéniosité des humains, se réveillant enfin après plusieurs siècles déprimants. La position de l'Église, toujours opposée à toute forme d'épanouissement artistique, ne rendait les choses que plus intéressantes. Ce genre de conflit était bon pour les affaires – *mes* affaires.

Je partageais une maison avec un autre succube ; nous vivions dans l'opulence, prétendument grâce à un commerce de textiles, pendant que notre oncle marchand (un incube qui n'était jamais là) voyageait. C'était une bonne couverture. Je m'appelais Bianca à cette époque et j'étais le chouchou de notre démone locale, Tavia, parce que j'accumulais les conquêtes.

La situation commença à se détériorer quand j'embauchai un peintre extrêmement beau nommé Niccolò, afin de créer une fresque dans notre maison. Il était extravagant, amusant et intelligent, et je lui avais plu au premier regard. Néanmoins, il garda ses distances, animé autant par le sens des convenances que par la conscience professionnelle. J'avais bien l'intention d'y remédier et je lui tenais fréquemment compagnie pendant qu'il travaillait sur le mur. Ce n'était qu'une question de temps : il finirait par succomber à mes charmes.

— Ovide n'y connaissait rien en amour, lui dis-je un jour.

Je me prélassais sur un canapé, et nous discutions littérature, comme nous en avions pris l'habitude. Sa capacité à parler de ces sujets ne me le rendait que plus séduisant. Il me regarda, feignant l'incrédulité, et s'arrêta de peindre.

— Ovide n'y connaissait rien en amour ? Surveille ta langue, femme ! Tu calomnies une autorité en la matière ! Il a écrit des livres entiers sur le sujet, et ses ouvrages restent des références, aujourd'hui encore.

Je pris une pose qui manquait un peu moins de dignité.

— Ils ne sont pas pertinents. Ils ont été écrits pour une époque différente. Il consacre des pages entières à expliquer aux hommes où trouver des femmes. Mais ces endroits n'existent même plus. Les femmes n'assistent plus à des courses ou à des combats. Nous n'avons même plus le droit de nous attarder dans les lieux publics, conclus-je avec plus d'amertume que j'en avais eu l'intention.

La culture artistique de ce temps était merveilleuse, mais elle s'était accompagnée d'une restriction du rôle de la femme dans la société qui me changeait de ce que j'avais connu ailleurs et en d'autres temps.

— Peut-être, admit Niccolò. Mais les principes n'ont pas changé. Et les techniques non plus.

— Les techniques ? (Je réprimai un grognement. Honnêtement, qu'est-ce qu'un simple mortel pouvait connaître aux techniques de séduction ?) Il ne s'agit que de gestes superficiels. Faites des compliments à l'élue de votre cœur. Parlez de choses que vous avez en commun – comme le temps qu'il fait. Aidez-la à arranger sa robe si elle est froissée. Qu'est-ce que tout ça a à voir avec l'amour ?

—L'amour a-t-il seulement encore sa place de nos jours ? Ces observations me semblent particulièrement applicables à notre époque. Le mariage est devenu une transaction commerciale. (Il inclina la tête vers moi, d'un air songeur.) Tu as fait quelque chose à tes cheveux aujourd'hui ; ça te va très bien.

Je marquai une pause à mon tour, désarçonnée par ce compliment.

—Merci. Enfin bref, tu as raison : le mariage *est* une transaction commerciale. Mais l'amour n'en est pas toujours absent. Et de nombreuses liaisons clandestines sont fondées sur l'amour, aussi « souillées par le péché » soient-elles.

—Si je comprends bien, tu reproches à Ovide de gâcher le peu d'amour qui nous reste ? (Il regarda par la fenêtre et fronça les sourcils.) Tu penses qu'il va pleuvoir ?

Le sujet de notre discussion me tenait à cœur, et je trouvais ses interruptions impromptues de plus en plus agaçantes.

—Oui… quoi ? Je veux dire, non, il ne va pas pleuvoir, et oui, c'est bien ce que je reproche à Ovide. L'amour est déjà bien assez rare. En l'abordant comme un jeu, il le rabaisse.

Niccolò abandonna ses pinceaux et ses couleurs pour s'asseoir à côté de moi, sur le canapé.

—Tu ne penses pas que l'amour est un jeu ?

—Si, parfois – d'accord, la plupart du temps. Mais ça ne signifie pas que nous devrions… (Je m'arrêtai. Ses doigts avaient glissé au bord de l'encolure de ma robe.) Qu'est-ce que tu fais ?

—Je la redresse – elle est de travers.

Je le regardai fixement, puis j'éclatai de rire en comprenant où il voulait en venir.

—Tu suis les conseils d'Ovide, c'est ça ?

—Ça marche ?

Je tendis les bras vers lui.

—Oui.

Il eut un mouvement de recul. Il ne s'attendait pas à cela. Il avait voulu flirter, rien de plus, prouver qu'il avait raison en s'amusant. Détournant les yeux, il commença à se lever.

—Je devrais me remettre au travail…

Il était rarement déconcerté, et je l'avais désarmé.

Le saisissant avec une force surprenante, je l'attirai vers moi sans ménagement et pressai mes lèvres contre les siennes. Elles étaient douces, et passé les premiers moments d'étonnement, il répondit, introduisant sa langue impatiente dans ma bouche. Puis, prenant conscience de ses actes, il s'écarta de nouveau.

—Je suis navré. Je n'aurais pas dû.

Son regard était plein du désir qu'il avait réprimé depuis qu'il travaillait pour moi. Il avait envie de moi, mais même une canaille d'artiste sentait qu'il était mal de faire cela avec une femme célibataire issue de la bourgeoisie – en particulier celle qui l'employait.

—Tu as commencé, l'avertis-je à voix basse. Tu essayais de me prouver qu'Ovide avait raison. Apparemment, tu as réussi.

Je plaçai ma main dans sa nuque, attirant de nouveau sa bouche vers la mienne. Cette fois, sa résistance initiale ne dura pas bien longtemps. Et quand sa main commença à lentement remonter les plis de ma robe, je sus que j'avais gagné et qu'il était temps de se replier vers la chambre à coucher.

Abandonnant les convenances à la porte, il me poussa sur le lit, puis ses doigts, tellement habiles avec des pinceaux, s'activèrent maladroitement afin de me libérer de ma robe tarabiscotée et de ses couches d'étoffes luxueuses.

Quand il m'eut déshabillée, ne me laissant que ma fine chemise, je pris les choses en main, lui retirant ses vêtements sans perdre de temps, ravie du contact de sa peau sous mes doigts alors que mes mains exploraient son corps. Assise à califourchon sur son ventre, je baissai la tête et fis décrire à ma langue des cercles autour de ses mamelons. Ils durcirent dans ma bouche, et j'eus la satisfaction de l'entendre crier doucement quand mes dents effleurèrent leur surface tendre.

Progressant vers le bas, j'enchaînai avec une série de baisers sur le ventre – plus bas, toujours plus bas, là où m'attendait son membre dur et gonflé. Délicatement, je fis parcourir son érection à ma langue, de bas en haut. Il poussa de nouveau un cri, qui se transforma en gémissement quand je le pris en bouche. Je le sentis grandir entre mes lèvres, devenir plus dur et plus gros, tandis que je décrivais un lent va-et-vient.

Sans avoir conscience de ce qu'il faisait, je pense, il enfonça ses mains dans ma chevelure, ses doigts se prenant dans le montage alambiqué d'épingles à cheveux et les boucles soigneusement arrangées. Suçant plus fort, j'augmentai l'allure, grisée de le sentir me remplir la bouche. Les premiers tiraillements de son énergie commencèrent à filtrer en moi, tels des flots étincelants de couleur et de feu. Bien que ne me procurant aucun plaisir physique à proprement parler, cela suscitait en moi une réaction similaire, réveillant mon appétit de succube et enflammant ma chair, me donnant envie de le toucher et d'être touchée en retour.

—Ah… Bianca, tu ne devrais pas…

Je le libérai momentanément de ma bouche, laissant ma main prendre la relève et le rapprocher de l'orgasme.

—Tu veux que je m'arrête ?

—Je… euh… ah ! Non, mais les femmes comme toi ne sont pas… tu n'es pas censée…

Je ris, un rire de gorge, redoutable.

—Tu n'as pas idée de la femme que je suis. J'ai envie de faire ça, de te sentir dans ma bouche… de te goûter…

—Oh Dieu, gémit-il, les yeux fermés et les lèvres entrouvertes.

Ses muscles se tendirent, son corps se cambra légèrement, et je parvins à le remettre en bouche juste à temps.

169

Il jouit, et j'avalai tout alors qu'il était secoué de spasmes. L'énergie vitale qui coulait en moi atteignit un pic en intensité, et je faillis jouir à mon tour. Nous ne faisions que commencer et je recevais déjà plus de vie de sa part que j'en avais espéré. La nuit s'annonçait bien. Quand il cessa enfin de trembler, je bougeai pour que mes hanches s'enroulent autour des siennes. Je passai ma langue sur mes lèvres.

—Oh Dieu, répéta-t-il, respirant avec peine, les yeux écarquillés. (Ses mains montèrent jusqu'à ma taille et vinrent se poser sous mes seins, avec mon approbation.) Je pensais… Je pensais que seules les prostituées faisaient ça…

Je haussai un sourcil.

—Déçu ?

—Oh, non. *Non.*

Me penchant en avant, j'effleurai ses lèvres avec les miennes.

—Alors, à ton tour.

Malgré la fatigue, il ne se fit pas prier. Après m'avoir retiré ma chemise en la faisant passer par-dessus ma tête, il dévasta mon corps à l'aide de sa bouche, ses mains tenant délicatement mes seins pendant que ses lèvres suçaient et ses dents taquinaient mes mamelons, comme je l'avais fait pour lui. Mon désir s'accrut, mon instinct me poussant à lui prendre toujours plus de vie. Quand il vint placer sa bouche entre mes jambes, écartant mes cuisses, je lui levai brusquement la tête.

—Une fois, tu m'as dit que je pensais comme un homme, soufflai-je doucement. Alors traite-moi comme tel. Mets-toi à genoux.

Surpris, il cligna des yeux, mais je le sentis excité par l'autorité de l'ordre qu'il venait de recevoir. Une lueur animale brilla dans ses yeux, alors qu'il s'agenouillait, et que je me tenais devant lui, les fesses contre le lit.

M'empoignant par les hanches, il pressa son visage sur la douce touffe de poils entre mes cuisses, glissant la langue entre mes lèvres et caressant le cœur brûlant enfoui à l'intérieur. À ce premier contact, mon corps tout entier frémit, et je renversai la tête en arrière. Encouragé par ma réaction, il lécha avec empressement, faisant danser sa langue à un rythme régulier. Entortillant mes mains dans ses cheveux, je le forçai à s'enfoncer en moi encore plus, à augmenter la pression de sa langue.

Quand la délicieuse, l'ardente sensation qui s'était emparée de moi atteignit son paroxysme, elle explosa, tel un soleil, faisant frémir et hurler chaque partie de mon corps. Imitant ma façon de procéder avec lui un peu plus tôt, il ne retira sa bouche que lorsque mon orgasme se calma, provoquant quelques derniers spasmes avec sa langue revenue taquiner cette zone hautement sensible.

Quand il s'écarta enfin, il leva la tête avec un sourire déconcerté.

—Je n'arrive pas à te cerner. Soumise… Dominatrice… Je ne sais pas comment te traiter.

Je lui souris à mon tour, lui caressant les joues.

—Je peux être tout ce que tu veux. Comment as-tu envie de me traiter ?

Il réfléchit, avant de répondre, d'une voix hésitante :

—Je veux… J'ai envie de voir en toi une déesse… et de te prendre comme une putain…

Mon sourire s'élargit. Ça résumait assez bien ma vie, pensai-je.

—Je peux être tout ce que tu veux, répétai-je.

Se relevant, il me poussa brutalement contre le lit, m'immobilisant. Il était de nouveau prêt, même si je voyais qu'il lui coûtait. La plupart des hommes se seraient effondrés après une telle perte d'énergie vitale, mais il luttait contre l'épuisement pour me posséder de nouveau. Je sentis son érection, puis il s'enfonça en moi, presque sans effort, tellement j'étais humide.

Gémissante, je bougeai afin de lui permettre d'adopter une meilleure position et de me pénétrer plus profondément.

Ses mains serraient mes hanches alors qu'il s'activait avec une agressivité presque primitive, et le bruit de la collision entre nos deux corps remplissait la chambre. Je criai plus fort, ses coups de boutoir redoublèrent de violence.

Son énergie se déversa en moi, tel un fleuve, doré et brûlant, renouvelant ma propre vie. Avec son énergie, il dévoila un peu de ses émotions et de ses pensées, et je pus littéralement sentir le désir et l'affection qu'il éprouvait pour moi.

Cette force vitale livrait bataille avec mon propre plaisir physique, tous deux me consumant et me rendant folle ; j'étais à peine capable de penser ou même de les distinguer l'un de l'autre. Cette sensation grandit, brûlante, au plus profond de moi, gagnant une telle intensité que je la contenais à grand-peine. Je pressai mon visage contre lui, étouffant mes cris.

Le feu monta en moi et je ne tentai plus de retenir mon orgasme. Il explosa, m'enveloppa dans une extase terrible et merveilleuse. Niccolò fut sans pitié, ne montrant aucun signe de ralentissement alors que le plaisir ravageait mon corps. Je me contorsionnai pour échapper à son étreinte, alors même que je lui criais de ne pas s'arrêter.

Par ce qu'il venait de faire, Niccolò se condamnait peut-être aux yeux de l'Église, mais c'était fondamentalement quelqu'un de bien. Il était bon avec les autres, et doté d'un caractère bien trempé (il ne transigeait pas facilement avec ses principes). Par conséquent, il avait beaucoup de bonté et de vie à offrir, une vie que j'absorbai sans remords. Je ne connaissais pas nectar plus doux. Elle incendia mes veines sur son passage ; grâce à elle, je me sentais pleine d'énergie, je devenais une déesse, comme il n'arrêtait pas de le murmurer.

Malheureusement, une telle perte d'énergie laissait des traces ; après nos ébats, il resta étendu sur mon lit, immobile, le visage pâle et la respiration superficielle. Nue, je m'assis et l'observai, passant la main sur son front en sueur. Il sourit.

—J'avais l'intention d'écrire un sonnet en ton honneur… Je ne pense pas être capable de trouver les mots pour ça. (Il essaya de se redresser, un mouvement visiblement douloureux. Le fait qu'il y parvienne était déjà remarquable en soi.) Je dois partir… le couvre-feu…

—Oublie le couvre-feu. Tu peux passer la nuit ici.

—Mais tes domestiques…

—… sont bien payés pour leur discrétion. (J'effleurai sa peau de mes lèvres.) Et puis, tu n'as pas envie de… continuer à parler philosophie ?

Il ferma les yeux, mais le sourire resta en place.

—Si, bien sûr. Mais je… Ne m'en veux pas. Je ne sais pas ce qui m'arrive, mais j'ai besoin de me reposer un peu…

Je m'allongeai à côté de lui.

—Alors, repose-toi.

Après cette première expérience, nos relations se déroulèrent suivant un schéma bien établi. Il travaillait sur la fresque pendant la journée – sa progression ralentissant de manière significative – et passait ses nuits avec moi. Il ne se débarrassa jamais complètement d'une certaine culpabilité, et je n'en étais que plus excitée. Mon essence buvait à la source de son âme, pendant que mon corps jouissait des talents du sien.

Un jour, il sortit faire quelques courses et ne revint pas. Après deux jours sans nouvelles de sa part, je commençai sérieusement à me faire du souci. Quand il réapparut la troisième nuit, il avait l'air tendu et tourmenté. Plus inquiète que jamais, je me hâtai de le faire entrer, remarquant un ballot sous son bras.

—Où étais-tu passé ? Qu'est-ce que tu tiens là ?

Défaisant sa cape, il révéla une pile de livres. Je les passai en revue avec l'émerveillement que j'avais toujours ressenti pour ce genre de choses. *Le Décameron* de Boccace. *Les Amours* d'Ovide. Et de nombreux autres ouvrages. Certains que je connaissais déjà. D'autres qu'il me tardait de lire. Mon cœur tressaillit, et mes doigts me démangèrent : je mourais d'envie de tourner les pages.

— Ils appartiennent à des amis à moi, expliqua-t-il. Ils craignent que les sbires de Savonarole s'en emparent.

Je fronçai les sourcils à cette mention du prêtre le plus puissant de la ville.

— Savonarole ?

— Il réunit les « objets du péché », comme il les appelle, pour les détruire. Tu veux bien les cacher ? Personne n'osera venir les chercher chez quelqu'un de ton rang.

Les livres m'éblouissaient presque, ils avaient bien plus de valeur à mes yeux que tous les bijoux que j'avais pu amasser. J'avais envie de commencer à lire séance tenante.

— D'accord. (Je feuilletai le Boccace.) Je n'arrive pas à croire que quelqu'un puisse vouloir détruire ces trésors.

— Nous vivons une époque bien sombre, dit-il, le visage dur. Si nous n'y prenons pas garde, des pans entiers du savoir risquent d'être perdus. Les ignorants écraseront les gens cultivés.

Il avait raison, j'étais bien placée pour le savoir, l'expérience me l'avait prouvé à maintes reprises. Chaque fois, la connaissance était foulée aux pieds par ceux qui étaient trop stupides pour savoir ce qu'ils faisaient… Parfois, cela arrivait dans le sillage d'invasions brutales et sanglantes ; parfois l'ignorance empruntait des voies moins violentes mais tout aussi insidieuses, comme avec Savonarole. J'avais fini par tellement m'y habituer que je ne le remarquais même plus. Pourtant, cette fois j'accusai le coup. Peut-être qu'à cause de Niccolò et de la fièvre dans son regard, je ne voyais plus les choses avec le même détachement.

— Bianca ? (Niccolò rit doucement.) Tu m'écoutes au moins ? J'avais espéré passer la nuit ici avec toi, mais si tu préfères la compagnie de Boccace…

Levant à contrecœur les yeux des pages, je sentis un demi-sourire se dessiner sur mes lèvres.

— Qu'est-ce qui m'empêche de vous avoir tous les deux ?

Au cours des quelques jours qui suivirent, Niccolò continua à introduire chez moi de plus en plus d'objets. Et pas seulement des livres. Des tableaux s'accumulèrent dans ma maison. De petites sculptures. Même des choses plus superficielles, comme des vêtements extravagants ou des bijoux, tous accusés de participer à la corruption spirituelle des Florentins.

J'avais le sentiment d'avoir été autorisée à franchir les portes du paradis. Je restais des heures à étudier peintures et sculptures, m'émerveillant devant le génie humain, jalouse d'une créativité qui n'avait jamais été mienne, en tant que mortelle ou depuis que j'étais devenue immortelle. Cet art me remplissait d'une joie indescriptible, exquise et pure, me replongeant presque à une époque où mon âme m'appartenait encore.

Et les livres… ah, les livres. Mes employés et mes associés se retrouvèrent bien vite avec une charge de travail supplémentaire parce que je les négligeais. Comment m'intéresser aux comptes et aux expéditions avec tant de connaissances à portée de la main ? Je les absorbai jusqu'à la dernière goutte, savourant chaque mot, des mots que l'Église condamnait comme hérésie. Je me sentis envahie par une suffisance secrète à l'idée du rôle que je jouais en protégeant ces trésors. Je transmettais le savoir de l'humanité et déjouais les plans du paradis. La lumière du génie et de la créativité ne s'éteindrait pas sur cette terre, et mieux encore, j'en profiterais.

Mais Tavia ne l'entendait pas de cette oreille. Lors d'une de ses visites, la démone se déclara satisfaite de mes conquêtes, mais parut perplexe quand elle remarqua une petite statue de Bacchus sur une table. Je n'avais pas encore eu le temps de la cacher avec le reste de ma récolte.

Tavia exigea une explication, et je lui révélai mon rôle de protectrice des arts et du savoir. Comme toujours, elle réfléchit

175

longuement avant de répondre, mais quand elle reprit la parole, je sentis presque mon cœur s'arrêter de battre.

—Il faut que ça cesse. Immédiatement.

—Je… Quoi ?

—Et tu remettras ces objets au père Betto.

Je lui jetai un regard incrédule, attendant la chute. Le père Betto était le prêtre de ma paroisse.

—Tu… Tu n'es pas sérieuse ? Je croyais qu'on était contre l'Église. La laisser détruire tout ça revient à lui accorder notre soutien.

Tavia haussa un sourcil noir et pointu.

—Notre travail, ma chérie, est de favoriser le mal en ce monde, ce qui peut, parfois, s'accorder avec les projets de l'Église. C'est le cas cette fois.

—Comment ça ? criai-je.

—Parce qu'il n'est pas de mal plus grand que l'ignorance et la destruction du génie. L'ignorance a été responsable de plus de morts, plus d'intolérance, et plus de péchés que n'importe quelle autre force. Elle est la destructrice de l'humanité.

—Mais Ève a péché quand elle a voulu atteindre la connaissance…

La démone ricana.

—Tu en es sûre ? Sais-tu vraiment ce que sont le bien et le mal ?

—Je… Non, chuchotai-je. Ils semblent difficiles à distinguer l'un de l'autre.

C'était la première fois, depuis que j'étais devenue un succube, que la frontière me semblait aussi floue. Après que la perte de ma vie mortelle m'avait fait passer dans le camp du mal, je m'étais jetée à corps perdu dans mon rôle de succube, sans remettre en cause le rôle de l'enfer ou me poser de question sur la corruption d'hommes tels que Niccolò.

—C'est vrai, admit-elle. Parfois, ils le sont. (Son sourire s'évanouit.) Mais je ne suis pas là pour en discuter avec toi. Tu remettras tout ce que tu as réuni au père Betto. Profites-en pour essayer de le séduire, tu feras d'une pierre deux coups.

— Mais je… (Je ravalai les mots que je m'apprêtais à prononcer. Face à son regard insistant et à la puissance qui émanait d'elle, je me sentais toute petite et totalement démunie. On ne contredit pas un démon. Je déglutis.) Oui, Tavia.

Quand Niccolò et moi nous retrouvâmes de nouveau au lit ensemble, il tenta d'engager la conversation après l'amour, d'une voix lasse mais heureuse, malgré son épuisement.

— Lenzo doit m'apporter une de ses toiles demain. Attends de la voir. Elle représente Vénus et Adonis…

— Non.

Il leva la tête.

— Hein ?

— Non. Ne m'apporte plus rien.

C'était dur, oh Dieu, tellement dur de lui parler d'un ton aussi froid. Je dus me rappeler ce que j'étais et quel était mon devoir.

Un froncement de sourcils traversa son beau visage.

— Je ne comprends pas. Tu as déjà rassemblé un si grand nombre de…

— Je ne les ai plus. Je les ai donnés à Savonarole.

— Tu… tu n'es pas sérieuse.

Je secouai la tête.

— Si. J'ai pris contact avec ses hommes ce matin. Ils sont venus et ont tout pris.

Niccolò se redressa avec peine.

— Arrête. Ce n'est pas drôle.

— Je ne plaisante pas. Il n'y a plus rien. Tout va finir sur le bûcher. Ce sont des objets du péché. Ils doivent être détruits.

— Tu mens. Arrête, Bianca. Tu ne peux pas…

Ma voix devint plus âpre.

— Ils sont immoraux et hérétiques. Je m'en suis débarrassée.

Nos regards se croisèrent et il étudia mon visage. Je voyais qu'il commençait à comprendre que je disais peut-être la vérité – il n'en était pas encore convaincu. C'était pourtant le cas – en quelque sorte. J'étais passée maître dans l'art de faire croire aux gens, et en particulier aux hommes, ce que je voulais.

Nous nous rhabillâmes, et je l'emmenai dans la remise où j'avais précédemment entreposé les objets. Il regarda fixement l'espace vide, le visage blême et incrédule. Je me tenais à côté de lui, les bras croisés, maintenant une posture raide et désapprobatrice.

Les yeux écarquillés, il se tourna vers moi.

— Comment as-tu pu ? Comment as-tu pu me faire ça ?

— Je t'ai dit…

— Je t'ai fait confiance ! Tu disais qu'ils seraient en sécurité chez toi !

— J'avais tort. Satan m'empêchait de voir clairement les choses.

Il m'attrapa par le bras, sans ménagement, et se pencha vers moi.

— Qu'est-ce qu'ils t'ont fait ? On t'a menacée ? Tu ne ferais jamais une chose pareille. Qu'est-ce qu'ils ont contre toi ? C'est ce prêtre à qui tu rends visite si souvent ?

— Personne ne m'a forcé la main, répondis-je d'un ton morne. Je n'ai fait que ce qui me semblait juste.

Il eut un mouvement de recul, comme s'il ne supportait plus le contact de ma peau, et mon cœur fit un bond dans ma poitrine quand je vis l'expression de ses yeux.

— Tu te rends compte de ce que tu as fait ? Certaines de ces œuvres sont irremplaçables.

— Je sais. Mais c'est mieux ainsi.

Niccolò me regarda encore quelques secondes, puis il se dirigea vers la porte en trébuchant, sans se soucier du couvre-feu ou de son état de faiblesse. Je le suivis du regard. *Ce n'est qu'un homme de plus*, pensai-je. *Laisse-le partir.* J'en avais tant connu dans ma vie, et j'en connaîtrais bien d'autres. Quelle importance?

Ravalant mes larmes, je descendis sans bruit à l'étage inférieur, faisant bien attention à ne réveiller personne dans la maison endormie. J'avais fait le même voyage la nuit dernière, transférant soigneusement une partie des objets que je me refusais à livrer aux laquais de l'Église.

Répartir les livres et les œuvres d'art m'avait donné l'impression de choisir lequel de mes enfants devait vivre ou mourir. Les soies et les velours ne portaient pas l'empreinte de leur créateur; ils étaient tous allés à Savonarole. Mais pour le reste... Ça n'avait pas été facile. J'avais cédé la plupart des livres d'Ovide. Ses œuvres étaient largement diffusées. Je voulais croire qu'il en subsisterait quelques exemplaires, peut-être pas à Florence, mais dans une autre ville, pas encore touchée par l'intolérance. Les autres auteurs, ceux pour lesquels je craignais un tirage limité, je les gardai avec moi.

J'eus encore plus de mal avec les peintures et les sculptures. Elles étaient uniques. Je ne pouvais pas espérer qu'il en existe un autre exemplaire ailleurs. Mais j'avais su que je ne pouvais pas toutes les garder non plus, pas avec Tavia dans les parages. Et ainsi, j'avais choisi les œuvres qui me paraissaient le plus mériter d'être sauvées, les protégeant de l'Église. Mais cela, Niccolò l'ignorait, bien sûr.

Je ne le revis que trois semaines plus tard, quand nous nous croisâmes lors de l'immense autodafé de Savonarole, qui entrerait dans l'Histoire sous le nom de Bûcher des Vanités. La grande pyramide du péché, riche en combustible. Les plus zélés partisans de Savonarole l'alimentaient sans relâche alors qu'elle flambait. Je vis Botticelli en personne jeter au feu une de ses toiles.

— Bianca, me salua Niccolò d'un ton cassant.

— Bonjour, Niccolò, répondis-je d'une voix froide et acerbe.

Il se tint devant moi, ses yeux gris paraissant noirs dans la lumière vacillante. Son visage semblait avoir vieilli depuis notre dernière rencontre. Nous nous tournâmes tous deux pour observer en silence le brasier, et assister à la destruction de certaines des plus belles productions de l'esprit humain.

—Tu as tué le progrès, dit enfin Niccolò. Tu m'as trahi.

—Je n'ai fait que retarder le progrès. Et je n'avais aucune obligation envers toi. À part celle-ci.

Des plis de ma robe, je tirai une bourse remplie de florins. C'était la dernière partie de mon plan. Il la prit, visiblement surpris par son poids.

—C'est bien plus que ce que tu me dois. Et je ne terminerai pas ta fresque.

—Je sais. Ce n'est pas grave. Prends-la. Va recommencer ta vie ailleurs, loin de cette folie. Peins. Écris. Crée quelque chose de beau. Fais ce qui te rendra heureux. Ça m'est complètement égal.

Il me regarda fixement, et je craignis qu'il me rende l'argent.

—Je ne comprends toujours pas. Comment peux-tu rester insensible à ce spectacle ? Comment peux-tu être aussi cruelle ? Pourquoi as-tu fait ça ?

J'observai de nouveau le feu. Les humains, remarquai-je négligemment, aimaient brûler des choses. Des objets. D'autres hommes.

—Parce que les hommes ne sont pas capables de surpasser les dieux. Pas pour l'instant en tout cas.

—Prométhée n'a jamais voulu que son don soit utilisé ainsi.

J'eus un sourire sans joie, me rappelant un vieux débat que nous avions eu tous les deux sur la mythologie classique, en des temps plus doux.

—Non. Je suppose que tu as raison.

Le silence s'installa entre nous. Un moment plus tard, il s'éloigna, disparaissant dans l'obscurité. L'espace d'une seconde, j'envisageai de lui dire la vérité, qu'une bonne partie de son trésor était toujours en lieu sûr. J'avais payé cher pour le faire sortir clandestinement de Florence, loin de cette folie destructrice.

En fait, j'avais tout envoyé à un ange. Je n'aimais pas les anges de manière générale, mais lui était un érudit dont j'avais fait la connaissance en Angleterre, et que je tolérais. Hérétiques ou non, ces livres et ces œuvres d'art exerceraient sur lui le même attrait que sur moi. Chez lui, ils seraient en sécurité. Quelle ironie, songeai-je, de devoir me tourner vers le camp adverse pour obtenir de l'aide. Tavia avait eu raison. Parfois, il était impossible de distinguer le bien du mal. Et si elle avait eu vent de ce que j'avais fait, mes jours d'immortelle auraient probablement été comptés.

Alors, je n'en parlai à personne. Ce secret devait rester le mien et celui de l'ange, même si je mourais d'envie de le partager avec Niccolò et de le réconforter. Je lui avais arraché sa vie, son âme et ses espoirs, et je devrais vivre avec ce fardeau. Il me détesterait toujours, une douleur que je porterais également en moi pour l'éternité, et qui contribuerait à lentement m'empoisonner l'existence.

Mon univers disparut dans l'obscurité. J'étais de retour dans ma cage, toujours à l'étroit, toujours aussi peu à l'aise. Comme d'habitude, je ne voyais rien, mais j'avais de nouveau les joues humides de larmes. Je me sentais épuisée, même un peu désorientée ; mon cœur souffrait, une peine pour laquelle je n'avais pas les mots. Je ne vis pas les Oneiroi, mais quelque chose me disait qu'ils se trouvaient probablement dans les parages.

— C'était la vérité, chuchotai-je. Ça s'est vraiment passé comme ça.

Comme je m'en doutais, une voix s'éleva dans le noir pour me répondre, et je compris soudain la raison qui les poussait à me montrer des rêves réels.

— Tes vérités sont pires que tes mensonges.

# Chapitre 13

Je repris conscience à côté de Seth et, l'espace d'un instant, je crus me réveiller pour de bon, sortir de cet horrible cauchemar avec les Oneiroi, mais aussi effacer tout ce qui s'était passé depuis que Seth et moi avions rompu. Il était allongé, endormi, enchevêtré dans les draps, le soleil matinal allumant des reflets roux dans ses cheveux châtain clair. Il ne portait qu'un caleçon, et sa poitrine semblait chaude et douce, parfaite pour un câlin.

Sa respiration était régulière, il était immobile et détendu. Je m'imprégnai du moindre détail, de tous ces petits riens qui m'avaient manqué depuis des mois. J'aurais juré sentir son odeur. L'odorat avait-il sa place dans les rêves ? Dans celui-là, oui, j'en étais certaine. Cette senteur de pomme boisée m'enveloppa, telle l'étreinte d'un amant.

Au bout de quelques instants, il commença à s'agiter et il ouvrit les yeux d'un air ensommeillé. Il fit la grimace à cause du soleil et roula sur le dos, étouffant un bâillement. J'avais envie de me pelotonner au chaud, tout contre lui, de lui parler de mes cauchemars.

Puis, je compris qu'il m'était impossible de le rejoindre, parce que je ne pouvais pas bouger. Enfin, pas exactement. Je n'avais pas de corps. Je n'étais qu'une observatrice, une sorte de caméra invisible, comme je l'avais été en présence de Roman et Jerome. Apparemment, je ne jouais pas un rôle actif dans ce rêve, et c'est ainsi que la vérité m'apparut dans toute son horreur : je me trouvais toujours dans un rêve des Oneiroi. Ils n'étaient pas le fruit de mon imagination, et ma rupture avec Seth non plus.

Il s'assit dans son lit et se frotta les yeux – un spectacle tellement familier, plein de nostalgie. Il avait toujours du mal à se lever, en grande partie à cause de ses horaires décalés, quand il écrivait. Il jeta un coup d'œil au réveil, en direction de mon « point d'observation ». Son regard me traversa comme si je n'étais pas là. D'accord. Dans ce rêve, mon rôle se réduisait à celui d'un fantôme. Mais ça ne me disait pas si je voyais la réalité ou une pure invention des Oneiroi.

Le réveil affichait 9 heures, apparemment une motivation suffisante pour l'obliger à se traîner hors du lit. Toujours en caleçon, et encore somnolent, il entra en trébuchant dans la salle de bains, évitant miraculeusement les obstacles sur son passage. Pendant qu'il se brossait les dents, il remarqua un mot posé sur la tablette. Je reconnus immédiatement l'écriture, parce que je la voyais tout le temps à la librairie.

*Suis allée travailler tôt aujourd'hui.*
*Plusieurs choses à régler.*
*Devrais être de retour vers 18 heures.*
*Tâche de faire en sorte que Brandy essaie ses chaussures.*

*Je t'aime,*
*Maddie.*

L'apparition du nom de Maddie me tira brusquement du fantasme dans lequel je m'étais laissé entraîner en suivant le numéro matinal de Seth. Élargissant mon champ de vision, je constatai quelques changements dans sa salle de bains, des objets qui n'avaient pas été là quand Seth et moi sortions ensemble. Une seconde brosse à dents, pour commencer.

Du maquillage. Un peignoir rose au crochet. Officiellement, Maddie occupait toujours un appartement avec Doug, mais nous savions tous ce qu'il en était réellement. La douleur qui n'avait pas quitté ma poitrine depuis mon rêve précédent devint plus pesante. La présence de Maddie était perceptible dans tout l'appartement. Elle avait laissé sa marque partout, dans cet endroit que Seth et moi avions partagé à une époque. J'avais été remplacée.

Seth enchaîna sur la suite de son rituel quotidien, y compris une douche remarquablement rapide pour quelqu'un qui avait la réputation de s'y éterniser quand il réfléchissait à l'intrigue d'un de ses romans. Je fis de mon mieux pour ne pas me focaliser sur la vision de son corps nu et humide, et me demandai plutôt quels pouvaient être ses projets pour la journée. Il ne s'était pas levé aussi rapidement pour aller écrire à la librairie.

Il trouva facilement un caleçon propre et un jean, mais la décision la plus difficile restait à venir : quel tee-shirt porter ? Quand nous étions ensemble, je n'aurais manqué ce spectacle pour rien au monde. Moi, j'étais toujours prête en un clin d'œil. Alors, couchée sur son lit, je riais en le voyant délibérer sans fin avec lui-même autour de son énorme collection de tee-shirts. Chacun d'eux avait son propre cintre, affichant un fragment de culture pop ou rétro. Vanilla Ice. ALF. Les céréales Mr. T. Il les passa en revue, les étudiant soigneusement l'un après l'autre tandis qu'il touchait chaque manche de la main.

Puis, soudain il en effleura une plus longue que les autres. Sa penderie contenait également quelques chandails et quelques pulls, coincés sur les côtés. Il y avait aussi une chemise en flanelle ; il venait de la remarquer et de s'y arrêter. Écartant les autres vêtements, il prit la chemise sur son cintre et la leva devant lui, avec des gestes presque révérencieux.

Même privée de forme physique, j'eus la sensation que mon cœur cessait de battre. Je connaissais cette chemise. Il me l'avait prêtée, il y a longtemps, la nuit où je m'étais écroulée, ivre morte, chez lui. Le lendemain, il m'avait présenté sa famille, et j'avais eu l'air ridicule avec cette chemise passée par-dessus ma robe de soirée à bretelles. J'avais complètement oublié cette chemise.

Il la tint entre ses mains, et l'expression de son visage… il y avait tant à en dire que je n'aurais pas su par où commencer. Seth avait le don de ne pas laisser voir ses sentiments et, s'il le décidait, il pouvait se montrer extrêmement laconique. Mais ici, seul, il n'était pas sur ses gardes. Je lisais du chagrin sur son visage. Du chagrin et des regrets. Et quand il posa la tête sur la chemise, je vis aussi du désir. Le tout dans une atmosphère de résignation impuissante. Il inspira à fond, avant de la ranger dans la penderie. Au passage, je notai une légère odeur de lis – un vestige de mon parfum Michael Kors. Seth n'avait plus jamais porté ni lavé cette chemise, compris-je avec stupéfaction. Il l'avait gardée en l'état, tel un bien précieux.

Ensuite, il saisit simplement le premier tee-shirt qui lui vint sous la main, sans même le regarder. C'était l'un de ses préférés, représentant Taz, le célèbre diable de Tasmanie des *Looney Tunes*. L'humeur de Seth avait considérablement changé, il était plus grave, plus pensif, qu'à sa sortie de la douche. Mais ne lisant pas dans les pensées, je ne pouvais baser mon observation que sur des signes extérieurs.

Je découvris qu'il s'était levé pour se rendre chez son frère. Comme toujours, le chaos régnait dans la maison de l'aîné des Mortensen, avec d'adorables petites filles blondes courant dans tous les sens. Elles accueillirent leur oncle favori en poussant des cris perçants. Il venait à peine d'entrer quand Andrea, sa belle-sœur, vint à sa rencontre. Elle portait une veste en velours côtelé avec un jean et un tee-shirt, et ses cheveux blonds étaient lissés en arrière dans une queue-de-cheval. Elle jeta un regard étonné à Seth.

— Tu n'as pas apporté ton portable ?

Andrea était aussi enjouée qu'à l'accoutumée, mais elle semblait fatiguée.

D'un geste, il désigna les jumelles, McKenna et Morgan, qui se disputaient une guirlande de Noël, chacune la tirant par une extrémité. Curieux, la période des fêtes était pourtant terminée depuis plus de un mois. En outre, la guirlande était branchée, n'était-il pas risqué de les laisser la manipuler ainsi ? Apparemment, Seth fut du même avis, puisqu'il se précipita vers elles et confisqua la guirlande, au grand dam des deux fillettes.

— Je ne pensais pas pouvoir beaucoup avancer dans mon travail avec elles dans les parages, dit-il d'un ton pince-sans-rire.

— C'est vrai, admit-elle. Tu n'as pas tort. (Elle consulta sa montre.) OK, je dois y aller. Je ne sais pas quand je serai de retour.

— Ne t'en fais pas pour ça, dit-il. Prends ton temps.

Elle sortit précipitamment. J'aurais voulu savoir où elle allait, mais je n'avais aucun moyen de le demander. Cela me rappela que je ne figurais plus au rang des proches de la famille Mortensen. À une époque, j'aurais été au courant du moindre détail.

Kendall, neuf ans et précoce, s'approcha de son oncle d'un air grave.

— Oncle Seth, dit-elle, tu veux bien jouer au prêteur avec moi ?

Seth haussa un sourcil.

— Au prêteur ? Comment ça se joue ?

— Eh bien, je suis un courtier en prêts hypothécaires et tu viens me voir pour obtenir un prêt pour ta maison, mais tu n'as aucun apport personnel. (Elle marqua une pause.) Alors il faut qu'on étudie ta déflagration d'impôts.

— Ma « déclaration », la corrigea-t-il. Et si on allait plutôt faire un tour à la librairie ?

Elle fronça les sourcils.

—Je préfère jouer au prêteur.

—Là-bas, tu trouveras des livres sur le marché de l'immobilier, dit-il. Je pense qu'il vaut mieux disposer de toutes les informations nécessaires avant de se lancer.

—Tu as raison, concéda-t-elle. On y va.

À ce moment-là, Brandy entra au salon avec sa sœur de quatre ans dans les bras. La tête posée sur l'épaule de sa sœur, Kayla avait l'air encore à moitié endormi, comme si elle venait de se réveiller de sa sieste. Je les aimais toutes, mais Kayla avait ce je-ne-sais-quoi qui me touchait encore plus.

—Où ça? demanda Brandy, changeant Kayla de position.

Bien que tenant sa sœur avec tendresse, Brandy semblait d'humeur maussade.

—À *Emerald City.*

Brandy soupira.

—Tu n'y es pas assez souvent?

—Maddie a quelques paires de chaussures à te faire essayer, pour le mariage.

Brandy lui jeta un regard exprimant toute l'intensité de ses sentiments à ce sujet.

—Ne commence pas, la prévint-il, sur un ton qu'il voulait sévère.

Bienvenue dans le monde de l'adolescence, Seth.

—Georgina sera là? demanda-t-elle.

Kendall, qui avait commencé à colorier quelque chose, leva la tête. Sur la feuille de papier vierge, les mots « Trésor public » apparaissaient en orange.

—Oui, est-ce qu'on pourra voir Georgina? intervint Kendall.

Seth sembla peiné.

—Je ne sais pas si elle travaille aujourd'hui.

Moi non plus, je n'en savais rien. Pour commencer, j'ignorais si ce rêve reflétait la réalité. Jusqu'à présent, il donnait l'impression d'être vrai, mais je me méfiais des Oneiroi. Comme j'étais cantonnée dans un rôle d'observatrice, il y avait

188

de fortes chances que je ne sois pas à la librairie. En tout cas, pas si ce rêve était réel. Je me demandai ce que penseraient mes collègues si je cessais brusquement de venir au travail.

— Je peux rester à la maison pendant que vous êtes partis, dit Brandy. Maman est d'accord.

— Alors, tu ne pourras pas essayer tes chaussures, et c'est justement le but de l'opération.

Après une « discussion » où chacun choisit ses termes avec le plus grand soin, Brandy finit par céder, mais pas sans avoir suggéré qu'il lui rapporte simplement les chaussures. Toute la bande étant de la partie, ils durent prendre le van des Mortensen, ce qui ne sembla pas particulièrement ravir Seth. Mais il n'y avait pas d'autre moyen de transporter cinq fillettes, dont une qui avait besoin d'un siège enfant.

La petite troupe arriva à *Emerald City*. Seth déposa les quatre plus jeunes au rayon enfants, un véritable pays des merveilles proposant livres d'images, puzzles, animaux en peluche. Janice était responsable du rayon aujourd'hui et elle dit à Seth qu'elle garderait un œil sur les filles. Seth confia également la responsabilité de ses sœurs à Kendall, achetant sa collaboration en promettant de lui offrir un livre de finances.

Ensuite, lui et Brandy partirent à la recherche de Maddie, qu'ils trouvèrent dans son bureau. Son visage s'éclaira quand elle les aperçut, et elle s'envola pratiquement de son siège pour lui donner un baiser. Brandy fit la grimace, et je me sentis troublée. L'amour de Maddie ne faisait aucun doute, il était si fort qu'il se lisait sur son visage. Elle ne faisait rien pour le cacher, même au travail. Je détestais les voir ensemble, mais comment aurais-je pu lui en vouloir d'aimer l'homme qui comptait le plus au monde pour moi ?

— Comment vont les affaires ? lui demanda-t-il en souriant tendrement.

Était-ce sa façon à lui de montrer son amour ? S'était-il comporté ainsi avec moi ? Sans savoir d'où me venait cette

certitude, j'étais persuadée qu'il avait été différent avec moi…
Mais peut-être que je me trompais. Je ne m'en souvenais plus.

Maddie désigna le bureau qu'elle partageait avec Doug.

—C'est un peu la folie, ça n'a rien de passionnant.
Je suis dans la paperasse jusqu'au cou, aujourd'hui. Je dois
rédiger les évaluations du personnel.

—Hé! Moi aussi, je rédige des trucs, et tous les jours
en plus!

Elle leva les yeux au ciel.

—Très drôle. Il n'y a aucune comparaison possible.

—Essaie de pimenter tes évaluations avec une pincée
de sexe et de violence et le temps passera beaucoup plus vite.

J'étais trop perturbée par leur badinage pour me
rendre compte que Maddie faisait mon travail. Brandy
semblait tout aussi affligée par leur conversation. Tandis
que Maddie et Seth bavardaient, j'étudiai ce dernier plus
attentivement, essayant de décrypter ses sentiments. Oui, il
y avait de l'affection… mais qui me rappelait l'indulgence
bienveillante qu'il témoignait à ses nièces.

Enfin, Maddie sortit une paire de chaussures d'un
sac de courses. La robe de Brandy était suspendue dans le
bureau, et Maddie ordonna à Seth de sortir pendant que sa
nièce se changeait.

Juste avant de le chasser, Maddie fit observer à Brandy :

—Je suis contente que cette couleur t'aille. J'ai décidé de
tout faire en violet, parce que Georgina était resplendissante
dans cette robe. Et j'ai aussi trouvé des fleurs géniales pour
aller avec.

Putain, fabuleux. J'avais influencé la palette de couleurs
de leur mariage.

Seth s'éclipsa, et moi avec lui. Il se promena dans la
librairie, feuilletant quelques livres, une activité dont il ne
se lassait jamais. Plusieurs employés le saluèrent en passant
à sa hauteur.

Dont moi.

Étant donné que les Oneiroi m'avaient mise dans leurs rêves déjà deux fois, je n'aurais pas dû être surprise. Mais quand j'avais été un personnage sur la scène de ces rêves, j'en avais toujours eu conscience. Je m'étais regardée et je m'étais sentie *moi*. Là, je me vis approcher de Seth, exactement comme j'avais vu Maddie et Brandy l'aborder. Je gardai un point de vue objectif. Aucun lien avec *mon* personnage. J'avais l'impression de regarder un film. Je ne comprenais pas complètement la situation, mais plus rien n'aurait dû m'étonner de la part des Oneiroi.

— Salut, dit-elle (ou moi ?), mettant deux livres en rayon.

Il s'agissait d'exemplaires de *La Lettre écarlate*, et je les avais classés dans les nouveautés.

— Salut, dit Seth, avec un curieux mélange de timidité et de familiarité dans son attitude. Comment ça va ?

— Pas trop mal, dis-je. C'est calme. J'ai essentiellement du rangement à faire.

— Tu as confié les évaluations à Maddie.

— Oui, j'ai pensé qu'elle en était tout à fait capable. Et puis, cette robe est neuve. Ç'aurait été dommage de ne pas la montrer.

J'avais déjà remarqué la robe, c'était une seconde nature chez moi. Elle était superbe, mais pas vraiment adaptée à un environnement professionnel. C'était un fourreau en soie qui s'arrêtait haut sur la cuisse, avec des bretelles nouées derrière le cou et une encolure dégagée très décolletée. Aucun soutien-gorge à l'horizon. J'étais plus habillée pour aller danser que pour bosser. Comme cette vision n'appartenait pas à mes souvenirs, la robe ne faisait que confirmer que ce rêve était un mensonge. La vulgarité ne me faisait pas peur, à l'occasion, mais même moi je me fixais des limites sur mon lieu de travail.

Seth sembla surpris par la robe, mais pas indifférent.

— Tu devrais vendre des livres à la sauvette, dans la rue, dit-il. Habillée comme ça, tu n'aurais aucun mal à convaincre même le passant le plus récalcitrant.

— Ma robe n'aurait peut-être pas le même effet sur tout le monde, fis-je remarquer.

Il me gratifia d'un de ses petits sourires, et je me demandai s'ils faisaient fondre l'autre Georgina autant que moi.

— Tu pourrais laisser ton charme naturel faire le reste.

Je lui souris à mon tour, un sourire à la fois gai et espiègle.

— Tu crois ?

Les insinuations cessèrent quand Kayla arriva et vint enrouler ses bras autour des jambes de Seth. Il la souleva et jeta un coup d'œil aux alentours.

— Où est passée Kendall ? Pas de livre de finances pour les mauvaises baby-sitters.

Mon *alter ego* regarda attentivement le rayon des magazines.

— Ce n'est pas elle, là-bas ?

Curieux, je ne semblais pas sûre de mon fait. Pourtant, quand Seth se tourna pour vérifier, il était parfaitement évident qu'il s'agissait bien de Kendall. Elle était plongée dans *Forbes*.

Seth soupira et l'appela. Son visage s'éclaira en me voyant.

— Salut, Georgina ! Tu es vraiment jolie aujourd'hui.

— Merci, dis-je, avec un grand sourire.

— Je t'avais confié ta sœur, dit Seth. Va chercher les jumelles. Espérons qu'elles ne sont pas sorties dans la rue…

Kendall secoua la tête.

— Elles jouent avec des puzzles.

Mais elle partit tout de même en courant.

Kayla parcourait la librairie du regard avec la distraction propre aux enfants de cet âge, observant les gens et les choses. Seth lui donna un petit coup de coude.

— Et toi ? Tu ne dis pas bonjour à Georgina ?

Kayla se tourna dans la direction qu'il indiquait, me jaugea de la tête aux pieds, puis continua à examiner le magasin. Ce n'était pas tant qu'elle me fuyait ou qu'elle me trouvait repoussante, non, elle était indifférente. À ses yeux, je n'étais pas plus intéressante qu'un autre client ou même qu'une des étagères.

—Ah, les gosses…, dit Seth pour s'excuser.

Brandy réapparut, toujours contrariée par cette histoire de chaussures, mais extrêmement contente de me voir. Après avoir rassemblé tout son petit monde et bavardé encore quelques instants, Seth et les nièces m'abandonnèrent à mon classement approximatif. Il n'avait pas reposé Kayla, et elle se tourna soudain vers lui, l'air très sérieux.

—Quand est-ce qu'on va voir Georgina? demanda-t-elle.

Sa voix était douce, et toute petite. Elle parlait rarement, et je n'en appréciais que davantage le son de sa voix.

Il fronça les sourcils, essayant d'ouvrir la portière du van d'une main. Brandy l'aida.

—On vient de la voir, dit-il. À l'intérieur.

—Non, c'est pas vrai, dit Kayla.

—Mais si. Et tu as fait comme si elle n'était pas là, la taquina-t-il. Je t'ai demandé de lui dire bonjour.

—Ce n'était pas Georgina. Tu dois la trouver.

—Qu'est-ce que tu as fumé? intervint Brandy, se chargeant d'attacher sa sœur dans son siège enfant. C'était Georgina.

Seth soupira.

—Surveille un peu ton langage.

Ils laissèrent tomber le sujet après ça, mais alors qu'ils rentraient chez Terry et Andrea, un frisson me parcourut. Kayla savait. Kayla savait que j'avais disparu. Je devais être dans un rêve reflétant la réalité. On avait récemment découvert chez elle les premières manifestations de pouvoirs psychiques et elle avait la capacité de percevoir certains phénomènes surnaturels. Par exemple, elle avait vaguement conscience de mon aura, et elle s'était rendu compte que ce n'était pas moi dans la librairie. Voilà pourquoi elle s'était montrée indifférente. Et je comprenais mieux pourquoi je n'avais pas été *à l'intérieur* de cette Georgina. *Ce n'était pas* Georgina.

Mais alors qui ?

L'estomac noué, je répondis immédiatement à ma propre question. Qui d'autre aurait intérêt à me ressembler *et* à flirter avec Seth ?

Simone. Simone se faisait passer pour moi en mon absence, j'en étais certaine. Putain ! Je ne sentais pas son aura sous cette forme onirique, et aucun mortel ne le pouvait. Sauf Kayla. Merde. J'avais bien besoin de ça.

Le reste de la journée de Seth se déroula sans événement marquant et, à mon grand soulagement, il ne « me » croisa plus. Au retour d'Andrea, j'appris qu'elle était allée à un rendez-vous chez le médecin. Elle remercia Seth pour son aide, mais ce dernier ne s'en tira pas à si bon compte, ses nièces refusant de le laisser partir avant de lui avoir convenablement dit au revoir.

Seth finit par retourner chez lui et passa le reste de la journée à écrire, ce qui n'était pas passionnant à regarder. Je ne comprenais pas pourquoi les Oneiroi ne m'avaient pas encore sortie de là. D'accord, constater qu'aucun mortel ne savait que j'avais disparu n'était pas réjouissant, mais ce rêve n'avait pas eu les effets dévastateurs des autres.

Dans la soirée, Maddie rentra à son tour. Seth, absorbé par son travail, ne bougea pas de son bureau avant qu'elle aille le trouver et fasse tourner son fauteuil. Elle grimpa sur ses genoux, enroulant ses jambes autour de lui d'une manière très similaire à la mienne, quand nous étions ensemble.

Il lui sourit, la prenant dans ses bras et lui rendant son baiser.

— Alors, tu as fini toute ta paperasse ? demanda-t-il.

Maddie fit courir ses doigts sur le côté de son visage, visiblement très amoureuse.

— Je n'ai pas eu une minute pour souffler. Georgina s'est complètement déchargée sur moi. Je ne sais pas ce qui lui a pris.

— Elle m'a dit qu'elle t'en croyait capable.

Maddie fit la grimace.

— Mouais. Dis plutôt qu'elle voulait une journée tranquille pour se pavaner dans sa robe toute neuve. Non mais tu l'as vue ? Je sais que tout lui va, mais là c'était vraiment limite, elle devrait faire plus attention quand elle est au travail.

Il rit et l'attira plus près de lui.

— D'après moi, Georgina pense que son bel esprit et son charme lui tiennent lieu de sauf-conduit et qu'elle peut tout se permettre.

— Oui, eh bien, elle n'est pas toujours aussi amusante qu'elle veut bien le croire, grommela Maddie. Aujourd'hui, on avait vraiment l'impression qu'elle s'était habillée pour emballer un mec au magasin.

— Ce ne serait pas une première, dit Seth en haussant les épaules.

— Quoi ?

— Tu n'étais pas au courant ? Elle couche avec Warren. Dans son bureau, la plupart du temps.

Je n'en croyais pas mes oreilles. Non seulement ces deux-là se moquaient de moi, mais Seth venait de révéler à Maddie ma liaison épisodique avec Warren, le propriétaire d'*Emerald City*. Doug avait toujours eu des soupçons, mais à part Seth, personne n'était au courant. Je ne l'aurais jamais cru capable de trahir ce secret.

— J'étais loin de m'imaginer…, dit Maddie. Et pourtant… Je ne sais pas. Peut-être que si, en fait. Après tout, elle ne porte que des fringues qui font un peu pute.

— Elle couche à droite et à gauche. C'est une fille facile. (Il marqua une pause.) Elle a même essayé avec moi une fois.

— C'est vrai ? (Maddie écarquilla les yeux.) Et qu'est-ce que tu as fait ?

— Rien. Ça ne m'intéresse vraiment pas d'être avec une femme qui aura vite fait de baiser avec tous mes amis. (Il prit le visage de Maddie entre ses mains.) De toute façon, on s'en fiche. Pourquoi j'irais chercher ailleurs, alors que je suis déjà un homme comblé ?

Il l'attira vers lui et ils s'embrassèrent de nouveau, mais pas un petit baiser pour dire bonjour cette fois, non, un baiser profond et passionné, tous deux s'agrippant l'un à l'autre comme s'ils avaient peur de se perdre. Seth saisit le bas de son pull sans manches et le lui passa par-dessus la tête, révélant un soutien-gorge en satin noir que j'étais presque certaine de l'avoir aidée à choisir. Sans interrompre leur baiser, il la souleva par la taille, la portant en trébuchant hors du bureau et vers la chambre à coucher. Ils s'écroulèrent sur les couvertures, leurs mains explorant leurs corps et leurs baisers s'aventurant ailleurs que sur les lèvres.

*Non*, pensai-je, pas certaine que les Oneiroi pouvaient m'entendre. *Non. Je ne veux pas voir ça. Ramenez-moi. Je veux retourner dans ma cage. Envoyez-moi un autre rêve.*

Mais s'ils étaient là, ils ne m'écoutaient pas. Je n'avais pas d'yeux que je puisse fermer. Je ne pouvais pas détourner le regard. Ce que je voyais resterait gravé dans ma mémoire, et je ne pouvais rien y faire. J'avais connu beaucoup d'expériences douloureuses au cours de ma relation avec Seth, des choses qui m'avaient blessée au point de souhaiter ma propre mort. Mais rien, rien n'aurait pu me préparer à assister, impuissante, à ses ébats avec une autre femme. Et ce n'était pas seulement à cause du spectacle de leurs corps nus entrelacés et de leurs cris de plaisir au plus fort de l'orgasme.

Ah, cette expression sur son visage… Il était là. L'amour que j'avais cherché plus tôt, quand j'avais cru qu'il n'éprouvait pour elle qu'une forme d'affection, similaire à la tendresse qu'il avait pour ses nièces. Non. C'était bien de la passion que je lisais sur son visage, un amour dont l'intensité n'appartenait qu'à des âmes sœurs.

Il la regardait comme il m'avait regardée à une époque.

Je n'aurais jamais pensé voir cela un jour. D'une certaine façon, je m'étais convaincue qu'il l'aimait, mais d'une façon différente, que leur amour était fort, mais qu'il ne pouvait en aucun cas rivaliser avec ce que nous avions connu.

Pourtant, en les voyant ainsi, je pris conscience que je m'étais trompée. Et quand, à la fin, il lui dit dans un souffle qu'elle était tout pour lui – comme il me l'avait dit, à moi –, je sus que je n'avais rien de particulier. L'amour qu'il avait ressenti pour moi était mort.

Et dans la douleur insoutenable de ce moment, je ne souhaitai plus mourir. À quoi bon ? J'étais déjà morte – parce que j'étais certaine, absolument certaine, que l'enfer ne pouvait pas être pire que ça.

# Chapitre 14

Je ne sus jamais avec certitude quelle était la part de vérité de ce rêve, mais j'étais persuadée que tout n'était pas faux. Les Oneiroi n'avaient aucune raison de me montrer Kayla, remarquant mon absence, alors que personne d'autre ne le pouvait. C'était forcément vrai. En même temps, je n'imaginais pas Seth et Maddie me calomnier de la sorte, et encore moins Seth trahir un secret. Cette partie-là était donc mensongère ? Quant au reste… eh, bien, ça n'avait pas d'importance.

Les Oneiroi ne me fournirent aucune réponse. Les rêves se succédant, le sort qu'ils m'avaient prédit commença à devenir réalité : je devins incapable de distinguer le vrai du faux. Souvent, j'essayais de me convaincre que tout n'était que mensonge. C'était plus facile que de vivre dans le doute. Mais j'avais beau faire, je n'arrivais pas à me débarrasser du sentiment que certaines de mes visions étaient véridiques. Je mettais donc tout en doute, et j'enrageais, d'autant plus que les Oneiroi se nourrissaient de ces rêves et me vidaient donc de l'énergie sans laquelle il était impossible à un succube de se mouvoir dans le monde, d'avoir les idées claires, ou de se métamorphoser. Je n'en mourrais pas – après tout, j'étais toujours immortelle – mais cela me rendait impuissante.

Ce qui ne changeait pas grand-chose tant que je serais dans ma prison. J'avais toujours la sensation d'être entassée dans une caisse dans le noir, et mon corps n'existait qu'à travers la douleur et la faiblesse que je ressentais. Si on m'avait libérée, j'aurais eu du mal à marcher. Et j'aurais probablement revêtu mon apparence d'origine.

Comme j'étais pratiquement réduite à l'état de conscience en hibernation, les aspects physiques de mon état importaient peu. Mon esprit, en revanche, commençait à constituer un réel handicap, sous les effets conjugués du manque d'énergie et de la torture que m'infligeaient les Oneiroi. J'étais plus cohérente et plus en mesure d'analyser ma situation dans les rêves eux-mêmes, mais quand ils s'achevaient et que les émotions me frappaient de plein fouet, ma pensée rationnelle volait en éclats. Mes échanges avec les Oneiroi se limitèrent bientôt à des insultes et à des cris primaux. La plupart du temps, je n'étais pas capable de penser. Je n'étais qu'un bloc de souffrance et de désespoir. De rage, également. Aussi curieux que cela puisse paraître, sous l'angoisse qui m'étouffait, une petite étincelle de colère parvenait à subsister à grand-peine, alimentée chaque fois que je retrouvais les Oneiroi. Je m'y accrochais comme à une bouée de sauvetage empêchant mon esprit de sombrer complètement dans la folie.

Je perdis toute notion du temps, mais mon cerveau était moins responsable que l'étrange nature des rêves. En fait, je crois que le temps s'écoulait plus lentement dans le monde réel, parce que chaque fois que les Oneiroi m'en donnaient un aperçu, les recherches lancées pour me retrouver semblaient n'avoir pas progressé ; les Oneiroi pensaient probablement que ce constat me briserait davantage.

— Pourquoi tu nous demandes ça, à nous ?

La question venait de Cody. Je les voyais, lui, Peter et Hugh, interrogés par Jerome. Carter était assis, un peu à l'écart, fumant une cigarette malgré la stricte règle non fumeur que Peter appliquait dans son appartement. Roman était là, lui aussi, invisible et masquant son aura. Autrement dit, je n'aurais pas dû être capable de le voir, mais quelque chose me permettait de savoir qu'il était là, en dépit du témoignage de mes sens, peut-être parce qu'il était ma cible dans ce rêve. Mes amis étaient au courant de son existence. Il n'avait aucune raison de se cacher, à moins que Jerome craigne que Seattle soit sous le coup d'une surveillance de l'enfer, ce qui n'était pas déraisonnable.

La question de Cody s'adressait à Jerome, et je n'avais jamais vu, de toute ma vie, une telle fureur sur le visage du jeune vampire. Il était le plus doux d'entre nous, le dernier arrivé dans le cercle des immortels de Seattle. Il obéissait encore à Jerome au doigt et à l'œil, et passait plus de temps à regarder et apprendre qu'à tenir un rôle actif dans notre communauté. Je ne m'attendais pas à le voir dans cet état.

—On ne sait rien du tout! poursuivit Cody. Nos pouvoirs sont limités. C'est toi qui es supposé être tout-puissant. Je croyais que l'enfer contrôlait la moitié de l'univers?

—«Il y a plus de choses sur la terre et dans le ciel, Horatio, qu'il n'en est rêvé dans votre philosophie[1]», cita Carter d'un air grave.

—La ferme, vous deux, dit sèchement Jerome. (Il jeta un regard noir à l'ange.) Je t'ai déjà entendu utiliser cette citation.

Carter haussa les épaules.

—Tu les as toutes entendues. Bien des fois.

Jerome se retourna vers mes trois amis.

—Vous êtes absolument certains de n'avoir rien remarqué la concernant avant que ça se produise?

—Elle était déprimée, dit Peter.

—Elle est toujours déprimée, dit Hugh.

—Elle n'a parlé à aucun de nous de cette force qui la traquait, grommela Cody. Elle s'est seulement confiée à Roman. Pourquoi tu ne l'interroges pas?

---

1. *Hamlet*, acte I, scène 5. (*NdT*)

201

—C'est déjà fait, dit Jerome. (Il s'approcha du jeune vampire et se pencha vers lui.) Et ne me parle pas sur ce ton. Tu as de la chance que je sois d'humeur affable en ce moment.

—Que fait Mei? demanda Peter, sur un ton convenable et courtois, alors qu'il jetait un regard gêné à Cody.

La question avait probablement en partie pour objectif d'épargner à son protégé d'être châtié sur-le-champ.

Jerome soupira et fit un pas en arrière.

—Elle interroge d'autres immortels, à la recherche du plus petit indice, peut-être que l'un d'eux aura senti quelque chose…

Hugh, qui était assis sur le canapé et restait prudemment à l'écart de notre patron en colère, se racla la gorge avec nervosité.

—Ne le prends pas mal… mais, tu es déjà en sursis, en quelque sorte, suite à… euh… ton invocation.

Le regard de braise de Jerome fondit sur le démon qui tressaillit.

—Tu crois que je ne le sais pas? Pourquoi est-ce que tout le monde ici s'évertue à me donner des informations inutiles?

—Je veux simplement dire par là que si quelqu'un voulait tirer parti de cette situation, te faire perdre un de tes immortels serait un bon moyen d'y parvenir. Disons, quelqu'un qui voudrait de l'avancement.

—Mei ne pourrait pas faire une chose pareille, répondit Jerome, comprenant où Hugh voulait en venir. (L'une des démones qui l'assistaient avait récemment tenté de lui piquer sa place, alors l'hypothèse de Hugh se tenait.) Elle serait incapable de cacher Georgina comme ça… et même si elle s'alliait à quelqu'un qui en avait le pouvoir, elle trouverait mieux.

Il y avait presque une note de fierté dans la voix.

—Et Simone? demanda Cody. Elle se fait passer pour Georgina, vous êtes au courant?

Peter et Hugh eurent l'air stupéfait.

—Quoi? s'exclama le démon.

202

L'attention de ses amis sembla déstabiliser Cody plus que le courroux de Jerome.

—Oui, je… euh… je suis passé à la librairie, pour voir Gabrielle, et Simone était là. Elle avait l'apparence de Georgina, mais je l'ai reconnue.

—Tu as vu Gabrielle ? demanda Carter avec intérêt, comme si ma disparition avait désormais moins d'importance, comparée au roman d'amour de Cody.

Ce dernier rougit.

—Je… On avait rendez-vous. Mais j'ai annulé quand j'ai appris pour Georgina. Ce n'est pas grave.

Pas grave ? Alors que mon enlèvement lui faisait perdre ses chances avec la femme de ses rêves ?

—Encore une information totalement inutile, grogna Jerome. Et, oui, je suis au courant pour Simone.

—Peut-être que tu devrais lui parler, suggéra Cody.

—Elle n'y est pour rien, répondit Jerome.

Le ton employé laissait entendre que le dossier était clos.

Avec le luxe de précautions que je lui connaissais, Peter prit le relais :

—Si tu penses qu'elle n'y est pour rien… c'est qu'elle n'y est pour rien. Mais pourquoi se fait-elle passer pour Georgina, si elle est innocente ?

—Elle a ses raisons, dit vaguement Jerome.

Cody était scandalisé.

—Et tu vas la laisser faire ! Comment peux-tu ?

—Parce que je m'en fiche ! rugit Jerome. (Une vague d'énergie se dégagea de lui, telle une onde de choc dont tout le monde ressentit l'impact, excepté Carter. Dans le vaisselier, la porcelaine de Peter vibra.) Je me fiche de ce que font les autres succubes. Je me fiche des amis mortels de Georgina et de ce qu'ils pensent. En fait, grâce à Simone personne ne s'est rendu compte de rien. Tu devrais la remercier.

Aucun de mes amis n'avait quelque chose à ajouter. Avec un grognement exaspéré, Jerome se tourna vers la porte.

— Ça suffit. J'ai besoin de vraies réponses.

Il sortit comme un ouragan, laissant la porte ouverte, en apparence un geste de défi, mais je savais que c'était pour permettre à Roman de le suivre. En temps normal, le démon se serait simplement téléporté, mais quelle qu'en soit la raison, le père et le fils menaient cette enquête ensemble. Une fois seuls dans l'escalier, Jerome marmonna à Roman :

— Accroche-toi.

Puis Jerome disparut, avant de réapparaître, avec moi, dans un nouveau décor : la boutique d'Erik. C'était le soir, et Erik avait déjà fermé. Les fontaines avaient été coupées, la musique aussi. Cependant, Erik fredonnait au fond du magasin. Il s'arrêta presque immédiatement, et des pas signalèrent son approche.

Jerome ne fit pas mine d'aller à la rencontre d'Erik. Il savait que sa présence avait été aussitôt détectée et qu'il venait à lui.

Et effectivement, la démarche toujours aussi peu assurée, suite à ses récents problèmes de santé, Erik traversa la boutique. Il semblait très fatigué. Avec moi, il avait toujours un sourire amical et une tasse de thé à m'offrir. Même Carter, le plus puissant des immortels en poste à Seattle, avait droit à un sourire respectueux. Mais Erik était sur ses gardes à présent, ce qui n'avait rien d'étonnant, considérant la personnalité de son visiteur.

Erik s'arrêta à environ un mètre de Jerome et se redressa, autant que possible, de toute sa hauteur. Il salua Jerome d'un signe de la tête minimaliste.

— Monsieur Hanan'el, dit Erik. Quelle surprise.

Jerome venait de sortir une cigarette de sa veste, et il la laissa tomber. Je n'avais jamais rien vu d'aussi terrifiant que le regard qu'il lança à Erik. Je craignis une nouvelle déflagration d'énergie, suffisante pour faire sauter tout le bâtiment.

— Si j'entends encore une seule fois ce nom franchir vos lèvres, je vous promets de vous les arracher, dit Jerome à voix basse, posément, mais bouillant de rage et de puissance contenues.

Si j'avais été là, j'en aurais eu le souffle coupé. Le vrai nom de Jerome. Erik connaissait le vrai nom de Jerome. J'utilisais des noms d'emprunt pour m'intégrer et oublier mon identité. Mais pour les anges et les démons, un nom était source de pouvoir. Entre de bonnes mains, un nom pouvait servir à invoquer ou à contrôler un immortel supérieur. Au printemps dernier, Dante avait réussi à invoquer Jerome parce que Grace lui avait révélé son nom.

Erik ne se laissa pas intimider par Jerome.

— Je suppose, dit-il, que vous cherchez quelque chose.

— Oui, répondit Jerome, imitant légèrement le ton d'Erik. Je « cherche » mon succube.

Erik haussa les sourcils.

— Mlle Kincaid ?

— Bien sûr ! Qui d'autre ? (En théorie, Jerome possédait bel et bien un autre succube, Tawny. Mais peut-être n'aurait-il pas pris la peine de partir à sa recherche si elle avait disparu. Il prit une autre cigarette et l'alluma sans briquet.) Savez-vous où elle se trouve ? Et ne me mentez pas. Si vous me la cachez, je peux vous arracher les membres, un à un, en gardant la langue pour la fin.

— Arracher des parties du corps humain semble être le thème de la soirée, répliqua Erik, croisant les mains derrière le dos. Mais non, je ne sais pas où se trouve Mlle Kincaid. J'ignorais qu'elle avait disparu.

Jerome fit un pas en avant, les yeux plissés.

— Je vous aurai prévenu : ne me mentez pas.

— Je n'ai aucune raison de vous mentir. Mlle Kincaid est une amie. Jamais je ne lui voudrais le moindre mal. Si je peux l'aider, je le ferai.

Erik choisissait ses mots avec soin. C'était à moi qu'il offrait son assistance, pas à Jerome.

— Elle est venue vous parler d'une force mystérieuse, une sorte de chant des sirènes qui la harcelait, dit Jerome.

(Il fit un bref compte-rendu du phénomène que Roman avait observé au moment de ma disparition.) Qu'est-ce que vous pouvez me dire là-dessus ? Quelle est cette créature qui, apparemment, se nourrissait de sa dépression ?

Depuis que ce rêve avait commencé, Jerome n'avait montré que rage et terreur. Pourtant… alors qu'il alignait les questions, il donnait l'impression de divaguer. Sous la colère était enfoui du désespoir. De la frustration, aussi, parce qu'il se trouvait dans une situation pour laquelle il n'avait aucune réponse et il se sentait impuissant. En règle générale, les démons n'aimaient pas se sentir impuissants. Et, pour mon patron, faire appel à un humain (en particulier un humain qui connaissait son nom) pour le tirer de ce mauvais pas avait dû être incroyablement difficile.

Erik, aussi classe qu'à l'accoutumée, ne se départit pas de son calme et de sa courtoisie naturels.

— Certaines créatures ont cet effet, mais je ne les crois pas responsables. Je pense que ce qui s'est attaqué à elle a choisi ces moments-là parce qu'elle était en état de grande faiblesse. C'était un leurre – probablement pas le coupable lui-même.

— Alors, qu'est-ce que c'est ?

Erik écarta les mains en grand.

— Les possibilités ne manquent pas.

— Nom de Dieu de merde ! s'exclama Jerome, jetant sa cigarette sur le sol avant de l'écraser avec force.

— Vous n'êtes plus connecté à elle ?

— Exact.

— Vous n'êtes plus conscient de son existence, et aucun des vôtres ne masque sa signature ?

— Exact.

— Et vous savez qu'elle n'est pas morte ?

— Exact.

Les yeux marron d'Erik étaient pensifs.

— Alors cette créature est vraisemblablement hors de votre portée.

— Pourquoi, demanda Jerome avec lassitude, est-ce que tout le monde s'évertue à me dire des choses que je sais déjà ?

Cette question aurait pu s'adresser à Erik, Roman, ou avoir été lancée en l'air. Le démon alluma une nouvelle cigarette.

— Vous devez découvrir qui aurait intérêt à l'enlever, et pour quelle raison. Elle a des ennemis. Nyx n'a pas apprécié la façon dont s'est conclue sa dernière visite.

— Nyx est sous les verrous.

Jerome parlait comme s'il se répétait pour la centième fois. J'étais presque sûre qu'on lui avait posé toutes ces questions sur moi une bonne centaine de fois aussi.

— L'homme qui a procédé à votre invocation, M. Moriarty, a pu, lui aussi, lui garder quelque rancœur.

Même si Erik restait professionnel, une légère grimace vint déformer ses lèvres, comme s'il avait mordu dans quelque chose d'amer. Erik et Jerome avaient au moins cela en commun : ils haïssaient Dante.

Cela donna à réfléchir à Jerome.

— Je doute qu'il s'agisse de magie humaine, mais je suppose qu'il a pu se faire aider – ce ne serait pas la première fois. Je vais me renseigner. (Il laissa tomber sa dernière cigarette et l'écrasa, elle aussi.) Tout de même, je devrais sentir sa présence.

— Peut-être qu'elle n'est plus dans *ce* monde.

Les paroles d'Erik flottèrent entre eux pendant plusieurs secondes.

— Non, finit par dire Jerome. Nombreux sont ceux qui s'intéressent à elle, mais aucun ne ferait une chose pareille.

Je lus sur le visage d'Erik que la phrase « Nombreux sont ceux qui s'intéressent à elle » avait retenu son attention. Toutefois, il garda le silence, et attendit la prochaine déclaration pleine de profondeur de Jerome – qui ne vint pas.

— Il faut que j'y aille, dit Jerome, probablement pour donner à Roman le signal de s'accrocher à lui.

Jerome se téléporta vers Dieu sait où.

Quant à moi, je retournai dans ma prison.

# Chapitre 15

*1942, la France.*

Je ne voulais pas vivre en France ; pourtant, depuis une bonne cinquantaine d'années Bastien avait réussi à me convaincre de rester. Bon, le fait que notre archidémon refuse de nous laisser partir avait aussi pesé dans la balance. Quand un incube et un succube travaillaient ensemble, il arrivait que ça ne colle pas entre eux, mais Bastien et moi formions une équipe exceptionnelle, ce qui n'avait pas échappé à notre hiérarchie. Mais ce qui était bon pour notre carrière ne l'était pas nécessairement pour mon moral.

Bastien ne comprenait pas mon problème.

— L'enfer n'a même pas besoin de nous ici, me dit-il un jour, après une énième plainte de ma part. Tu es presque en vacances. Des hordes d'âmes sont damnées chaque jour sans qu'on ait à lever le petit doigt.

J'avançai jusqu'à la vitrine de notre magasin et observai la rue très fréquentée, appuyant les mains contre le verre. Cyclistes, piétons, tous semblaient pressés de se rendre quelque part. Un jour de semaine ordinaire à Paris. Sauf que plus rien n'était ordinaire depuis que les Allemands occupaient la France, et les soldats disséminés dans la rue se détachaient comme des bougies dans la nuit.

*Mauvaise comparaison*, pensai-je. Les bougies suggéraient l'espoir, la lumière. Et même si Paris s'en était mieux sortie sous le joug nazi que la plupart des gens le croyaient, la ville avait quelque chose de changé. Son énergie, son esprit – appelez ça comme vous voulez – était définitivement souillé à mes yeux. Bastien disait que j'étais folle. Bon nombre de Parisiens vaquaient à leurs occupations quotidiennes, comme avant. Les restrictions alimentaires n'étaient pas aussi terribles ici que dans d'autres villes. Et après avoir mis à profit nos pouvoirs pour nous métamorphoser en incarnations de la nation aryenne, cheveux blonds et yeux bleus, nous n'avions pas été inquiétées.

Bastien continuait à jacasser à propos de mon humeur morose tout en mettant de l'ordre dans les présentoirs à chapeaux. Pour cette identité, il avait choisi la profession de modiste, une couverture parfaite pour rencontrer les femmes les plus riches de Paris. Je jouais le rôle de sa sœur, comme souvent dans d'autres scénarios, et je l'aidais à tenir la boutique et son ménage. C'était mieux que les salles de bal et les maisons closes qui nous avaient fourni nos précédents emplois en France.

— Tu as des nouvelles de ton ami ? me demanda Bastien avec espièglerie. Le jeune M. Luc ?

En entendant prononcer ce nom, je cessai de me lamenter sur le spectacle du monde derrière la vitrine. Luc était ma bougie dans toute cette obscurité, un mortel dont j'avais récemment fait la connaissance et qui travaillait avec son père, un luthier. Leur commerce avait plus souffert que le nôtre, le marché des produits de luxe se réduisant comme une peau de chagrin en ces périodes de vaches maigres.

Mais Luc ne semblait jamais laisser leurs difficultés financières l'affecter. Quand je le voyais, il se montrait toujours enjoué, tellement rempli d'espoir. Le fardeau de tant de siècles de péchés et de noirceur commençait à me peser, et ma présence à Paris ne faisait qu'empirer la situation.

Pourtant, Luc ne cessait de me surprendre par son optimisme, et sa conviction que le bien finirait par triompher... Il allait sans dire qu'un tel concept m'était pour le moins étrange. Ce garçon m'intriguait et m'attirait.

—Luc est différent, admis-je, tournant enfin le dos à la vitrine. Il n'a rien à voir avec tout ça.

Bastien pouffa et s'adossa au mur.

—Ils ont *tous* quelque chose à voir avec tout ça, Fleur. (Fleur était le surnom qu'il me donnait depuis des lustres, quelle que soit l'identité que j'adoptais.) Je suppose que tu n'as pas encore couché avec lui ?

En guise de réponse, je me détournai et gardai le silence. Non, je n'avais pas fait l'amour avec Luc, même si j'en avais envie. Je le désirais comme une femme amoureuse, mais aussi comme un succube avide de son énergie et pressé de goûter l'âme de quelqu'un d'aussi bon. Je n'avais jamais hésité auparavant. J'avais toujours foncé. C'était mon boulot, après tout. Mais je sentais un changement s'opérer en moi. Peut-être fallait-il mettre cela sur le compte de cette époque troublée, mais dès que je voyais Luc et cette pureté qui se dégageait de lui – sans compter l'amour grandissant et la confiance qu'il me vouait – j'étais incapable de passer à l'acte.

—Il viendra ce soir, dis-je enfin, éludant la question. Nous allons nous promener.

—Oh, dit Bastien. Je vois. Une promenade. Avec ça, tu es certaine d'impressionner Theodosia.

Theodosia était notre archidémone.

Je me retournai brusquement, foudroyant Bastien du regard.

—Ne te mêle pas de mes affaires ! m'exclamai-je. D'ailleurs, tu l'as dit toi-même : nous sommes presque en « vacances ». L'enfer n'a pas besoin de moi pour obtenir toutes les âmes qu'il lui faut.

—C'est vrai, en ce moment, les âmes tombent comme les feuilles en automne et l'enfer n'a qu'à se baisser pour les ramasser, admit-il. Mais ça ne te dispense pas de faire ton travail une fois de temps en temps. Tu ne vas pas passer le reste de ton existence à ne coucher qu'avec des victimes aux âmes bien noires.

Je ne lui adressai plus la parole de la journée. Heureusement, il y eut plus d'activité dans l'après-midi, ce qui nous tint tous deux occupés, même si je comptais les minutes me séparant de mon rendez-vous avec Luc. Il salua poliment mon « frère », et ensuite je me hâtai de l'entraîner dehors, de manière à ne pas avoir à supporter le regard lourd de sous-entendus de Bastien.

Avec ses cheveux blonds, Luc aurait pu passer pour mon frère, lui aussi. Il souriait immanquablement quand il me regardait, et de petites rides se formaient autour de ses yeux bleus que je comparais à des saphirs. Il me prit par le bras, alors que nous traversions la foule du soir où les Parisiens qui rentraient du travail se mêlaient à ceux qui sortaient en quête d'un peu de distraction nocturne. Il me dit qu'il me trouvait très belle, et la conversation tourna autour de petits riens : le temps, les potins du voisinage, les affaires du quotidien…

Arrivés dans un petit parc municipal, un endroit connu de ceux qui voulaient flâner avant le couvre-feu, nous nous trouvâmes un coin relativement tranquille, parmi les arbres, et nous assîmes sur l'herbe. Luc avait apporté un petit panier et il dévoila son contenu : des pâtisseries et une bouteille de vin. Il n'avait pas les moyens de jeter l'argent par les fenêtres pour ce genre de choses, mais je me gardai bien de protester. De toute manière, il était trop tard. Et s'il estimait que le sacrifice qu'il avait fait en valait la peine, qui étais-je pour prétendre le contraire ?

Une autre surprise m'attendait : un livre. Nous avions pris l'habitude d'échanger des romans et, alors que j'étais étendue sur l'herbe, parcourant les pages, un calme étrange, mais agréable, s'empara de moi.

— La prochaine fois, tu devrais apporter ton violon, lui dis-je, posant le livre. J'aimerais de nouveau t'entendre jouer.

Il s'allongea à côté de moi, sa main trouvant la mienne. Nos doigts s'entrelacèrent et nous regardâmes le ciel tourner au violet.

— Pas ici, dit-il. Pas en public.

— Tu les charmerais tous. Toute la ville s'alignerait derrière toi et danserait selon ton bon vouloir, comme avec le joueur de flûte de Hamelin.

Il rit, un son aussi doré que ses cheveux ou le soleil lui-même.

— Et après, qu'est-ce que j'en ferais ?

— Tu les enverrais ailleurs, pour qu'on puisse enfin être seuls.

— Nous sommes seuls, dit-il, riant encore. Presque.

Je roulai sur le côté et me penchai vers lui. Les ombres des arbres voisins nous entouraient.

— Tu as raison.

Je l'embrassai, nous prenant tous deux par surprise. Je n'avais pas eu l'intention de le faire. C'était la première fois. Je m'étais retenue avec lui, Bastien me l'avait suffisamment reproché. Je n'étais pas prête à voler l'énergie de Luc ou à écourter sa vie. Qu'est-ce qui m'avait pris ? Fallait-il y voir l'influence de mon humeur maussade, plus tôt dans la journée, ou des sentiments que j'éprouvais, et qui ressemblaient de manière inquiétante à de l'amour ? Quoi qu'il en soit, sur le moment, j'oubliai que j'étais un succube.

Son énergie qui commençait à se déverser en moi se chargea de me le rappeler. Nos baisers devinrent plus pas-sionnés, nos lèvres insatiables. Son âme brillait si fort qu'un seul baiser suffisait à provoquer le transfert d'énergie vitale. C'était merveilleux. Mon corps tout entier frissonnait au contact du sien.

Il enroula son bras autour de ma taille et, sans y penser, je déboutonnai sa chemise. Il m'allongea sur le dos, et sa bouche s'aventura dans mon cou. Je portais une jupe à hauteur de genoux, typique de cette époque, il n'éprouva donc aucune difficulté à glisser sa main en dessous et à la faire remonter le long de ma jambe ; je me serrai contre lui, tirant sur ses vêtements tandis que ses lèvres descendaient toujours plus bas. Et pendant tout ce temps, je me gorgeai de sa formidable énergie vitale.

Quand ses lèvres atteignirent le point entre mes seins, quelque chose sembla le ramener brutalement à la réalité. Il s'écarta, passant ses mains dans mes cheveux et me regardant droit dans les yeux.

— Oh mon Dieu, dit-il. On ne peut pas faire ça. Pas maintenant.

Le mantra des hommes dotés d'un sens moral, dans le monde entier.

— Mais si, dis-je, surprise par la note de supplication dans ma propre voix.

C'était mon affection pour lui qui parlait, pas quelque plan diabolique. Je voulais – j'avais besoin – de me sentir plus proche de lui.

Il soupira.

— Suzette, Suzette. J'en ai très envie. Mais je veux t'épouser. Je ne peux pas faire ça, *te* faire ça, sans être sûr que tu accepteras de devenir ma femme. Ce ne serait pas bien autrement.

Je levai les yeux vers lui, l'incertitude le disputant au désir.

— Tu… Tu me demandes en mariage ?

Luc y réfléchit pendant un moment, puis son visage s'éclaira de nouveau d'un de ces sourires radieux qui ne manquaient jamais de faire battre mon cœur plus fort.

— Oui. Je crois bien que oui. Nous allons devoir patienter, jusqu'à ce que j'aie un peu plus d'argent. Mais dès que la guerre sera finie, tout ira mieux.

*Cette guerre ne s'arrêtera jamais*, songea la part la plus pessimiste de moi-même. Mais pour l'heure, le problème n'était pas là. Il voulait m'épouser, et c'était impossible, bien sûr. En théorie, j'aurais pu utiliser mon pouvoir pour changer d'apparence et vieillir à son rythme, tout en faisant mon boulot de succube à côté, comme certaines collègues qui avaient eu un nombre incalculable de maris à travers les siècles. Mais la plupart n'attendaient même pas jusqu'au bout et disparaissaient du jour au lendemain. Leurs vœux de mariage étaient vides de sens.

En le regardant, en voyant l'amour qui brûlait dans ses yeux, je sentis mon cœur se briser. Si je répondais oui, il me prendrait dans ses bras et me ferait l'amour. En cas de réponse négative, il s'abstiendrait, pas par dépit, mais parce que cela lui semblait honorable. J'aurais pu m'en sortir facilement, lui promettre de l'épouser et le prendre sans attendre. Et satisfaire ainsi les désirs de mon cœur et de mon corps – et me faire bien voir de ma patronne. J'avais toujours la possibilité de le quitter après le mariage ou, plus facile encore, de rompre les fiançailles.

Il suffisait d'un «oui», peu importe qu'il soit ou non sincère. Il ne concevait pas de faire l'amour sans cela. En fait, c'était un miracle qu'il n'insiste pas pour attendre jusqu'au mariage. Apparemment, il était prêt à se contenter d'un engagement de ma part. Il me faisait confiance. Il croyait que j'étais quelqu'un de bien, d'honnête. Si je lui disais que je l'aimais et que je lui resterais fidèle à jamais, il l'accepterait. *Dis oui.*

Mais les mots se bloquèrent dans ma gorge. Je ne pouvais pas lui mentir et le laisser découvrir par la même occasion la vile créature que j'étais réellement. Et alors que son énergie vitale persistante bouillonnait en moi, je pris conscience que je ne pouvais pas continuer à lui en voler. La culpabilité me frappa de plein fouet. Je n'avais prélevé qu'un tout petit échantillon, mais ce faisant, j'avais écourté sa vie. Et si j'annulais notre mariage après avoir couché avec lui, il penserait avoir mal agi. Un péché. Une tache noire sur son âme.

Je me dérobai et m'assis.

—Non, dis-je. Je ne peux pas t'épouser.

Il avait toujours l'air aussi heureux.

—Ce n'est pas pressé. Je peux attendre, y compris pour… pour ça. (Il désigna l'endroit où j'étais étendue à peine quelques secondes plus tôt.) Comme je te l'ai dit, je dois d'abord faire des économies.

—Non, répétai-je, le cœur gros. Je ne peux pas t'épouser. Jamais.

*Je refuse de te faire du mal. Je t'aime trop pour ça. Je ne veux pas être responsable de la disparition de ta lumière dans le monde.*

Il avait dû noter un changement d'expression sur mon visage, quelque chose qui le persuada que j'étais sérieuse. Son sourire s'effaça. Le soleil disparut derrière les nuages. Mon cœur se brisa. Je me levai à la hâte, soudain incapable de le regarder. Qu'est-ce qui n'allait pas chez moi ? Je l'ignorais, mais je ne pouvais pas rester ici et le regarder souffrir. Sinon, je me mettrais à pleurer. D'ailleurs, je sentais déjà les larmes me monter aux yeux.

—Suzette, attends !

Je me sauvai en courant, mais je l'entendis bientôt derrière moi. Même après mon rejet, il ne semblait pas en colère, mais inquiet, il se faisait du souci pour moi. J'aurais préféré qu'il s'emporte. Mais non… il était blessé, mais il respectait ma décision.

Raison de plus pour rester à bonne distance de lui. Pas seulement maintenant, mais pour toujours. J'avais appris que je ne pouvais pas fréquenter quelqu'un qui m'était cher, parce que je ne supportais pas l'idée de lui faire du mal. Pendant des siècles, j'avais nui aux autres dans la plus totale insouciance, mais à présent je ne paraissais plus capable de m'assumer en tant que succube. Comment était-ce possible ? Et quand les choses avaient-elles commencé à mal tourner ? Avec Niccolò ? À moins que la somme des vies et des âmes que j'avais gâchées ait fini par me rattraper ?

Je rentrai à la maison. Bastien et moi occupions un appartement situé au-dessus du magasin de chapeaux. Luc me suivait toujours, il criait que tout allait pour le mieux. Je savais qu'une fois que je serais rentrée, il ne forcerait pas ma porte. Il se contenterait probablement de frapper poliment, mais il s'en irait si Bastien le lui ordonnait.

Je pris un raccourci, coupant derrière quelques bâtiments, à l'écart de la rue principale. Je connaissais bien le chemin, mais la nuit avait commencé à tomber, limitant ma vision. Je ne vis donc le soldat qu'au dernier moment, quand je le heurtai de plein fouet. Il se tenait, planté en travers de ma route, et tellement immobile que j'eus l'impression d'avoir accidentellement percuté un mur. J'eus un mouvement de recul, et il m'empoigna par l'épaule.

—Du calme, dit-il. (Il parlait français avec un accent allemand prononcé, mais en articulant bien.) Tu vas te faire mal.

L'homme était un géant, jeune et pas dépourvu de charme. C'était difficile à dire dans la lumière pâlissante, mais son uniforme me fit penser qu'il s'agissait d'un officier. Il me souriait et ne m'avait pas relâché l'épaule.

—Merci, dis-je modestement.

J'essayai de reculer avec grâce, mais il me serrait.

—Tu ne devrais pas être dehors, ajouta-t-il. C'est dangereux. Surtout avec le couvre-feu qui arrive.

Le couvre-feu n'était pas pour tout de suite, malgré le ciel qui s'assombrissait. Il m'examina alors qu'il parlait. Ma jupe s'était remise en place pendant que je courais, mais plusieurs boutons de mon chemisier, toujours défaits, offraient une vue privilégiée sur mon soutien-gorge et mon décolleté.

—J'habite au coin de la rue, dis-je. Je… Je dois rentrer maintenant.

Une main me tenant fermement l'épaule, il avait glissé l'autre dans l'ouverture de mon chemisier et suivait la

217

courbe de mon sein. Après toutes les révélations profondes et traumatisantes que je venais d'avoir sur la vie maudite d'un succube, me faire peloter par un nazi était bien la dernière chose dont j'avais besoin.

Rectification. Le pire était à venir.

—Lâchez-la !

La voix de Luc résonna derrière moi, et je tressaillis. J'avais espéré l'avoir semé, mais s'il m'avait vue prendre cette direction, il n'avait eu aucun mal à deviner que je rentrais chez moi.

—Va-t'en, dit l'officier. Ça ne te regarde pas.

Luc serra les poings.

—Lâchez-la. Je ne le répéterai pas.

L'officier rit, mais c'était un son dur, terrible.

—Tu n'as rien à me dire.

Je m'efforçai de jeter un coup d'œil à Luc, malgré l'autre qui maintenait sa prise.

—Va-t'en ! lui dis-je. Tout va bien se passer. Je ne crains rien.

—Voilà une fille intelligente, dit l'Allemand.

Luc se jeta sur lui, et les deux hommes m'écartèrent sans ménagement pour en venir aux mains. J'assistai à la scène avec horreur. Tout se passa si vite que mon cerveau eut à peine le temps de comprendre ce qu'il voyait. Luc était fort et rapide, mais son adversaire était un géant, et il avait un couteau. Je vis la lame briller un court instant dans la lumière faiblarde, puis le corps de Luc se raidit. L'officier recula d'un pas, tirant d'un coup sec la lame du ventre de Luc.

Je hurlai et tentai de courir vers lui, mais le bras du nazi m'arrêta, m'attrapant de nouveau. Les mains de Luc se cramponnèrent à son ventre, alors que le sang s'en écoulait. Il regarda sa blessure avec incrédulité, comme s'il attendait la chute de cette mauvaise blague, puis il s'effondra sur le sol. J'essayai de nouveau d'échapper à l'officier nazi, mais en vain. Luc leva les yeux vers moi, mais ses lèvres étaient incapables de former des mots, alors qu'il gisait là, en proie à une douleur atroce, et que la vie quittait son corps.

— Bien, dit l'officier allemand, m'attirant contre lui. (Son couteau était retourné là d'où il était venu, et la main qui l'avait tenu, la main qui avait poignardé Luc, avait retrouvé le chemin de l'intérieur de mon corsage.) Plus personne ne va nous déranger maintenant.

J'entendis Luc émettre un son étranglé tandis que l'officier ouvrait mon corsage en arrachant les derniers boutons. J'étais sous le choc, mais pas au point d'oublier que je pouvais me défendre. J'avais le pouvoir de me métamorphoser en un géant deux fois plus costaud que ce type et…

*Vlan.* La tête du nazi pencha soudain vers moi, sous l'impact d'un coup asséné par-derrière. Il me lâcha et s'écroula sur le sol, inconscient. Bastien se tenait derrière lui, une forme à chapeau à la main. Nous utilisions ces blocs en bois arrondis dans la fabrication des chapeaux.

— Je reconnaîtrais tes cris entre tous, dit-il.

L'heure n'était pas à la plaisanterie ni à la reconnaissance. Je me laissai tomber à genoux à côté de Luc et retirai mon blazer, essayant désespérément de l'utiliser pour arrêter l'hémorragie. Il était encore conscient, et il n'avait d'yeux que pour moi, avec ce regard rempli d'espoir et d'amour qui lui était si caractéristique. Bastien s'agenouilla à côté de moi, le visage grave.

— La médecine des humains est impuissante, face à une telle blessure, Fleur, dit-il doucement.

— Je sais. (Je l'avais su dès que j'avais vu Luc s'écrouler. D'ailleurs, je n'avais même pas envoyé Bastien chercher du secours.) Oh mon Dieu. Ça n'aurait jamais dû arriver.

— Ça… Ça va, dit Luc d'une voix à peine audible. (J'avais l'impression qu'il s'étouffait avec son propre sang.) Tu es saine et sauve… et c'est tout ce qui compte…

Il toussa de nouveau, et cette fois je vis des traces de sang près de ses lèvres.

—Non, non, protestai-je. Ça n'en valait pas la peine. Ça n'en valait pas la peine. Rien de tout cela n'aurait dû arriver !

C'était ma faute. Tout était ma faute. Luc était intervenu pour me sauver de l'Allemand. Mon chemin avait croisé celui de l'Allemand parce que je fuyais Luc. Et je fuyais Luc parce que je m'étais brusquement découvert un sens moral et que j'avais refusé de coucher avec lui. Si j'avais cédé… Si je lui avais simplement promis de l'épouser et que je l'avais pris comme un succube, rien de tout cela ne serait arrivé. En ce moment précis, nous aurions été allongés, nus, sur l'herbe, dans les bras l'un de l'autre. Mais à cause de ma faiblesse, il avait trouvé la mort dans cette ruelle. J'étais un succube qui essayait de se comporter en mortel – et j'avais été nulle dans un cas comme dans l'autre.

Luc ne pouvait plus parler à présent, mais ce n'était pas nécessaire. Son regard suffisait, tout y était dit : il me voyait comme une sorte d'ange venu le ramener chez lui. Bastien me donna un coup de coude.

—Fleur, il risque de rester en vie encore un moment. Tu sais le temps que prennent ces blessures au ventre. C'est un véritable supplice.

—Je sais, grommelai-je, étouffant un sanglot. Tu ne m'apprends rien.

Bastien prit un ton solennel.

—Tu peux y mettre fin. Soulager ses souffrances.

Je lui jetai un regard incrédule.

—Qu'est-ce que tu attends de moi ? Tu me demandes de prendre le couteau et de l'achever ?

Il secoua la tête.

—Il ne reste que peu de vie en lui, Fleur. Très peu. Tu n'as pas grand-chose à faire.

Je ne compris pas immédiatement. Puis j'écarquillai les yeux.

—Pas question… Je ne peux pas…

—Il va mourir de toute façon, dit Bastien. Tu peux lui rendre la mort plus rapide… plus douce…

Malgré mes protestations, les paroles de Bastien avaient fait mouche. Il avait raison, et je le détestai pour cela. Me détournant de Bastien, je regardai de nouveau Luc, dont j'avais caressé le front avec ma main. Il ne m'avait pas quittée des yeux. Une goutte d'eau tomba sur sa joue, une de mes larmes.

—Au revoir, Luc.

J'avais l'impression que j'aurais dû avoir un million de choses à lui dire, mais je ne trouvais pas les mots. Je me penchai donc vers lui et posai mes lèvres sur les siennes. La passion animale qui nous avait animés plus tôt avait disparu. Ce baiser était plus doux. À peine un souffle.

Mais Bastien avait vu juste, il n'en fallait pas beaucoup. Son énergie vitale se déversa en moi, tel un flot magnifique de douceur argentée. Aussi pure et aussi parfaite que précédemment – et vite épuisée. Je l'absorbai et me redressai au moment précis où Luc rendit l'âme. Les yeux qui m'avaient contemplée avec une telle adoration étaient devenus aveugles. Je m'appuyai contre Bastien.

—Je l'ai tué, dis-je, ne retenant plus mes larmes.

—Tu lui as offert la paix. Tu as été son ange, dit-il, faisant étrangement écho aux sentiments qui avaient été les miens quelques instants plus tôt.

—Non, je ne parle pas de maintenant… Avant ça. Il n'aurait pas dû sortir. Il est là à cause… à cause de moi. Si j'avais couché avec lui, ce ne serait pas arrivé. Mais je n'ai pas pu. Je ne voulais pas lui faire de peine… je ne voulais pas le souiller… et regarde le résultat…

Bastien passa son bras autour de moi.

—Si ça peut te consoler, dis-toi que son âme n'ira pas en enfer.

J'enfouis mon visage dans son épaule.

—C'est ma faute. Ma faute… J'aurais dû faire ce qu'on

attendait de moi. Et j'étais prête à le faire, mais il a fallu qu'il me demande de l'épouser. Bon sang, j'aurais dû lui mentir et tout le monde aurait été content. Je ne sais pas comment j'en suis arrivée là…

— Moi si. Tu t'attaches trop, dit Bastien, l'air sévère, même s'il s'efforçait de se montrer compréhensif. Les hommes comme lui… tu te laisses ensorceler, Fleur. Tu t'attaches, et ensuite tu souffres.

— Ou je les fais souffrir, murmurai-je.

— Tu dois rester détachée.

— C'est de pire en pire. C'est plus dur chaque fois. Je ne comprends pas. Qu'est-ce qui m'arrive ? Qu'est-ce qui ne va pas chez moi ?

— C'est l'immortalité, dit-il avec sagesse. Toutes ces années, c'est bien trop long.

— Qu'est-ce que tu en sais ? Tu es plus jeune que moi.

Bastien m'aida à me relever, même si je n'acceptais d'abandonner Luc qu'à contrecœur.

— En tout cas, tu ne peux pas continuer comme ça. Tu dois m'écouter : ne t'attache pas à des hommes vertueux. Quoi que tu fasses, ça ne peut que mal se terminer.

— Plus question de m'approcher d'un type bien. C'est terminé, dis-je d'une petite voix. À partir de maintenant, je les évite.

Bastien perdit son air affable.

— C'est ridicule, se moqua-t-il. Tu ne m'as pas écouté ou quoi ? Tu ne peux pas te contenter de débauchés pour l'éternité. Tu n'en tirerais aucune énergie, et tu serais obligé de te trouver une victime tous les deux jours.

Je baissai les yeux vers Luc. Il m'avait aimée, et il en était mort. C'était ma faute. Je ne pouvais m'en prendre qu'à moi.

— Plus jamais, insistai-je. Je ne ferai plus jamais souffrir quelqu'un de cette façon.

Quand je regagnai ma prison dans le noir, je n'eus pas besoin des Oneiroi pour m'éclairer. Tout avait été vrai dans ce rêve, sauf la fin. J'avais menti : j'avais continué à faire souffrir mes proches, je n'avais même jamais arrêté.

# Chapitre 16

Tout bien considéré, l'épreuve que je subissais n'était pas si différente de la mort. On prétend que, sa dernière heure venue, on voit défiler sa vie entière. Eh bien c'était exactement ce qui m'arrivait. Rêve après rêve. Je revécus les moments les plus pénibles de mon existence, les horreurs dont je m'étais rendue coupable ou les souffrances de mes proches. On me montra également des « réalités » alternatives. Dans l'une d'elles, l'affection que m'avait récemment témoignée Roman avait été un leurre, afin de me punir pour mon rôle dans la mort de sa sœur. Mais il ne se vengeait pas sur moi, il s'attaquait à mes amis, mortels et immortels. Je le vis les tuer un à un, sans tenir compte de mes appels à la clémence, alors que je me proposais comme victime expiatoire.

Les Oneiroi comprirent rapidement que j'étais bien plus sensible à la souffrance infligée à ceux que j'aimais qu'à la mienne. Ils se moquèrent de moi, prétendant que l'accès de folie meurtrière de Roman était une vision de l'avenir, en provenance directe de la porte en corne. Je refusai de les croire… mais, comment savoir ? Nyx avait le pouvoir de voir l'avenir. Le pouvaient-ils également ? Ils étaient peut-être en contact avec elle, malgré son emprisonnement. Je sombrai lentement dans la paranoïa, à mesure qu'on me dépouillait de mon essence. J'en vins même à redouter les rêves du monde réel et de mes amis. Ils ne m'apportaient plus aucun réconfort, ils ne faisaient que me plonger un peu plus dans l'obscurité. Parce que, comme les Oneiroi l'avaient prédit, il ne semblait y avoir aucun espoir de délivrance pour moi.

Et je continuai à rêver…

Roman, Hugh et les vampires étaient dans un van. Peter conduisait ; il était 2 heures du matin à la pendule du tableau de bord. Dans l'espace confiné, personne ne parlait, je ne disposais donc d'aucune information sur la situation. Leurs phares éclairèrent un panneau sur le bord de l'auto-route, indiquant la sortie vers la State Route 41, en Idaho. En Idaho ?

—Tu peux changer de station ? demanda Hugh. Je déteste les radios où ça discute tout le temps.

—Tu as peur d'apprendre quelque chose ? ironisa Peter.

—Non, j'essaie de rester éveillé.

—Sur la route, le conducteur choisit la station : c'est la règle.

—D'où tu sors ça ?

—Ça suffit, dit Roman d'une voix lasse, un sentiment amplifié par l'expression de son visage. (Il avait l'air de ne pas avoir beaucoup dormi, mais vu l'heure, ça n'avait rien d'étonnant. Il déplia une carte, puis il lut quelques notes gribouillées sur un morceau de papier.) Ça devrait être la prochaine sortie.

—Comment Carter a fait pour dénicher ce gars, déjà ? demanda Cody.

—Les voies de Carter sont impénétrables, dit Hugh. Impénétrables, enfumées et alcoolisées.

—D'accord, mais alors pourquoi il n'en a pas parlé à Jerome ?

—Parce que Jerome péterait les plombs s'il l'apprenait. Je suppose que Carter gardait cette information confidentielle par compassion. C'est un ange, après tout.

—Oh, c'est vrai.

Cody semblait l'avoir oublié. Une erreur aisément pardonnable.

—Jerome nous fera la peau s'il découvre ce qu'on complote derrière son dos, les avertit Peter.

—Il a la tête ailleurs en ce moment. Il pense qu'on suit la piste d'un vampire.

—C'est bien ce que je dis : s'il découvre qu'on lui a menti, il…

—Il n'en saura rien, l'interrompit impatiemment Roman. Pas si on fait vite et si on repart immédiatement après avoir obtenu de ce type ce qu'on est venus chercher. Là, prends cette sortie.

Peter s'engagea sur ce qui ne ressemblait même pas à une route. Il n'y avait aucun commerce et un feu de signalisation solitaire éclairait un croisement, avant que l'obscurité engloutisse de nouveau le paysage. Roman continua à jouer les copilotes, les entraînant toujours plus profondément dans la campagne.

—Tu devras te tenir à carreau, dit Hugh, tendant le cou vers le nephilim sur la banquette arrière. Au moindre signe de ta présence sur le territoire d'un autre démon, tu es un homme mort – et probablement nous avec.

—Tu me prends pour un idiot ? demanda Roman.

—Non. Mais je pense que tu es irascible, que tu as du mal à contrôler tes pulsions, et que tu es prêt à tout pour retrouver Georgina.

Je m'attendais que Roman nie en bloc (ou au moins la dernière partie), mais il ne dit rien. Le silence retomba jusqu'à ce qu'il indique une allée de gravier étroite. Elle était si peu visible que Peter la dépassa, puis s'arrêta dans un crissement de freins, avant de faire marche arrière. Ils se garèrent devant l'allée et s'y engagèrent à pied. Les vitres à l'arrière du van étaient noircies ; il y avait fort à parier que les cercueils des vampires se trouvaient à l'intérieur, au cas où ils seraient obligés de voyager de jour. Ici, au milieu de nulle part, sous le ciel rempli d'étoiles, les insectes nocturnes donnaient une véritable symphonie. La silhouette d'une maison apparut. Il n'y avait aucune lumière à l'intérieur.

—On fait une descente, genre superflics ? demanda Cody avec empressement. On encercle la maison et on entre de force ?

—Je ne pense pas que ça soit nécessaire, dit Roman.

Il donna un coup de pied dans la porte. Elle trembla, mais ne se brisa pas – on n'était pas dans un film d'action. Quand il n'utilisait pas ses pouvoirs de nephilim, Roman disposait des mêmes capacités qu'un mortel.

Peter soupira.

—Tu permets ?

Il remplaça Roman, répéta son geste, et cette fois la porte céda. Avec leur attitude bon enfant, on oubliait parfois un peu trop facilement que Cody et Peter étaient dotés de réflexes ultrarapides et d'une force surhumaine. Peter recula, brossant les éclats de bois sur son pantalon.

Les quatre immortels entrèrent, et une lampe s'alluma à l'arrière de la maison.

—Qu'est-ce que c'est que ce cirque ? demanda une voix.

Et Dante entra dans la pièce.

Il regarda mes amis l'un après l'autre et dit :

—Oh, merde.

Puis il fit volte-face et se précipita dans la direction d'où il était venu, probablement pour se sauver par une fenêtre. Mais il était trop lent. En un éclair, Cody l'attrapa par le col de sa chemise et le traîna au salon, poussant mon ex-petit ami dans un fauteuil. Dante fit mine de se relever, puis, remarquant la façon dont mes amis avaient serré les rangs autour de lui, il se ravisa.

Dante soupira.

—Je suppose que ça devait finir par arriver. Pourquoi votre patron ne s'est pas déplacé en personne ? (Il regarda Roman.) Dis, je ne t'ai pas déjà vu quelque part ?

Dante avait aperçu Roman sur une plage quand nous avions libéré Jerome de son invocation. Mais avec le chaos qui avait régné ce jour-là, il n'était pas étonnant que ses souvenirs soient très flous, surtout pour quelqu'un qui s'était fait tabasser par un démon.

—Ce n'est pas Jerome qui nous envoie, dit sèchement Hugh. (Puis, après avoir réfléchi :) Enfin, pas directement, et pas pour la raison que tu crois.

—Réponds à nos questions et tu vivras peut-être un jour de plus, dit Peter.

Apparemment, il se croyait toujours dans un film d'action.

—Où est Georgina ? demanda Roman.

Et pas : « Est-ce que tu sais où est Georgina ? » notai-je avec intérêt. Quand on était un serviteur de l'enfer, tout le monde était présumé coupable tant qu'il n'avait pas été déclaré innocent.

Dans l'expression de Dante, la peur recula un peu, remplacée par son cynisme habituel. Il écarta ses cheveux en désordre de son visage.

—À Seattle, au lit avec son foutu écrivain.

—Non, dit Roman.

—Non, elle n'est pas à Seattle ou non, elle n'est pas au lit avec son foutu écrivain ? (Dante haussa un sourcil.) Et d'abord, *qui* es-tu ?

—Les renforts, en cas de besoin, dit Hugh d'un air pince-sans-rire. Georgina a disparu. Elle s'est volatilisée. (Il marqua une pause et jeta un coup d'œil embarrassé à Roman.) Et tu figures en tête de la liste de ceux qui avaient des raisons de lui en vouloir.

—Je ne suis pas le genre de magicien qui tire des lapins de son chapeau, ou les fait disparaître. (Dante regagnait en assurance, maintenant qu'il savait que Jerome n'allait pas l'envoyer se faire torturer en enfer.) Si vous n'arrivez pas à la trouver, posez la question à votre archidémon. À moins qu'il ait de nouveau été invoqué, il saura vous répondre.

—Il ne sait pas où elle est, dit Cody. Mais peut-être que je ne t'apprends rien.

Dante leva les yeux au ciel.

—Vous croyez vraiment que je prendrais le risque de m'approcher de Seattle, avec ma tête mise à prix ? Vous pensez que je suis venu me planquer en pleine cambrousse parce que j'en ai envie ? J'en suis réduit à vendre des porte-bonheur ou à tirer les cartes aux touristes de passage à Cœur d'Alene.

—Carter aurait dû venir avec nous, dit Hugh avec exaspération. En nous envoyant ici, il devait forcément savoir qu'on aurait besoin de lui.

Dante se raidit, soudain moins arrogant.

—L'ange sait où je me trouve ? Alors Jerome est au courant.

—Il le lui a caché. Pour le moment, dit Peter, d'une voix toujours aussi mélodramatique. Mais ça pourrait ne pas durer si tu ne nous aides pas.

—Merde ! Je ne sais pas où elle est, d'accord ? Je vous l'ai dit : je n'ai pas le pouvoir de faire disparaître un succube.

La main de Roman se referma sur le cou de Dante, un peu à la manière de Jerome. Même sans ses capacités surnaturelles, Roman était fort.

—Tu t'es déjà allié à des immortels. Ce ne serait pas la première fois que tu ferais appel à l'un d'eux pour le sale boulot.

—Si je suis repéré par un immortel, je suis un homme mort, dit Dante d'une voix étranglée. (Roman jeta à Dante un regard noir qui me rappela la fois où il avait tenté de me tuer – et celle où il m'avait *bel et bien* tuée, dans un récent rêve des Oneiroi. Il finit par le lâcher. Se frottant le cou, Dante, perplexe, demanda de nouveau :) Mais enfin, *qui* es-tu ?

Cody regarda les autres.

—Vous pensez qu'il ment ?

—Je n'en serais pas surpris, dit Hugh. (Il croisa les bras sur sa large poitrine.) Mais peut-être qu'il peut tout de même nous être utile. D'après toi, qu'est-ce qui pourrait faire disparaître un succube?

—Pourquoi je vous aiderais? Qu'est-ce que j'ai à y gagner? demanda Dante d'un air rusé.

Mon ex tout craché. Toujours prêt à tirer parti d'une situation.

—On ne dira pas à Jerome où tu te caches, gronda Peter.

Cette fois, la colère dans sa voix était bien réelle – oublié, le cinéma –, rappelant, si nécessaire, que, pour un vampire, briser la nuque de quelqu'un était une simple formalité.

Dante reçut le message cinq sur cinq.

—C'est bon. Même si je me fiche bien d'elle et de ce qui peut lui arriver. Comment a-t-elle disparu?

Et je dus réécouter toute l'histoire, ce que je commençais à trouver déprimant, en particulier parce que tout le monde semblait insister sur le fait que je broyais du noir en permanence.

—C'est un leurre, dit Dante avec certitude.

—On le sait déjà, s'impatienta Roman. Erik nous l'a dit.

Dante se renfrogna en entendant mentionner son ennemi juré.

—Ben voyons. Avec sa sagesse infinie à portée de main, qu'est-ce qui a bien pu vous pousser à venir me trouver?

—Qu'est-ce qui a pu produire un leurre de cette nature? demanda Peter, empêchant probablement Dante de s'enquérir de nouveau de l'identité de Roman.

—Toutes sortes de choses, dit Dante. Mais des visions de ce genre semblent liées au monde des rêves. Vous avez de nouveau laissé Nyx s'échapper?

—Non, dit Hugh.

Dante haussa les épaules.

—Alors cherchez dans la direction de quelque chose d'autre, capable de contrôler les rêves, essayez peut-être de...

Je me retrouvai dans le village où j'avais grandi.

La transition fut tellement soudaine que j'en eus le vertige pendant un moment. En fait, il n'y avait pas eu de transition, ni fragmentation de l'image, ni fondu au noir. La coupure avait été brusque, comme un film bâclé au montage.

Je regardai autour de moi, cet endroit où j'avais tant souffert. Je me demandai ce que les Oneiroi avaient à me montrer cette fois, et pourquoi le transfert avait été aussi rapide. J'avais déjà eu droit à la fausse accusation au cours de mon mariage. À un moment, ils m'avaient même fait revivre l'histoire vraie de l'infidélité qui m'avait conduite à vendre mon âme. Ils m'avaient probablement mitonné quelque mensonge épouvantable. Le monde semblait tourner autour de moi, les gens s'agitaient dans leurs vêtements grossiè-rement filés.

—Ça va ? demanda une voix.

Je me retournai et le décor se stabilisa un peu. Je dévisa-geais un vieil homme aux sourcils fournis qui s'étendaient en travers de son front profondément ridé, dissimulant presque des yeux brun foncé.

—Oui… Ça va. (Je marquai un temps d'arrêt.) Gaius ?

Il haussa les sourcils.

—On se connaît ?

Je le regardai fixement, incapable de parler pendant un moment. J'avais connu Gaius depuis que j'étais en âge de marcher. Il était maréchal-ferrant, ses bras musclés en témoi-gnaient. Mais il avait été jeune, la dernière fois que je l'avais vu, un homme dans la fleur de l'âge. Avant que je puisse me contrôler, les mots sortirent de ma bouche, des mots que j'avais déjà prononcés quand j'avais vécu cet événement pour la première fois. C'était donc un vrai souvenir. Pour l'instant.

—On s'est déjà rencontrés, mais c'était il y a bien long-temps, dis-je.

Il eut un petit rire.

—Je m'en souviendrais, je crois. Et puis, pour toi, « il y a bien longtemps », ça ne doit pas faire plus de quelques années.

Je pris conscience de mon corps, sachant à quoi je ressemblais sans avoir besoin d'un miroir. J'avais changé de forme juste avant d'entrer dans le village, adoptant l'apparence que je m'étais juré de ne plus jamais revêtir. En fait, à l'issue de cette journée, je tiendrais parole. J'étais dans mon corps d'origine : Letha, quinze ans, trop grande, avec des cheveux noirs emmêlés. J'étais venue pour vérifier quelque chose. Il fallait que je sache.

Je saluai Gaius d'un léger signe de tête. L'âge ne l'avait pas épargné. Quand avais-je quitté mon village pour devenir un succube ? Il y a trente ans ?

— Pouvez-vous me dire… je cherche un homme, un pêcheur du nom de Marthanes ? Est-ce que sa famille vit encore ici ?

— Bien sûr, répondit-il. Et toujours dans la même maison, c'est juste après…

— Je sais où elle se trouve, me hâtai-je de le couper.

Il haussa les épaules, ne se formalisant pas de mon interruption.

— Mais à cette heure-ci, tu le trouveras sans doute sur le port. Il est trop vieux pour travailler, mais il jure que ses gendres ne peuvent pas se passer de lui.

Ses gendres. Bien sûr. Mes sœurs étaient probablement mariées depuis longtemps.

— Merci, dis-je. (Je commençai à m'éloigner.) J'ai été contente de vous revoir.

Il me jeta un regard perplexe, mais n'ajouta rien.

Je me dirigeai vers la baie, où l'eau d'un bleu turquoise saisissant semblait tout droit sortie d'une vision en Technicolor. Comment la nature aurait-elle pu produire une telle beauté ? L'envie et la nostalgie envahirent l'observatrice que j'étais.

Au milieu de la journée, tout le village était dehors, vaquant à ses occupations, et je reconnus plus de visages que je m'y attendais. Ceux que j'avais connus enfants étaient maintenant des adultes, et ceux que j'avais connus adultes avaient les cheveux gris. Le front de mer était, lui aussi, en pleine activité, les bateaux chargeant et déchargeant des marchandises qui profitaient de l'essor du commerce en Méditerranée. Je mis du temps à dénicher mon père, et ma présence suscita plus de regards qu'en ville. Les femmes étaient rares dans ce quartier, elles évitaient la proximité des marins et des journaliers un peu frustes. Je retrouvai mon père en grande partie grâce à sa voix, qui beuglait des ordres, comme au temps de ma jeunesse.

—Mais tu veux ma ruine, ma parole! Qu'est-ce que tu fais en mer toute la journée? Ma petite-fille attraperait plus de poissons en se promenant sur la plage!

Il hurlait après un homme que je ne connaissais pas, l'air penaud et abattu alors qu'il montrait la maigre prise de la journée. Il s'agissait peut-être du mari d'une de mes sœurs. L'homme promit de faire mieux la prochaine fois, puis il s'éclipsa sans demander son reste.

—Pa… Marthanes?

Mon père se retourna à mon approche, et je faillis en avoir le souffle coupé. À l'instar de Gaius, Marthanes le pêcheur n'avait pas été épargné par les années. Quel âge avait-il à présent? Soixante? Soixante-dix ans? J'avais perdu la notion du temps en devenant immortelle.

—Qu'est-ce que tu veux? dit-il d'un ton brusque. Je suis trop vieux pour les prostituées. Va plutôt voir Claudius, ça va faire dix ans qu'il n'a pas couché avec sa femme. Je le comprends, d'ailleurs. C'est une véritable harpie.

Malgré ses cheveux gris et clairsemés, et son visage creusé de rides, mon père avait toujours la langue aussi bien pendue.

—Non. Je ne suis pas là pour ça. On s'est déjà rencontrés… il y a quelques années.

Il fronça les sourcils, m'examinant des pieds à la tête.

—Je ne t'ai jamais vue de ma vie. Je crois que je n'aurais pas oublié une grande fille comme toi.

En tant que succube, je pouvais me métamorphoser au gré des fantasmes de n'importe quel homme, prendre la forme d'une femme dont la beauté défiait toute description. Pourtant, même ainsi, les vieilles piques sur ma taille faisaient toujours aussi mal.

—Eh bien, moi, je me souviens de vous. (Voyant à son regard qu'il était pressé de retourner à ses marins, je demandai :) Est-ce que vous connaissez un musicien du nom de Kyriakos ? Il avait… euh… il devrait avoir environ trente ans de plus que moi. Il vivait au sud du village.

Mon père pouffa.

—Kyriakos ? Il n'est pas musicien. Il a pris la tête de l'entreprise familiale à la mort de son père. Il ne se débrouille pas trop mal, même s'il m'achète mon poisson à un prix ridicule.

—Il habite toujours la même maison ?

—Celle de son père, tu veux dire ? Oui. Au sud du village, c'est bien ça.

L'impatience de mon père devenait palpable. Il ne me connaissait pas. Je lui faisais perdre son temps.

—Merci.

J'allais ajouter que j'avais été contente de le revoir, comme je l'avais fait avec Gaius, mais mon père ne m'en laissa pas le temps.

Le cœur gros, je retournai en ville, mais au lieu de me diriger vers le sud, je fis un détour par la maison de mon enfance, sans trop savoir à quoi m'attendre. Ma mère étalait du linge en fredonnant. Sur le côté de la maison, une femme d'une cinquantaine d'années cueillait des herbes aromatiques. Il me fallut quelques instants pour reconnaître ma sœur cadette.

Le visage de ma mère avait changé, mais pas ses yeux, pleins de bonté, quand elle m'indiqua le chemin d'un endroit que je connaissais déjà. Ma sœur leva la tête et me dévisagea un moment, puis elle reprit son travail. Aucune d'elles ne me reconnut. Comme avec mon père, je n'étais qu'une brève interruption dans le déroulement de leur journée.

J'avais su que cela se passerait ainsi. J'avais même vendu mon âme pour ça. Mon contrat avec l'enfer prévoyait mon effacement des mémoires de tous ceux qui m'avaient connue. Les Oneiroi m'avaient montré un mensonge. Le jour de mon mariage, j'avais été vierge, fidèle à Kyriakos. Mais deux ans plus tard, victime de ma faiblesse, je l'avais trahi et ça l'avait anéanti. Il avait eu tellement de chagrin qu'il avait voulu se donner la mort, et seul le marché que j'avais conclu avec l'enfer l'avait sauvé. Ça s'était réellement passé comme ça.

Mais quelque part, au fond de moi, j'avais toujours pensé que quelqu'un se souviendrait peut-être – *peut-être* – de moi. Juste un vague souvenir.

Kyriakos aurait pu se trouver dans la baie, avec mon père, supervisant sa flotte, mais je le soupçonnais de préférer les tâches administratives au travail manuel. Mon intuition avait été la bonne. Avant que je devienne un succube, Kyriakos et moi avions eu notre propre maison. Il était sans doute retourné vivre avec sa famille après que l'enfer m'avait effacée de sa mémoire.

Je pris mon courage à deux mains, me préparant à rencontrer la maîtresse de maison, la femme que Kyriakos avait vraisemblablement épousée. Mais c'est lui qui vint m'accueillir. En le voyant, mon cœur cessa de battre. Lui non plus n'avait pas été épargné par l'âge, mais il était encore assez jeune et les rides étaient rares. Sa chevelure s'ornait de quelques mèches grises et, à l'instar de ceux de ma mère, ses yeux n'avaient pas changé. Foncés, magnifiques et pleins de bonté.

—Qu'est-ce que je peux faire pour toi ? demanda-t-il, d'une voix amicale et curieuse.

L'espace d'un instant, je fus incapable de parler. Sa vision me grisait, j'étais envahie par un mélange d'amour et de chagrin. J'aurais tant voulu être restée avec lui, ne pas avoir commis l'irréparable. Je n'aurais pas eu ce visage juvénile. Nous aurions vieilli ensemble. Je n'avais pas été certaine de pouvoir concevoir à l'époque, mais nous aurions peut-être fini par fonder une famille.

Comme avec les autres personnes que j'avais croisées, je prétendis chercher mon chemin, balbutiant la première destination qui me venait à l'esprit. Il me décrivit dans les moindres détails un itinéraire que je connaissais déjà.

— Je peux t'escorter, si tu veux, proposa-t-il. La région est sûre… mais on ne sait jamais.

Je souris, mais ne ressentis aucune joie. Kyriakos était resté le même. Infiniment serviable, même avec une inconnue.

— Ça ira. Vous avez du travail, je ne veux pas vous déranger. (J'hésitai.) On s'est déjà rencontrés… il y a quelques années.

— Ah bon?

Il m'étudia, explorant apparemment sa mémoire. Mais rien dans son regard n'indiqua qu'il me reconnaissait. J'étais une inconnue. Je n'avais jamais existé pour lui. Je me demandai s'il se souviendrait seulement de moi après mon départ.

Il secoua la tête, paraissant sincèrement navré.

— Je suis désolé. Je ne me rappelle pas…

Il attendait que je lui donne mon prénom.

— Letha.

Le mot me brûla les lèvres. Comme cette apparence, ce nom était mort pour moi. Seul l'enfer l'utilisait encore.

— Je suis désolé, répéta-t-il.

— Ce n'est pas grave. Je peux me tromper. J'ai pensé… Je vous ai pris pour un musicien.

Quand nous nous étions mariés, il travaillait avec son père, mais il avait le secret espoir d'abandonner le métier de pêcheur et de jouer de la musique à plein-temps.

Kyriakos rit.

— C'est seulement un passe-temps. Je suis plongé dans les chiffres la plus grande partie de la journée.

Qu'il ait renoncé à son ambition m'attrista presque autant que son absence de mémoire.

—Eh bien… Votre femme doit être contente de vous avoir à la maison.

—Malheureusement, je ne suis pas marié. (Il souriait toujours.) Ma sœur vient faire le ménage de temps à autre.

—Pas marié? demandai-je, incrédule. Mais pourquoi? À votre âge… (Je rougis, prenant conscience de mon impolitesse.) Excusez-moi.

Il n'était pas vexé.

—Le mariage… Je suppose que les filles de *ton* âge ne pensent qu'à ça, pas vrai? Tu as probablement une dizaine de prétendants, jolie comme tu es? (C'était tout lui, ça. Peu de gens m'avaient trouvée jolie quand j'étais une mortelle; il avait toujours été persuadé du contraire.) Je n'ai tout simplement jamais trouvé la femme idéale. Je préfère vivre seul que passer le restant de mes jours avec la mauvaise personne. (Un air triste et rêveur envahit ses traits, puis il secoua la tête en riant – un rire embarrassé.) Enfin bref, tu as mieux à faire que d'écouter les enfantillages romantiques d'un vieil homme. Tu es sûre que tu ne veux pas que je t'accompagne?

—Non, ça ira… Je vois où c'est, maintenant. Merci. (J'allais prendre congé quand je marquai un temps d'arrêt.) Kyriakos… est-ce que… est-ce que vous êtes heureux?

Venant de quelqu'un de moins de la moitié de son âge, la question le prit au dépourvu. Et il me surprit à son tour, en répondant.

—Heureux? Eh bien, disons plutôt… satisfait. La vie a été bonne pour moi. Plus que pour la plupart des gens. Très bonne, même. Parfois, je me demande…

Je retins mon souffle.

—Quoi?

—Rien, dit-il, me gratifiant d'un autre sourire bon enfant. Encore des enfantillages. Oui, Letha. Je suis heureux. Pourquoi cette question?

— Pour rien, murmurai-je. Et vous êtes sûr de ne pas vous souvenir de moi ?

J'eus ma réponse avant qu'il ouvre la bouche. Non. Ces yeux ne s'étaient jamais posés sur moi. Je n'étais qu'une fille de passage, un peu bizarre. Je n'étais personne.

— Non, vraiment pas. (Il me fit un clin d'œil.) Mais maintenant, je ne t'oublierai pas.

Sans savoir pourquoi, j'en doutais. En le quittant, je sentis mon cœur se briser. Ça commençait à devenir une habitude. Moi qui croyais que ça ne pouvait arriver qu'une fois. J'avais joué mon éternité pour en arriver là. J'avais été exaucée. Kyriakos était heureux. Je l'avais sauvé et j'aurais dû, moi aussi, nager dans le bonheur. Pourtant, je ne m'étais jamais sentie aussi déprimée depuis que j'étais devenue un succube. Je décidai alors de ne plus jamais utiliser l'apparence de Letha, ni ce nom. Je voulais, moi aussi, l'effacer de mon esprit…

— C'est vraiment trop facile avec toi, siffla l'Oneiroi. (Deux, pensai-je. J'étais de retour dans ma boîte.) Nous n'avons même pas besoin de la porte en ivoire.

J'étais tellement marquée par le souvenir de Kyriakos, par ce que cela signifiait réellement d'être effacé de la mémoire de quelqu'un, que j'étais encline à partager l'avis de Deux. Puis, une minuscule étincelle luit faiblement en moi. J'étudiai attentivement les deux Oneiroi.

— Et l'autre rêve ? demandai-je. Avant celui avec mon mari. Pourquoi vous ne l'avez pas laissé aller jusqu'au bout ?

— Il est allé jusqu'au bout, dit Un.

Leurs yeux si bleus ne trahissaient rien.

— C'est faux, affirmai-je. Vous l'avez coupé. Il ne s'est pas déroulé comme vous l'aviez prévu, c'est ça ? Mes amis ont découvert quelque chose chez Dante, quelque chose que vous ne vouliez pas qu'ils sachent.

— Ils n'ont rien trouvé, répondit Deux. C'était un mensonge. Nous t'avons donné un faux espoir, mais cet espoir sera réduit en cendres quand tu comprendras que tu es condamnée à passer l'éternité ici, avec nous.

—C'est vous qui mentez, dis-je. (Du fond de ma lassitude, l'étincelle flamboya encore un peu plus fort.) Ce rêve était vrai.

Un continua à nier.

—La seule vérité, c'est que tu es incapable de faire la différence. Et qu'il n'y a aucun espoir.

—Vous mentez.

Mais sous leurs regards froids et insistants, je sentis mon étincelle vaciller. L'incertitude m'envahit. Avec le viol mental qu'ils m'avaient fait subir, je me demandai de nouveau si je pouvais me fier à moi-même. Je parlais avec assurance, mais je ne savais plus si je croyais à mes propres paroles.

Deux sourit, il lisait mes pensées.

—Rêve, dit-il.

# Chapitre 17

Au début de ma captivité chez les Oneiroi, j'avais été soumise à un mélange de rêves véridiques et mensongers. Au fil du temps – que je n'avais aucun moyen de mesurer – des visions du réel semblèrent constituer la majorité d'entre eux. Elles me faisaient revivre des souvenirs épouvantables ou m'offraient des aperçus de ma vie actuelle, destinés à me démoraliser ou à me donner le mal du pays.

J'étais toujours déchirée, me sentant plus animale qu'humaine ou succube. Pourtant, le peu de rationalité qui subsistait en moi s'interrogea sur cette soudaine pénurie de visions fabriquées de toutes pièces. Les Oneiroi cédaient peut-être à la paresse. Ils ne me servaient que du réchauffé, et chaque fois qu'ils me montraient mes amis, j'avais moins le sentiment d'être dans un rêve que devant la télévision, une manière pour les Oneiroi de s'assurer que je restais distraite et que je continuais à les alimenter. J'avais presque l'impression qu'ils essayaient de m'occuper parce que… eh bien, parce qu'ils avaient mieux à faire. Que s'était-il passé ? Dante avait été sur le point de révéler quelque chose à Roman et aux autres. Mais quoi ? Quelque chose de suffisamment important aux yeux des Oneiroi pour qu'ils m'oublient un peu ? Ou ne s'agissait-il que d'une autre façon de se payer – littéralement – ma tête ?

Je continuai à espérer que je verrais la suite de la scène avec Dante, mais les Oneiroi avaient prévu de me montrer d'autres passages de la vie que j'avais laissée derrière moi. Enfin, façon de parler, puisque dans le monde réel Simone se faisait toujours passer pour moi, et que les Oneiroi tenaient à ce que je le sache.

Pour couronner le tout, elle se mêlait des préparatifs du mariage de Maddie et Seth. Elle les avait accompagnés pour les aider à choisir un gâteau, mais honnêtement, j'étais presque plus étonnée par la présence de Seth que de Simone sous son déguisement. Jusque-là, il s'était tenu à l'écart de tout ce qui concernait la logistique du mariage, prétextant qu'il n'était pas doué pour prendre des décisions et qu'il était satisfait de laisser Maddie mener les choses comme elle l'entendait.

Je ne doutais pas une seconde de la sincérité de la première partie de cette affirmation, mais j'étais plus sceptique concernant la seconde. Au fond de mon cœur, j'espérais secrètement qu'il s'en déchargeait sur Maddie parce que toute cette histoire le laissait indifférent. J'avais envie de croire qu'il se fichait des préparatifs parce qu'il se fichait du mariage.

En revanche, il ne faisait aucun doute que ça comptait à mes yeux. Ou plutôt, aux yeux de Simone. Étant donné le peu d'enthousiasme dont j'avais fait preuve lors de l'essayage des robes, Maddie aurait dû trouver ce soudain regain de zèle pour le moins suspect. Mais non. Tout à son bonheur, elle se réjouissait simplement de l'assistance que « je » lui fournissais.

En quête du gâteau idéal, ils se lancèrent donc tous les trois dans la tournée des pâtisseries dont Maddie avait préalablement établi la liste, par ordre de préférence, après des heures de recherche sur Internet.

— Il t'en faut un avec de la crème, dit Simone, léchant – suçant, en fait – du glaçage sur ses doigts dans une pâtisserie de Belltown. Celui-ci est trop sucré.

Ils étaient attablés devant une assiette d'échantillons.

—C'est tout l'intérêt, dit Maddie. (Elle dégustait une bouchée d'un gâteau au chocolat, mais d'une manière bien moins pornographique.) Se défoncer au sucre.

—Oui, mais quand il y en a trop, la texture est granuleuse. C'est mieux quand ça glisse sur la langue. (Elle se tourna vers Seth.) Qu'est-ce que tu en dis?

Seth avait pris une bouchée d'un gâteau marbré.

—C'est vrai que c'est un peu granuleux.

Simone le gratifia d'un sourire complice, une manière de dire, « Tu vois? Je te connais mieux que personne. »

Seth soutint son regard pendant un moment, mais son expression était indéchiffrable. Il se tourna vers Maddie.

—Mais c'est toi qui décides.

—Non, non, dit-elle, ne semblant pas trop déçue. Ça nous concerne tous les deux. Il faut que tu l'aimes aussi.

Seth lui lança un sourire espiègle.

—Quelle importance, vraiment? Une fois qu'on s'en sera barbouillé le visage, on ne fera même plus la différence.

Maddie écarquilla les yeux.

—Il n'en est pas question! N'y pense même pas.

—Qui peut prédire l'avenir? On verra le moment venu, pas vrai?

Son sourire s'était élargi.

En le voyant la taquiner ainsi, je me sentis mal à l'aise, mais je me consolai avec l'éclair de contrariété dans les yeux de Simone. Maddie réussissait là où elle avait échoué. Tout rentrait dans l'ordre… pas vrai? Sauf que la victoire involontaire de Maddie face à Simone signifiait également qu'elle l'avait emporté sur… eh bien, sur *moi*. Non? Simone était mon sosie, mais elle n'était pas vraiment moi. Bon sang, je m'y perdais.

—Seth ne ferait jamais une chose pareille, dit Simone, posant la main sur son épaule dans un geste qui se voulait amical. (Maddie ne pouvait pas le voir de là où elle se trouvait, mais les doigts de Simone lui effleuraient la nuque.) Pas s'il tient à sa lune de miel.

Elle parlait avec légèreté, mais avec une nuance de malice. À cette mention de sa vie sexuelle en public, Maddie rougit. Seth, visiblement gêné, avait changé de position. Difficile de dire clairement pourquoi. Les doigts de Simone ? L'allusion au sexe ? Peut-être les deux. Simone retira sa main, innocente aux yeux du monde, mais sa manœuvre n'avait échappé ni à Seth ni à moi.

Peu encline à discuter des détails de sa lune de miel, Maddie s'empressa de changer de sujet :

—Je pense que tu devrais au moins choisir le parfum du gâteau, dit-elle. Tu m'as presque laissé décider de tout le reste.

—Ça ne me gêne pas, tu sais, dit-il, semblant toujours mal à l'aise.

—Oui, mais elle veut que tu le fasses, dit Simone. Allez, quoi, prends une décision. De toute façon, tu ne risques rien, Maddie mange de tout.

Une affirmation lourde de sous-entendus. Ni Seth ni Maddie ne firent mine de relever, mais j'avais le sentiment que Simone avait voulu faire allusion à la silhouette bien en chair de Maddie.

—Elle a raison, dit Maddie. Quel est ton parfum préféré ?

—Je parie que je peux deviner, dit Simone. Chocolat.

—Fraise, dit Maddie.

Nulles, toutes les deux. C'était vanille.

—Vanille, dit Seth.

Maddie grogna.

—Bien sûr. Eh bien, voilà une bonne chose de faite. (Elle se leva de table.) Allons encore en goûter quelques-uns avant de faire un choix définitif. Après ça, on aura presque terminé. (Ils arrivèrent à la porte et Maddie se tourna vers Simone.) Oh, tant que j'y pense. Tu veux bien me rendre un service et emmener Seth s'acheter un smoking ?

—Hein ? fit Seth.

Son visage avait perdu de sa neutralité : il était stupéfait.

Maddie lui adressa un grand sourire.

—Si personne n'y prend garde, tu es capable de te pointer à l'église dans un tee-shirt Billy Idol. Mais ça porte malheur si c'est moi qui t'accompagne.

—Je pensais que cette règle ne s'appliquait qu'à la mariée, observa Seth.

—J'ai envie d'avoir la surprise, riposta Maddie.

—Tu peux compter sur moi, répondit Simone, passant « amicalement » son bras autour de Seth.

Maddie eut un sourire radieux, et la pâtisserie disparut…

… pour céder la place à la boutique d'Erik.

Erik était assis autour d'une petite table en compagnie de Jerome et Roman, et, aussi incroyable que ça puisse paraître, ils buvaient du thé. Même Jerome. Comme Roman était visible, j'en déduisis que Jerome avait décidé qu'ils n'avaient plus à craindre les regards d'autorités supérieures qui pourraient s'étonner de la présence de mon colocataire « humain » au côté de l'archidémon de Seattle.

Erik tapotait sa tasse d'un air pensif.

—Si votre théorie est la bonne, cela expliquerait beaucoup de choses. (Il s'adressait à Roman.) La qualité onirique de ses visions. La totale incapacité de M. Jerome à la trouver.

Jerome ne manifesta son déplaisir quant à l'emploi du mot « incapacité » que par un sourcil légèrement froncé.

Erik poursuivit, regardant fixement sa tasse tandis qu'il réfléchissait à voix haute.

—Et vous avez raison… de toutes les créatures que vous avez suggérées, les Oneiroi ou les démons morphéens sont les plus probables.

*Aha!* songeai-je triomphalement à l'attention des Oneiroi. *Qu'est-ce que vous dites de ça, hein? Mes amis vous ont dans le collimateur.* Je ne suscitai aucune réaction, en tout cas pas la dissipation du rêve à laquelle je m'étais attendue.

—Mais pourquoi elle? demanda Roman avec irritation. (J'avais le sentiment qu'il avait présenté l'idée du rêve comme venant de lui, protégeant ainsi Dante de la colère de Jerome.) Pourquoi un succube ? Je croyais qu'ils ne s'intéressaient qu'aux rêves des mortels ?

— Ils sont liés à Nyx, fit remarquer Erik.

Oh, oui. Mes amis étaient malins. Plus malins qu'Alice Roy et les Frères Hardy réunis. Peut-être même plus malins que Columbo.

— On s'en fiche du « pourquoi », intervint enfin Jerome. Et que les Oneiroi ou les démons morphéens soient coupables ne change rien à l'affaire. Si quelque chose l'a emportée dans le monde des rêves, elle est totalement inaccessible.

Roman fronça les sourcils.

— Pourquoi ? Maintenant que tu es au courant, qu'est-ce qui t'empêche d'aller là-bas et de la récupérer ?

Jerome gratifia son fils d'un sourire qui semblait presque, j'ai bien dit *presque*, sincèrement amusé.

— Tu ne poserais pas cette question si tu n'étais pas à moitié humain. Les immortels supérieurs ne peuvent pas s'y rendre parce qu'ils ne rêvent pas. C'est la prérogative des mortels. L'accès au monde des rêves nous est interdit.

— Parce que vous n'avez ni espoir, ni imagination pour les alimenter, dit Erik. (Son attitude et le ton de sa voix indiquaient qu'il considérait cela comme une faiblesse des anges et des démons.) Il faut une âme pour rêver.

— Alors, si je suis à moitié humain, c'est moi qui irai, proposa Roman avec obstination, coupant court à toute réplique de la part de Jerome. Je rêve, donc je peux entrer, non ? Et je suis de taille à combattre tout ce que je trouverai là-bas.

Avec une telle détermination dans sa voix, il réussit presque à me faire croire qu'il ne ferait qu'une bouchée d'une armée d'Oneiroi à lui tout seul.

— Tu ne sais pas de quoi tu parles, dit Jerome. Tu n'as pas la moindre idée de ce qui t'attend dans le monde des rêves, c'est évident.

—Et toi, alors ? demanda sèchement Roman. Tu viens de dire que tu n'y étais jamais allé.

—Les rêves nourrissent l'existence des hommes. Des rêves de pouvoir, d'amour, de vengeance, de rédemption… Les rêves de l'humanité constituent un vaste territoire, ils sont innombrables. Les mortels rêvent dans leur sommeil, mais aussi à l'état de veille. Ces espoirs et ces peurs leur font courir des risques, ils jouent leurs âmes et leurs vies pour ces rêves. Entrer dans ce monde, c'est comme de se retrouver brutalement au beau milieu d'une tempête de neige. Chaque flocon représente le fruit de l'imagination d'un humain, passant tellement vite que tu ne peux même pas le voir. Le paysage n'est qu'une suite de formes confuses, un enchevêtrement chaotique de désirs. Si Georgina s'y trouve, elle est l'un de ces flocons. Jamais tu ne parviendrais à trouver son âme.

Un silence pesant tomba.

—C'était presque de la poésie, papa, dit finalement Roman.

—Mais il a raison, lui dit Erik.

Le silence se prolongea.

Roman leur jeta à tous les deux un regard incrédule.

—Alors, c'est tout ? C'est sans espoir ? Vous laissez tomber avant même d'avoir tenté quoi que ce soit ?

—Toute tentative est vouée à l'échec, dit Jerome. (Les démons ne rêvaient peut-être pas comme le faisaient les humains, mais je soupçonnais que même lui pouvait imaginer comment ses supérieurs réagiraient en apprenant qu'il avait perdu un succube.) La magie humaine permet d'accéder au monde des rêves, mais une fois là-bas, le problème reste entier.

Il jeta un coup d'œil à Erik qui hocha la tête.

—Il est impossible de rappeler quelqu'un perdu au milieu de cette immensité. Même le rituel le plus puissant n'y suffirait pas. Son âme serait incapable d'entendre notre appel.

Plusieurs émotions se mêlèrent sur le visage de Roman. La colère. L'incrédulité. Et… la résignation. Cela ne me surprit pas, contrairement à l'attitude de Jerome. Il s'était raidi en écoutant Erik, une étincelle brillant dans ses yeux noirs et froids.

—Mais vous, vous sauriez accomplir le rituel, n'est-ce pas ? demanda-t-il à Erik. Vous êtes mortel. Vous êtes assez fort pour ouvrir la voie.

Erik le dévisagea d'un air las.

—C'est vrai… mais de votre propre aveu, cela ne nous avancerait à rien. En principe, le lien que vous aviez avec elle était suffisamment fort pour la faire revenir, mais vous ne pouvez pas entrer. Nous n'aurions qu'une porte totalement inutile.

Jerome se leva brusquement. Il jeta un coup d'œil à Roman.

—Rentre par tes propres moyens.

Le démon disparut dans un nuage de fumée ostentatoire.

Et je retournai dans la prison des Oneiroi. Ils m'attendaient, dans le noir, rayonnant de ce qu'ils m'avaient pris. Même si je souffrais dans les rêves, je n'en ressentais les terribles effets qu'au retour. À ce moment-là, la douleur, la perte d'énergie et la confusion me frappaient de plein fouet. Pourtant, cette fois, je ne cédai pas complètement au désespoir.

—Vous aviez tort, dis-je. (J'essayai de mettre une pointe de suffisance dans ma voix, mais elle était enrouée par l'épuisement. Bon Dieu. J'étais tellement, tellement fatiguée. Clairement, rêver n'était pas synonyme de dormir.) Mes amis ont tout compris. Ils savent où je suis.

Comme d'habitude, Un et Deux ne laissaient rien paraître.

—Qu'est-ce qui te fait croire que ce rêve reflétait la réalité ?

Excellente question.

—Mon instinct viscéral, dis-je.

—Et après tout ce temps, après tous ces rêves, tu crois encore pouvoir te fier à lui ? demanda Un. Comment parviens-tu à distinguer le vrai du faux ?

J'en étais incapable. Les visions du passé ne me posaient pas de problème – pour l'instant – mais il n'en allait pas de même pour les scènes tirées du « monde réel ». Peut-être que ce n'était pas tant mon instinct que mon optimisme aveugle qui voulait croire à la réalité de la scène à laquelle je venais d'assister.

Deux lut dans mes pensées.

—Tu espères. Et nous avons alimenté cet espoir, te faisant croire que tu avais une chance. Alors, tu attendras. Et tu patienteras. Longtemps.

—C'était vrai, dis-je avec fermeté, comme si ma conviction était un argument.

—Et même si tu avais raison, dit Un, ça n'a pas d'importance. Tu l'as vu toi-même. Il n'existe aucun moyen de te ramener chez toi.

—C'est peut-être ça, le mensonge, répliquai-je. Peut-être que le reste était vrai et que vous avez mélangé les deux. Mes amis ont compris où je me trouvais, mais vous ne m'avez pas montré la partie où ils viennent me sauver. Ils vont accomplir ce fameux rituel.

—Ils échoueront. Rien ne réussira à sortir ton âme d'ici.

—Vous avez tort.

Je ne savais même plus ce que je disais. Mon essence donnait l'impression d'être en miettes, et je n'avais plus qu'une certitude, je devais continuer à les contredire.

—Et toi, tu es naïve. Tu l'as toujours été. Les immortels inférieurs héritent tous de cette faille, elle leur vient de l'époque où ils étaient humains, mais chez toi ça prend des proportions incroyables. Notre mère a presque réussi à exploiter cette faiblesse pour échapper aux anges. Maintenant, elle causera ta perte.

— Quand vous dites que Nyx a presque exploité ma faiblesse…

Les Oneiroi échangèrent un regard, sans essayer de dissimuler leur immense satisfaction.

— Ton rêve. Ton fantasme, expliqua Deux. Celui qu'elle avait promis de te montrer si tu la libérais. Tu avais tellement envie d'y croire que tu as bien failli céder.

L'espace d'un instant, j'oubliai les Oneiroi et l'obscurité perpétuelle pour me replonger dans un rêve qui ne leur devait rien, un rêve de ma propre création. Nyx n'avait pas cessé de m'envoyer cette vision de mon avenir, avec un foyer et un enfant – et un homme. Un homme que j'aimais et dont l'identité restait un mystère. Nyx ne m'avait jamais montré la fin. Elle ne m'avait jamais montré le visage de l'homme de mon rêve.

— C'est n'importe quoi, dis-je. Vous prétendez que Nyx montre la vérité, l'avenir. Mais je suis aussi censée me retrouver prisonnière ici pour l'éternité. Ça ne colle pas, c'est soit l'un, soit l'autre.

— L'avenir change sans arrêt, dit Un. La vision reflétait la réalité quand elle te l'a montrée. Tu as pris une autre direction.

— Ben voyons ! Quel est l'intérêt d'avoir une vision de l'avenir susceptible de changer à tout bout de champ ? Ça n'a plus rien à voir avec la vérité où le mensonge, ça revient à jouer aux devinettes. Et de toute façon, je ne l'ai jamais crue. Elle m'a fait voir quelque chose d'impossible, même si je n'avais pas été bloquée ici avec vous, pauvres cloches.

— Tu ne le sauras jamais, dit Deux. (Puis, il reconsidéra la question.) En fait, c'était bel et bien possible, mais tu vivras en sachant que tu as laissé passer ta chance.

— On ne peut pas laisser passer une chance qu'on n'a jamais eue, grognai-je. Les succubes ne peuvent pas avoir d'enfant. Je ne pourrai jamais avoir une vie comme celle-là.

Je me gardai bien d'ajouter que le rêve avait au moins eu un résultat surprenant. À l'époque, je n'avais qu'un chat dans la réalité – Aubrey. Dans le rêve j'en avais eu deux. Peu après j'avais

250

trouvé et recueilli Godiva, l'autre chat du rêve. Coïncidence ? Ou avais-je effectivement emprunté la voie menant à cet avenir, pour mieux me le voir arraché maintenant ? Comme toujours, les Oneiroi lisaient en moi à livre ouvert.

— Tu veux voir ? demanda Un.

— Voir quoi ?

— L'homme, dit Deux. L'homme de ton rêve.

# Chapitre 18

Le rêve démarra sans me laisser le temps de réagir.

Je me trouvais dans une cuisine, dans un de ces rêves où j'étais spectatrice, tout en étant *moi-même*. La cuisine était moderne et lumineuse, bien trop vaste pour une piètre cuisinière comme moi. Je me tenais devant l'évier, les bras plongés jusqu'aux coudes dans une eau savonneuse parfumée à l'orange. Je faisais la vaisselle, et je m'y prenais comme un manche, mais j'étais trop heureuse pour le remarquer. Sur le sol étaient éparpillées les pièces d'un lave-vaisselle, cela expliquant la nécessité de recourir au travail manuel.

La mélodie de *Sweet Home Alabama* résonnait dans une autre pièce, et je fredonnais en lavant. Je me sentais comblée, remplie d'une joie si totalement parfaite que j'avais peine à l'appréhender après tout ce qui m'était arrivé au cours de ma vie, en particulier après avoir été retenue prisonnière par les Oneiroi. Je chantonnai quelques mesures de plus, puis je posai une tasse humide sur le plan de travail et me retournai afin de jeter un coup d'œil au salon, d'où s'échappait la musique.

Une petite fille était assise sur une couverture, entourée de ses animaux en peluche et d'autres jouets. Elle devait avoir deux ans. Elle serrait une girafe entre ses mains, qui fit du bruit quand elle l'agita. Elle leva la tête, comme si elle avait senti mon regard.

Elle avait de bonnes joues qui n'avaient pas encore perdu leurs rondeurs. De fines boucles châtain clair lui couvraient la tête, et ses yeux noisette étaient grands et encadrés de cils foncés. Elle était adorable. Derrière elle, Aubrey était roulée en boule sur le canapé, et Godiva étendue à côté d'elle.

Un sourire ravi se déploya sur le visage de la fillette, faisant naître une fossette sur une de ses joues. Une lame puissante d'amour et de joie m'emporta, des émotions que mon moi réel, épuisé et endolori, ne ressentit que très partiellement. Et comme la première fois que j'avais fait ce rêve, je sus avec certitude – une certitude *absolue* – qu'elle était ma fille.

Après quelques instants, je me remis à ma vaisselle, même si je n'avais qu'une envie: retourner au salon. Fichue vaisselle. Mon moi en rêve et mon moi réel étions d'accord sur un point: seule la fillette comptait. J'aurais voulu m'imprégner d'elle. J'aurais pu la regarder pour l'éternité, avec ses yeux aux longs cils et ses boucles fines.

Incapable de résister, et lassée par la vaisselle, je finis par craquer et risquai de nouveau un coup d'œil. Elle n'était plus là. À peine avais-je sorti les mains de l'eau que j'entendis un choc sourd, suivi d'un bruit fracassant. Puis des pleurs.

Je me précipitai hors de la cuisine. Aubrey et Godiva levèrent brusquement la tête, surprises par ma soudaine agitation. À l'autre bout du salon, ma fille était assise par terre, à côté d'un bout de table aux coins pointus, une petite main pressée contre son front. Des larmes ruisselaient sur ses joues, elle pleurait bruyamment.

En un éclair, je tombai à genoux et la serrai dans mes bras. En tant qu'observatrice dans ce rêve, j'eus, moi aussi, envie de pleurer en tenant ce petit corps doux et chaud contre moi. Je réconfortai la fillette, lui chuchotant de petits riens apaisants, effleurant ses cheveux soyeux de mes lèvres. Ses sanglots finirent par se tarir, et elle reposa sa tête contre ma poitrine, contente de se sentir simplement aimée et de se laisser bercer. Nous restâmes ainsi, dans notre bulle de bonheur, pendant environ une minute, puis, au loin, j'entendis le bruit d'un moteur de voiture. Je dressai la tête.

— Tu entends? demandai-je. C'est papa.

Je lus une excitation similaire à la mienne sur le visage de ma fille, tandis que je me relevais en la tenant toujours, en équilibre sur ma hanche – carrément un exploit, en matière de coordination, vu ma petite taille.

Nous allâmes l'attendre dehors, sur la véranda. Il faisait nuit, et seule une petite lampe suspendue au-dessus de nos têtes venait trouer l'obscurité silencieuse. Elle éclairait une longue étendue de neige blanche ininterrompue couvrant le gazon et l'allée. Autour de la maison, la neige tombait à un rythme régulier. Je ne reconnaissais pas cet endroit, mais il ne s'agissait assurément pas de Seattle. Autant de neige aurait plongé la ville dans la panique, tout le monde se serait tenu prêt pour l'apocalypse. Ma fille et moi nous sentions parfaitement à l'aise, remarquant à peine la neige. Ce temps n'avait rien d'exceptionnel, là où nous habitions.

Au bas de l'allée, la voiture que j'avais entendue s'était déjà garée. Mon cœur se gonfla de bonheur. Un homme se tenait à côté du véhicule, une silhouette sombre qui ne révélait rien à cause de la faiblesse de l'éclairage. Il sortit une valise à roulettes du coffre et le referma. La petite fille serra les poings d'excitation, et j'agitai la main en signe de bienvenue. L'homme me salua à son tour et se dirigea vers la maison. Il faisait trop sombre, je n'arrivais pas encore à distinguer ses traits.

Son visage. Je *devais* voir son visage. Nous étions si proches. La dernière fois, le rêve s'était arrêté là, me privant de sa conclusion. Une partie de moi était persuadée que les Oneiroi allaient faire pareil et mettre fin au rêve.

Je me trompais.

L'homme continua à marcher vers nous et, enfin, la lumière de la véranda éclaira ses traits.

C'était Seth.

Une dentelle de flocons de neige s'était posée sur ses cheveux en bataille et, sous son épais trench-coat en laine, je devinais un tee-shirt farfelu. Il posa la valise au pied des quelques marches et les gravit en courant pour nous rejoindre plus vite.

Il nous prit toutes les deux dans ses bras, et moi et ma fille nous blottîmes contre lui. Il faisait peut-être froid ailleurs, mais notre petit cercle retenait toute la chaleur du monde.

—Salut, les filles, murmura-t-il.

Il retira un de ses gants et caressa les cheveux fins et soyeux de notre enfant. Il déposa un baiser sur son front, puis il se pencha vers moi. Nos lèvres se rencontrèrent pour un baiser affectueux, et quand nous nous écartâmes, son souffle chaud provoqua un nuage de buée. Il nous étreignit plus fort.

Je poussai un soupir de contentement.

—Ne pars plus jamais, dis-je. Arrête de voyager.

Il rit doucement et me donna un autre baiser, sur la joue cette fois.

—Je vais voir ce que je peux faire. Si ça ne tenait qu'à moi, je resterais à la maison.

Mais le rêve vola en éclats, qui furent rapidement balayés. Avec les autres rêves, j'avais compté les secondes qui me séparaient de la fin, mais cette fois je voulais m'y accrocher aussi longtemps que possible. Je n'avais pas de mains dans cette forme chimérique, mais j'aurais tout donné pour saisir ces éclats de rêve, ne serait-ce que pour gagner quelques instants de ce bonheur parfait.

Mais c'était fini. Je me sentais vide.

Pendant longtemps, je ne pus tout simplement pas me remettre de la perte de ce rêve. J'étais une pelote d'émotions :

chagrin, colère, désir, manque. Je n'étais que sentiment. Il n'y avait plus de place en moi pour la pensée. Quand je commençai à retrouver un semblant de cohérence, tout était sens dessus dessous. Seth. Seth était l'homme de mon rêve. Comment avais-je pu en douter ? Ne l'avais-je pas ressenti presque dès notre première rencontre ? N'avais-je pas souvent dit qu'il était comme une partie de mon âme ? N'avais-je pas eu l'impression de perdre un peu de moi-même quand nous avions rompu ?

Puis, tous les doutes que les Oneiroi excellaient à instiller en moi refirent surface. Impossible, ce n'était pas Seth. Je ne pouvais pas vivre avec un mortel, pas dans la réalité. Et certainement pas avoir un enfant de lui. Seth en épousait une autre. C'était une ruse. Un mensonge, un de plus, qui n'avait pour vocation que de permettre aux Oneiroi de m'infliger le châtiment qu'ils pensaient que je méritais.

— C'est impossible, dis-je. (Les mots avaient du mal à sortir. Et n'avais-je pas déjà prononcé ces paroles ? Des cercles, des cercles. Ma vie se répétait, sans arrêt.) Rien de tout ça ne pourrait se produire.

— Non, admit Deux. Plus maintenant. Ton avenir a pris une autre direction.

— Vous mentez ! Ça n'a jamais été mon avenir. Nyx a menti, elle aussi. Il n'y a pas de vérité, nulle part.

— Tu veux la vérité ? La voilà, dit Un.

Un autre rêve. Vrai, celui-là ? *Non, non.* La partie de moi-même qui commençait à perdre les pédales jura ses grands dieux qu'il n'en était rien. *Il n'y a pas de vérité, nulle part.*

J'étais de retour dans le monde ordinaire des mortels, avec Seth et Simone-Georgina, dans une boutique où ils choisissaient un costume de mariage ; je me creusai vainement la tête pour tenter de trouver mes marques. Maddie leur avait demandé d'acheter un smoking pour Seth. Mais, y étaient-ils allés le jour même ou plus tard ?

Combien de temps avait passé ? J'étais incapable de dire si ces rêves duraient une seconde ou une vie entière. Dehors, la couleur du ciel suggérait que le crépuscule approchait, alors peut-être qu'on était encore le même jour.

— Tu n'es pas obligé de porter un nœud papillon, dit Simone, examinant un mannequin tiré à quatre épingles.

De son côté, elle avait sorti le grand jeu et portait une robe moulante d'un orange qui faisait penser aux feuilles d'automne. Elle était courte, bien sûr, et mettait en valeur mes seins aussi décemment que possible – peut-être même au-delà. Des talons hauts bronze complétaient cette tenue, bien trop extravagante pour aller faire les boutiques, mais ça lui (nous ?) allait comme un gant.

Seth s'approcha pour mieux voir le costume. S'il n'y avait pas eu un vendeur redressant un présentoir près de l'entrée, j'avais le sentiment que Seth aurait tenté de prendre la fuite.

— C'est plus traditionnel, dit-il. Je pense que ça plaira à Maddie.

— Et alors ? railla Simone. Si tu pensais un peu à toi pour changer ? (Elle fit un pas vers lui.) Tu n'arrêtes pas de laisser les autres décider pour toi ! Tu as tes propres besoins. Tes propres désirs. Tu ne peux pas rester passif.

Il y avait de la passion dans ses mots, une conviction que même moi je ne pus m'empêcher d'admirer. Avec ce genre de discours, on ralliait immanquablement les mortels à notre cause, mais comme dans tout ce qu'elle avait déjà dit précédemment, il fallait qu'elle ajoute des insinuations sexuelles. Il la regarda fixement pendant quelques secondes, aussi impressionné que moi, mais il finit par détourner les yeux. Il fit également un pas en arrière.

— Peut-être. Mais je n'ai pas le sentiment que ma vie repose sur le fait que je choisisse un nœud papillon ou une cravate. Je pense que je devrais garder mes réserves d'héroïsme pour quelque chose d'un peu plus important.

Puis il s'éloigna pour regarder un autre costume et ne vit donc pas l'air renfrogné de Simone.

Mais elle se reprit bien vite et le rejoignit, le sourire aux lèvres. Elle se tint près, très près de lui pendant qu'ils étudiaient les coupes, les couleurs et les innombrables détails qui entraient en ligne de compte pour l'engagement de toute une vie. Bien entendu, le vendeur finit par fondre sur eux et leur offrit son aide.

— Cette veste est très seyante pour un homme de votre carrure, monsieur, dit-il à Seth. Nous l'avons en noir et en gris, et aussi en quelques autres coloris – elle irait très bien avec votre robe.

Cette dernière remarque était destinée à Simone. Elle rit gaiement. J'eus l'impression d'entendre des ongles sur un tableau noir.

— Oh, je ne suis pas la mariée. (Elle tapota le bras de Seth.) Juste une amie qui l'aide à faire son choix.

Seth s'écarta et sembla soudain très intéressé par l'essayage de la veste. Le vendeur trouva la taille de Seth, se répandit en compliments, puis il les laissa tous les deux y réfléchir.

— Elle te va très bien, dit Simone, venant se planter devant lui. (Elle n'avait pratiquement laissé aucun espace entre eux. D'un air détaché, elle arrangea un des revers qui n'en avait aucun besoin.) Elle te va comme un gant.

Seth lui empoigna les mains, les repoussa, puis il recula à son tour.

— Arrête ça, dit-il, baissant la voix pour que personne d'autre ne puisse entendre.

— Arrêter quoi ? demanda Simone.

— Tu le sais très bien ! Les allusions. Les effleurements. Tout ça. Il faut que ça cesse.

Simone avança d'un pas, mains sur les hanches. Sa voix était douce, elle aussi, presque un murmure, mais je ne l'aurais probablement pas trouvée irritante si ça n'avait pas été *ma* voix.

— Pourquoi ? Tu ne vas pas me dire que tu n'aimes pas ça ? Allons, Seth, combien de temps tu vas continuer à te mentir à toi-même ? Tu as toujours envie de moi, et tu le sais. Ce mariage est une farce, il ne change rien. Ce que nous avions… ce que nous *avons* est plus fort. Je vois ta façon de me regarder – et tu n'as pas la même expression quand tes yeux se posent sur *elle*. Tu me dis d'arrêter ? Non. C'est toi qui dois annuler ce mariage. Rompre avec elle. Ou si tu manques de courage, passons une dernière nuit ensemble. Je veux te sentir contre moi, en moi, au moins encore une fois. Et je sais que, toi aussi, tu en meurs d'envie.

Son audace me laissa pantoise. Je n'en croyais pas mes oreilles. La salope ! Non contente de se faire passer pour moi, elle essayait à présent d'attirer Seth dans son lit ? C'était impardonnable. Je m'attendais que Seth se montre tout aussi scandalisé, mais il ne se départit pas de son calme. Il retira la veste et la posa sur un comptoir.

— Je ne sais pas qui tu es, mais ne t'approche plus de moi. Ne m'adresse plus jamais la parole – et à Maddie non plus.

Il y avait comme un avertissement dans sa voix, une pointe de colère que je n'avais presque jamais entendue chez lui.

Pour une fois, Simone sembla manquer d'assurance.

— Mais qu'est-ce que tu racontes ?

— Tu n'es pas Georgina. J'aurais dû écouter ma nièce quand elle me l'a dit. Georgina ne ferait jamais une chose pareille, quels que soient ses sentiments. Georgina n'essaierait pas de briser le mariage de son amie. Elle ne trahirait pas Maddie.

Les yeux de Simone lancèrent des éclairs de colère.

— Vraiment ? Et qu'est-ce que tu fais de ta petite aventure du printemps dernier ?

Je n'étais pas surprise qu'elle soit au courant. Dans mon cercle infernal, tout le monde avait deviné pourquoi l'âme de Seth s'était soudain obscurcie.

Son sourire était à la fois triste et froid.

— Georgina a fait ça… par inadvertance. Elle savait ce qu'elle faisait, mais ses motivations… disons qu'elles étaient différentes.

— Arrête d'essayer de justifier ton infidélité. Et arrête de parler de moi à la troisième personne !

— Tu n'es pas elle, répéta Seth. Je la connais. Je la reconnaîtrais sous presque n'importe quelle forme. Et même si tu lui ressembles, il est évident que *tu* ne la connais pas.

Il fit volte-face pour s'en aller, et tomba sur Jerome.

Seth n'avait pas vu Jerome entrer ou se téléporter dans le magasin. Moi non plus. Cependant, même si le démon était arrivé tranquillement et ouvertement, je pense que Seth aurait eu la même réaction, un mélange de stupéfaction et de profonde inquiétude.

— Pardon, dit Seth, en reculant. (Il jeta un coup d'œil à Simone, qui semblait tout aussi surprise.) Je… Je vous laisse tous les deux.

— Je ne suis pas venu pour elle, gronda Jerome.

— Quoi ? s'exclama-t-elle, le prenant apparemment très mal.

Jerome transperça Seth du regard.

— Je suis là pour vous. Venez avec moi. Maintenant.

Quand un démon vous donne un ordre, il n'est pas facile d'y résister. Mes amis et moi plaisantons sur l'apparence inoffensive que s'est choisie Jerome (John Cusack), mais nous n'oublions pas qu'en dessous, il est foutrement effrayant. Et quand son courroux démoniaque s'abattait sur un mortel, c'était tout bonnement terrifiant.

Et pourtant, avec une bravoure remarquable, Seth demanda :

— Pourquoi ?

Jerome sembla mécontent que Seth ne lui obéisse pas au doigt et à l'œil.

— Pour récupérer Georgie.

—Quoi? répéta Simone. Mais si elle revient…

Jerome oublia Seth un instant et la foudroya du regard.

—Oui, oui, je sais. Mais tu ferais aussi bien de laisser tomber. Tu as échoué.

—Mais je peux…

—Non, visiblement, tu ne peux pas. (Jerome s'approcha et se pencha vers elle, presque jusqu'à toucher son visage. Il baissa la voix, mais de mon poste d'observatrice, je pouvais tout entendre.) Ça ne marche pas comme ça. Maintenant, je connais la raison de ta présence, mais tu diras à Niphon que chaque fois qu'il essaie d'arranger les choses, il finit par foutre la merde encore un peu plus. C'est trop tard. Je prends les choses en main. Tu n'es plus concernée.

—Mais…

—Ça suffit. (Les mots retentirent à travers tout le magasin. Le vendeur leva la tête, surpris, mais resta à bonne distance.) Je n'ai pas contesté ta présence jusqu'à présent, mais maintenant, tu peux partir.

Apparemment, il lui donnait l'autorisation de s'en aller. Mais elle et moi pouvions lire entre les lignes : si elle ne partait pas de son propre chef, il l'« aiderait » à faire ses valises. Elle mit fin à ses protestations.

Jerome se retourna vers Seth.

—Georgina a été enlevée. On va la chercher. Et vous avez un rôle à jouer.

Seth resta sans voix pendant un moment, et quand il recouvra l'usage de la parole, il posa la question qui s'imposait :

—Lequel?

—Pour commencer, arrêter de me faire perdre mon temps avec des questions idiotes. Suivez-moi et vous apprendrez tout ce qu'il y a à savoir. (Puis Jerome abattit sa carte maîtresse :) Plus vous tardez, plus le danger qu'elle court est grand.

Il n'en fallut pas plus pour pousser Seth à l'action. Il tressaillit en entendant ces mots et un kaléidoscope d'émotions se succéda sur son visage.

—D'accord, dit-il à Jerome. On y va.

# Chapitre 19

—Ce rêve…, dis-je dans un souffle. Il était vrai. Seth n'a pas cédé à la tentation. Il est resté avec Maddie.

—Peut-être, dit Un.

Soudain, j'eus très envie de lui arracher les yeux. Un réflexe animal, irréfléchi – et irréaliste, puisque je n'avais aucune substance. Ce n'était pas une première avec les Oneiroi.

—Vrai. C'était vrai. (Mon insistance avait quelque chose de puéril, j'avais l'impression de m'être laissé entraîner dans une partie de « Vrai ou faux ? » avec eux. Je tournais en rond. Ma vie était un cercle.) Et Jerome… (Je me rappelai la fin du rêve, quand mon patron était venu chercher Seth.) Il arrive. Avec Seth. Ils vont faire le rituel. Erik va les aider.

—Oui. Et il va échouer.

—Non, c'est faux ! criai-je, de toute ma voix, mon esprit, mon âme. (J'étais un concentré de désespoir.) Jerome vient me sauver.

—Personne ne viendra pour toi, dit Deux. Ils essaieront, mais ils échoueront.

De nouveau, ils me renvoyèrent dans mon monde, et aussi forte que soit l'envie de retrouver des visages familiers, le doute et l'incertitude que les Oneiroi s'employaient à susciter en moi me remplissaient d'une confusion désespérante.

J'étais chez Erik. Comme tout le monde, apparemment.

À l'arrière de son magasin se trouvait une vaste réserve que je n'avais fait qu'entrapercevoir un jour. Elle me faisait penser à un garage, avec un sol en ciment brut et des murs en Placoplatre. Sur une petite table, de l'encens brûlait dans un bol, enfumant l'atmosphère. Des caisses et des cartons avaient été empilés sur les côtés afin de libérer un espace autour duquel était réuni le club des immortels de Seattle : Hugh, Cody, Peter, Carter, et même Mei. Roman était probablement là, lui aussi, caché à cause de Mei. Au centre, Erik dessinait des motifs à la craie sur le sol, sous l'œil de Jerome. Non loin de là, Seth semblait avoir du mal à choisir son camp. Je pense qu'il se demandait s'il n'aurait pas été plus prudent de se joindre à mes amis. Si Mei n'avait pas été là, il l'aurait sans doute déjà fait.

Mei regardait Erik et Jerome avec désapprobation, ses yeux noirs plissés et ses lèvres rouge brique serrées. Finalement, elle décroisa les bras et avança vers eux à grands pas, ses talons aiguilles claquant bruyamment sur le ciment. Seth s'écarta sur son passage, se réfugiant auprès de mes amis.

—C'est ridicule, dit Mei. Tu nous fais perdre notre temps. Même avec eux (elle désigna les autres immortels), tu n'arriveras pas à la ramener. Il faut que tu signales sa disparition et que tu la remplaces.

—Si je signale sa disparition, c'est l'archidémon qui sera remplacé. (Jerome lui jeta un regard mauvais.) D'ailleurs je suis surpris que tu ne l'aies pas déjà fait.

Bien vu. En tant que subalterne, Mei lui obéissait, mais elle avait de l'ambition. Si Jerome avait des ennuis, elle pouvait en tirer profit.

—C'est inutile, répondit-elle. De toute façon, tu n'auras bientôt plus le choix. Ce que je ne comprends pas, c'est pourquoi *moi*, je dois être là aussi. Je n'ai rien à voir avec elle.

— Parce que je te l'ai ordonné! Assez discuté.

Les deux démons s'affrontèrent du regard, et Mei finit par hocher brusquement la tête. Elle ne donnait pas l'impression de céder devant son autorité, simplement d'accuser réception d'une communication muette. Elle retourna sur le côté de la pièce, face au mur qu'occupaient mes amis.

Erik était obligé de se pencher et de se mettre à genoux pour effectuer une bonne partie de son travail à la craie, son dos devait le faire souffrir atrocement. Avec un soupir, il se releva enfin et contempla son œuvre. Deux cercles concentriques, remplis et entourés de nombreux symboles ésotériques. J'en connaissais certains, d'autres pas. Jerome étudia, lui aussi, le dessin et, pour la toute première fois, mon patron parut... nerveux.

— C'est prêt? demanda-t-il.

Erik hocha la tête, se frottant machinalement le dos d'une main.

— Oui, à part le sort lui-même.

Les yeux de Jerome tombèrent sur Seth, qui tressaillit.

— Vous, dit le démon. Venez ici.

Seth examina le dessin avec presque autant d'inquiétude que Jerome.

— Qu'est-ce qui va m'arriver?

— Ne vous en faites pas, vous n'en mourrez pas. Et vous pouvez quitter le cercle à tout moment. Alors ne perdons plus de temps.

Je n'aimais pas beaucoup que Jerome donne des ordres à Seth. Ça remuait les braises de toute cette colère que je sentais en moi ces derniers temps. J'en voulus même à Seth de lui obéir, j'aurais préféré qu'il le défie. Mais je m'efforçai de chasser ces pensées. Je devais réserver ma fureur aux Oneiroi. Et Jerome ne mentait certainement pas. Carter, qui avait gardé le silence, ne l'aurait pas laissé faire. Du moins l'espérais-je.

Seth s'approcha de Jerome, attentif à ne pas marcher sur un des traits à la craie – un peu comme les gens superstitieux évitent les fissures sur les trottoirs. Erik gratifia Seth d'un faible sourire.

—Il a raison, monsieur Mortensen. Vous ne risquez rien. Mais cette expérience vous semblera… étrange.

—*Lui*? s'offusqua de nouveau Mei. Personne d'autre? Jerome, une seule personne ne peut pas…

—Ça suffit! hurla Jerome. J'en ai plus qu'assez d'entendre tout le monde discuter mes ordres. Allez, on passe à la suite…

Erik hocha la tête et marcha jusqu'à la table où brûlait l'encens. Il y avait aussi un petit bol d'eau et une longue baguette en pierre, grossièrement taillée. *Du quartz fumé*, pensai-je. Erik saisit la baguette avec révérence et en trempa la pointe dans l'encens, avant de la lever afin de permettre à la fumée de l'envelopper. Quelques secondes plus tard, il plongea l'autre extrémité de la baguette dans l'eau. Quand il eut terminé, il porta la baguette jusqu'au cercle.

—Attendez, dit soudain Carter, nonchalamment adossé à quelques cartons. (Il se redressa.) J'y vais aussi.

—Vous êtes tous cinglés, maugréa Mei.

—Elle n'a pas tort, dit Jerome. Si tu es dans le cercle…

—Je sais, je sais, dit Carter, enjambant les traits à la craie pour rejoindre Jerome. Mais je sais aussi ce qui pourrait traverser.

Ils échangèrent un regard, quelques messages silencieux passèrent entre eux, et aucun d'eux ne reprit la parole.

Erik retourna au centre du cercle, brandissant la baguette bien haut. Carter et Jerome s'étaient éloignés des mortels autant que possible sans franchir le cercle intérieur. Alors que les bras d'Erik s'élevaient vers le ciel, soudain il ne sembla plus être ce vieillard fragile au corps frêle qui se décharnait un peu plus chaque jour. Lorsqu'il se mit à scander des mots qui m'étaient, pour la plupart, inconnus, il devint plus qu'humain. Dante était meilleur magicien, cela ne faisait aucun doute, mais Erik n'était pas dénué de pouvoirs, même s'il ne les utilisait que rarement. Si j'avais été présente en chair et en os, j'aurais senti la magie qu'il invoquait. Mais même ainsi, j'avais l'impression de la voir.

Quand il se tut, il commença à marcher autour du cercle. Il le toucha avec la pointe de sa baguette en quatre points équidistants. Au moment précis du contact avec le quatrième point, chaque immortel présent dans la pièce tressaillit et sembla mal à l'aise – même les immortels supérieurs. Seth avait surtout l'air désorienté.

En tant qu'observatrice extérieure, j'assistais à la scène à travers le regard de Seth. Je ne remarquai donc rien de spécial, mais si j'avais été là, j'aurais sans doute réagi comme les autres immortels. Erik avait clos le cercle, l'enfermant à l'intérieur de murs invisibles. Tous les cercles magiques étaient différents, mais il avait affirmé à Seth qu'il pourrait sortir – autrement dit, ce cercle était conçu pour ne retenir que les immortels. Ce n'était pas exactement l'équivalent d'une invocation. Les invocations nécessitaient une forte dose de magie parce qu'elles asservissaient un immortel contre sa volonté. Ce cercle était, lui aussi, une prison, mais il n'exigeait pas autant de magie, parce que les immortels y étaient entrés de leur plein gré. Jerome et Carter s'étaient laissé prendre au piège en toute connaissance de cause.

Je comprenais mieux, à présent, pourquoi Jerome avait insisté sur la présence de Mei. Pour un magicien peu scrupuleux – Dante, par exemple –, c'était une occasion en or. La capture de deux immortels supérieurs ? Une infinité de possibilités. Pour ma part, j'étais convaincue qu'Erik n'abuserait pas de la situation. Mais Jerome, comme tout démon qui se respectait, ne faisait confiance à personne. Il avait donc demandé à Mei de venir afin de persuader Erik, en usant de violence si nécessaire, de relâcher ses prisonniers. Bien sûr, elle serait impuissante tant qu'Erik n'aurait pas quitté le cercle, mais il ne pouvait pas y rester éternellement.

Mais s'ils étaient là me sauver, Erik n'avait pas pu créer ce cercle avec l'intention de piéger Jerome et Carter. Les paroles de l'ange me revinrent à l'esprit : « *Mais je sais aussi ce qui pourrait traverser.* »

Erik se tint devant Seth, qui devenait chaque seconde plus nerveux. La tension sur le visage d'Erik était un bon indicateur de la puissance qu'il gardait sous contrôle. Il ne pouvait pas jouer au vieil homme affable en ce moment, mais il faisait de son mieux.

— Est-ce que vous tenez à Mlle Kincaid ? demanda-t-il à Seth. Est-ce que vous voulez la sauver ?

— Oui, répondit Seth sans hésiter.

— Alors vous allez penser à elle très fort, concentrer tout votre être sur elle. Imaginez-la. Appelez-la. Il ne doit plus rester d'autre pensée dans votre esprit. Elle, rien qu'elle.

Seth sembla surpris, mais il acquiesça. Erik se tourna vers Jerome et Carter.

— Et vous, votre rôle est de l'empêcher de s'égarer. Vous ne pouvez pas entrer vous-même, mais vous avez le pouvoir de le retenir ici. Il le faut, sinon nous les perdrons tous les deux.

Erik n'attendit pas la réponse de l'ange et du démon. Il leva sa baguette magique et toucha Seth sur le front, sur les deux joues, et sur le menton. Seth frissonna.

— N'oubliez pas, l'avertit Erik. Quand le portail s'ouvrira, pensez à elle. Rien qu'à elle. Tendez-lui la main. Et quand vous l'aurez trouvée, *ne la lâchez pas.*

— Le portail ? demanda Seth. Quel…

Mais Erik avait repris sa scansion, et un vent surgit de nulle part, ébouriffant les cheveux de ceux qui se trouvaient à l'intérieur des cercles. Sa voix devint de plus en plus puissante, et ensuite…

J'étais de retour chez les Oneiroi.

— Qu'est-ce qui s'est passé ? m'exclamai-je. (Pour la millionème fois, je regrettai de ne pas pouvoir cogner sur les murs de ma prison, de ne pas pouvoir leur arracher les yeux, les étrangler.) Montrez-moi la suite !

—Un fiasco, dit Un.

—Ça n'a pas marché, ajouta Deux. La démone avait raison. Une dizaine d'humains qui t'aiment n'y suffiraient pas, alors un seul…

Il s'interrompit et son regard croisa celui de Un. Puis ils regardèrent ici et là, comme s'ils cherchaient quelque chose. J'essayai de voir ce qui avait attiré leur attention, mais il n'y avait rien, à part l'obscurité et le silence.

Puis, je sentis un autre rêve se manifester. Le monde des ténèbres commença à s'estomper, et les deux Oneiroi se tournèrent brusquement vers moi.

—Non ! s'exclama Deux, tendant la main.

Tout redevint clair. Je ne rêvai pas. Je restai où j'étais.

*Georgina.*

Mon nom. Pour la première fois depuis… eh bien, je n'avais aucune idée du nombre de jours… j'entendis autre chose que les Oneiroi. C'était faible, un chuchotement perdu dans le vent. Mon nom. L'un d'eux en tout cas.

Impossible de dire d'où ça venait, mais j'essayai de me concentrer de tout mon être, afin d'en déterminer l'origine.

*Georgina.*

—Oui ? dis-je à voix haute. Je suis là !

Le monde redevint flou. À la place de mon nom, j'entendis de nouveau le chant des sirènes. De la musique, des couleurs indescriptibles.

—Fais quelque chose ! cria Un.

Jusqu'à présent, les Oneiroi n'avaient jamais élevé la voix. Ils s'exprimaient toujours à voix basse, sur un ton furtif. Mais là, ils semblaient vraiment contrariés.

—Résiste ! dit Deux, s'adressant à Un. Aide-moi ! Ne le laisse pas…

Je les quittai pour un autre rêve. Ou plutôt, un autre lieu. Non, pas vraiment un lieu. J'avais l'impression de flotter dans l'espace, dans une nébuleuse. Peut-être le terme ouragan convenait-il mieux, parce que des choses tourbillonnaient autour de moi et me dépassaient dans un souffle. Des volutes de fumée. Des couleurs. Des étoiles brillantes. Certaines me touchaient, d'autres me traversaient. Et chaque fois que j'établissais un contact, je sentais une émotion – une émotion qui n'était pas la mienne. Joie. Terreur, cette dernière émotion accompagnée par la brève apparition d'une image. Un champ vert. Un avion. Un monstre. C'était une tempête de neige de *stimuli*.

J'étais perdue, à la dérive, et plus effrayée que je l'avais été dans la prison des Oneiroi, qui avait eu le mérite de m'offrir une certaine substance, aussi insignifiante soit-elle. Mais ça… Qu'est-ce que c'était ? À intervalles réguliers, il y avait un fondu au noir, comme si j'allais retourner dans ma cellule… Puis l'obscurité reculait, m'abandonnant, impuissante, dans ce déluge de sensations.

*Georgina.*

Mon nom, encore. Et avec lui, une sorte d'attirance. Intime. Même si je n'avais pas non plus de corps dans cet endroit, je me mis en quête de cette voix, à travers la débauche de couleurs.

*Georgina.*

C'était plus fort. Un appel presque impérieux. Je brûlais d'envie d'y répondre. C'était une partie de moi. C'était chez moi. Et alors, dans ce chaos, une lumière brilla plus fort que les autres, pure et immaculée, au milieu du kaléidoscope qui pleuvait sur moi. Je la regardai fixement, j'essayai de me diriger vers elle autant que possible. Le monde recommença à se fracturer, pour un nouveau fondu au noir, mais ce serait le dernier. Je ne retournerais pas dans ma prison, pas avec cette lumière pour me guider. Je ne sais pas si elle était devenue de plus en plus forte ou si c'était moi qui m'étais rapprochée, mais soudain elle fut devant moi. Autour de moi. *J'étais* cette lumière.

Comme avec ces autres rêves qui m'avaient frôlée, j'eus une vision qui me tira brièvement de la tornade. J'étais dans les bras de Seth. Était-ce bien lui ? Alors qu'il me tenait, il sembla changer plusieurs fois de visage. Non, c'était bien lui. Je l'aurais reconnu entre mille. Il m'était tellement familier, et maintenant si proche. Je n'allais pas le lâcher. Il était mon billet de retour.

*Georgina.* (C'était bien sa voix.) *Georgina, tiens bon.* Non, je n'allais pas le lâcher. Plus jamais…

Ce bref contact humain céda la place au champ étoilé des rêves, mais cette fois, j'avais un point d'ancrage. J'étais avec la lumière. J'étais la lumière. Je la sentais m'entraîner, mais je n'avais pas besoin d'encouragement. Je la suivrais partout où elle m'emmènerait. J'abandonnai tout contrôle. J'eus la sensation de flotter, de me déployer. Derrière moi, quelque chose essayait de me retenir, mais ce n'était pas de taille. J'allais de l'avant. Toujours plus loin, et soudain…

Des cris. Mes cris. Je hurlais de douleur, j'avais été mise en pièces et reconstruite, j'avais été vidée de mon énergie. Je me sentais faible. À vif. Réduite à néant.

Où étais-je ? Je vis des visages, près de moi, et contre un mur. Ils me regardaient comme s'ils me connaissaient. Et moi, savais-je qui ils étaient ? Mes jambes se dérobèrent, aussi faibles que celles d'un poulain. L'un des hommes qui se trouvait à proximité me tendit la main, mais je reculai, effrayée. Je ne voulais pas qu'il me touche. De cela au moins, j'étais certaine. Mon esprit avait été mis en lambeaux. Je refusais tout contact. Le sol était frais et lisse, mais un mur vint couper ma retraite. Du moins j'eus l'impression de me cogner à un mur. Mais il n'y avait rien à cet endroit, à part un trait bleu sur le sol. Le mur invisible me rappela de mauvais souvenirs et provoqua la peur. Tremblante, je ramenai mes genoux contre moi, tâchant de me faire toute petite.

Les hommes qui m'entouraient – ils étaient quatre – parlaient une langue que je ne comprenais pas. Ils se disputaient. L'un d'eux ne cessait de vouloir venir vers moi, mais un autre l'en empêchait. Ce dernier était terrifiant. Son physique n'avait rien d'extraordinaire, mais je lui trouvai quelque chose de glaçant. Il dégageait une puissance phénoménale. Je la sentais et je la voyais. Elle me faisait penser à du soufre. Ses yeux se posèrent sur moi alors qu'il parlait durement aux autres et je me recroquevillai encore un peu plus. J'étais certaine de le connaître, mais il m'effrayait quand même.

Soudain, un autre homme s'écria quelque chose et toucha le bras de celui qui me terrifiait. Il était blond. Lui aussi dégageait une grande puissance, mais de nature différente, pure et cristalline. Puis, tous les quatre me tournèrent le dos, leur attention attirée ailleurs. D'abord, il n'y eut rien, puis je commençai à voir et à sentir quelque chose, moi aussi. Un globe violet incandescent apparut devant eux, devenant de plus en plus gros. Il s'agissait plutôt d'une spirale dont les branches tournoyaient, à mesure qu'elle augmentait de volume. Les deux hommes desquels n'émanait aucune puissance reculèrent. Si le mur invisible m'avait laissé passer, j'en aurais fait autant.

Deux formes surgirent brusquement hors de la lumière violette et s'avancèrent. Deux silhouettes noires, mais luminescentes, avec des yeux bleus brillants. J'écarquillai mes propres yeux. Je ne comprenais peut-être pas grand-chose à ce qui se passait autour de moi, mais eux, je les connaissais. Je les connaissais, et j'allais leur faire la peau.

Je semblais n'avoir plus la moindre étincelle de vie en moi, mais je trouvai tout de même la force de me lever d'un bond et de courir dans leur direction. Je hurlai des paroles incohérentes, mais ça n'avait pas d'importance. Seule comptait leur destruction. J'avais la ferme intention de les mettre en pièces, de les faire souffrir autant qu'elles…

Des bras puissants m'attrapèrent, m'arrêtant avec la même efficacité que le mur. C'était le blond, et il avait une poigne de fer.

—Lâchez-moi! criai-je. Lâchez-moi! Je vais les tuer! Je vais les tuer tous les deux!

L'autre homme se tourna vers les Oneiroi.

—Ce n'est pas votre monde, dit-il.

—Nous sommes venus chercher ce qui nous appartient, dit l'un des Oneiroi. Vous nous l'avez prise.

—Je n'ai fait que récupérer mon bien. Vous l'avez volée.

—Nous l'avons gagnée. Elle est venue à nous de son plein gré.

L'homme grogna. Jerome, me rappelai-je tout à coup. Il s'appelait Jerome.

—Nous n'avons pas la même définition du libre arbitre.

—Vous devez nous la rendre, protestèrent les Oneiroi.

—Je ne vous dois rien du tout, dit Jerome d'une voix dure. Barrez-vous avant que je change d'avis.

J'avais cessé de résister pendant qu'ils discutaient, mais à présent je sentais ma colère revenir. Je recommençai à me débattre.

—Laisse-moi les tuer! criai-je. Jerome, c'est mon droit! Laisse-moi les détruire!

Jerome se retourna, peut-être surpris de m'entendre utiliser son nom.

—Je ne pense pas que tu sois en état de tuer quoi que ce soit.

—C'est mon droit, dis-je. Après ce qu'ils m'ont fait… ils méritent de souffrir comme moi. Je veux les réduire en charpie, leur arracher l'âme!

—Ils n'ont pas d'âme, dit-il sèchement. Mais ton enthousiasme fait plaisir à voir. (Il s'adressa de nouveau aux Oneiroi.) Alors, comme ça, vous ne vous êtes pas contentés de voler mon succube, vous l'avez *aussi* torturé.

Sa voix avait pris cette froideur reptilienne qui me glaçait le sang et faisait crépiter l'air sous l'effet de la tension. Les Oneiroi remuèrent avec embarras. Ils n'y étaient pas insensibles non plus.

— Par sa faute, notre mère a été reprise, dit l'un d'eux. (Mais il ne semblait plus aussi confiant ou offensé que précédemment.) Nous avons le droit de nous venger.

— Vous croyez qu'insulter autrui justifie la vengeance ? demanda Jerome.

Oh, cette voix. L'air devint soudain silencieux.

— Oui, répondirent en chœur les Oneiroi.

— Moi aussi, rétorqua Jerome.

Il ne fit pas un geste, mais je sentis un flamboiement d'énergie, telle une torche jetée sur du petit bois sec. Les Oneiroi implosèrent. L'instant d'après, ils n'étaient plus là. Pas plus compliqué que ça.

— Oh, Jerome, dit l'homme qui me retenait. Tu as conscience de ce que tu as fait ?

Jerome tourna la tête vers nous et haussa les épaules.

— Je n'aime pas qu'on me pique mes affaires.

Le portail violet tourbillonnant, qui n'était jamais parti, se mit à devenir plus brillant et à tourner plus vite.

— Merde, dit Jerome. J'espérais que personne n'y ferait attention.

Le blond soupira. Il baissa les yeux vers moi et son regard gris argenté transperça mon âme.

— Écoute-moi bien. Tu ne bouges pas. Tu m'as compris ? Reste où tu es. (Comme je ne répondais pas, il poussa un nouveau soupir.) Tu me reconnais ?

Bonne question. Les yeux. Je connaissais ces yeux.

— Carter ?

Le mot me laissa une drôle d'impression sur la langue.

— Bien, dit-il. Tu m'as reconnu. Fais-moi confiance. Ne *bouge* pas.

Il me lâcha, attendit de voir ma réaction, puis, constatant que je restais à ma place, il alla rejoindre Jerome. De toute façon, rien n'aurait pu m'obliger à bouger, pas quand je vis ce qui arrivait par le portail.

C'était un monstre. Littéralement. Les yeux jaunes, la peau écailleuse et marbrée de violet et de gris. Son museau ressemblait au groin d'un cochon, et sept cornes lui faisaient office de couronne. Il dominait Jerome et Carter de toute sa hauteur, mais tous deux restèrent plantés là où ils se trouvaient, dans une attitude de défi.

— Vous avez détruit mes sujets, gronda la créature. (Sa voix, qui provenait du plus profond de sa gorge, fit trembler le sol.) Vous avez enfreint les règles.

— Vos sujets étaient sur notre territoire, dit Jerome. (Il était parfaitement calme.) Ils ont enlevé un des miens et l'ont torturé. Ce sont eux qui ont enfreint les règles.

— Ça ne vous donne pas le droit d'agir comme vous l'avez fait, fut la réponse.

— Ils l'auraient détruite s'ils en avaient été capables. La prochaine fois, surveillez un peu mieux vos employés, si vous voulez éviter qu'ils aillent semer la pagaille là où ils n'ont rien à faire.

Les narines du monstre frémirent.

— Je pourrais *vous* détruire pour ça.

— Essayez, répliqua Jerome. Mais attention, nous sommes deux…

La créature posa ses yeux jaunes sur Carter. Sa bouche dévoila quelques dents. Je pense qu'elle souriait.

— Un ange et un démon, combattant côte à côte. Ça vaudrait presque le coup d'œil.

Un silence pesant s'installa tandis que les adversaires se jaugeaient. Je n'avais aucune idée de la force de ce monstre. La taille physique n'était pas proportionnelle à la puissance. Toutefois, Jerome et Carter brillaient aussi fort que de petits soleils, prêts à exploser d'un moment à l'autre.

Finalement, le monstre haussa les épaules. Ou fit ce qui lui tenait lieu d'équivalent.

—Mais je me contenterai de vous voir défendre mutuellement votre honneur. Nous allons en rester là… pour aujourd'hui. Je ne tolérerai plus aucune agression contre mes sujets. Dans le cas contraire, je ne me montrerai pas aussi clément.

—Et si vos sujets ne fichent pas la paix aux miens, dit Jerome doucereusement, je ne serai pas aussi indulgent non plus.

La créature grogna et, l'espace d'un instant, je crus qu'elle allait changer d'avis. Elle n'en fit rien, préférant reculer en direction de la lumière violette. Elle se fondit en elle, disparaissant à nos yeux, puis le portail s'évanouit à son tour.

—Jamais vu un menteur pareil, dit Jerome. « Clément », tu parles. Il savait que j'allais lui botter son cul écailleux.

—Oui, eh bien j'espère qu'on n'aura jamais à le découvrir, dit Carter. Tu n'as pas idée de la paperasse que générerait une bataille rangée contre un démon morphéen, même dans *mon* camp.

Jerome eut un rictus.

—Je donnerais cher pour voir ça.

Je les regardai tour à tour, oubliant peu à peu ma peur de l'affrontement auquel nous venions d'échapper. Avec ce qui me restait d'énergie, je me jetai sur Jerome, tapant des poings sur sa poitrine. Il les saisit et m'immobilisa aussi aisément que Carter l'avait fait.

—Tu aurais dû me laisser faire ! Tu aurais dû me laisser les détruire ! C'était mon droit !

—Et c'est pour ça que tu te mets dans des états pareils, Georgina ? Tu tiens à peine debout, voyons…

—C'était mon droit, répétai-je. Tu ne sais pas ce qu'ils m'ont fait.

—J'en ai une vague idée.

Je cessai de me débattre et tout le fardeau de ce que j'avais eu à subir s'abattit enfin sur moi. Je pris conscience de mon épuisement total. Je m'effondrai entre ses bras, et il me rattrapa. Les gens et le décor qui m'entouraient étaient encore un peu confus, mais beaucoup de choses me revenaient.

—C'était ton boulot d'assurer ma sécurité, dis-je d'une petite voix. (Je sentis les larmes me monter aux yeux.) Ça n'aurait pas dû arriver, tu n'aurais pas dû les laisser me prendre. Tu es censé me protéger.

Jerome sembla sincèrement surpris et il ne me répondit pas immédiatement. Je craignais qu'il se mette en colère, mais au lieu de cela, il dit d'une voix calme :

—Oui. Tu as raison. J'ai trop attendu…

—Superbe excuse, ironisa Carter.

Jerome réagit au quart de tour.

—Je n'ai pas à m'excuser ! (Puis il s'adressa de nouveau à moi, reprenant une voix calme et patiente. Presque douce. Je savais que ça ne lui ressemblait pas.) Je t'ai ramenée. Tu es en sécurité à présent. Ils ne te feront plus jamais de mal. Tu comprends ? (Je hochai la tête.) Bien. Il est temps d'en finir avec toute cette histoire.

Jerome se tourna vers les mortels. L'un d'eux était vieux, très vieux, la peau brun foncé et les cheveux grisonnants. Il avait des yeux compatissants. L'autre homme était plus jeune, avec des cheveux en bataille et des yeux marron qui prenaient des reflets ambrés à la lumière. Il me regardait comme s'il me connaissait, ce qui n'était pas une surprise parce que je le connaissais aussi. Je n'en savais pas plus, mais il m'était familier. En fait, je commençais à prendre conscience que je connaissais tout le monde dans cette pièce. D'autres noms me revenaient. Mais celui de cet homme continuait à m'échapper, peut-être parce que plusieurs propositions n'arrêtaient pas de se succéder dans ma tête. Il m'observait attentivement, comme s'il essayait de comprendre quelque chose, et je me noyai dans ces yeux dorés.

Jerome dit quelque chose à l'homme aux cheveux gris dans cette autre langue. Je ne parvenais toujours pas à la comprendre, mais certains sons semblaient familiers. Le vieil homme ne répondit ni ne bougea immédiatement, et une tension palpable tomba sur l'ensemble de la pièce. Enfin, il prit sa baguette et commença à toucher des points sur le cercle tracé à même le sol, en murmurant. Au quatrième point, ce fut comme si une forte pression, une pression dont je n'avais même pas soupçonné l'existence jusqu'à présent, venait d'être évacuée de la pièce.

Jerome échangea quelques mots d'un ton cassant avec le vieil homme avant de se tourner vers moi.

—Comme je te l'ai dit, je n'en reviens pas que tu sois consciente, mais étant donné tous les autres trucs insensés que tu fais, je ne devrais pas être surpris.

Il s'approcha de moi et pressa ses doigts sur mon front. J'eus le souffle coupé tandis qu'une sorte de… de secousse… me traversait de part en part. D'abord, ce fut un choc, comme une démangeaison dans tout le corps. Puis, une sensation plus douce et merveilleuse. La chose la plus merveilleuse au monde. Elle m'envahit, me redonna de l'énergie. Je me sentis enfin complète. Jusqu'à ce moment, comment avais-je pu croire que j'étais vivante ?

Le monde autour de moi devint plus clair, plus familier. Je titubai, pas à cause de ma faiblesse cette fois, mais à cause de la béatitude absolue que venait de m'offrir Jerome. Il me dit quelque chose dans cette autre langue, et je fronçai les sourcils : je ne comprenais pas.

Il répéta, dans ma langue cette fois.

—Allez, transforme-toi, Georgina. Il faut y aller maintenant.

—Que je me transforme en quoi ?

—Ce que tu veux. Ton apparence du moment, je suppose. Mais pas ça.

Il désigna mon corps d'un geste de la main.

Je m'examinai pour la première fois. Je n'étais pas aussi grande que lui, quelques centimètres de moins peut-être.

Mes jambes et mes bras étaient longs et minces, ma peau hâlée par le soleil. Je portais une robe ivoire unie, et je voyais les pointes de mes cheveux noirs tomber sur ma poitrine. Je fronçai les sourcils. C'était moi… mais pas vraiment moi.

—Transforme-toi, Georgina, répéta-t-il.

—Ce n'est pas mon nom, dis-je.

—C'est à cause de ce qu'ils t'ont fait, dit-il, visiblement impatient. Secoue-toi un peu, c'est fini. Ils t'ont embrouillé les idées, mais il ne tient qu'à toi de revenir à la normale. Reviens, Georgina, reviens au présent.

Puis il continua à parler, mais dans cette autre langue, et je secouai la tête avec colère.

—Je ne comprends pas. Je n'ai rien à faire ici. C'est bien mon corps, mais ce n'est pas mon époque.

Il donna un autre ordre que j'étais incapable de comprendre, et je lui fis la même réponse. Nous nous livrâmes à cet exercice à trois reprises, et à la quatrième, ses mots me devinrent parfaitement compréhensibles. Je connaissais cette langue. L'anglais explosa dans mon esprit et, avec lui, bien d'autres choses.

Je levai les mains devant moi, les regardant fixement et longtemps, comme si je les voyais pour la première fois. Je baissai les yeux sur mes longues jambes. Un étrange sentiment de répulsion s'empara de moi.

—Ce n'est pas mon corps.

Pourtant… ça l'était. Tout en ne l'étant pas. Sans énergie, voilà à quoi j'étais retournée.

—Quel est ton nom ? demanda-t-il.

*Letha. Je m'appelle Letha.*

—Georgina, répondis-je.

Et dans la foulée, je rassemblai suffisamment d'énergie pour changer d'apparence. Petite et mince, avec des cheveux châtain clair, et des yeux verts aux reflets dorés. La simple tunique blanc cassé devint une robe bleue en coton. Un moment plus tard, je la changeai pour un jean et un tee-shirt.

Jerome jeta un regard à Carter.

—Tu vois ? Tout est réglé.

Carter ne réagit pas.

—Et maintenant ? demanda-t-il.

—Maintenant ? (Le regard de Jerome tomba de nouveau sur moi.) Maintenant, Georgina fait un gros dodo.

—Quoi ? criai-je. Non ! Pas après… Non. Je ne dormirai plus jamais.

Jerome faillit sourire avant de me toucher de nouveau le front.

Je m'endormis.

# Chapitre 20

Je me réveillai dans mon lit, avec Mei à mon chevet. L'infirmière Ratched[1] en personne n'aurait pas pu me causer une frayeur pareille.

Elle feuilletait un magazine, et donnait l'impression de s'ennuyer ferme. Elle leva la tête.

—Oh. Tu es réveillée. Pas trop tôt.

Elle se leva.

—Que... qu'est-ce qui s'est passé? demandai-je, clignant des yeux à cause de la lumière qui inondait ma chambre.

J'étais surprise qu'elle n'ait pas tiré les rideaux. Ça ne collait pas avec son image de créature des ténèbres.

—Tu ne te souviens de rien? (Elle sembla perdre de son indifférence.) Jerome a dit que tout te reviendrait. Sinon...

Je m'assis dans mon lit, ramenant mes genoux contre moi.

—Non, non. Je me rappelle... Je me rappelle ce qui est arrivé chez Erik. Et les Oneiroi, aussi. (Je frissonnai en prononçant leur nom.) Mais après ça? J'ai dormi combien de temps?

—Trois jours, dit-elle platement.

---

1. L'ennemie jurée de McMurphy (Jack Nicholson) dans *Vol au-dessus d'un nid de coucou*. (*NdT*)

—Hein? (Je la dévisageai, bouche bée. Si Mei avait été du genre à plaisanter, j'aurais attendu la chute à ce moment-là.) Je ne… Enfin, tout est allé si vite. Et je n'ai pas rêvé.

Elle eut un sourire en coin.

—C'était ce que tu voulais, non? Et on guérit plus vite quand on dort profondément. (Le sourire se transforma en grimace.) Mais je t'assure que ces trois jours m'ont paru une éternité. Heureusement, Jerome m'a chargée de faire barrage à tes amis. Ça au moins, c'était amusant.

—Je me trompe, ou c'est un sarcasme?

—Je te laisse, dit-elle, de nouveau très pro. Ma mission est terminée.

—Une minute! Et Seth et Erik? Ils vont bien?

—Oui. (J'attendis qu'elle se volatilise, mais rien ne se passa. Elle me scruta avec curiosité.) Ça n'aurait pas dû marcher, tu sais.

—Quoi donc?

—Le rituel. Jamais ce mortel n'aurait dû pouvoir te retrouver, pas parmi toutes ces autres âmes.

Les Oneiroi avaient dit la même chose, et, repensant au chaos de cet ouragan de couleurs, je comprenais leur raisonnement.

—Nous… Nous nous aimons.

Je n'étais pas sûre d'avoir le droit de prononcer ces mots, mais ils sortirent quand même.

Mei leva les yeux au ciel.

—Ça ne veut rien dire. L'amour des humains ne suffit pas – malgré toutes les comédies romantiques et les chansons qui essaient de nous faire croire le contraire. Ça n'aurait pas dû marcher.

Je ne savais pas quoi répondre.

—La preuve que si…

—Jerome en était persuadé, dit-elle d'un air songeur, fronçant légèrement les sourcils. (Son regard se fit plus dur.) Et toi? Tu as une explication?

— Moi ? glapis-je. Non ! Je n'y comprends rien.

Je m'attendais qu'elle mette ma parole en doute et poursuive son interrogatoire. Au lieu de cela, son froncement de sourcils s'accentua, et je compris que je ne lui étais plus d'aucune utilité dans la résolution de ce dilemme. Elle disparut…

… et Roman fit irruption dans ma chambre.

— Elle est partie ? demanda-t-il.

S'il était à proximité, il avait forcément senti sa signature s'évanouir.

— Tu es resté dans l'appartement pendant tout ce temps ? demandai-je.

Il s'assit sur la chaise qu'elle venait de libérer.

— Jerome lui a donné l'ordre de ne laisser entrer personne.

— Tu n'en aurais fait qu'une bouchée, dis-je, essayant de plaisanter.

— Pas sans risquer de gros ennuis. (Il fronça les sourcils, une certaine confusion dans le regard.) Mais je n'aurais pas hésité à révéler ma présence chez Erik si cette… cette chose qui est sortie du portail s'était attaquée à Carter et Jerome.

Je frémis à ce souvenir.

— Je ne savais même pas que de tels monstres existaient dans le… Attends un peu. Comment aurais-tu pu les aider ? Tu étais… tu étais à l'intérieur du cercle ?

J'avais supposé qu'il avait assisté à la scène depuis l'extérieur.

— Bien sûr.

Il n'ajouta rien, mais son ton indiquait clairement qu'il estimait que ma question était ridicule.

— Tu es malade ? m'exclamai-je. Non seulement tu t'es laissé enfermer, mais si Mei – ou n'importe laquelle des créatures du monde des rêves – t'avait découvert, tu aurais été fichu. Ils t'auraient dénoncé.

—Je n'avais pas le choix. Je devais être là, au cas où tu aurais eu besoin de moi.

—C'était un trop gros risque, répliquai-je, d'une voix mal assurée cette fois. Si une bagarre avait éclaté, Jerome et Carter n'auraient eu aucune raison de te défendre. Ce démon morphéen avait peut-être peur de s'attaquer à eux, mais toi, tu aurais fait une proie idéale.

—Je te l'ai dit, ça n'a pas d'importance. Je devais être là pour toi.

Il y avait tant d'affection et de sincérité dans ces yeux qui me rappelaient la mer de mon enfance, que je dus détourner le regard. Je n'arrivais pas à croire qu'il avait couru un tel danger pour moi. Pourquoi ? Après ce que je lui avais fait, il n'avait aucune raison de m'aimer. Et pourtant, il avait manifestement toujours des sentiments pour moi. Mon enlèvement semblait remonter à une éternité, mais les événements de cette nuit-là me revinrent en mémoire dans les moindres détails : ses lèvres, ses mains…

—Je préférais quand tu voulais me tuer, marmonnai-je. C'était plus facile.

Il posa sa main sur la mienne, sa chaleur se répandant en moi.

—Dans ta vie, rien n'est jamais facile.

Je levai les yeux vers lui.

—Je ne te le fais pas dire. Mais je ne sais pas… Je ne suis pas sûre de pouvoir… enfin, tu comprends…

—Je comprends, dit-il. Continuons comme avant. Colocataires, rien de plus. Pour la suite, on verra bien. Si les choses doivent changer, elles changeront. Sinon… (Il haussa les épaules.) C'est la vie.

—Tu me fais vraiment flipper quand tu es aussi raisonnable. Tu es sûr de ne plus avoir envie de me tuer, même pas un peu ?

—Tu sais, peut-être que j'ai simplement pitié de toi à cause de tout ce qui t'est arrivé et que je changerai d'avis d'ici à quelque temps. (Il serra ma main.) Est-ce que… ç'a été dur ?

Je détournai de nouveau le regard.

—Oui. Tu ne peux pas imaginer. C'est difficile à expliquer. Ils m'ont fait vivre tous mes cauchemars, ont donné chair à toutes mes peurs. Ils m'ont montré des choses, presque aussi terribles que les cauchemars, qui appartenaient à mon passé. Je n'étais plus capable de distinguer la réalité de la fiction. Je vous ai vus, vous, mes amis… mais ce n'était pas toujours réel. J'ai douté de tout : de moi, de mes sentiments…

Je ravalai mes larmes, contente d'avoir détourné les yeux.

—Hé, dit-il doucement. (Tendant le bras, il m'obligea à lever le menton et à me retourner vers lui.) C'est fini. Tu es en sécurité. On va tous t'aider à récupérer – je vais t'aider. Je ne permettrai plus qu'il t'arrive quoi que ce soit.

De nouveau, je me sentis troublée par ses sentiments pour moi. Fallait-il y voir l'effet persistant des Oneiroi ? Non, décidai-je. Ce genre de situation aurait mis n'importe qui mal à l'aise. Mon cœur battait encore pour Seth, un homme que j'aurais dû oublier, mais qui m'avait retrouvée alors que tout était contre lui. Et puis il y avait Roman, avec qui j'aurais pu construire quelque chose un peu plus facilement – enfin, tout est relatif – et qui venait de risquer sa vie pour moi. Pouvais-je faire un bout de chemin avec lui ? Je l'ignorais. Mais rien ne m'empêchait d'essayer.

Je pris de nouveau sa main dans la mienne et la serrai.

—Merci.

Il se pencha vers moi, et nous nous serions probablement embrassés si la sonnerie de mon mobile n'avait pas brusquement rompu le charme. Je libérai ma main de la sienne et la tendis vers la table de nuit.

—Allô ?

—Mademoiselle Kincaid, dit une voix aimable et familière. Quel plaisir de vous parler enfin.

—Erik! Oh, je suis si contente de vous entendre. Je voulais vous remercier de…

—Vous n'avez pas à me remercier. Je recommencerais sans hésiter.

—Eh bien, je vous remercie quand même.

Roman, comprenant que la conversation ne le concernait pas, se leva et s'éloigna, mais pas sans m'avoir lancé un autre regard plein de tendresse.

—Comme vous voudrez, dit Erik. Vous vous sentez mieux ?

—Couci-couça. Physiquement, ça va. Et je pense que le reste suivra.

J'aurais tant voulu pouvoir oublier toutes les choses horribles que j'avais vues. Je n'y croyais pas vraiment, mais je n'avais aucune envie de l'ennuyer avec mes problèmes.

—Je suis content, dit-il. Vraiment content.

Le silence s'installa, et un sentiment de suspicion commença à s'insinuer dans mon cerveau. J'avais cru qu'il appelait seulement pour prendre de mes nouvelles, mais quelque chose me disait qu'il y avait autre chose.

—Mademoiselle Kincaid, reprit-il enfin. Je suis persuadé que vous ne tenez pas à parler de ce qui s'est passé…

—Eh bien, je… (J'hésitai. Je connaissais Erik. Il n'aurait pas remis ça sur le tapis sans une bonne raison.) Y a-t-il quelque chose dont nous *devrions* parler ?

Il hésita à son tour.

—Vous me remerciez… mais, pour être honnête, ce que nous avons fait n'aurait pas dû marcher. Je n'y croyais pas.

Les commentaires de Mei me revinrent à l'esprit, ainsi que les autres conversations que j'avais surprises par l'intermédiaire des rêves.

—Apparemment, personne n'y croyait.

—Sauf M. Jerome.

—Où voulez-vous en venir ?

— Je ne sais pas comment nous avons réussi. M. Mortensen n'aurait pas dû retrouver votre âme.

J'aimais beaucoup Erik, raison pour laquelle je détestai l'irritation qui pointait dans ma voix.

— C'est ce que tout le monde n'arrête pas de me répéter. Mais de toute évidence, il y est parvenu. C'était peut-être impossible, mais après ce que j'ai subi, peu m'importe comment il s'y est pris.

— Et je vous comprends. Mais tout de même, je m'interroge. Vous voulez bien me dire ce qui s'est passé quand il vous a trouvée ?

Voilà un chapitre de mon calvaire que je ne me lassais pas de raconter, en grande partie parce qu'il se terminait bien. Ce qui ne signifiait pas que l'explication coulait de source. Je fis de mon mieux pour décrire la façon dont j'avais erré à la dérive dans le monde des rêves quand j'avais entendu Seth m'appeler. Erik écouta patiemment, puis il me demanda si j'acceptais de lui révéler les termes de mon contrat avec l'enfer.

Une question surprenante, à laquelle il me fut plus difficile de répondre. Les Oneiroi m'avaient montré un si grand nombre de versions différentes de ce qui s'était passé entre Kyriakos et moi, et même s'il y avait eu du vrai et du faux, elles avaient toutes eu en commun d'être horribles. Mais comme je sentais que cela pouvait être très important, je racontai d'une voix hésitante comment j'avais trompé Kyriakos avec son meilleur ami. La découverte de mon infidélité avait plongé mon mari dans un chagrin suicidaire, ce qui m'avait poussée à signer un contrat avec l'enfer. J'avais vendu mon âme et j'étais devenue un succube et, en échange, j'avais été effacée de la mémoire de tous ceux qui m'avaient connue, y compris Kyriakos.

— Répétez-moi les termes exacts du contrat, dit Erik.

— Il stipulait que tout individu que je connaissais m'oublierait et oublierait ce qui s'était passé – ma famille, mes amis, et surtout mon mari. (Ma voix s'étrangla un peu.)

J'ai obtenu ce que je voulais. Je suis revenue plus tard, et personne ne savait qui j'étais.

—Il n'y avait rien d'autre dans le contrat ?

—Non. Une démone que je connais y a récemment jeté un coup d'œil pour vérifier.

—Ah bon ? (Cela piqua l'intérêt d'Erik.) Pourquoi a-t-elle fait ça ?

—Pour me rendre service. Le démon avec qui j'avais négocié mon âme s'était allié à Nyx et n'arrêtait pas d'embêter Seth. Hugh m'a soutenu que, si un démon s'intéressait autant à un contrat, il y avait forcément un détail qui clochait. Alors, Kristin, la démone dont je vous parlais, a accepté de l'étudier. (Elle ne l'avait pas fait de gaieté de cœur. Si on l'avait surprise en train de fouiner dans les dossiers de l'enfer, les conséquences auraient été vraiment, vraiment terribles. Mais j'avais joué les entremetteuses entre elle et son patron, et sa gratitude l'avait emporté sur sa peur.) Elle m'a dit n'avoir trouvé aucune erreur. Tout était normal.

Il y eut de nouveau un silence. Cette conversation commençait à me mettre mal à l'aise.

—Est-ce que ce démon – Niphon, c'est bien ça ? – a fini par faire quelque chose à M. Mortensen ?

—Non, pas vraiment… Disons qu'il a contribué à notre rupture… (Je marquai une pause pour me calmer.) Mais il y avait beaucoup d'autres facteurs.

—Niphon est revenu depuis ?

—Non, mais il y a eu cet autre succube. (Avec tout le reste, j'avais oublié Simone.) Elle se faisait passer pour moi. Elle n'arrêtait pas d'essayer de séduire Seth… mais ça n'a pas marché. Je crois que Jerome l'a renvoyée, mais je n'en suis pas certaine.

De nouveau, Erik prit son temps pour répondre. Finalement, il soupira.

—Merci, mademoiselle Kincaid. Vous m'avez donné matière à réfléchir. Je vous demande pardon si j'ai réveillé en vous des souvenirs pénibles. Et je me réjouis de vous savoir en meilleure forme.

— Merci, dis-je. Et encore merci pour votre aide.

Je raccrochai, et j'allai au salon. Roman se trouvait dans la cuisine, préparant des sandwichs au fromage grillé.

— Tu as faim ? demanda-t-il.

— Je *meurs* de faim, dis-je. (Il me tendit une assiette et une tasse de thé, et je souris.) Merci. Je ne sais pas ce que j'ai fait pour mériter ça.

— Tu n'as pas besoin de faire quoi que ce soit. Et puis, j'ai du rab. J'avais envie d'un repas copieux avant d'aller travailler.

— Avant *quoi* ?

Son large sourire m'indiqua qu'il avait rongé son frein pour m'annoncer cette nouvelle.

— J'ai trouvé du travail.

— Tu veux rire ?

— Non. Je suis retourné à la fac où j'enseignais. Ils avaient quelques cours non pourvus, alors je me suis lancé.

J'étais muette de stupeur. J'avais harcelé Roman pour qu'il se cherche un emploi rémunéré et il avait enfin trouvé, et dans sa spécialité en plus : la linguistique.

— Dois-je comprendre qu'à partir de maintenant, tu vas me payer un loyer ?

— Chaque chose en son temps, ma chérie.

Il se prépara une assiette, et nous mangeâmes au salon, sous le regard brûlant de convoitise des chats. En voyant Godiva, je sentis venir un froncement de sourcils. Le rêve. L'homme dans le rêve. Les Oneiroi avaient prétendu qu'il s'agissait de Seth… mais c'était impossible. Je levai les yeux vers Roman, me demandant si j'étais capable de raviver l'amour que j'avais éprouvé pour lui. Si ce rêve devait se réaliser un jour, il ferait un bien meilleur candidat.

— Vous aviez beaucoup de choses à vous dire, Erik et toi, fit Roman, notant mon regard insistant.

—Mon opération de sauvetage le fait flipper. Il prétend que ça n'aurait jamais dû marcher.

—Oui, j'ai déjà entendu ça.

Entre deux bouchées, je lui rapportai notre conversation, sans omettre l'intérêt qu'avait manifesté Erik concernant Seth et mon contrat.

—Il n'y a pas de quoi en faire tout un plat, conclus-je. Seth et moi avons toujours des sentiments l'un pour l'autre, sentiments que nous nous efforçons de laisser derrière nous. (Mais au moment où nos âmes s'étaient retrouvées, j'avais oublié toute idée de rupture.) Peut-être que c'était suffisant, et qu'on sous-estime le pouvoir de l'amour.

—Peut-être, dit Roman.

Mais à présent, lui aussi semblait pensif.

On frappa à la porte, la suite de la discussion était remise à plus tard. Ne notant aucune signature d'immortel, j'espérai qu'il ne s'agissait pas de mon voisin venu tirer un coup. Par bonheur, jusqu'à présent, il m'avait fichu la paix.

Mais non, ce n'était pas Gavin. C'était Maddie.

Et elle pleurait.

Je ne lui posai aucune question. Quand vos amis ont des ennuis, la priorité est de s'occuper d'eux. Je la fis entrer et la guidai jusqu'au canapé, la prenant immédiatement entre mes bras.

—Qu'est-ce qui ne va pas? demandai-je enfin. Qu'est-ce qui t'arrive?

D'abord, elle fut incapable de parler. Ses sanglots l'en empêchèrent; elle s'étranglait avec ses propres larmes. Je sentis quelque chose contre mon bras. Roman me tendait une boîte de mouchoirs en papier. Je lui jetai un regard de gratitude et en offris quelques-uns à Maddie.

—C'est Seth, laissa-t-elle enfin échapper dans un souffle.

Mon cœur cessa de battre. L'espace d'un instant une centaine de scénarios horribles me traversèrent l'esprit. Seth renversé par une voiture. Seth atteint par une maladie mortelle. Je serrai le bras de Maddie au point de lui enfoncer mes ongles dans la chair. Je me forçai à relâcher ma prise.

—Qu'est-ce qui s'est passé? demandai-je. Il va bien?

—Il a tout annulé. (Ses pleurs redoublèrent.) Il a rompu nos fiançailles et il m'a dit que tout était fini entre nous.

Elle enfouit son visage dans mon épaule, et je la caressai distraitement tandis que mon cerveau essayait tant bien que mal de donner un sens aux paroles qu'elle venait de prononcer. J'avais dû mal comprendre.

—Mais c'est impossible, dis-je, d'une voix aussi brisée que la sienne. Il… Il t'aime.

Elle leva vers moi ses yeux brillants de tristesse.

—Il a dit qu'il ne m'aimait pas comme il le devrait, qu'il ne m'aimait pas comme je le méritais. Il a dit qu'il n'avait pas le droit de m'obliger à l'épouser, que nous n'étions pas faits l'un pour l'autre. (Elle prit un mouchoir et se moucha, puis ses yeux s'agrandirent de désespoir.) Qu'est-ce que ça veut dire, Georgina? Pourquoi dit-il qu'il m'oblige à l'épouser? J'en ai *envie*. Je ne comprends pas.

Je regardai au-dessus de sa tête et croisai les yeux de Roman. Nous ne jouissions pas des pouvoirs télépathiques des immortels supérieurs, mais ce n'était pas nécessaire. Seth n'avait pas forcé la main à Maddie, bien sûr, mais il s'était décidé, poussé par la culpabilité. Il s'était senti coupable de l'avoir trompée avec moi et de continuer à être attiré par moi, alors qu'il pensait qu'il valait mieux que nous gardions nos distances.

—Il a dit qu'il m'aimait, poursuivit Maddie, mais qu'il me fallait quelqu'un qui m'aimait plus, quelqu'un pour qui je serais la personne la plus importante au monde. Il a dit qu'il me ferait davantage souffrir en restant. Comment c'est possible? (Elle s'écarta et enfouit son visage dans ses mains.) Ça ne peut pas faire plus mal que ça. Je veux mourir.

—Non! protestai-je, l'attirant de nouveau vers moi. Ne dis pas ça. *Ne dis jamais ça!*

—Georgina, me rappela doucement à l'ordre Roman.

Je pris conscience que je secouais Maddie et m'arrêtai immédiatement.

—Écoute-moi, repris-je en tournant son visage vers le mien. Tu es quelqu'un de formidable. Je connais peu de gens comme toi. Tu vas t'en remettre… Je te le jure. Je ne te laisserai pas tomber, tu m'entends ? Et tu mérites ce qu'il y a de mieux. Si ce n'est pas lui, ce sera un autre. (J'eus plus de mal avec la suite. J'aurais dû me réjouir de cette nouvelle. Je n'allais plus les voir constamment ensemble. J'avais aussi le sentiment que j'avais ma part de responsabilité. Seth lui avait dit qu'elle méritait quelqu'un pour qui elle serait la personne la plus importante au monde. Il m'avait affirmé que j'étais tout pour lui. Dans un des rêves, il avait dit la même chose à Maddie, mais à présent, je savais que c'était un faux rêve. Mais je ne pus m'empêcher de dire :) Et peut-être… peut-être que si vous en parlez entre vous, tu comprendras que…

Ses sanglots se calmèrent – juste un peu – alors qu'elle me regardait d'un air perplexe.

—Mais non, justement. Je ne peux pas.

—Tu dis ça maintenant, mais Seth est quelqu'un avec qui on peut discuter. (Pourquoi tenais-je tant à jouer l'avocat du diable ? Parce que Maddie était mon amie et que je ne supportais pas de la voir souffrir – et parce que j'avais, moi aussi, eu le cœur brisé bien trop souvent.) Patiente quelques jours et ensuite, va le trouver. Peut-être que vous pourrez avoir un dialogue… euh… plus constructif, et même recoller les morceaux (pouah), ou au moins tu comprendras sa décision.

Elle secoua la tête.

—Mais je ne sais *pas* où il est. Personne ne sait où il se trouve. Il a disparu, Georgina.

# Chapitre 21

D'après Maddie, même la famille de Seth ignorait où il était. Il s'était tout simplement volatilisé. Il ne répondait pas au téléphone. Il ne venait plus à la librairie. Quand les gens disparaissaient, j'en tirais immédiatement des conclusions surnaturelles, mais Maddie ajouta – à travers d'autres larmes – qu'elle avait utilisé sa clé afin d'aller récupérer ses affaires dans l'appartement de Seth et avait découvert qu'il manquait une valise et quelques vêtements. Se sentant coupable de l'avoir gardée, elle me la fourra dans la main en me demandant de la rendre à Seth. Ou de la jeter.

Je fis de mon mieux pour la réconforter, puis proposai de la conduire chez Doug. Roman me jeta un regard d'avertissement alors que nous nous préparions à partir.

—Ne fais pas de bêtise, me conseilla-t-il, une fois Maddie hors de portée de voix.

—Tu oublies que je suis encore convalescente. Et moi qui croyais que tu étais devenu gentil, lui rétorquai-je.

En dépit du style de vie bohème de Doug, je savais que Maddie serait en de bonnes mains avec lui. Je la déposai chez lui et trouvai en Doug un mélange de plusieurs personnalités. Avec Maddie, il se montra incroyablement prévenant, le frère affectueux remplaçant l'habituel frère taquin. Une fois qu'il l'eut mise au lit, il vint me retrouver et eut des mots très durs envers Seth. Je n'avais pas grand-chose à lui répondre. Je me contentai donc de lui dire de m'appeler s'ils avaient besoin de quoi que ce soit. Puis je partis.

Malgré ce que m'avait affirmé Maddie, je décidai d'aller tout de même chez Terry et Andrea. Que Seth ait annulé ses fiançailles avec Maddie de manière aussi soudaine était dingue, presque plus que sa demande en mariage elle-même. Mais disparaître sans prévenir sa famille? Non. Ce n'était pas son genre. Il était bien trop responsable. Il leur avait probablement recommandé de ne pas révéler à Maddie où il se trouvait.

Kendall vint m'ouvrir la porte, son visage s'illuminant comme au matin de Noël.

—Georgina! Georgina est là!

Morgan et McKenna, qui regardaient des dessins animés, accoururent et s'enroulèrent chacune autour d'une jambe.

—Moi aussi, ça me fait plaisir de vous voir, dis-je en riant.

Terry, qui avait été assis sur le canapé en compagnie des jumelles, vint me saluer avec un peu moins d'ardeur.

—Salut Georgina, dit-il, le visage amical, comme d'habitude. (Il était plus petit que Seth, et plus vieux de quelques années, mais dans l'ensemble, il y avait bien un air de famille.) Désolé pour l'assaut en masse.

—Pas grave. (Je fis lâcher prise à Morgan, mais McKenna fit preuve de plus de résistance. D'une voix hésitante, je m'adressai de nouveau à Terry:) Je me demandais si tu avais deux minutes pour qu'on discute… euh… d'un truc.

Terry n'était pas stupide. Aucun des Mortensen ne l'était.

—Bien sûr, dit-il. Les filles, libérez Georgina et retournez à vos dessins animés. Allons dans la cuisine.

—Mais on veut que Georgina regarde la télé avec nous!

—On peut venir à la cuisine?

Terry fit jouer, fermement mais gentiment, son autorité paternelle et les filles retournèrent à contrecœur sur le canapé. J'étais impressionnée. Je n'étais pas convaincue que j'aurais été capable de leur refuser quoi que ce soit. Il m'emmena à la cuisine, mais avant que nous ayons eu le temps de commencer à discuter, Andrea arriva dans le couloir, souriante et surprise de me voir. C'était le milieu de la journée, mais elle portait une robe de chambre par-dessus un pyjama. Ses cheveux blonds décoiffés et ses cernes noirs suggéraient qu'elle venait de se réveiller.

Terry était accoudé au plan de travail, mais il sursauta quand il l'aperçut.

—Oh, ma chérie, tu devrais retourner te coucher.

Elle chassa sa suggestion d'un haussement d'épaules.

—Je voulais voir qui nous rendait visite. Comment ça va?

—Bien, dis-je. (Puis, incapable de me retenir :) Et toi? Ça n'a pas l'air d'aller…

—Je ne suis pas dans mon assiette en ce moment. Heureusement, Terry s'occupe de tout aujourd'hui. Il s'en tire *presque* aussi bien que moi avec les filles.

Je ris poliment à sa plaisanterie, mais mon hilarité fut de courte durée. Nous savions tous pourquoi j'étais là, mais personne ne semblait vouloir prendre l'initiative. Finalement, je respirai un bon coup.

—Je suis venu vous demander où était Seth.

—C'est drôle, dit Andrea. On allait te poser la même question.

Je fus prise au dépourvu.

—Comment le saurais-je? (Ils me regardèrent fixement.) Je l'ignore, c'est vrai!

—Quand ça s'est passé… cette histoire avec Maddie, il y a quelques jours… (Terry jeta un regard gêné à sa femme avant de poursuivre.) On s'est dit que c'était à cause de toi.

—Qu'est-ce que j'aurais à voir avec ça? Je l'ai appris aujourd'hui.

—Ç'a toujours été à cause de toi, dit doucement Andrea. Il n'y en a jamais eu une autre. Nous aimons bien

Maddie. *Lui aussi* l'aime bien. Et c'est bien le problème. Tout le temps qu'a duré leur histoire, on voyait tous que tu étais toujours celle qui comptait pour lui. Les raisons qui vous ont poussés à rompre ne nous regardent pas, mais je ne peux pas dire qu'on soit surpris par ce dernier développement.

—Mais nous aussi, on aimerait bien savoir où il est, ajouta Terry, plus pragmatique.

—Je n'en ai aucune idée, répondis-je, impuissante, encore un peu abasourdie par les paroles d'Andrea. Maddie a dit qu'il a fait ses valises, et je pensais que vous lui cachiez l'endroit où il était parti. (Je les dévisageai avec méfiance.) Et peut-être à moi aussi ?

—Non, dit Terry. Il ne nous a rien dit.

Je n'avais pas le talent d'un ange, mais je croyais qu'il disait la vérité.

Andrea approuva d'un signe de tête.

—Il s'est contenté de nous appeler il y a deux jours pour nous apprendre qu'il avait rompu. Il n'a donné aucune explication, mais bon, tu le connais. Il est plutôt avare en paroles. Personne ne l'a vu depuis, alors on commence à s'inquiéter.

Deux jours plus tôt. Seth avait rompu avec Maddie deux jours plus tôt, juste après l'opération de sauvetage dans le monde des rêves.

—On a essayé d'appeler, ajouta Terry. Mais ça ne répondait pas.

—Ah, c'est vrai. J'ai été malade, moi aussi, cette semaine. (Regardant Andrea, qui semblait épuisée, j'eus soudain mauvaise conscience de les retenir plus longtemps.) Il faut que j'y aille. Merci pour toutes ces informations. Vous… Vous voudrez bien me tenir au courant s'il entre en contact avec vous.

Andrea sourit de nouveau.

—J'ai l'impression que tu auras de ses nouvelles avant nous.

J'aurais aimé être aussi confiante. Quitter la maison se révéla plus délicat que prévu, dans la mesure où les filles refusaient de me laisser partir, mais je finis par échapper à leurs adorables griffes. Je marchais vers ma voiture quand j'entendis une voix :

— Elle est malade, tu sais.

Je me retournai, surprise, et vis Brandy près du portillon donnant sur la cour à l'arrière de la maison. Elle affichait cet air maussade qui semblait ne pas la quitter ces derniers temps.

— Salut. D'où tu sors ?

— J'étais dans le coin. Je t'ai entendue parler avec maman et papa.

Je me repassai les paroles initiales de Brandy.

— Tu veux parler de ta mère… elle n'est pas en forme, c'est ça ? J'ai remarqué.

— Non, elle est *vraiment* malade. C'est grave et ils refusent d'en parler. (Brandy fit un signe de tête en direction de la porte d'entrée.) Personne d'autre n'est au courant. Même oncle Seth ne sait pas que c'est sérieux.

Un vent frais vint agiter les feuilles mortes autour de mes jambes, mais ce n'était rien comparé au froid qui commençait à m'envahir.

— Qu'est-ce qu'elle a, Brandy ?

Brandy traîna des pieds dans l'allée, détournant les yeux.

— Elle a un cancer de l'ovaire. C'est grave… mais ils ne savent pas encore exactement à quel point.

— Elle allait chez le médecin, le jour où j'étais là, me rappelai-je à voix haute.

Andrea avait été de bonne humeur et j'en avais déduit qu'il s'agissait d'une visite de routine. Je pris également conscience que je n'avais pas réellement été là : j'avais assisté à toute la scène dans un rêve. Heureusement, Brandy était trop bouleversée pour relever ma bévue.

— Elle est souvent allée chez le docteur. Papa est en retard dans son travail. Oncle Seth est venu nous aider de temps en temps et je n'ai pas arrêté de faire du baby-sitting.

Je me sentis soudain incroyablement égoïste. J'avais mis l'humeur maussade de Brandy sur le compte de notre rupture, à Seth et moi. Mais il ne s'agissait que du symptôme d'un problème plus vaste. Sa mère était gravement malade, et tout son univers était en train de s'écrouler. Elle avait probablement dû mettre sa propre vie entre parenthèses pour s'occuper de ses sœurs, et même la vie sentimentale de son oncle pouvait avoir des répercussions sur ce qu'elle considérait comme la norme. Elle perdait tous ses points de repère.

— Brandy, je…

— Je dois y aller, m'interrompit-elle, repartant vers le portillon, le visage glacial. Kayla va bientôt se réveiller de sa sieste, et on m'a demandé de la surveiller aujourd'hui.

Brandy disparut sans que j'aie eu le temps de dire quoi que ce soit. Je restai plantée là, un peu perdue. Je ne savais pas qui était le plus à plaindre : Brandy et Terry, qui étaient au courant, ou les petites qui n'avaient pas conscience de ce qui se passait. Je m'en voulais, parce que j'étais totalement impuissante. Comme d'habitude. J'avais des pouvoirs qui dépassaient les rêves les plus fous des mortels, mais ils ne servaient à rien quand il s'agissait de leur apporter une aide tangible.

Je repartis au centre-ville, le cœur gros, m'efforçant, sans grand succès, de ne pas m'affoler. Brandy elle-même avait admis que les médecins n'avaient pas encore établi de manière certaine la gravité de l'état d'Andrea. Tant qu'il restait des examens à passer, il y avait de l'espoir. Et il existait sûrement un traitement. Les humains étaient capables de se débrouiller tout seuls dans ce domaine.

Jerome était là où j'avais espéré le trouver. Il n'avait pas besoin d'un bureau, il avait déjà *The Cellar*. Carter était assis à côté de lui à leur table habituelle, et ils se partageaient une bouteille de *Jägermeister*. Ces deux-là avaient les mêmes goûts en matière d'alcool. Je me demandai s'ils buvaient pour oublier les épreuves de l'autre jour ou pour fêter leur succès.

La seconde hypothèse était probablement la bonne, parce que Jerome eut presque un sourire en me voyant.

—Georgie, de retour parmi les vivants. Je constate que tu as repris ton apparence normale. Et… que tu as de nouveau le cafard.

Effectivement, ils avaient bu. Les anges et les démons pouvaient dessaouler à volonté, mais apparemment il avait décidé de n'en rien faire.

—J'ai de mauvaises nouvelles, annonçai-je en m'asseyant face à eux.

—Quoi, Mortensen a disparu ? demanda Jerome.

—Comment es-tu au courant ?

—J'ai discuté avec Roman. Il m'a fait un topo de ta journée – le coup de fil du vieux schnoque, la visite imprévue de ta rivale, que tu as consolée… touchant, vraiment.

Je me renfrognai.

—Génial. Roman m'espionne.

—Il ne t'espionne pas. Mais quand je l'interroge, il n'a pas le choix. Si ça peut te consoler, il n'est pas vraiment ravi de m'entendre.

—Parce que ça t'arrive souvent ? demandai-je avec incrédulité.

—Pas tant que ça. (Un serveur apporta une autre bouteille.) Je voulais surtout m'assurer que tu te remettais de tes aventures dans le monde des rêves.

—Ça va. Je m'en sors. (Je jetai un coup d'œil à Carter.) Tu es bien silencieux aujourd'hui.

—Laisse-moi en dehors de tout ça, répondit-il. Je bois, c'est tout.

En fait, il ne se contentait pas de boire : il nous observait et nous écoutait très attentivement. Il ne permettait pas à l'alcool de l'affecter.

Je me retournai vers Jerome.

—Je suis venu te demander le service que tu me dois.

Dans ses yeux, l'amusement céda la place à la méfiance.

—Quel service?

—Celui que tu m'as promis quand j'ai aidé à te tirer des griffes de Grace, tu n'as pas oublié?

Il n'y avait plus la moindre trace d'amusement à présent.

—Je viens de te délivrer de créatures d'un autre monde qui te torturaient l'esprit.

Je tressaillis, mais ne me décourageai pas.

—Je ne t'avais rien demandé. Et tu as *promis*. De toute façon, tu serais venu me chercher pour éviter d'avoir des ennuis.

—J'ai fait cette promesse dans le feu de l'action, répliqua-t-il. J'ai probablement dit toutes sortes de choses.

—Tu as *promis*, répétai-je.

—Je te comprends très bien sans que tu mettes des italiques dans ta voix, Georgie, dit-il sèchement.

—Une promesse est une promesse, fit remarquer Carter.

Les démons pouvaient mentir – et ils ne s'en privaient pas – mais ils étaient forcés d'honorer certains marchés. Ce jour-là, sur la plage, Jerome avait affirmé qu'il m'accorderait une faveur, et il avait été sincère.

—Très bien, céda-t-il avec irritation, faisant signe à l'ange de lui verser un autre verre. Qu'est-ce que tu veux? Et je ne suis pas obligé de tenir parole si ta demande est totalement déraisonnable.

—Je veux savoir…

—Attention, m'interrompit Carter.

Je marquai une pause, et Jerome foudroya l'ange du regard. Carter n'en dit pas plus, mais ces yeux gris étaient toujours vigilants. Je devais faire preuve de prudence. Jerome m'avait promis une faveur et, comme tous les démons, il essaierait de trouver une échappatoire. J'avais été sur le point de lui demander où se trouvait Seth, mais si je n'étais pas en mesure d'entrer en contact avec lui, cela ne m'avancerait pas beaucoup.

—Je veux que tu m'envoies là où est Seth pour que je puisse passer quelques jours avec lui.

Jerome m'étudia avec perspicacité.

—Il y a deux problèmes. D'abord, tu me demandes deux choses au lieu d'une seule. Ensuite, je ne suis pas omniscient. Je ne sais pas où il est.

—Tu peux te renseigner, dis-je. S'il a pris l'avion, tu peux découvrir sa destination.

Seth avait fait sa valise, il était donc parti loin. S'il avait pris sa voiture, il aurait été plus difficile à retrouver, mais d'après Maddie, elle n'avait pas bougé de chez lui. Les aéroports gardaient une trace de tous les passagers et l'enfer n'avait pas son pareil pour pirater les systèmes informatiques. Jerome pouvait facilement charger un démon subalterne de hacker les enregistrements des passagers de Seatac cette semaine et découvrir la destination de Seth. J'aurais probablement pu demander à Hugh de me rendre ce service, mais il n'aurait pas pu m'envoyer auprès de Seth, raison pour laquelle j'avais soigneusement pesé chaque mot de ma requête.

—Et nous savons tous les deux que ce serait bête de ma part de faire simplement l'aller et retour. Si je passe quelques jours avec lui, ça en vaut la peine, sinon c'est une faveur merdique.

—Ça se discute, répondit Jerome.

—Tu t'en tires à bon compte, intervint Carter. Elle aurait pu exiger la paix sur terre ou un truc de ce genre.

—Ne te mêle pas de ça, rétorqua le démon. Je sais ce que tu veux.

Carter haussa les épaules et commanda un autre verre.

—C'est d'accord, céda enfin Jerome. Hugh va s'intéresser aux fichiers de l'aéroport, mais il peut très bien être parti sans laisser de trace…

—Je sais. Mais si tu parviens à le trouver ?

—Alors tu pourras le rejoindre. Maintenant, rentre chez toi – j'étais de bonne humeur avant que tu débarques. Je te préviendrai s'il y a du nouveau.

Je ne me le fis pas dire deux fois.

— Ne perds pas de temps, ajoutai-je.

Jerome eut un sourire.

— Tu n'as pas précisé de délai dans ta demande.

Carter lui donna un coup de coude ; je n'avais plus qu'à espérer que Jerome agirait sans tarder. Mes paroles avaient sous-entendu que j'avais besoin de savoir où se trouvait Seth *en ce moment*. Plus le temps passait, plus il risquait de changer d'endroit, m'empêchant d'obtenir ce que j'avais demandé. Carter avait dit à Jerome qu'il s'en tirait à bon compte – j'aurais pu demander plus. J'avais besoin de croire que cet argument avait porté.

Quoi qu'il en soit, j'allais devoir me montrer patiente. Quand je rentrai chez moi, Roman était sorti et je n'avais rien à faire, à part ruminer. J'avais pris un congé sans solde et je ne le regrettais pas. Néanmoins, rester seule avec mes pensées n'était jamais une bonne chose, et j'avais largement de quoi me donner des idées noires : les Oneiroi, Seth, Andrea…

— C'est bon, Georgie.

Quatre heures s'étaient écoulées, quand Jerome apparut soudain dans mon salon.

Je poussai un soupir de soulagement.

— Tu l'as trouvé ?

— Oui.

— Et tu vas m'envoyer là-bas pour une durée… qui en vaut la peine ?

— Trois jours, dit le démon. (Il semblait irritable et impatient. Je me demandai s'il n'avait pas cessé de boire pendant tout ce temps, et s'il m'en voulait de l'avoir interrompu.) Débrouille-toi pour être de retour dans soixante-douze heures. C'est compris ?

— Oui, répondis-je avec empressement. Envoie-moi auprès de lui.

Je devais lui parler. Il fallait que je découvre ce qui s'était vraiment passé et que je m'assure qu'il allait bien.

—Alors, nous sommes quittes?

—Oui.

Ce mot était lourd de sens, comme l'avait été la promesse initiale de Jerome. Je ne pourrais plus revenir dessus.

—Alors, va le rejoindre.

Je disparus de mon salon…

… et réapparus sur un trottoir noir de monde. Mais personne ne sembla remarquer que j'avais surgi du néant. Dans le ciel clair et dégagé, le soleil avait entamé sa descente ; il faisait chaud. Très chaud. La foule autour de moi semblait constituée de touristes en tenue de plage. Je m'écartai de leur chemin et me retrouvai plantée devant un grand hôtel-club.

Le brusque changement de lieu et l'inconfort de la téléportation m'avaient désorientée. Je regardai autour de moi, entendant des gens s'exprimer en espagnol et en anglais. Je me tournai vers la personne la plus proche, un petit homme très bronzé dans un uniforme d'hôtel qui dirigeait le ballet des taxis devant l'établissement.

J'allais lui demander où je me trouvais, mais je décidai que ma question semblerait un peu trop stupide. Pointant l'hôtel du doigt, je m'enquis de son nom. Je connaissais tout un tas de langues, et l'espagnol roula sur mes lèvres sans difficulté.

—*El Grande Mazatlán, señorita*, répondit-il.

Mazatlán ? Cette fois, je ne pus me retenir de poser une question idiote :

—*¿Estoy in México?*

Il hocha la tête, me dévisageant comme si j'étais folle. Je restai bouche bée, ce qui n'arrangea probablement pas les choses.

Enfin, supposai-je, quitte à s'enfuir, autant s'enfuir vers un pays chaud.

# Chapitre 22

Incroyable. Seth était… au Mexique. À condition que Jerome ait tenu parole, bien sûr. J'étais bien forcée d'y croire, la question étant : m'avait-il envoyée *près* de Seth ? La formulation de ma requête pouvait prêter à interprétation. Levant la tête vers l'hôtel, j'espérai que les larbins de Jerome ne s'étaient pas contentés de trouver le vol de Seth et avaient au moins pris la peine de chercher son nom parmi les réservations dans les hôtels locaux. Avec un petit sourire à l'attention de l'homme qui m'avait renseignée, je me dirigeai vers l'entrée.

Dans un établissement accueillant autant de touristes, une bonne partie du personnel parlait l'anglais, mais ça n'avait guère d'importance pour moi. Je me présentai à la réception et demandai s'ils avaient un client du nom de Seth Mortensen. L'employée vérifia sur son ordinateur et me confirma sa présence. Je retins mon souffle. Je l'avais retrouvé.

Enfin, presque. Quand je m'enquis de son numéro de chambre, elle me répondit que l'hôtel refusait de divulguer cette information, mais qu'elle pouvait me mettre en communication avec son poste. J'hésitai avant d'accepter. Si Seth n'avait réellement pas envie d'être dérangé, il risquait de changer d'hôtel, ou même de ville, s'il apprenait que j'avais retrouvé sa trace. Mais comme je n'avais pas vraiment d'autre moyen de le contacter, je laissai faire l'employée. Sans succès. Personne ne décrocha.

La remerciant, je décidai qu'une petite promenade m'aiderait à évacuer ma frustration et à m'éclaircir les idées avant de passer à la suite. La piscine et la plage qui s'étendaient à l'arrière de l'établissement étaient réservées aux clients, mais la sécurité n'était pas très stricte. Je pris même le temps, profitant de la solitude d'un couloir, de me changer et d'adopter une tenue plus appropriée : un sarong et un bikini rouges.

Dehors, la chaleur me prit de nouveau par surprise, et je fis une pause, laissant le soleil m'imprégner. Le fuseau horaire n'était pas si éloigné de celui de Seattle, mais même en ce début de soirée, la température était intense – et j'adorais ça. Au-delà de la piscine et du bar, une étendue de sable doré décrivait une courbe autour d'une eau bleue, si bleue. Pas aussi éclatante que la Méditerranée de mon enfance, mais néanmoins magnifique. Installés sur des transats ou à l'abri de *cabanas*, les vacanciers tâchaient de profiter des derniers rayons de soleil de la journée.

Je marchai vers la plage, espérant dénicher un transat libre, et peut-être un *mai tai*. Si je n'allais pas trouver Seth immédiatement, autant…

Il était là.

Je m'arrêtai brusquement, manquant de provoquer une collision avec un jeune couple pris de fou rire et de leur faire renverser leurs cocktails. Incroyable. Les voies de Dieu étaient impénétrables, mais celles de l'enfer étaient rudement efficaces.

Je murmurai des excuses au couple et me dirigeai vers Seth, m'immobilisant de nouveau après quelques pas. Que faire ? Qu'allais-je lui dire ? Seth avait rompu ses fiançailles et fui tous ceux qu'il connaissait. Et voilà que je me permettais de jouer les intruses. J'avais passé en revue dans ma tête plusieurs scénarios, mais je n'avais encore rien de concret. Après avoir repris mon souffle, je décidai de me lancer et d'improviser.

J'arrivai derrière lui, mon ombre s'abattant sur son corps à mesure que j'approchais. Il était affalé sur son transat, vêtu d'un short et d'un tee-shirt Tootsie Pops avec, à côté de lui, un verre que je soupçonnais de contenir de l'alcool. Il lisait un livre dont je ne distinguais pas la couverture sous cet angle. Une fois de plus, je me figeai, troublée par mes sentiments.

— Ce parfum, dit-il sans prévenir. Tubéreuse et encens. Je le reconnaîtrais entre mille. Je *te* reconnaîtrais entre mille.

Je fis le tour du fauteuil et vins me tenir à sa droite, les mains sur les hanches.

— Tu ne sembles pas surpris de me voir.

Il retira ses lunettes de soleil et me regarda, un de ses petits sourires amusés sur le visage.

— Je le suis… mais pas vraiment. Je pensais avoir bien couvert mes traces, mais je savais que si quelqu'un devait me retrouver, ce serait toi.

— Parce que j'ai des relations?

— Parce que tu es toi.

J'allais m'asseoir sur le sable, mais Seth me fit une place sur le transat et, d'un signe, m'invita à le rejoindre. Après une brève hésitation, je m'installai à son côté, tournant la tête vers lui alors que nos jambes se touchaient. Il tendit le bras vers son cocktail – une monstruosité avec assez de fruits coupés pour en faire une salade – et en but une gorgée.

— Qu'est-ce que c'est? demandai-je.

— Ils appellent ça *el Chupacabra*.

— Je ne te crois pas.

— Je t'assure. Je crois qu'ils y mettent une cinquantaine de vodkas différentes. Ça te plairait.

— Je suis surprise que *tu* trouves ça à ton goût.

— Quitte à endosser le rôle du méchant, autant aller jusqu'au bout, répondit-il en faisant signe à un serveur d'apporter un autre cocktail.

— Tu n'es pas un méchant, dis-je d'une voix douce.

— Tu crois? Tu as parlé à Maddie, récemment?

Je détournai les yeux et regardai les petites vagues se briser sur le rivage.

—Je n'ai pas parlé à grand monde. Ta famille s'inquiète.

—Tu as joliment éludé la question.

—Tu veux qu'on en discute ?

Je me tournai vers lui.

Il haussa les épaules.

—Tout est dit. Je lui ai brisé le cœur. J'ai brisé le tien. Je crois que je ne suis tout simplement pas fait pour être dans une relation sentimentale.

—C'est ridicule. De nous deux, c'est moi qui gâche la vie des gens en leur volant leur âme et leur énergie.

—Tout dépend si tu prends la métaphore au pied de la lettre.

—Seth, arrête de plaisanter. Pourquoi tu as fait ça ?

—C'est toi qui me poses la question ? (Mon cocktail arriva – le service était d'une rapidité remarquable. Et il avait raison : il y avait probablement une cinquantaine de vodkas différentes là-dedans.) Je ne le sentais pas. Pas comme j'aurais dû. Mais je ne t'apprends rien.

Il avait raison, et j'étais surprise par le tour franc et honnête que prenait notre conversation. Nous n'avions pas eu une discussion comme celle-là depuis… eh bien, l'époque où nous sortions ensemble. Après notre rupture, une certaine gêne s'était installée entre nous et nous avions commencé à nous méfier de nos sentiments.

—Mais pourquoi maintenant ?

À son tour, il détourna les yeux, et se perdit dans la contemplation du paysage de carte postale, sans le voir. Le soleil n'était pas encore devenu orange, mais il faisait déjà ressortir les nuances cuivrées dans ses cheveux et l'ambre de ses yeux. Je le regardai fixement, profitant du spectacle, remarquant à peine que sa réponse tardait à venir.

—Georgina, dit-il enfin, le regard toujours ailleurs. Quand j'ai décidé de te quitter à Noël… je l'ai fait pour ne pas te faire souffrir un jour. Et, je suppose, pour que tu ne me fasses pas souffrir. Ensuite, je suis sorti avec Maddie pour de mauvaises raisons, mais je me suis justifié en me disant que je l'aimais bien, que ce n'était donc pas si grave. Sauf pour toi, à qui j'imposais ce spectacle tous les jours. Pour ça, je m'en veux.

—Ce n'est pas grave, dis-je machinalement, détestant la tristesse dans sa voix. Je ne…

—Chut, dit-il, levant la main. Pour une fois que je parle, ne m'interromps pas ou je risque de manquer de courage. (Je souris, même si ça n'avait rien de drôle, et hochai la tête.) Bref, j'aurais préféré tomber sur quelqu'un pour qui je n'avais ni affection ni respect. Ça m'aurait beaucoup simplifié les choses. Mais avec le temps, j'ai commencé à me sentir de plus en plus proche d'elle. Malheureusement mes sentiments pour toi restaient les mêmes. Mon plan ne marchait pas. Je ne faisais que nous causer plus de chagrin. J'aurais peut-être dû disparaître à ce moment-là. (Je me mordis la lèvre pour ne pas intervenir.) Maddie était la seule à ne pas en souffrir, mais parce qu'on la maintenait dans l'ignorance. Et après que toi et moi… enfin, tu vois ce que je veux dire. Après ça, j'ai eu l'impression d'être un type abominable… je me suis senti tellement coupable… je me suis détesté pour ce que je lui avais fait. Je voulais désespérément qu'une personne au moins tire un peu de bonheur de tout ce gâchis. Je voulais qu'elle soit heureuse dans son ignorance. Je lui devais bien ça.

J'avais vu juste. Et j'étais aussi au courant pour sa culpabilité… à cause de ce péché qui avait souillé son âme. Seth ignorait cet aspect de l'affaire, et peut-être n'aurait-il jamais à l'apprendre.

—Mais ce bonheur que je voulais lui donner n'était pas réel, poursuivit-il. C'est ce que j'ai compris l'autre jour, chez Erik, et je… Bon sang, Georgina, je ne suis même pas certain de savoir ce qui s'est passé ou même ce que j'ai vu. Mais je suis sûr de deux choses. Premièrement, quand Jerome est venu me chercher et m'a dit qu'il avait besoin de moi pour te sauver, j'ai accouru. Je l'aurais suivi jusqu'en enfer si nécessaire.

Je fermai les yeux.

—Seth…

—Et quand j'étais là-bas et qu'Erik m'a envoyé Dieu sait où, j'ai ressenti… ça ne ressemblait à rien de connu. D'abord, j'ai été désorienté. Je ne comprenais pas ce qu'ils attendaient de moi. Ça semblait surréaliste. Mais ensuite, ç'a été la chose la plus facile au monde. Je t'ai cherchée, et tu étais là. En te trouvant dans ce chaos, j'ai eu l'impression de regarder en moi-même. Nous étions si proches… ça défiait les lois de la physique et de la nature. Je n'aurais jamais pu être aussi proche de quelqu'un.

» Et quand ç'a été terminé, même si la nature exacte de ma participation continuait à m'échapper, j'ai su que je n'avais jamais connu un lien aussi fort avec une femme. Peut-être que tu es la seule, peut-être qu'il y en a une autre… peu importe. Avec Maddie, ce n'était pas pareil. Elle est formidable. Je l'aime vraiment. Mais dans la même situation ? Je ne l'aurais jamais retrouvée. Et j'avais la conviction que ce n'était pas juste de l'entraîner dans une vie à deux sans ce lien. Toi et moi… Je ne comprends pas ce qu'il y a entre nous, mais je préfère vieillir seul qu'avec une autre que toi.

Il devint silencieux et, curieusement, je n'avais pas de réponse toute prête à lui proposer. Je pris donc sa main dans la mienne, m'allongeai à côté de lui et posai la tête sur sa poitrine. Il posa sa main sur mon épaule. J'entendais battre son cœur.

—Comment tout ça va se terminer ? demandai-je d'un ton morne.

—Je ne sais pas… Pas plus que je ne connais la fin des aventures de Cady et O'Neill. (Il soupira.) Mais j'ai le sentiment que je vais finir seul. Malgré tout ce qui a évolué entre nous, rien n'a vraiment changé.

—Je… Je ne sais pas non plus.

Encore une fois, mon brillant sens de la repartie me lâchait, mais Seth avait raison. Il semblait s'être écoulé une éternité depuis que nous avions rompu, mais les problèmes restaient les mêmes. Aussi proches que soient nos âmes, cette union ne pouvait pas avoir de concrétisation physique, pas tant que je me refuserais à lui. Quant à la mortalité… la mortalité continuait à peser sur nous. Seth ne vivrait pas éternellement, je le savais, et ça me tuait – métaphoriquement parlant.

Ce qui me rappela quelque chose. Je levai la tête et m'appuyai sur lui, mes cheveux formant une sorte de rideau autour de nous alors que je regardais son visage.

—Quand est-ce que tu rentres ?

Il écarta quelques mèches, les glissant derrière mon oreille. Elles retombèrent.

—Qui parle de rentrer ?

—Ne plaisante pas. Tu dois rentrer.

—Je ne plaisante pas. Je ne peux pas retourner à Seattle. Je n'oserai jamais regarder Maddie en face. Pas après ce que je lui ai fait subir.

—Tu n'as pas besoin de la voir. Ne va pas à la librairie. Les gens se séparent tout le temps, ils ne déménagent pas pour autant.

Seth secoua la tête.

—Oui, mais avec ma chance, je ne vais pas arrêter de la croiser. Au cinéma. Au restaurant. Je suis un lâche, Georgina. Je ne veux pas… pas après… tu n'as pas vu son visage quand je lui ai annoncé la nouvelle.

—J'ai vu son visage après. C'était sans doute assez similaire. Je n'arrive pas à croire que tu songes sérieusement à ne pas remettre les pieds à Seattle juste pour l'éviter.

—Elle n'est pas la seule que je ferais mieux d'éviter. (Il essaya de nouveau de ramener les mèches rebelles derrière mon oreille. Quand il vit que c'était sans espoir, il se contenta de faire glisser sa main le long de mon bras, suivant ses courbes du bout des doigts.) Je ne me sens pas capable de te voir non plus. Même être avec toi en ce moment… c'est à la fois la meilleure et la pire chose au monde. Te voir, jour après jour, ne ferait que me rappeler constamment que nous ne pouvons pas être ensemble – et nous nous verrions forcément tout le temps, tu sais. Si j'ai appris une chose, c'est que le destin refuse que nous restions séparés longtemps.

Les paroles de Seth renfermaient une étrange contradiction. D'un côté, elles étaient pleines d'amour et de la conviction que sa vie ne valait pas la peine d'être vécue sans moi. Pourtant… il y avait plus que ça. Une attitude défaitiste que je ne lui avais jamais connue auparavant. De cette histoire, Seth était sorti avec une amertume que je ne lui connaissais pas, et je songeai avec inquiétude que, si j'avais pu observer son âme comme Hugh, la tache du péché aurait été encore plus sombre que précédemment. Je fis une nouvelle tentative.

— Fais comme si je n'étais pas là. Tu dois rentrer pour ta famille. Ils ont besoin de toi. Andrea est malade.

— Tout le monde tombe malade. Ce n'est pas un argument convaincant.

— Non… Tu ne comprends pas. Ils ne t'ont rien dit. Elle n'a pas la grippe… c'est un cancer.

J'obtins enfin une réaction de sa part. Son expression devint grave.

— Non.

— Si. Brandy me l'a dit.

— Elle a dû confondre, dit-il de façon catégorique. Ils m'en auraient parlé.

— Je ne pense pas qu'elle ait confondu un rhume avec un cancer de l'ovaire. Tu la crois vraiment capable d'inventer un truc pareil ?

Il réfléchit un moment.

— Non. Non, bien sûr. Mais pourquoi ne m'en avoir rien dit ?

— Je suppose qu'ils voulaient attendre d'en savoir plus. Tu comprends maintenant ? (Je me penchai davantage, espérant le convaincre.) Ils ont besoin de toi. Tu dois rentrer – pour eux.

L'espace d'un instant, je crus avoir gagné la bataille. Puis, il secoua lentement la tête.

—Ils se débrouilleront très bien sans moi. Et tu l'as dit toi-même : ils attendent d'en savoir plus. Si ça se trouve, ce n'est pas si grave.

—Seth ! C'est un cancer. C'est grave de toute façon. Comment peux-tu les abandonner ?

—Bon sang, dit-il, aussi virulent que pouvait l'être quelqu'un d'aussi doux. (Je ne l'avais jamais vu dans cet état.) Je n'ai pas besoin d'une leçon de morale en ce moment. Laisse-moi… laisse-moi être égoïste pour une fois. Je veux être loin de tout, fuir mes problèmes, ne pas être cet individu responsable. Si tu es venue me harceler, alors tu ferais mieux de partir. Laisse-moi me cacher et être libre. Laisse-moi écrire ma nouvelle série et oublier tout le reste.

Il y a bien longtemps, j'avais presque adopté la même attitude. Sauf qu'au lieu d'essayer d'oublier mes problèmes, j'avais fait en sorte que les autres m'oublient. Parfois, il m'arrivait de regretter de ne pas avoir ajouté cette clause à mon contrat. Je pouvais comprendre ce désir de voir les mauvaises choses disparaître. Je l'avais moi-même ressenti. J'avais fait le nécessaire pour qu'il devienne réalité. Mais j'attendais mieux que ça de sa part. Sentant mon hésitation, il prit mon visage entre ses mains et m'attira vers lui pour un petit baiser. Je m'écartai et lui jetai un regard stupéfait.

—Qu'est-ce que tu fais ?

—Si je dois t'éviter à l'avenir, j'aime autant en profiter un maximum tant que je t'ai sous la main, dit-il, une lueur espiègle dans les yeux.

Je ne pus m'empêcher de sourire, malgré mes doutes.

—Tu es un hypocrite, l'accusai-je.

—Un opportuniste, rétorqua-t-il. Qu'est-ce que tu fais là, Georgina ? *Toi*, qu'est-ce que tu veux ?

Je baissai les yeux. Je n'avais pas la réponse. J'ignorais pourquoi j'étais venue. Je voulais m'assurer qu'il allait bien, mais… et après ? Ma vie faisait du surplace, comme d'habitude. Je l'aimais. Je devais l'oublier. Un pas en avant, un pas en arrière.

— Je ne sais pas, admis-je. Je n'ai pas mieux à t'offrir.

Et sans plus de réflexion, je l'embrassai de nouveau, plus longtemps cette fois, surprise par la facilité avec laquelle nous retrouvions nos marques. Il semblait prêt à aller plus loin que de simples baisers, mais je l'arrêtai et m'étendis de nouveau contre lui, tandis que nous admirions le coucher du soleil et le ciel aux couleurs éclatantes. Il ne protesta pas, apparemment satisfait de m'avoir simplement près de lui.

Nous allâmes dîner à l'extérieur de l'hôtel, mes pouvoirs compensant mon absence de garde-robe. Je me décidai pour une robe de soirée sexy avec encolure en V, dont la couleur violette me rappelait notre première rencontre. Alors que nous parlions et buvions en mangeant, notre conversation retrouva ce style drôle et détendu qui avait toujours été le nôtre. Avec Maddie hors de l'équation, il avait parfaitement résumé la situation : beaucoup de choses avaient changé, et pourtant rien n'avait changé. Notre relation… ce lien… il brûlait entre nous – à l'instar de la tension sexuelle, alors que nous nous observions attentivement pendant tout le dîner. Il me parut plus vivant qu'il l'avait été depuis un moment, mais devais-je l'attribuer aux effets de l'alcool ou à sa liberté retrouvée, difficile à dire.

Même si mon cœur se réjouissait que nous soyons enfin réunis, j'étais toujours en proie à un million de doutes. Il m'avait conseillé de les mettre de côté, mais c'était dur. Maddie. Le pessimisme sous-jacent de Seth. Son désir d'évasion. Sa famille. Mon propre égoïsme.

Mais à la fin du repas, j'oubliai tout cela bien vite. À peine de retour dans sa chambre – une vaste suite avec vue sur la mer plongée dans l'obscurité – nous nous jetâmes l'un sur l'autre. Le désir qui s'était accumulé entre nous explosa.

Ses doigts défirent la fermeture de ma robe, qu'il s'empressa de m'enlever. Nous tombâmes sur le lit et je m'attaquai à son caleçon, oubliant raison et sens des responsabilités. Ses mains vinrent se poser sur mes hanches pendant que sa bouche descendait de ma clavicule à ma poitrine, et enfin sur l'un de mes seins et son mamelon durci.

Je lui arrachais son caleçon quand je commençai à sentir son énergie vitale entrer en moi. Pendant quelques instants, je réussis à faire comme si de rien n'était. J'avais envie de lui, point. Je voulais retrouver ce que j'avais ressenti des mois auparavant, quand son corps et le mien n'avaient fait qu'un. L'énergie vitale était un aphrodisiaque puissant, exacerbant le désir physique.

Peut-être fallait-il y voir un réflexe remontant à l'époque où nous sortions ensemble, mais une fois de plus, je pris l'initiative de mettre un terme à nos ébats. Je m'écartai un peu, même si nous étions toujours enlacés.

—Ça suffit, dis-je, mon cœur battant la chamade. Sinon, on risque de franchir la ligne blanche.

Il y avait du désir dans les yeux de Seth. Du désir, de l'amour et ce même besoin irrésistible que j'avais, moi aussi, d'aller jusqu'au bout.

—On l'a déjà un peu franchie, non ? demanda-t-il, le souffle court. Je l'ai senti.

—Oui, admis-je. Pas beaucoup.

*Et c'est déjà trop.*

Il fronça légèrement les sourcils, sa main toujours sur ma jambe. Attention, danger. Un peu plus et nous risquions de replonger.

—Ce n'est pas la première fois, dit-il. Tu m'avais déjà pris un peu d'énergie. Je l'avais à peine senti. Mais cette fois, ça ne m'a pas paru aussi pénible.

Il avait raison, et l'explication, c'était cette petite tache sur son âme. Bien sûr, il n'était en rien comparable aux damnés, mais une toute petite marque suffisait à faire une différence. Avant, il avait été pur, immaculé, une vie étincelante, parfaite. C'était encore le cas… à part cette légère ombre au tableau, une ombre que je soupçonnais de grandir à mesure qu'il tournait le dos à ceux qu'il aimait. Et plus une âme était sombre, moins je prélevais.

— Tu as raison. (Je ne pris pas la peine de me lancer dans des explications techniques.) Mais ce ne serait tout de même pas bon pour toi.

— Même une seule fois ?

Un vieux débat.

— Je croyais que tu avais décidé d'arrêter de me voir.

— Je le ferai, si c'est nécessaire. Mais c'était avant que tu viennes ici… et tu ne m'as toujours pas dit pourquoi tu étais là, ce que tu étais venue chercher. Je suis prêt à tout recommencer. Toi et moi. Mais cette fois : aucune limite physique. (Il interrompit mes protestations.) Je sais, je connais les dangers. Et je sais aussi qu'entre nous, ce n'est pas seulement une affaire de sexe. Mais il n'en reste pas moins que ç'a toujours été un point épineux. Je ne veux plus que ça nous sépare. Je suis prêt à courir le risque. C'est mon choix.

— Je… Je ne sais pas. Je…

— Avant, tu disais « Je ne peux pas » : c'est un progrès. (Il eut un petit rire. Il se rapprocha, ses lèvres frôlant les miennes.) Et quelle que soit ta décision, je la respecterai. Mais peut-être qu'aujourd'hui… rien qu'une fois…

Je fermai les yeux, alors qu'il m'embrassait de nouveau et que nos corps reprenaient leur danse. Il avait raison. J'étais tentée. J'avais tellement souffert récemment, tant sur le plan émotionnel que spirituel. Être avec lui semblait la chose la plus naturelle au monde en ce moment… mais impossible de ne pas tenir compte de mes signaux d'alerte. Si j'écourtais sa vie, avec une âme noire, il avait toutes les chances de se retrouver en enfer.

— Non, dis-je enfin. (J'avais de plus en plus de mal à résister.) Je ne peux toujours pas. Pas encore. Peut-être un jour… C'est juste que… Je ne sais plus où j'en suis. Je suis désolée.

Il parut déçu, mais à mon grand soulagement, il n'insista pas. Je n'aurais peut-être pas été assez forte pour lui dire non de nouveau.

—Mais tu veux bien rester ? Passer la nuit avec moi ?

Je hochai la tête.

—J'ai trois jours devant moi.

—Trois jours. Parfait. Ça nous donne le temps de réfléchir à tout ça et de décider si nous pouvons être ensemble. Dans le cas contraire, je resterai seul… jusqu'à ce que je rencontre une autre Georgina. (Son ton désabusé indiquait qu'il n'y croyait pas vraiment.) Pour l'instant, ça me suffit.

Nous nous allongeâmes dans les bras l'un de l'autre, nus, parvenant miraculeusement à ne pas céder à la passion, une technique que nous avions eue tout le loisir de mettre au point quand nous étions en couple et qui nous revint donc naturellement, bien malgré nous. Nous parlâmes longuement avant de dormir, comme si notre dernière rencontre remontait à une éternité et que nous devions rattraper le temps perdu. Ce qui n'était pas très loin de la vérité.

Il finit par s'endormir, mais pas moi. Je le regardai respirer paisiblement dans l'obscurité. Sa peau était chaude contre la mienne ; cela faisait longtemps que je ne m'étais pas sentie autant en sécurité.

Trois jours. Trois jours pour faire semblant de croire qu'il était toujours à moi, comme avant. Si je le décidais, je pouvais même rester définitivement avec lui. Je lui avais dit que j'allais y réfléchir. Le seul problème, c'était que les choses *n'étaient plus* comme avant. Je n'arrêtais pas de me rejouer ce rêve dans ma tête, celui qui avait très bien pu être un mensonge. Si les Oneiroi m'avaient montré la vérité, Seth était l'homme de mon rêve. Mais le Seth que je serrais dans mes bras était-il le même que celui de mon rêve ? Ce dernier avait été infiniment bon et gentil, c'était l'homme dont j'étais tombée amoureuse. Dans la réalité, Seth avait changé, petit à petit, bien sûr… mais la différence était perceptible.

Je n'avais pas le droit de le juger, puisque j'étais en grande partie responsable des bouleversements survenus dans sa vie lors de l'année écoulée. Pourtant, une fois de plus, je me surpris à regretter, avec un certain égoïsme, qu'il n'ait pas mieux résisté. J'avais craqué pour lui à cause de sa force de caractère et de son sens moral, des qualités qui m'attiraient immanquablement chez un homme. Ironique, et sans doute un brin hypocrite, pour une servante de l'enfer. J'aimais encore Seth, je sentais toujours ce lien entre nous, mais ce n'était plus pareil. Cette amertume, cette attitude qui l'avait conduit à fuir ses responsabilités… Je m'attendais à mieux.

Je ne voulais pas le perdre. J'avais envie de passer ces quelques derniers jours avec lui. Je voulais passer l'éternité avec lui. Mais en restant, je ne ferais qu'encourager cette attitude que je détestais. Je ne ferais que renforcer cette noirceur en lui. Je ne voulais pas voir ça. Je l'aimais et je brûlais de m'accrocher à ces quelques moments de plus avec lui, mais je compris que rester avec ce Seth qui me décevait n'était pas une bonne idée. Il avait dit qu'il préférait vieillir seul plutôt qu'avec la mauvaise personne. Pour ma part, je préférais ne pas le voir ainsi. Je voulais garder de lui des souvenirs intacts, purs.

Et ainsi, même si cela me brisait le cœur, je me dégageai de son étreinte. Il ne se réveilla pas – pas étonnant, avec tout ce qu'il avait bu. Décidément, quel tartufe je faisais. J'avais souvent essayé de le pousser à accepter un verre, et maintenant je le méprisais parce qu'il noyait sa peine dans des cocktails. C'était vraiment trop bête, pensai-je. La tache sur son âme aurait dû faciliter notre relation… et pourtant, mon cœur s'y refusait.

Je me glissai dans un jean et un débardeur léger, et trouvai du papier à en-tête de l'hôtel. J'écrivis :

*Seth,*
*Je suis désolée, mais je dois partir.*
*J'ai dit que j'allais réfléchir*
*à nous deux, mais c'est au-dessus de mes forces.*
*Je t'aime trop pour rester.*

Un peu trop sibyllin? Une bien piètre manière d'exprimer tous mes sentiments, mais il comprendrait sans doute. Il me connaissait. Je laissai la feuille en évidence sur la table de nuit, puis je le regardai quelques instants, admirant l'homme que j'aimais et que j'aimerais toujours. Enfin, les yeux humides, je me détournai et sortis de la chambre pour prendre un taxi pour l'aéroport.

# Chapitre 23

— Où étais-tu passée ? demanda Roman.

Je n'avais atterri à Seattle que tard le lendemain. Les vols depuis le Mexique n'étaient pas si fréquents, surtout quand on s'y prenait au dernier moment, et beaucoup moins rapides que la téléportation.

— À l'autre bout du monde, dis-je, me laissant tomber sur le canapé.

Les deux chats vinrent m'accueillir, eux qui d'habitude n'en avaient que pour Roman – bien fait pour lui.

— Dans le Dakota du Sud, alors ?

Je fis une grimace et me couvris les yeux avec le bras. Mon escapade à la recherche de Seth n'avait duré que vingt-quatre heures, mais ça faisait beaucoup de choses à digérer en si peu de temps.

— J'ai trouvé Seth.

— Oh. (L'enthousiasme de Roman diminua considérablement.) Alors, je suppose qu'il n'y avait pas lieu de s'inquiéter autant que Maddie le craignait.

— J'ai quand même eu besoin de l'aide d'un démon.

— Et maintenant ? Il est libre. Vous avez décidé de vivre votre amour au grand jour ?

— Pas vraiment. Je… Je l'ai quitté.

—Je ne comprends pas.

J'essayai de lui raconter tout ce qui s'était passé avec Seth, mais ce n'était pas facile. J'avais déjà du mal à y voir clair, alors expliquer la situation à quelqu'un d'autre… Quand j'arrivai au bout, je me sentis encore plus épuisée qu'avant.

—Alors, c'est fini ? Vous n'allez plus jamais vous revoir ? demanda Roman d'une voix empreinte de scepticisme.

—Il refuse de rentrer, et je ne suis pas restée. Alors, oui, c'est fini.

—J'ai du mal à y croire. Il a l'intention d'habiter définitivement dans cet hôtel ? Je sais qu'il gagne beaucoup d'argent, mais pas à ce point tout de même.

—Non, pendant le dîner, il a parlé de s'installer ailleurs, mais il n'a pas encore pris de décision.

Il y eut un silence qui dura environ une minute, uniquement troublé par les bruits de la circulation à l'extérieur et par le ronronnement d'Aubrey près de mon oreille. Enfin, Roman demanda :

—Et toi, ça va ?

Surprise, je me tournai vers lui.

—Qu'est-ce que tu veux dire ?

—Tu m'as très bien compris. Ce n'est pas facile pour toi. Depuis cette histoire avec les Oneiroi, tu n'as pas eu le temps de souffler.

Je ne sais pas pourquoi ses paroles me prirent au dépourvu. Sans doute parce que, malgré les malheurs qui n'arrêtaient pas de me tomber dessus, peu de gens me demandaient comment j'allais. Peut-être qu'on avait renoncé à me poser cette question parce que la déprime faisait partie de mon quotidien. *Comme c'est bizarre*, pensai-je. Alors que Seth venait d'emprunter un chemin plus sombre, Roman faisait preuve de compassion. Bien sûr, rien ne me prouvait que Roman n'était pas un sociopathe plein de compassion. Je lui souris tout de même avec gratitude.

—Ça va, je m'en remettrai. Merci.

Quelque chose dans mon sourire avait dû lui redonner espoir, ou simplement lui faire plaisir, parce qu'il sourit à son tour. J'avais oublié à quel point ce sourire était beau, la façon dont il illuminait son visage. Après ça, nous passâmes le reste de la soirée à discuter de sujets anodins. Je n'allais pas bien, loin s'en fallait, mais j'appréciai ces quelques moments ordinaires et sans drame. Je me demandai ce que serait ma vie à partir de maintenant, et quel rôle Roman aurait à y jouer.

Néanmoins, l'adaptation à un monde sans Seth ne fut pas facile dans les jours qui suivirent. Même quand il avait été avec Maddie, et que le voir avec elle m'avait fait de la peine, il avait été *là*. Maintenant, savoir qu'il n'était plus là et qu'il ne reviendrait pas me laissait avec un vide étrange dans le cœur, alors que le reste de ma vie commençait à se stabiliser.

Je retournai au travail, une bonne chose pour la librairie, parce que Maddie avait pris un congé dont elle avait bien besoin. Je m'enquis de son état auprès de Doug et proposai de venir la voir si nécessaire, même si je n'avais pas vraiment envie de l'entendre se lamenter sur la perte de Seth. Je n'en menais pas large, moi non plus, et je n'aurais probablement pas refusé un peu de commisération.

—Elle préfère être seule en ce moment, dit Doug, penché dans l'embrasure de la porte de mon bureau. (Il n'avait pas de blague toute prête aujourd'hui, aucun signe de sa bonne humeur habituelle.) Elle est encore bouleversée, mais elle est coriace. Dès qu'elle sera prête à voir du monde, tu seras la première avertie.

—D'accord. (J'étais de tout cœur avec elle.) Tiens-moi au courant.

L'heure de la fermeture approchant, je décidai d'aller prêter main-forte aux employés. Certains avaient déjà fini leur journée et rentraient chez eux. Parmi eux, je reconnus Gabrielle, qui partait avec Cody.

—Qu'est-ce qui se passe? lui chuchotai-je pendant qu'elle allait chercher son sac.

Il n'était même pas habillé en noir.

—On est sortis plusieurs fois ensemble depuis… enfin, pendant que tu étais occupée ailleurs.

Il semblait s'excuser de son bonheur.

—C'est génial, dis-je. (Quelque part dans ce monde, l'amour triomphait.) Qu'est-ce qui l'a fait changer d'avis? Le concert?

—Un peu. Je pense que ça m'a ouvert la porte. Mais ce qu'elle trouve vraiment excitant chez moi, c'est que je ne sors que la nuit. Et que je peux lui montrer de vrais vampires.

—Quoi? Tu as réussi à la convaincre que Peter était un vampire?

Aux yeux d'un mortel, il faisait un candidat encore moins crédible que Cody.

—Non, bien sûr que non. (Son expression d'amoureux transi se durcit un peu.) Mais Milton est en ville cette semaine – tu sais, ce vampire d'Eugene? Il prétend qu'il est venu voir des amis. (Les vampires protégeaient jalousement leurs terrains de chasse, même ceux qui, comme Peter et Cody, prenaient rarement des victimes et ne les tuaient jamais.) Il s'est tenu tranquille jusqu'à présent, mais j'ai du mal à croire à son histoire de vacances. C'est un prétexte ridicule, comme avec Simone.

—Elle est partie pour de bon, j'espère?

C'était ce que disait la rumeur, et comme il n'y avait plus eu d'incident impliquant deux Georgina, j'étais bien forcée d'y croire. Ses motivations resteraient à tout jamais un mystère pour moi.

—Oui, pour autant que je sache. Bref. Milton. Il a vraiment le physique de l'emploi. Tu l'as déjà vu? On dirait un Nosferatu des temps modernes. J'ai emmené Gabrielle l'espionner dans une boîte de nuit, et ça lui a beaucoup plu. Elle pense que j'ai un talent particulier pour repérer les vampires – enfin, ceux qui prétendent en être.

— D'accord. C'est à la fois bizarre, amusant et mignon. Peut-être un peu dérangeant. (Il sourit, dévoilant ses canines.) Qu'est-ce qu'elle pense de tes dents ? Tu ne peux pas les lui cacher quand vous êtes près l'un de l'autre.

— Je lui ai dit que j'avais subi une opération de chirurgie esthétique. (Il sembla très satisfait de lui.) Elle trouve ça sexy.

Grâce à cette belle histoire d'amour, j'étais encore de bonne humeur quand je quittai enfin la librairie. Il faisait froid, mais ça ne me gênait pas plus que ça. L'air frais avait quelque chose de revigorant et, pour la première fois depuis longtemps, je regrettai d'avoir déménagé de Queen Anne. Ç'aurait été agréable de rentrer à pied en cette soirée de début d'hiver, plutôt que de prendre ma voiture.

Mais je ne pouvais pas y faire grand-chose. Je démarrai et vérifiai mon téléphone mobile avant de sortir du parking. Je le laissais souvent en mode vibreur au travail, et j'avais eu trois appels. Et un message pour chacun d'eux. Le premier, de la part d'Erik, remontait à quelques heures. Il parlait sur ce ton raffiné habituel, mais avec quelque chose de pressant dans la voix. Il disait qu'il avait une théorie à propos de mon contrat et qu'il voulait me la soumettre le plus vite possible.

Le message suivant était de Roman, une heure plus tôt. Il connaissait mes horaires de travail et appelait pour savoir si j'avais envie de manger quelque chose de particulier ce soir. Si je le rappelais au moment de partir, disait-il, il aurait le temps d'aller chercher les plats à emporter avant que je sois rentrée. Je sentis un sourire naître sur mes lèvres, mais qui disparut bien vite en entendant le dernier message. Encore Erik, à peine cinq minutes auparavant.

« Georgina… »

C'était tout. Juste mon nom, d'une voix tendue, étranglée. Après ça, des parasites, le bruit d'un téléphone qui tombe, et puis plus rien. Je regardai fixement mon téléphone comme s'il s'agissait d'un objet qui m'était totalement inconnu.

Erik ne m'avait jamais, *jamais*, appelée par mon prénom.

Ma voiture avait déjà pris la direction de sa boutique quand je le rappelai sur son numéro professionnel – il avait sans doute déjà fermé, mais c'était ce numéro que ma messagerie avait enregistré. Pas de réponse. Ensuite, j'essayai chez lui, sans plus de succès. Ma peur augmenta, tout comme ma vitesse. Ça roulait bien, mais j'avais tout de même l'impression de ne pas avancer.

J'arrivai là-bas en quinze minutes, un temps plutôt remarquable. La lumière était allumée dans le magasin, alors que le reste de la zone commerciale et le parking étaient plongés dans le noir. Je me garai juste devant, sur une place réservée aux handicapés, et me précipitai hors de ma voiture. Puis je restai figée un instant devant le spectacle de désolation qui m'attendait.

La porte et la vitrine étaient défoncées, et le trottoir couvert d'éclats de verre étincelants. Même si la porte avait été verrouillée, j'aurais pu passer la main à l'intérieur pour l'ouvrir. Je me frayai un passage à travers les débris ; à l'intérieur, les fontaines continuaient à tintinnabuler et la musique à jouer, mais tout le reste était sens dessus dessous. Les étagères de livres renversées. Les statues en morceaux. Les vitrines de bijoux brisées, et vides.

—Erik ? criai-je, en me hâtant de traverser le magasin.

Pas de réponse. Je passai devant la caisse, vis le tiroir ouvert, probablement aussi vide que les vitrines.

Je me dirigeais vers la réserve quand j'entendis un petit bruit. Me retournant, je regardai dans tous les sens et aperçus une main, derrière la caisse. Erik gisait sur le sol, pâle en dépit de sa peau mate, une main plaquée sur son ventre qui n'était plus qu'une flaque de sang noir. Il avait les yeux vitreux et, l'espace d'un instant, je crus qu'il était mort. Puis ses paupières remuèrent, et ses yeux se rivèrent sur moi.

—Mademoiselle Kincaid…

J'appelai le 911 tout en essayant d'enlever mon manteau en toute hâte. Je leur criai d'envoyer une ambulance et pressai mon trench-coat sur son ventre. C'était inutile. Une tache rouge commença à se répandre rapidement à travers le tissu.

—Ne parlez pas, implorai-je quand je vis ses lèvres bouger. (Elles étaient bleues.) Les secours seront bientôt là. Ça va aller.

J'avais une centaine de questions à lui poser : que s'était-il passé ? Qui lui avait fait ça ? C'était sans importance. Seule une chose comptait : le sauver. D'ailleurs, le scénario n'était que trop évident. Il avait probablement surpris un cambrioleur qui avait tiré. À en juger par les impacts dans le mur, deux balles l'avaient manqué, mais pas la troisième.

—Mademoiselle Kincaid.

Sa voix était si faible, à peine un murmure.

—Chut. On parlera plus tard, après l'arrivée des secours. Gardez vos forces.

—Il n'y aura pas de plus tard, dit-il d'une voix pantelante. (Il essaya de sourire.) Pas… pour… moi…

—Ils seront là dans moins de cinq minutes, répliquai-je.

—C'est inutile. Je suis trop faible. J'ai perdu trop de sang.

—Non, dis-je d'une voix désespérée. *Non*.

Mais alors que je suppliais, contenant difficilement une hystérie grandissante, je savais qu'il avait raison. Il avait effectivement perdu trop de sang. Il n'était encore en vie que parce que ce genre de blessure vous tuait à petit feu. Même si les ambulanciers avaient surgi en cet instant précis, ils n'auraient pas pu l'emmener à l'hôpital assez vite pour le sauver. Vu son âge et sa récente maladie, il n'y survivrait pas. Je refusai malgré tout d'admettre l'évidence.

—Ça va aller. Écoutez-moi…

—Non, c'est vous qui devez m'écouter. (C'était un ordre donné sans beaucoup de force, mais je me tus. D'une main, il se cramponna à moi.) Ce n'est pas… votre contrat.

Uniquement préoccupée par son état, je ne compris pas immédiatement à quoi il faisait allusion. Puis, tout devint clair.

— Oubliez le contrat. On verra ça plus tard.

Il me serra plus fort.

— Il y en a forcément un autre. Deux contrats.

— Hein ? Quoi ? Non. Ça ne marche pas comme ça. J'en suis certaine. Un contrat par âme. J'en ai signé un. Maintenant, je vous en supplie, n'essayez plus de parler.

— Trouvez-le, dit-il en toussant. (Il y avait du sang sur ses lèvres.) Trouvez… le.

— D'accord, d'accord.

J'aurais accepté n'importe quoi, même si ce qu'il disait n'avait aucun sens. Mes paroles durent le réconforter, parce qu'il se détendit légèrement. Mais il ne faisait aucun doute qu'il souffrait le martyre. Je jetai un coup d'œil vers l'entrée du magasin, souhaitant de tout cœur entendre les sirènes.

— Ils ne devraient plus tarder.

— Trop… tard. Vous… vous pouvez soulager mes souffrances.

Il devenait difficilement audible, et je dus me pencher plus près. Même ainsi, il me fallut quelques instants pour pleinement comprendre le sens de sa phrase.

— Je fais de mon mieux.

Je changeai le manteau de position, ce qui se révéla totalement inefficace.

— Un baiser… un seul baiser…

— Je… (J'écarquillai les yeux.) Non. Non. Ça vous tuerait…

Alors que je prononçais ces mots, je pris conscience de leur stupidité. Sa blessure était déjà en train de le tuer. Il allait mourir. *Un seul baiser.* Il me demandait un baiser pour écourter son agonie, comme je l'avais fait pour Luc. J'avais peut-être agi par pitié, mais j'avais tout de même eu l'impression d'être un assassin. Je ne l'avais donc jamais refait pour quelqu'un d'autre. Et pourtant, comme à l'époque, je savais que cela adoucirait son trépas…

Je secouai la tête.

—Non.

—Nyx… Nyx m'a montré. Elle m'a montré ma mort : vous.

Il toussa encore et fut incapable de parler. Mais il s'accrochait à la vie, son visage un masque de souffrance, les yeux implorants.

Nyx ? Nyx lui avait montré sa mort…

Dans les méandres de mon cerveau, je me rappelai l'avoir retrouvé un jour, après que Nyx lui avait rendu visite et lui avait montré une vision. Il avait d'abord eu un mouvement de recul en me voyant, puis il avait mis cela sur le compte d'un cauchemar. Mais je comprenais à présent. Il avait vu sa mort, il m'avait vu la causer. Il avait eu peur de moi à ce moment-là. L'homme de mon rêve avait été un mensonge, mais toutes les autres visions de Nyx s'étaient révélées exactes. J'avais été destinée à jouer un rôle dans la mort d'Erik… mais pas n'importe lequel. Les rêves de Nyx fonctionnaient souvent ainsi. Pas de la façon dont on s'y attendait.

Et ainsi, pour la deuxième fois, je devins un ange de miséricorde… ou un ange de la mort… peu importe. Je me penchai vers lui et l'embrassai, ne faisant pas attention au sang sur sa bouche. Comme avec Luc, il ne lui restait qu'un souffle de vie. Cinq minutes de plus, et Erik serait parti sans moi. Ce minuscule fragment de vie était aussi pur et bon que je l'avais imaginé. Erik aurait sa récompense dans l'au-delà.

Alors que je levais la tête et observais la paix envahir son visage, je sentis de vagues émotions me parcourir, comme cela arrivait parfois quand je prenais de l'énergie. Il y avait de l'affection pour moi. Un amour plus paternel que romantique. De l'amitié. De la tendresse. Et derrière tout ça, un avertissement. Un avertissement qui me concernait, et qu'il n'avait jamais eu l'occasion de me transmettre. Absorbée par ces derniers éclats de vie, j'eus à peine conscience de l'arrivée des gyrophares et des sirènes.

Quelqu'un m'entraîna loin du corps, et je vis des gens qui se massaient autour de lui – trop tard. Dans l'agitation qui suivit, je répondis aux questions d'un policier au regard bienveillant sans même savoir ce que je disais. Il nota mes réponses dans son calepin, puis il me parla avec douceur, se répétant plusieurs fois. Je ne sais pas combien de temps cela dura. Une heure, peut-être plus. Je me souviens d'avoir assuré aux ambulanciers que j'allais bien et que je rentrais chez moi, et aux policiers que je me tenais à leur disposition.

Mais en repartant, encore sous le choc et comprenant à peine ce qui venait de se passer, au lieu de prendre la direction de West Seattle, j'allai à Pioneer Square. Quand j'entrai dans *The Cellar*, quelques clients me lancèrent des regards curieux, mais je n'en tins aucun compte. J'étais concentrée sur mon objectif : la table de Jerome. Il buvait seul ce soir, ses yeux noirs guettant mon approche.

— Georgie, dit-il, quand je m'arrêtai devant lui. À quoi bon avoir des pouvoirs comme les tiens si tu te balades couverte de sang ?

Je baissai les yeux, remarquant seulement maintenant les taches sur mon chemisier. Je relevai la tête, sans tenir compte de sa suggestion.

— Erik est mort, lui dis-je d'une voix monocorde.

Le visage de Jerome n'afficha aucune réaction.

— Comment ?

— Un cambriolage. On l'a abattu. (Jerome sirota son bourbon et resta silencieux.) Alors ? Tu n'as rien à dire ?

Il me jeta un regard mauvais.

— Qu'est-ce que tu espères ? Que je pleure ? Que je porte le deuil ? Les humains meurent tout le temps, Georgie. C'est toi qui passes ton temps à te lamenter sur leur sort – pas moi. Je n'éprouve rien, pour aucun d'entre eux. Tu le sais. Et certainement pas pour lui.

Je savais ça. Quand Duane, un des anciens employés de Jerome, avait été tué, la seule réaction du démon avait été l'irritation.

— Ce que je trouve bizarre... (Je marquai une pause, le temps de mettre de l'ordre dans les idées qui m'avaient traversé l'esprit depuis que j'avais trouvé le corps d'Erik.) Ce que je trouve bizarre, c'est que quelqu'un prenne la peine de cambrioler une boutique *new age*. Ce n'est vraiment pas la cible idéale pour faire un casse.

— S'il y a de l'argent dans la caisse, c'est une cible acceptable. Si elle est située dans une zone commerciale déserte et tenue par un vieil homme seul, c'est encore mieux. Les objets de valeur avaient disparu ?

— Oui, admis-je.

— Alors, pourquoi tu me fais perdre mon temps ?

— Le verre.

— Le verre ?

— La vitrine était cassée de l'intérieur, expliquai-je. Les éclats étaient éparpillés sur le trottoir. Celui qui a fait ça n'a pas cassé la vitrine pour entrer. Il a juste voulu le faire croire.

Jerome poussa un soupir d'agacement.

— Avec toute l'expérience que tu as accumulée, le comportement des humains réussit encore à te surprendre ?

— Je trouve simplement curieux que quelqu'un comme Erik, pour qui le surnaturel n'avait pas de secret et qui... (J'hésitai, sur le point de révéler qu'Erik s'intéressait à mon contrat. Je me ravisai et poursuivis :)... qui venait de participer à un règlement de comptes entre immortels, soit victime d'un cambriolage qui tourne mal par simple coïncidence.

— Ce sont des choses qui arrivent.

— Je ne crois plus aux coïncidences.

— Tu viens de trouver toi-même la réponse : ton « règlement de comptes entre immortels ». Ils ne vivent peut-être pas dans notre univers, mais tu crois vraiment que les créatures du monde des rêves n'ont pas d'alliés ici ?

Je fronçai les sourcils.

— Qu'est-ce que tu veux dire ?

— Je pense que le grand patron des Oneiroi a lâché l'affaire de façon un peu trop commode. Il savait qu'il ne pouvait pas s'attaquer à moi ou à un autre immortel. Mais un humain ? Et qui avait contribué à contrarier ses plans, qui plus est ? (Jerome haussa les épaules.) C'est une vengeance. On ne peut pas le prouver, et *on ne peut rien faire*. Mets-toi bien ça dans le crâne. Je n'ai pas l'intention de venger ton ami, si c'est ce que tu me demandes.

Je ne demandais rien. En fait, je ne savais même pas pourquoi j'étais venue. J'étais sous le choc. Ce qui était arrivé à Erik n'avait aucun sens. Et Jerome avait souvent les réponses à mes questions.

Cette fois ne faisait pas exception... mais je n'étais pas sûre d'y croire. Je me rappelai le vieil adage : « Comment sait-on si un démon vous ment ? Ses lèvres bougent. »

— D'accord, dis-je, avec un petit hochement de tête. (Il plissa légèrement les yeux. Je pense qu'il était surpris que je cède aussi rapidement. Baissant la tête, je fis disparaître le sang.) Je rentre chez moi et je... Je ne sais pas. Je ne sais pas ce que je vais faire.

Ma confusion n'était pas feinte, et j'espérai qu'elle suffirait à me laver de tout soupçon. De toute façon, qu'est-ce qui aurait pu éveiller sa méfiance ? Je n'en savais rien moi-même. *Deux contrats.*

Jerome n'essaya pas de m'arrêter. Je rentrai chez moi presque en pilotage automatique. En poussant la porte de l'appartement, je remarquai une légère odeur de cuisine chinoise. Ça sentait délicieusement bon, mais avec cet arrière-goût de nourriture qui a eu le temps de refroidir. Roman était vautré sur le canapé, le regard perdu dans le vide. La télévision était éteinte. Même les chats semblaient l'indifférer.

— Je suis désolée de ne pas avoir prévenu, mais tu ne croiras jamais ce qui...

—J'ai quelque chose pour toi, dit-il. Deux choses, en fait.

Rien n'aurait pu m'empêcher de me lancer avec animation dans le récit de ce qui s'était produit chez Erik ce soir. Rien, sauf le ton curieux de sa voix. Je doutais encore de la réalité de ces événements qui avaient leur place dans un film, pas dans ma vie. Je m'assis dans le fauteuil près de Roman, une sensation de malaise au creux de l'estomac. Qu'est-ce qui pouvait bien m'arriver d'autre ce soir ?

—De quoi s'agit-il ?

Il me tendit une feuille de papier.

—J'ai trouvé ça sous la porte en rentrant de chez le traiteur chinois. Je n'avais pas l'intention de la lire, mais… il n'y avait pas d'enveloppe.

Je pris la lettre sans un mot, reconnaissant immédiatement l'écriture. Celle de Seth. Beaucoup de gens auraient été incapables de la déchiffrer, mais j'avais eu l'occasion de pas mal m'entraîner à décoder sa calligraphie hasardeuse.

*Georgina,*

*Quand je me suis réveillé à Mazatlán et que tu n'étais plus là, j'ai été furieux. Je me suis senti trahi, abandonné, et je me suis demandé si tu m'avais joué la comédie depuis le début. Ensuite, j'ai réfléchi à ce que tu m'as dit, et j'ai commencé à y voir plus clair. Je ne suis toujours pas prêt à affronter Maddie. Je ne suis même pas prêt à me faire face. Mais, j'ai compris que je voulais que tu sois fière de moi.*

*« Fière » n'est peut-être pas le bon terme. Je ne suis pas sûr des sentiments que je veux t'inspirer. Respect ? Amitié ? Amour ? Je ne sais pas, mais les événements survenus chez Erik m'ont marqué durablement. Cette nuit passée entre tes bras aussi. Quand j'ai dit que je préférais vieillir seul plutôt qu'avec une autre que toi, j'en pensais chaque mot.*

335

*Même loin de toi, l'idée de te décevoir m'est insupportable. Pour regagner ton estime, je suis prêt à tout, même à revenir ici pour affronter mes démons.*

*Et je suis revenu, alors que je n'avais qu'une envie: prendre mes jambes à mon cou. Mais ça ne réglerait rien. Peut-être que tu es une sorte de messager, un agent du destin. Sans toi, je ne serais probablement pas revenu, mais finalement je n'avais pas le choix. Terry et Andrea ont reçu les résultats des tests aujourd'hui. Elle n'a plus que quelques mois à vivre. Comment ne pas croire à une plaisanterie de mauvais goût des médecins quand, quelques semaines plus tôt, elle semblait en pleine forme. Je n'ai pas plus envie d'affronter ça que tout le reste, mais ils ont besoin de moi, plus que jamais, et je les aime. Je les aime tellement que j'ai pris conscience que ma propre vie et mes désirs importaient peu. Dès que j'aurai fini d'écrire ce livre, je mets tout le reste entre parenthèses — même la nouvelle série. Rien n'a d'importance, à part eux. Ils auront besoin de moi ces prochains mois. Et ils auront encore plus besoin de moi après.*

*J'ignore quand nous nous reverrons — tu remarqueras que j'ai écrit « quand » et pas « si ». Comme je te l'ai dit au Mexique, je suis persuadé que le destin fera tout pour nous réunir. Quoi qu'il en soit, je te souhaite d'être heureuse, où que ta vie t'entraîne, et j'espère redevenir digne de ton respect un jour.*

*Je veux aussi que tu saches qu'en revenant à Seattle, je n'attends rien de toi. Je voulais simplement m'assurer que tu comprends ce que j'ai fait… et le poids que tu as eu dans ma décision.*

*Seth.*

Je levai la tête vers Roman qui m'avait observée attentivement pendant que je lisais. Je ne savais pas ce qui me stupéfiait le plus : le retour de Seth – à cause de moi – ou les terribles nouvelles concernant Andrea. C'était énorme. Et dans le cas d'Andrea, une tragédie d'ampleur considérable.

J'avalai ma salive, effrayée de ne pas pouvoir retenir mes larmes si je prenais pleinement la mesure de tout cela.

— Je crois que j'ai eu ma dose pour ce soir, dis-je d'une petite voix.

Sur le visage de Roman, la sympathie le disputait au cynisme.

— Malheureusement, j'ai autre chose pour toi.

Il me tendit un magazine, une de ces feuilles de chou people qui nous faisait souvent bien rire à la librairie. Après tout ce qui venait de se passer, j'avais du mal à imaginer pourquoi il me donnait un truc aussi dérisoire. J'allai directement à la page marquée par un Post-It.

C'était une double page comprenant différentes photos de célébrités, le genre de clichés pris à l'insu de la personne photographiée dont raffolent les paparazzis : des acteurs en promenade avec leurs enfants, des pop stars aperçues dans des boîtes de nuit à Las Vegas. Je parcourus les deux pages, fronçant lentement les sourcils alors que j'essayais de comprendre ce qui aurait pu m'intéresser là-dedans dans un moment pareil.

Puis, je trouvai. C'était une petite photo, casée sur le côté, parmi d'autres, bien plus intéressantes et plus grandes, d'acteurs mal habillés. La légende disait : « L'AUTEUR À SUCCÈS SETH MORTENSEN PROFITE DES CHARMES DE MAZATLÁN ».

Et on y voyait Seth et moi, en train de s'embrasser sur la plage.

# Chapitre 24

— C'est... Ce n'est pas possible, dis-je.

— Pourtant, ça m'en a tout l'air, dit Roman d'un ton pince-sans-rire.

— Mais Seth est écrivain. Les magazines de ce genre ne s'intéressent pas à des types comme lui.

— Tu as tellement l'habitude de traîner avec lui que tu oublies que c'est une célébrité. Et puis, les semaines où il ne se passe pas grand-chose, ils sont bien obligés de faire avec ce qu'ils ont. Le sexe fait vendre, et la photo est plutôt sexy.

Je la regardai de nouveau. Il avait raison. Elle avait été prise au moment où j'avais été allongée sur Seth, et le sarong avait suffisamment glissé pour révéler une bonne partie de mon anatomie. La nausée m'envahit.

— Peut-être que ça passera inaperçu.

Pourtant, alors que ces mots quittaient mes lèvres, je savais déjà que je prenais mes désirs pour des réalités. Comme je l'avais noté plus tôt, cette publication faisait rapidement le tour des employés d'*Emerald City*, en grande partie à cause de ses articles d'un ridicule achevé. Quelqu'un, quelque part, allait voir cette photo. Les articles avaient beau être inventés de toutes pièces, une photo comme celle-là, qui montrait distinctement nos visages, pouvait difficilement mentir.

Je laissai tomber le magazine par terre.

—Je... Je ne peux pas m'occuper de ça maintenant. Pas après tout le reste.

Roman fronça les sourcils, ses traits affichant une inquiétude sincère. Je ne pense pas que la photo ou la nouvelle résolution de Seth lui fasse très plaisir, mais il devait sembler évident qu'il y avait autre chose qui me tourmentait.

—Georgina, qu'est-ce qui...

Je levai la main.

—Pas maintenant. Demain. On en parlera demain. Trop... ça fait trop pour la même soirée. (Je revis les yeux sans vie d'Erik.) À côté du reste, cette photo est insignifiante.

Il hésita, puis il hocha la tête.

—D'accord. Tu veux qu'on se fasse quelque chose ensemble demain soir? Pas un rendez-vous. Simplement, je ne sais pas moi, un bon dîner, qu'on puisse discuter de tout ça pour que ça ne te ronge pas. Je me fais vraiment du souci pour toi.

J'allais lui dire qu'il ne fallait pas, que je m'en remettrais, mais je me ravisai. Je n'en savais rien, en fait.

—Ça me ferait plaisir, dis-je honnêtement. Je te raconterai tout – ou presque, je dois avant tout faire mon possible pour limiter les dégâts. (Je me levai avec lassitude.) Mais pour l'heure... au dodo.

Il me laissa me retirer dans ma chambre, le regard plein de tendresse. Je me sentais coupable, en grande partie parce que ses sentiments ne représentaient vraiment pas une priorité pour moi en ce moment. Ils étaient visiblement importants pour lui, et je lui étais reconnaissante de son ardeur. Je n'étais pas indifférente, et je trouvais son offre de prendre le temps de respirer et de parler à la fois gentille et réconfortante. Mais à la lumière des événements récents? Je préférais me contenter d'une relation superficielle.

Surtout que j'allais devoir faire face à mes collègues de travail le lendemain.

À d'autres occasions, il m'était déjà arrivé d'être accueillie par des regards curieux et furtifs. Le plus souvent, pour une raison ridicule que je n'avais découverte que plus tard. Aujourd'hui, je savais exactement de quoi il retournait. Il était clair que ce foutu torchon était passé entre toutes les mains.

Et cette fois, les regards n'étaient pas simplement curieux. Ils étaient accusateurs. Méprisants. Je ne me sentais pas de taille à les affronter. Pas encore. Je traversai le magasin aussi vite que possible, afin de me réfugier dans mon bureau, que je n'avais pas l'intention de quitter de la journée. Un comportement plutôt hypocrite de ma part, étant donné l'opinion tranchée que j'avais eue de Seth, fuyant ses problèmes. Mais je n'aurais pas la même chance avec les miens.

Maddie était assise derrière mon bureau.

Je ne l'avais pas vue depuis environ une semaine, pas depuis qu'elle était venue chez moi. Je lui avais dit qu'elle pouvait prendre un congé aussi longtemps qu'elle le jugerait nécessaire, et je n'avais pas pensé la revoir aussi tôt. J'étais pétrifiée.

Son visage était beaucoup plus calme que je m'y serais attendue. Non, il était plus que calme. Il était figé. Parfaitement immobile, comme celui d'une statue. Inquiétant. Et quand elle leva les yeux vers moi, j'eus l'impression de regarder la mort en face. Ils étaient froids, sans émotion. Néanmoins, je fermai la porte derrière moi, craignant ce qui allait suivre.

— J'avais un million de théories, tu sais. (Sa voix était aussi éteinte que son expression.) Mais jamais, jamais je n'avais envisagé celle-là. Bien sûr, je me suis dit qu'il y avait peut-être une autre femme. Mais je n'aurais jamais cru que c'était toi.

Après ce qui me sembla une éternité, je retrouvai l'usage de mes lèvres :

— Non… Ce n'était pas ça. Pas du tout. Il ne l'a pas fait pour…

Incapable de terminer ma phrase, je m'interrogeai soudain sur le sens de mes paroles. N'étais-je pas précisément la raison pour laquelle il l'avait quittée ? Et notre interlude sur la plage n'avait rien fait pour arranger les choses.

Le magazine était étalé sur mon bureau, ouvert à la page coupable. Elle le prit et l'étudia attentivement.

— Explique-moi alors. Tu ne faisais que le consoler après coup ?

— Euh… oui. En fait, oui. La photo a été prise après votre rupture.

Un argument bancal — et nous le savions toutes les deux. Elle jeta le magazine sur le bureau, et son visage trahit enfin ses émotions.

— Tout va bien, alors ? cria-t-elle. Toi, une de mes meilleures amies… Et tu t'enfuis avec mon fiancé alors qu'il vient à peine de me larguer ?

— Ça ne s'est pas passé comme ça, répétai-je. Je l'ai retrouvé… Je voulais m'assurer qu'il allait bien.

— Et ensuite tu as fait le nécessaire pour qu'il aille mieux ? demanda-t-elle.

Il y avait du sarcasme dans sa voix, mais des larmes brillaient dans ses yeux.

— Non… Ce n'était pas prévu. Et je te jure qu'il ne s'est presque rien passé. En fait… (Je respirai à fond.) Seth et moi, on est sortis ensemble à une époque. Avant qu'il te rencontre. On n'en a jamais parlé à personne. On a rompu… eh bien, juste avant que vous commenciez à vous voir.

Genre, pratiquement la veille.

Clairement prise au dépourvu, elle écarquilla les yeux.

— *Quoi ?* Vous aviez un passé… tu es sortie avec mon petit ami et tu ne m'en as jamais rien dit ? *Il* ne m'en a jamais rien dit ?

— On a pensé que ce serait plus facile.

— Plus facile ? Plus facile ? (Elle pointa du doigt le magazine.) Vous croyez que vos retrouvailles en couleurs rendent les choses plus faciles ?

— Il n'y a pas eu de retrouvailles, précisai-je rapidement. Il n'a pas rompu parce qu'il te trompait… (Mais je devais reconnaître que s'il ne la trompait pas au moment de la rupture, nous avions tout de même couché ensemble pendant qu'elle était avec lui.) J'ai été aussi surprise que toi. Et je me faisais du souci. Je te l'ai dit, je suis allée le voir, mais je n'ai pas couché avec lui. Et après je suis repartie. Point final.

Les larmes ruisselaient sur ses joues à présent.

—Ça ne change rien. Vous m'avez menti, vous m'avez caché votre histoire, c'est ça le pire. J'avais confiance en toi, en vous deux! Comment as-tu pu me faire une chose pareille? Quel genre de personne fait ça à une amie?

*Une âme damnée*, pensai-je, mais je ne dis rien.

Maddie se leva brusquement, tentant vainement d'essuyer les larmes qui continuaient à couler.

—Doug m'avait prévenue, tu sais. Il se posait des questions, à cause de cette façon que vous aviez de vous regarder, Seth et toi. Je lui avais répondu qu'il était cinglé, qu'il s'imaginait des choses… que c'était impossible. Que vous ne me feriez jamais une chose pareille.

—Maddie, je suis navrée…

Elle se précipita vers la porte, passant devant moi.

—Pas tant que moi. Dire que je te faisais confiance. Que je *vous* faisais confiance. Je démissionne. Immédiatement. N'espère pas me revoir. (Elle ouvrit brusquement la porte.) Je ne sais pas comment tu arrives à te regarder dans une glace. Vous faites la paire, tous les deux!

La porte claqua bruyamment, faisant vibrer mes oreilles. Je restai paralysée, regardant fixement le bureau, incapable de bouger. Incapable de penser, de réagir, totalement impuissante. *« Je ne sais pas comment tu arrives à te regarder dans une glace. »* Moi non plus.

—Ben dis donc, quelle merde.

Carter se matérialisa à côté de moi, sa signature angélique envahissant la pièce. Vêtu des mêmes loques que d'habitude – à part le bonnet –, il s'approcha avec nonchalance du bureau et prit le magazine.

—Bonne photo de toi, je trouve.

—La ferme, répliquai-je. (La souffrance que j'avais essayé d'étouffer en présence de Maddie commença à se manifester.) La ferme! Épargne-moi tes commentaires, tu veux bien? J'ai bien assez de problèmes comme ça. Je ne parle même pas de ça…

Je m'écroulai sur le sol, contre la porte, et me passai la main dans les cheveux. Quand je levai les yeux vers Carter, je m'attendais à trouver un de ses sourires lapidaires, mais son visage était tout à fait sérieux.

—Je n'étais pas sarcastique, dit-il. C'est *vraiment* la merde.

Soudain, j'eus très envie d'une cigarette.

—C'est rien de le dire. Erik est mort, tu sais.

—Je sais.

Je fermai les yeux un moment, me laissant envahir par le chagrin que me causait sa disparition. Avec tous ces événements, je n'en avais pas eu l'occasion. Quelqu'un allait devoir se charger des affaires d'Erik. Avait-il de la famille? Dante le saurait peut-être. Je m'occuperais des obsèques, si nécessaire, quoi qu'il en coûte. Je devais bien ça à Erik. Je lui devais tellement plus.

—Ce n'était pas une coïncidence, poursuivis-je doucement. Jamais de la vie. Jerome pense qu'il s'agit d'une vengeance du maître des Oneiroi… mais je n'y crois pas. Erik s'intéressait à mon contrat. Avant qu'il meure… avant que… (Ma voix s'étrangla, c'était moi qui avais recueilli son dernier souffle, me rappelai-je.) Il m'a dit qu'il y avait deux contrats. Que le problème ne venait pas du mien. Je ne sais pas ce qu'il voulait dire par là.

Carter restait silencieux, mais ses yeux étaient rivés sur moi avec une telle intensité qu'ils auraient aussi bien pu me clouer au mur.

—Mais toi, tu le sais, pas vrai? lui demandai-je. Tu l'as toujours su. Et Simone… (Je fronçai les sourcils.) Avant que Jerome la renvoie, il a dit quelque chose à propos de Niphon, qu'elle le connaissait et qu'il ne faisait que «foutre la merde encore un peu plus». C'est une pièce du puzzle, n'est-ce pas? (Devant le silence de Carter, je ris avec amertume.) Mais bien sûr, tu ne peux rien dire. Tu ne peux rien faire. L'enfer n'arrête pas de se mêler des affaires des mortels – et même des immortels inférieurs – mais vous? Rien. Comment pouvez-vous être une force du bien en ce monde si vous ne bougez pas le petit doigt! Vous vous contentez d'attendre que les choses se fassent d'elles-mêmes.

— La majeure partie du bien en ce monde se produit sans notre aide, dit-il évasivement.

— Oh bon Dieu! Quelle belle réponse de ta part. Et tu sais quoi? Je ne crois pas qu'il y ait la moindre trace de bien dans ce monde. Tout ce temps… depuis que j'ai vendu mon âme, je me suis accrochée à cette idée qu'il existait quelque chose de pur et de vertueux. Quelque chose pour me redonner espoir, même si j'étais une cause perdue. Mais il n'y a rien. Sinon, Seth n'aurait pas une tache sur son âme. Erik ne serait pas mort. Et Andrea Mortensen ne serait pas condamnée.

— Il y a toujours de la place pour le bien, même quand le mal semble triompher. Et l'inverse est vrai aussi: le mal persiste, en dépit des efforts des plus vertueux.

— Et tu peux me dire en quoi la mort d'Andrea va servir le bien? En quoi laisser cinq petites filles seules et sans maman va servir le bien? (Je m'étouffais avec mes propres sanglots.) Si toi, si n'importe quel ange avait réellement le pouvoir d'influer sur le cours des choses, vous ne permet-triez pas ça.

— Je ne peux pas changer le destin. Je ne suis pas Dieu.

Il était toujours aussi calme, ça me donnait envie de le frapper. Mais qu'est-ce que j'espérais? Jerome n'éprouvait rien pour les mortels et, au fond, les anges et les démons n'étaient pas si différents.

J'enfouis mon visage dans mes mains.

—Tu ne peux rien changer du tout. Aucun de nous ne le peut. Nous sommes résignés à notre destin, exactement comme Nyx nous l'a montré.

—Les humains modifient le cours de leur vie sans arrêt. Même les immortels inférieurs en sont capables. Ça commence par de petites choses, mais ça s'est déjà vu.

Soudain, je me sentis lasse. Vraiment très lasse. Je n'aurais pas dû venir travailler aujourd'hui. Je n'aurais jamais dû quitter mon lit. Je n'avais plus la force de discuter avec lui ou de lui reprocher son attitude frustrante et inutile.

—Seth peut-il changer? demandai-je enfin. Les bonnes intentions suffisent-elles à racheter une âme?

—Tout est possible. Et n'y vois pas un cliché, ajouta-t-il, sans doute en réaction à ma grimace. C'est la vérité. Les mortels – et les mortels devenus immortels – ne le croient pas toujours; c'est en exploitant cela que l'enfer a réussi à prendre pied dans ce monde. Et je ne dis pas qu'il suffit d'y croire pour que ça arrive. Les choses ne tournent pas toujours pour le mieux, mais les miracles sont bien réels, Georgina. Il faut juste que tu trouves la force de t'extirper hors de la boue pour les faire se produire. Tu dois courir le risque.

Après ça, je méritais vraiment une cigarette. Carter en avait probablement sur lui. Je fis de mon mieux pour le gratifier d'un maigre sourire.

—Facile à dire. Et toi, est-ce que tu peux faire des miracles?

—J'essaie, dit-il. J'essaie. Et toi?

Et sur ces mots, il se volatilisa avant que j'aie le temps de lui taper une cigarette.

Putain, ces anges…

Mais ses paroles m'accompagnèrent pendant tout le trajet du retour ce soir-là, parce qu'aussi déprimantes soient-elles, elles me remontaient le moral après une journée de travail pénible. Je n'avais pas eu à déplorer de problème au niveau managérial, mais la désapprobation et la condamnation dans les yeux de mes collègues m'avaient rappelé la réaction de mon village quand tout le monde avait appris que j'avais trompé Kyriakos. Et cette fois, pas moyen d'en effacer le souvenir. Je n'avais plus rien à vendre à l'enfer.

À l'appartement, je trouvai un mot de Roman, m'informant qu'il terminerait tard ce soir – un truc à finir au boulot – mais que si j'en avais toujours envie, il m'emmènerait dîner avec plaisir, comme il l'avait promis. Ça me laissait le temps de me reposer un peu sur le canapé ; je me sentais toujours épuisée par le miasme émotionnel dans lequel j'avais été plongée cette dernière semaine. Le sommeil ne vint pas, juste une sorte de malaise maussade tandis que je regardais fixement le plafond. C'était probablement pour le mieux. Dieu sait ce que j'aurais rêvé.

Rêver.

Je soupirai. L'homme dans mon rêve. Il ne m'était jamais complètement sorti de la tête et, sans même le mentionner, Carter l'avait ramené au premier plan de mes préoccupations. Les Oneiroi avaient prétendu qu'il s'agissait de Seth. Je me répétai pour la centième fois que c'était un fantasme ridicule. Je ne pouvais pas avoir de relation normale avec un mortel. Seth avait perdu la grâce, et je m'étais refusée à lui. C'était impossible.

« *Tout est possible.* »

Erik et Mei avaient soutenu qu'il était impossible que Seth retrouve mon âme dans l'immensité du monde des rêves. Et pourtant, il avait réussi.

Kristin m'avait dit que mon contrat était inattaquable. Et pourtant, Erik avait juré qu'il y avait un point faible quelque part. Il était mort à cause de ça, j'en avais la certitude.

Seth avait affirmé que rien ne pourrait le ramener à Seattle. Et pourtant, j'y étais parvenue.

Tous les serviteurs de l'enfer m'avaient assuré que les âmes noircies par le péché ne se rachetaient jamais, ou presque. Et pourtant, Seth s'évertuait à regagner mon estime. Il sacrifiait

347

aussi ce qu'il aimait – l'écriture – pour venir en aide à sa famille, qui comptait encore plus à ses yeux. Est-ce que ça suffirait ? Pouvait-il être sauvé ?

« *Tout est possible.* »

Je m'assis sur le canapé, mon regard se posant à l'endroit où Aubrey et Godiva dormaient l'une à côté de l'autre. Godiva était venue à moi après que je l'avais rêvée. Elle sortait tout droit d'un rêve dont je niais la potentialité.

« *Les miracles sont bien réels, Georgina. Il faut juste que tu trouves la force de t'extirper hors de la boue pour les faire se produire. Tu dois courir le risque.* »

En étais-je seulement capable ? Y avait-il un miracle caché quelque part dans ce bourbier de désespoir, de chagrin, de mort et de trahison ? Je n'y voyais pas clair. Carter avait conseillé de commencer par de petites choses. Il me suffisait d'en choisir une. N'importe laquelle. De prendre le risque.

Je me concentrai de nouveau sur Godiva. L'homme dans le rêve. C'était peut-être Seth. Ou pas. Peut-être que je pouvais faire en sorte que Seth devienne l'homme du rêve. Son amour avait été assez fort pour me sauver et ensuite essayer de se sauver lui-même. Je prenais conscience à présent de ce qui n'avait pas cessé de me tracasser. Il ne ménageait pas ses efforts, lui. Comment pouvais-je en faire moins ? Toute ma vie, j'avais fui les décisions difficiles. J'avais toujours trouvé des compromis qui, au final, ne s'étaient pas révélés très satisfaisants. Et ça n'avait fait qu'empirer avec le temps. J'aimais Seth autant qu'il m'aimait, mais je n'avais pas été prête aux mêmes sacrifices.

Il m'avait dit que le destin ne permettrait jamais que nous soyons séparés. Il avait raison, et cette fois, *je* ferais en sorte que nous soyons réunis. Je ne l'abandonnerais pas.

Je me dirigeais vers la porte, avec mon manteau et mon sac sous le bras, quand Roman fit son apparition, portant un bouquet de fleurs. Il me lança un seul regard et laissa échapper un petit rire amer et résigné. Le bouquet s'affaissa entre ses mains.

— Tu vas rejoindre Seth.

— Comment le sais-tu ?

— Parce que… parce que tu es rayonnante. Parce que tu sembles avoir trouvé toutes les réponses de l'univers.

— Ça, je l'ignore, dis-je. Mais j'ai au moins compris une chose. Il a pris tant de risques pour moi… On s'est retrouvés parmi toutes les autres âmes… (Je ne terminai pas ma phrase, je me sentais détestable. Ma décision concernant Seth m'avait libérée, mais sur le visage de Roman… n'y avait-il donc rien dans ce monde qui ne finisse pas par faire souffrir quelqu'un ?) J'ai eu tort de le laisser tomber. Surtout en ce moment.

— Alors tu ferais mieux de le rejoindre, dit enfin Roman.

— Roman…

Il secoua la tête.

— Vas-y.

Je partis.

Je n'étais pas allée chez Seth depuis si longtemps – pas en chair et en os. En arrivant à la porte, je fus assaillie par un flot de souvenirs, en particulier cette première nuit que j'avais passée ici, quand il avait pris soin de moi…

Il n'était pas trop tard, mais quand il m'ouvrit, son air fripé et ahuri me fit penser que j'avais dû le réveiller. Ou peut-être qu'il avait simplement été trop absorbé par l'écriture de son roman pour se pomponner. Ça lui arrivait parfois, quand sa muse refusait de le lâcher.

Son expression indiquait clairement que mon apparition l'avait ramené dans le monde réel. Je ne pense pas qu'il avait espéré me voir avant un très long moment. Je me demandai si je rayonnais toujours comme Roman l'avait affirmé, parce qu'il y avait plus que de la surprise dans les yeux de Seth. Il y avait de l'émerveillement et de l'adoration. J'avais traversé la ville, sur un coup de tête, mais nous aurions aussi bien pu nous rencontrer à travers le temps et l'espace.

— Georgina, dit-il dans un souffle. Qu'est-ce que…

Je ne le laissai pas terminer sa phrase. Je me jetai dans ses bras et l'embrassai.

Et cette fois, je ne reculai pas.

# Chapitre 25

Pas même quand je sentis son énergie entrer en moi.
Il m'entraîna à l'intérieur de l'appartement, fermant
adroitement la porte d'un coup de pied. Il me tint,
serrée contre lui et, sans cesser de nous embrasser, nous
traversâmes le salon en trébuchant, jusqu'à la chambre à
coucher. Nous nous écroulâmes sur le lit, nous déshabillâmes
avec une grande aisance, presque comme si l'épisode au
Mexique avait servi de répétition. Mes mains caressèrent les
muscles déliés de sa poitrine et je me grisai de l'odeur de sa
peau. Abandonner ainsi toute retenue me donnait le vertige,
au même titre que la sensation enveloppante de son âme,
douce et radieuse.

Était-ce mon imagination, ou était-elle déjà *un peu* plus
pure qu'au Mexique ? Sa décision de rentrer et d'affronter ses
peurs avait-elle déjà pu commencer à effacer cette tache ? Je
n'avais aucune certitude, et même si elle n'était pas parfaite,
son énergie était tout bonnement extraordinaire.

— Pourquoi ? demanda-t-il enfin.

Ses pensées et ses sentiments se déversaient en moi en
même temps que son énergie vitale, et je m'étais demandé
quand il poserait la question qui se mettait en travers de
son désir. Ses mains continuèrent à me toucher, l'une d'elles
glissant entre mes cuisses.

—Pourquoi maintenant ?

Je cambrai mes hanches contre les siennes, laissant échapper un petit cri quand il introduisit ses doigts en moi. Sa bouche écrasa la mienne, m'empêchant de répondre pendant un moment.

—Parce que je n'en peux plus de lutter. Tu as raison. Quoi qu'on fasse, on va revenir l'un vers l'autre, ça n'aura pas de fin… (Le discours éloquent que j'avais préparé fut de nouveau interrompu quand sa bouche descendit vers mon sein, et qu'il laissa sa langue jouer avec le mamelon.) Tu as dit que tu étais prêt à risquer d'écourter ta propre vie… Eh bien moi, je prends le risque de ta mortalité. Je suis prête à tout pour être avec toi… pour t'aider. Si c'est toujours ce que tu veux…

—Oui, souffla-t-il contre ma peau. Oui.

—Tu traverses une passe difficile, et je veux être à ton côté, chuchotai-je. Et je ne veux plus rester seule non plus…

Ce furent mes dernières paroles cohérentes. Il me pénétra avec une grande douceur, glissant ses mains en haut de mes bras afin de maintenir mes poignets contre le lit. J'écartai les jambes, l'accueillant en moi. Comme la première fois que nous avions fait l'amour, il y eut un moment de perfection, de communion totale et stupéfiante. Comme si nous avions retrouvé quelque chose que nous avions perdu et étions effrayés à l'idée de le perdre de nouveau si nous faisions le moindre geste.

Puis, le sentiment métaphysique disparut, remplacé par le désir ardent de nos corps. Il s'enfonça en moi, d'abord avec douceur, puis progressivement de plus en plus fort. Je le regardai fixement, les yeux grands ouverts, admirant chacun de ses traits, refusant de manquer un seul instant de cette expérience. Et croyez-moi, c'était une sacrée expérience. En plus de l'extase de nos corps bougeant de concert, je continuais à absorber son énergie et ses sentiments. Être consciente de ses pensées pendant que nous faisions l'amour ajoutait une nouvelle dimension à nos ébats. Parfois, avec d'autres hommes, j'avais eu droit à des pensées cohérentes. Avec lui, tout n'était que pure émotion. Amour, confiance, désir... des sentiments tellement forts qu'il était prêt à tout risquer pour eux, à tout risquer pour moi. Même sa vie.

Mon corps brûlait contre le sien, de plus en plus excité par l'extase et l'amour sur son visage, juxtaposés à l'ardeur de son étreinte. Tout devint plus intense – sur le plan physique *et* spirituel – et mon corps finit par atteindre son point de rupture. Je jouis avec un grand cri et me débattis contre lui, désireuse de me libérer et de le prendre dans mes bras. Il continua à me tenir jusqu'à ce qu'il jouisse à son tour, ce qui ne prit pas beaucoup plus longtemps. Le jaillissement d'énergie de son âme me frappa de plein fouet au moment de son orgasme, et je m'entendis de nouveau gémir de bonheur. Après quelques va-et-vient supplémentaires, ses mouvements se firent de plus en plus lents à mesure que son corps se détendait. Sa prise sur mes poignets se relâcha, et il roula sur le côté, m'entraînant avec lui. Je me pressai contre sa poitrine, sentant le battement de son cœur et la sueur sur sa peau.

Mon cœur battait la chamade, lui aussi, tandis que mon corps se délectait de sa propre satiété. Je frissonnais encore de partout, et même si je savais qu'il n'y avait pas moyen de me serrer encore plus contre lui, j'essayai tout de même. Je voulais que nos peaux se touchent autant que possible. Je voulais qu'il se fonde en moi. Il écarta les cheveux qui me tombaient sur le visage et fit pleuvoir des baisers sur mon front.

—Alors c'est ça, l'amour avec un succube ?

—Oui.

—Ça en vaut la peine, murmura-t-il. (Je constatais déjà les effets de la perte d'énergie.) Quel qu'en soit le prix, ça en vaut la peine.

Je refusai de considérer le prix à payer. Faire l'amour en pleine possession de mes pouvoirs de succube avait ajouté un ingrédient puissant à l'expérience, mais cela avait également écourté sa vie de plusieurs années. Il ne m'appartenait pas de juger si cela en valait la peine. Il avait fait son choix.

Un choix qui l'épuisait, et je savais qu'il sombrerait bientôt dans un profond sommeil, le temps, pour son corps et son âme, de récupérer. Je bougeai afin que nous changions de position, faisant reposer sa tête sur ma poitrine.

—Repose-toi, dis-je, le prenant dans mes bras.

Il inclina la tête, levant vers moi des yeux affectueux et lourds de sommeil.

—Je ne veux pas dormir pour l'instant… Je veux rester avec toi. Tu seras là à mon réveil, cette fois?

—Oui, dis-je en lui embrassant le sommet de la tête. C'est promis. Je ne te quitterai plus.

Un petit sourire joua sur ses lèvres et il laissa ses paupières se fermer. Il se blottit contre moi, son corps se décontractant.

—Tout…, dit-il doucement, alors que le sommeil commençait à le prendre. Tu es tout pour moi, Letha…

Je me raidis.

—Qu'est-ce que tu as dit?

Le son de ma voix, trop fort, se révéla suffisamment discordant pour le tirer momentanément de sa torpeur.

—Hein? J'ai dit que tu étais tout pour moi, Georgina.

Il eut un petit bâillement.

—Tu ne m'as pas appelée comme ça, dis-je, essayant de parler d'une voix calme.

—Comment je t'ai appelée? Thetis?

Oh, si seulement. Si seulement il avait employé le surnom qu'il m'avait donné.

—Tu m'as appelée… Letha.

Il lutta pour garder les yeux ouverts et bâilla de nouveau.

—Pourquoi j'aurais dit ça?

—Je… Je ne sais pas. Où as-tu entendu ce nom?

Oui, vraiment. Où avait-il pu l'entendre? Presque personne ne le connaissait, à part les immortels supérieurs. Parmi les immortels inférieurs, il n'y avait que Niphon, et Kristin, qui avait eu accès à mon dossier. J'étais pratiquement certaine qu'ils ne l'avaient dit à aucun de mes amis immortels. Et certainement pas à Seth.

Le front de Seth se plissa un peu, puis il redevint lisse, alors qu'il fermait de nouveau les yeux.

—Je ne sais pas. Dans la mythologie grecque, probablement. Le fleuve Léthé, où les âmes des morts vont boire pour effacer les souvenirs de leurs vies antérieures... c'est bien ça?

—Oui, dis-je, respirant à peine.

*Où est-il allé pêcher ce nom?*

—Letha, Léthé... (Je ne l'entendais presque plus à présent.) Pratiquement la même chose.

—Pratiquement, admis-je, d'une voix à peu près aussi inaudible que la sienne.

Mon nom. Il n'aurait pas dû connaître mon nom. Je sentis une panique inexplicable palpiter en moi.

Quelque chose dans mon changement d'humeur avait tout de même réussi à pénétrer le brouillard de ses sens, parce qu'il s'agita légèrement, même si ses yeux restaient fermés.

—Qu'est-ce qui ne va pas? demanda-t-il d'une voix engourdie, mais avec une pointe d'inquiétude.

—Rien. Repose-toi.

Où avait-il entendu mon nom? Quelques instants plus tôt, j'avais été en feu. Maintenant, je me sentais glacée.

—Tu es sûre que tout va bien? murmura-t-il.

Il expira profondément et je le sentis céder au sommeil.

—Oui, répondis-je, le regard perdu dans la nuit. Tout va bien.

AUBIN IMPRIMEUR

Achevé d'imprimer en octobre 2010
N° d'impression L 74057
Dépôt légal, novembre 2010
Imprimé en France
35294441-1